나는 고백한다 3

Jo confesso

JO CONFESSO
by Jaume Cabré

institut ramon llull

The translation of this work has been supported by the Institut Ramon Llull.
이 책은 Institut Ramon Llull로부터 번역 지원을 받았습니다.

세계문학전집 371

나는 고백한다 3

Jo confesso

자우메 카브레 지음

권가람 옮김

민음사

차례

1권 차례

2권 차례

일러두기

1. 이 책은 『나는 고백한다(Jo confesso)』(Proa, 2011)를 번역 대본으로 사용했다.
2. 국립국어원의 한글 맞춤법과 외국어 표기법을 따랐다. 다만 카탈루냐어 고유 명사의 경우 자음은 동카탈루냐식 발음을, 모음은 서카탈루냐식 발음을 기준으로 표기했다. 카탈루냐 학회와 발렌시아 학술원은 두 지역의 발음을 모두 표준으로 인정한다. 모음 표기는 국립국어원의 카탈루냐어 한글 표기 규정이 없는 상황에서 모음 약화 현상을 반영하지 않는 서카탈루냐어식 발음을 기준으로 하는 편이 한국어 화자에게 좀 더 직관적인 표기가 될 것이라 판단했다.
3. 카탈루냐어 원문에서 독일어, 라틴어 등 다른 외국어로 서술된 묘사 혹은 대화문은 한국어로 그 뜻을 번역하고 괄호에 해당 외국어임을 표시했다.

5부

숨겨진 삶(하)

41

친애하는 친구, 동료 여러분, 내가 지금 설명하는 이 모든 것은 『유럽 지성사』가 나오기 전의 이야기입니다. 우리 주인공에 대해 더 유용한 정보를 얻고자 하는 사람은 특히 이 두 가지를 참고하면 도움이 될 것입니다. 『카탈루냐 대백과사전』과 『브리태니커 백과사전』. 지금 내가 가지고 있는 브리태니커는 15판인데 다음과 같이 나와 있지요.

아드리아 아르데볼 이 보스크(바르셀로나, 1946). 미학 이론과 사상사 교수로 1976년 튀빙겐 대학교에서 박사 학위를 취득했다. 『프랑스 혁명』(1978)의 저자. 이 책에서 이상 실현을 위한 폭력 사용에 대해 반박했다. 그는 마라, 로베스피에르, 나폴레옹 같은 자들의 역사적 정당성에 대해 의문을 제기했다. 치밀한 지적 분석을 통해 이들을 20세기의 잔혹한 독재자들인 스탈린, 히틀러, 프랑코, 피노체트와 비교 분석했다. 사실 당시 젊은 교수 아르데볼은 역사에 관심조차 없었다. 책을 쓰고 있던 시기에 그는 이미 수년이 지났는데도 여전히 사라 ↑[1]볼테스엡스타인(파리, 1950~바르셀로나, 1996)이 아무런 설명도 없이 사라진 데 대해 화가 난 상태였고, 세상과 인생이 자신에게 빚을 졌다는 생각에 사로잡혀 있었다. 그는 이 상황을 절친한 친구인 베르나트 ↑플렌사 이 푼소다(바르셀로나, 1945)에게 상세하게 설명할 수 없었다. 베르나트가 주로 자신의 불행에 대해 아르데볼에게 털어놓곤 했기 때문이다. 『프랑스 혁명』은 프랑스 지성인들 사이에 논쟁을 불러일으켰고, 그 책이 잊힐 때까지 그에게서 등을 돌리게 만들었다. 그게 『마르크스?』(1980)가 거의 눈길을 끌지 못하고 얼마 남지 않은 카탈루냐의 스탈린주의자들마저 책의 출간을 알아차리지 못한 이유였다. 아마 알았다면 모조리 없애 버렸을 것이다. ↑작은 롤라(라 바르셀로네타, 1910~1982)를 방문한 후 그는 사랑하는 연인 사라(위를 참조할 것)의 흔적을 포착했고, 라우라 ↑바일리나(바르셀로나, 1959?)와의 간헐적인 에피소드를 제외하고는 인생에 다시 평화가 찾아왔다. 그녀와는 그가 생각하기에도 공정하지 않았고 예의를 갖추어 끝내지 못했다. 제 탓이옵니다, 고백합니다.(라틴어) 많은 사람들이 오랫동안 그가 『악의 역사』를 구상 중이라고 이야기했으나 그는 자기 작업에 대해 온전한 확신을 가지지 못했으며, 완성까지 오랜 시간이 걸리리라 예상했다. 만일 작업에 착수한다면 말이다. 마음에 평화를 되찾은 이

---

1) 소설 속 『브리태니커 백과사전』의 색인임을 표시하고 있다.

후 그는 스스로 자신의 최고작이라 여기는 『미적 의지』(1987)를 집필하는 데 자신을 쏟아부었다. 이 책은 이사야 ↑벌린(cf. 『인물 평전』,[2] 호가스 출판, 1987(1998, 핌리코))에게 전폭적인 지지를 얻었다. 그리고 수년에 걸친 열띤 작업은 걸작 『유럽 지성사』(1994)의 완성으로 최고조에 이른다. 이 책은 그의 작업 중 국제적으로 가장 널리 알려진 수작이며, 오늘 우리가 이 대학의 철학 및 문학과가 모여 있는 인문대 강당에 모인 이유입니다. 저로서는 이 기념식에 조촐한 소개를 맡게 되어 영광일 따름입니다. 제가 아르데볼 박사를 이곳 복도, 교실, 학과 사무실에서 알고 지낸 지 수년이 되었기에 최대한 주관적이고 개인적인 소견을 담지 않으려고 노력했습니다. 처음 그를 안 것은 제가 교수직을 맡은 지 얼마 안 되었을 때였고(저도 한때 젊은 시절이 있었습니다, 학생 여러분!) 청년 아르데볼은 심한 상사병을 앓아 방탕한 생활을 할 때였습니다. 그의 이러한 생활은 코르넬리아 ↑브렌델(오펜바흐, 1948)이라는 여인과 아주 복잡한 관계에 휘말려 격정의 시기를 보낼 때까지 계속되었습니다. 왜냐하면 그가 생각하는 만큼 미인은 아니었지만 그녀는 잠자리에 능숙한 듯 보였고, 언제나 새로운 경험을 추구한다는 그녀를 아르데볼 박사처럼 열정적인 지중해 남자가 거부하기는 어려웠을 것입니다. 음, 매우 이성적이고 꽉 막힌 게르만 남자들 또한 마찬가지였겠지요. 그에게 절대 이 사실

2) 이사야 벌린이 자신과 동시대에 활동한 열여덟 명의 지성인과 정치인에 관한 에세이를 엮은 *Personal Impressions*를 의미한다.

을 말하지 말아 주세요, 나쁘게 생각할 수도 있으니까요. 다만 저 역시 브렌델 양이 말한 새로운 경험의 대상 중 하나였음을 밝힙니다. 이 문제는 확실히 해 두어야겠습니다. 덩치 큰 농구 선수, 아이스하키 선수였던 핀란드 남자, 머릿니 가득하던 화가와 만난 이후 브렌델 양은 또 다른 경험을 찾고자 했고 제가 눈에 들어왔던 겁니다. 그녀는 교수와 하는 잠자리가 어떨지 궁금해했어요. 사실대로 말하자면 저는 그저 사냥감이었습니다. 사각모를 쓴 제 머리는 그녀가 사는 성안 벽난로에 걸린 빛나는 붉은 헬멧의 핀란드인 머리 옆에 덩그러니 걸렸지요. 이 이야기는 이 정도로 해 두죠. 오늘은 제 사연이 아니라 아르데볼 박사에 대한 이야기를 하려고 이곳에 모였으니까요. 그와 브렌델 양은 아주 고통스러운 관계였다는 이야기를 하고 있었습니다. 그 고통은 그가 마침내 학업이라는 도피처를 찾을 때까지 계속되었습니다. 이것이 바로 우리가 네카어 강 변에 코르넬리아 브렌델 양을 기리는 기념비를 세워야 하는 이유입니다. 아르데볼은 튀빙겐에서 학업을 끝내고 비코에 관한 박사 논문을 발표했습니다. 굳이 따로 설명을 드리지 않아도 아시겠지만 그 논문은 연로했으나 명민하고 에너지가 넘쳤던 에우젠 코셰리우(참조. 에버하르트 카를스 대학 에우제니오 코셰리우 문서 보관실) 교수에게 극찬을 받았습니다. 당시 아르데볼은 긴장하며 앞으로 걸어 나갔지만 표정만은 매우 만족스러워 보였습니다. 아르데볼 박사의 논문은 이 대학교의 사상사 전공 학생들이 가장 많이 빌려 간 서적이라고 합니다. 저는 이 정도에서 마쳐야겠습니다. 그러지 않고서는 찬사가 끝나지 않을 테니 말입니다. 이제 그만 저는 조금 얼빠지고 잘난 척이 심한 쇼트 박사한테 마이크를 넘기겠습니다. 카메네크는 미소를 지으며 쇼트 박사한테 마이크를 넘겼다. 아드리아에게 눈을 찡긋해 보인 그는 자리로 돌아가 편히 앉았다. 강당에는 100명쯤 되는 청중이 모였다. 교수들과 호기심 가득한 학생들이 함께한 놀라운 자리였다. 새 재킷이 참 잘 어울리네, 사라는 생각했다.

그날은 새로 구입한 재킷을 처음으로 세계 무대에 선보이는 날이었다. 튀빙겐에서 열리는 『유럽 지성사』 발표회에 함께 가는 조건으로 사라가 그에게 새로 사도록 한 옷이었다. 저명한 발표자들 옆 테이블에 앉아 있던 아드리아는 그녀가 있는 곳을 바라보며 마음속으로 사라, 넌 내 인생에서 전부야, 이건 꿈이야 하고 중얼거렸다. 꽤 개인적이고 주관적인 의견을 가볍지만 신중하게 섞은 사려 깊고, 꼼꼼하고, 정성 어린 카메네크의 첫인사가 아니었다. 쇼트 박사의 열정적인 연설도 아니었다. 박사는 『유럽 지성사』(독일어)는 아르데볼의 핵심 사상이 담긴 책이니만큼 유럽의 전 대학에 알려져야 하며, 제발 부탁이니 하루빨리 읽으세요라고 말했다. 제발 부탁이라고요? 여러분 모두에게 읽을 것을 명령합니다! 카메네크가 이사야 벌린과 그의 『인물 평전』(앞을 참조)을 괜히 언급한 게 아닙니다. 카메네크 교수, 당신이 허락하신다면 벌린이 자한베글루와 나눈 대화와 이그나티예프의 고전적인 자서전에서 아르데볼을 명시적으로 언급한다는 사실을 덧붙여야겠습니다. 이 중 어떠한 사실도 기적이 아니야, 사라. 한참 계속될 이 낭

독회도 기적이 아니야. 그것들은 기적이 아니야, 사라. 기적은 내가 셀 수 없을 만큼 많이 앉았던 이 의자에서 네가 여기에 있는 것을, 짙은 머리를 하나로 묶어 늘어뜨린 채 애써 미소를 참으며 새 재킷 참 잘 어울리는데 생각하고 있는 것을 보는 거야, 안 그렇습니까, 아르데볼 교수?

"뭐라고 하셨습니까, 쇼트 교수?"

"어떻게 생각하시냐고 물었지요."

어떻게 생각하느냐고. 이런.

"사랑은 해와 별들을 움직입니다."

"뭐라고요?" 쇼트 교수는 어리둥절하여 청중을 바라보더니 당황한 눈길로 아드리아를 쳐다보았다.

"저는 사랑에 빠졌고, 자주 대화의 흐름을 잃어버립니다. 질문을 다시 해 주시겠습니까?"

수많은 청중은 웃을지 말지 헷갈렸다. 불빛들 사이로 긴장한 눈빛들과 얼어붙은 미소들이 보였다. 사라가 크게 웃음을 터뜨리자 청중이 따라 웃으며 사태는 수습되었다.

쇼트 교수는 다시 질문했다. 아르데볼 교수는 아주 정확하게 대답했고 많은 이들의 눈이 흥미로운 듯 반짝였다. 인생은 아름다워, 나는 생각하고 있었다. 그런 다음 나는 가장 주관적인 생각이 담긴 3장을 읽기 시작했다. 비코를 읽기도 전 지식의 역사성이라는 본질에 대한 내 생각을 풀어놓은 장이었다. 그리고 안타깝게 오늘 이 자리에는 안 계시지만 로스 교수의 가르침으로 비코를 발견했을 때 그 충격이란. 나는 읽는 동안 수년 전 이유 없이 갑작스레 떠나 버린 사라 때문에 받은 상처를 치유하기 위해 튀빙겐으로 도망치다시피 떠났던 아드리아를 떠올리지 않을 수 없었다. 지금 그녀는 그 앞에 흐뭇한 표정으로 웃음 짓고 있었다. 앞에서 지적했듯이 이십 년 전 튀빙겐에서 그는 사라를 닮은 여학생들을 교실마다 찾아다니며 방탕한 생활을 했다. 하지만 지금 37번 방에 그녀가 그의 앞에서 더욱 성숙한 모습으로 그를 바라보며 앉아 있었다. 그가 책을 덮고 이 같은 책은 수년의 작업이 필요하니 또 다른 책을 위한 영감이 앞으로 오래, 오래, 오래도록 다시는 떠오르지 않기를 기원합니다, 아멘이라고 말하자 그녀는 야릇한 표정을 지으며 소리 없이 웃었다. 청중은 손가락 마디를 세워 정중하지만 열정을 담아 책상을 두드렸다. 발표회 후에는 쇼트 교수, 바르텐 학과장, 감정에 북받친 카메네크, 벙어리에 가까운 소심한 또 다른 교수들 두 명과 함께 저녁 식사를 했다. 둘 중 아마도 키가 더 작아 보이는 한 명이 모기처럼 작은 목소리로 아르데볼 박사에 대한 카메네크의 인간적인 묘사가 매우 감동적이라고 말해 아르데볼은 카메네크의 세심함을 치켜세웠다. 카메네크는 예상치 못한 칭찬에 살짝 당황하며 바닥으로 시선을 향했다. 식사가 끝난 후 아드리아는 사라를 데리고 공원을 한 바퀴 돌았다. 하루의 끝자락을 밝히는 불빛은 다가오는 차가운 봄의 기운을 내뿜고 있었다. 그녀는 모든 것이 너무나 사랑스럽다는 말을 아끼지 않았다. 춥긴 하지만 말이야.

"오늘 눈이 온대."

"그래도 모든 게 아름다워."

"기분이 울적하거나 너를 생각할 때면 걸어서 이곳을 찾곤 했어. 공동묘지 울타리를 뛰어넘거나."

"그게 가능해?"

"봤지? 방금 넘었잖아."

그녀는 망설이지 않고 울타리를 넘었다. 30미터쯤 걸어가자 출입문이 나왔다. 열려 있었다. 사라는 긴장한 웃음을 억지로 참고 있었다. 마치 죽은 자의 집에서는 웃음을 삼가야 한다는 듯이 말이다. 맨 뒤쪽 무덤에 도착하자 사라는 호기심을 나타내며 묘비의 이름을 읽었다.

"누구야?" 별을 달지 않은 사령관이 물었다.

"레지스탕스로 활동한 독일인들입니다."

사령관은 좀 더 자세히 보기 위해 가까이 다가갔다. 그는 중년의 남성으로 게릴라보다는 화이트칼라 사무원에 가까운 모습을 하고 있었다. 한편 여인은 평온한 가정주부처럼 보였다.

"어쩌다 여기까지 왔나?"

"말하자면 깁니다. 폭발물이 필요합니다."

"대체 어디에서 오는 길인가. 그리고 젠장, 자네들이 누구라고 생각하는 건가?"

"힘러는 페를라흐에 가야 합니다."

"거기가 어딘가?"

"클라겐푸르트에 있습니다. 국경 반대편, 바로 이곳이지요. 지리를 잘 아는 편입니다."

"그래서?"

"그를 따뜻하게 맞이하고 싶습니다."

"뭐라고?"

"공중분해를 시켜서 말이지요."

"성공하지 못할 거야."

"방법은 잘 알고 있습니다."

"자네들은 방법을 몰라."

"잘 알고 있습니다. 그를 죽이기 위해 우리도 기꺼이 죽을 준비가 되어 있거든요."

"자네들, 누구라고 했지?"

"말씀드린 적 없습니다. 나치가 우리 저항 부대를 산산조각 내 버렸지요. 그들은 우리 동지 서른 명을 처형했습니다. 대장은 감옥에서 스스로 목숨을 끊었습니다. 살아남은 우리는 그 많은 영웅들의 죽음을 헛되게 만들고 싶지 않습니다."

"자네들 대장은 누구였나?"

"헤르베르트 바움입니다."

"그럼 자네들이 바로 그……."

"그렇습니다."

별을 달지 않은 사령관은 노란 콧수염을 기른 부하를 긴장한 눈빛으로 바라보았다.

"힘러가 언제 온다고 했나?" 그들은 자살이나 마찬가지인 계획을 심도 있게 검토하기 시작했다. 그렇다, 가능하긴 하다, 꽤 가능성이 있는 편이었다. 그리하여 꽤 넉넉한 양의 다이너마이트를 주고 다닐로 야니체크에게 감독을 맡겼다. 자원이 매우 부족했기 때문에 그들은 닷새 후 작전의 성공 혹은 실패 여부와 상관없이 야니체크가 저항 집단에 다시 합류하기로 결정했다. 야니체크는 어떠한 상황에서도 그들과 함께 자살을 시도하지 않을 거였다.

“위험합니다.” 그들이 계획을 설명하자 다닐로 야니체크는 전혀 기쁘지 않은 듯 대답했다.

“동의합니다. 하지만 만일 성공한다면…….”

“확신할 수 없습니다.”

“야니체크, 이것은 명령입니다. 엄호할 누군가를 데려가십시오.”

“신부를 데려가죠. 든든한 어깨와 훌륭한 사격 솜씨가 필요합니다.”

이게 드라고 그라드니크가 폭탄을 짊어지고 행상인 행세를 하며 옐렌돌의 길목을 지나게 된 경위다. 그는 숟가락과 나무 접시를 나르는 듯 즐거워했다. 폭발물은 안전하게 목적지까지 도착했다. 이쑤시개처럼 말라빠진 남자가 바이디셰르가의 불 꺼진 주차장에서 그들을 맞이하고는 힘러의 페를라흐 방문이 이틀 뒤라고 다시 한번 확인해 주었다.

누구도 그 비극이 어떻게 일어났는지 설명하지 못했다. 헤르베르트 바움 사단의 활동가들조차 여전히 이해할 수 없었다. 계획을 실행하기 하루 전날 다닐로와 신부가 폭약을 준비했다는 사실만은 분명했다.

“조악한 재료들이었던 것 같습니다.”

“그렇지 않습니다. 군사 작전을 위해 사용하던 거예요. 조악함하고는 거리가 멉니다.”

“장담하건대 분명히 습기를 잔뜩 먹었을 겁니다. 잘 아시는지 모르겠지만 폭약이 습해지면…….”

"압니다. 하지만 재료 상태는 양호했습니다."

"그렇다면 그들이 솜씨가 서툴렀다고 볼 수밖에 없겠군요."

"글쎄요. 그런데 딱히 다른 설명이 떠오르지 않는군요."

전말은 이렇다. 새벽 3시, 그들은 이미 배낭에 폭탄 설치를 위한 재료들을 챙긴 상태였다. 자살 특공대 대원 두 명은 힘러를 댄스 파트너로 삼아 자신들과 함께 날려 버리고자 했다. 지나치게 긴장하여 피로했던 다닐로는 제길, 그걸 만지지 말라니까 했고, 그 말투에 피로와 짜증을 느낀 신부는 방금 폭약으로 가득 채운 배낭을 너무 세게 쥐고 말았다. 빛과 소음이 있었고, 어두웠던 주차장이 잠깐 환해졌다. 그리고 유리창, 칸막이 벽, 다닐로와 그라드니크 신부는 한데 뒤섞여 산산조각이 났다.

점령군이 사건의 전모를 조사했을 때 찾은 것이라고는 최소 두 명의 잔해였다. 그중 한 명은 발이 코끼리 발바닥만 했다. 금속 파편, 창자, 사방에 흥건한 피 속에서 실종된 친위대 중위 프란츠 그뤼베의 군번줄이 발견되었고, 공식적으로 확인된 정보에 의하면, 그러니까 친위대 대위 티모데우스 샤프에 따르면 그자는 크란스카고라로 들어가는 입구에서 영웅적으로 항복한 친위대의 굴욕적인 패배의 비통한 원인이었다. 첫 번째 총성을 듣자마자 자비를 구하며 하늘로 고개를 꼿꼿이 들고 적에게 달려갔기 때문이었다. 친위대원이 공산주의 게릴라 특공대원으로부터 자비를 구걸하고 있었다. 이제 상황이 어느 정도 이해가 되었다. 비굴한 배신자가 다시 등장했다. 그는 친위대장을 직접 겨냥한 비굴한 계획에 연루되었다.

모든 증거가 친위대장 하인리히 힘러를 죽이려는 계획과 관련되어 있다고 말해 주었다.

"그렇다면 이 그뤼베라는 자는 누구요?"

"조국을, 총통을, 그리고 자신이 나치의 친위대에 입단했을 때 장엄하게 맹세했던 신성한 선서를 배신한 자이지요. 친위대의 샤프 대위가 좀 더 자세한 이야기를 해 줄 수 있습니다."

"그가 수치스러운 비난을 사면 좋겠군요."

로타르 그뤼베가 받은 전보는 매우 간략하게 핵심만 나열하며 그의 비굴한 아들이 저지른 악행에 대해 통지했다. 최고 상관이었던 친위대장의 목숨을 노렸지만 폭발물을 만지다가 비굴한 자신을 수천 조각 내 버렸노라고 했다. 벌써 열두 명의 독일인 배신자들을 체포했다는 사실도 덧붙였다. 이들은 비굴한 유대인 헤르베르트 바움이 이끄는 단체처럼 이미 격파된 단체에 소속되어 활동했다고 전했다. 당신의 비굴한 아들로 인한 제국의 수치는 수천 년간 기억될 것이오.

로타르 그뤼베는 입가에 웃음을 띠며 울음을 터뜨렸다. 그날 밤 그는 안나에게 내 사랑, 보았소, 우리 아들이 마음을 고쳐먹었던 게 틀림없소. 당신에게 말하지 않은 사실이 있소. 히틀러의 거짓들이 한때 우리 프란츠를 현혹했소. 그런데 무엇인가가 자기 잘못을 깨닫게 한 모양이오. 제국의 불명예가 우리 가문 탓이라는구려. 사실 이게 그뤼베에게 일어날 수 있는 가장 기쁜 일이 틀림없었다.

가문의 영웅이자 그때까지 제국의 잔혹함에 용맹으로 맞선 유일한 자인 작은 프란츠의 용기를 기념하기 위해 그는 귄터 라우에한테 신세를 갚으라고 말했다. 벌써 수년이나 지난 일이긴 했지만 말이다. 귄터 라우에는 이득과 손실을 이리저리 계산하더니 그렇게 하지, 내 친구 로타르, 하지만 한 가지 조건이 있네라고 말했다. 그게 무언가? 신의 이름으로 기원하건대 제발 신중하게. 묘지기들에게 수고비를 얼마나 줘야 하는지 알려 주지. 로타르 그뤼베는 좋아, 공평한 제안이군이라고 말했다. 닷새 후 서부 전선이 문제가 되기 시작했다는 소식이 들리고 아무도 대지의 어머니가 한 소대 전체를 삼켜 버렸다는 벨라루스의 재앙에 대해 말하지 않을 때 튀빙겐의 고요한 공동묘지에서는 그뤼베-란다우 가문의 영지에서 슬픔 가득한 남자와 그 조카 베벤하우젠의 란다우 집안 헤르타 란다우가 보는 앞에서 어느 용감한 영웅의 기억이 텅 빈 관 속에 묻혔다. 좋은 시절이 다시 찾아오면 우리는 그의 영혼과 같은 하얀 꽃으로 그에게 경의를 표할 겁니다. 안나, 나는 우리 아들이 자랑스럽소. 지금쯤이면 아들을 만났겠구려. 이곳에서 더 이상 할 일이 없으니 나도 곧 가리다.

날이 어두워졌다. 그들은 생각에 잠겨 여전히 열려 있는 문을 통해 밖으로 나갔다. 그녀는 공원의 오솔길을 비추는 가로등까지 그의 손을 잡고 말없이 걸었다. 그곳에 다다랐을 때 그녀는 쇼트 선생의 말이 맞는 것 같다고 말했다.

"그가 한 말이 너무 많아서 말이지."

"아니, 네 책 『유럽 지성사』가 정말 중요한 작품이라는 것 말이야."

"잘 모르겠어. 그 말이 맞으면 좋겠지만 나는 알 수 없지."

"그렇다니까." 사라는 말했다. 그리고 더 중요한 사실은 내가 너를 사랑한다는 거야.

"음, 사실 다른 쓸거리를 생각한 지 좀 됐어."

"어떤 종류인데?"

"잘 모르겠어. 악의 역사라고나 할까."

공동묘지를 떠나며 아드리아는 자신이 하고 싶은 말이 무엇인지 정확히 모르는 게 문제라고 말했다. 주제에 대해 진정으로 고찰할 자신이 없어. 확실치는 않지만 몇몇 사례가 떠오르기는 해, 그런데 하나의 중심 사상이 떠오르지는…….

"조금씩 적어 나가 봐. 내가 옆에서 응원할게."

나는 사라를 곁에 두고 글을 썼다. 그녀는 내 가까이에서 그림을 그렸다. 우리에게는 시간이 조금밖에, 너무 조금밖에 남아 있지 않았다. 곁에서 함께 작업하고 생활하며 서로 두려움을 달래 주었다. 나는 글을 썼고, 당신은 내 곁을 지켰지. 사라는 이야기를 스케치하고 목탄으로 그림을 그렸다. 아드리아는 그 옆에서 그녀의 솜씨를 경외하듯 바라보았다. 사라는 유대교의 율법에 따라 요리했고, 그에게 유대인 식단의 풍부함에 대해 설명하곤 했다. 아드리아는 언제나 감자 오믈렛과 쌀밥, 구운 닭고기로 답례했다. 가끔 막스가 굉장히 좋은 빈티지의 술을 보내왔다. 나는 쓸데없이 툭하면 웃었다. 나는 그녀가 집중하여 이젤 위의 빈 도화지를 십 분 이상 뚫어져라 바라보며 자기 일, 수수께끼, 비밀, 그리고 내가 닦아 주길 바라지 않는 눈물을 떠올리고 있을 때 그녀의 작업실로 들어가곤 했다.

"나도 널 사랑해, 사라."

그녀는 흰 도화지에서 나의 창백한 얼굴로 몸을 돌려 시선을 맞추었다. 자기 일, 수수께끼, 비밀, 그리고 알 수 없는 눈물 속에서 빠져나오느라 미소를 짓는 데 삼 초의 시간이 걸렸다. 하지만 우리는 행복했다. 그리고 지금 튀빙겐의 공동묘지를 떠나면서 당신은 내게 글을 써 봐, 내가 네 옆에 있잖아라고 말했다.

아무리 봄이라도 추운 날에는 밤의 발자국이 조금 다른 소리를 낸다. 추위가 소리라도 내듯이 말이다. 아드리아는 조용히 호텔로 걸어가는 동안 생각했다. 행복한 두 사람이 내는 밤의 발자국 소리가 들리는 듯했다.

"무엇을 도와드릴까요?"(독일어)

"아드리아 아르데볼? 아드리아? 너야?"

"응.(독일어) 응. 베르나트?"

"여보세요. 통화 가능해?"

아드리아는 사라를 바라보았다. 외투를 벗고 작은 암슐로스 호텔 방의 커튼을 닫으려 하고 있었다.

"어떻게 지내? 무슨 일이야?"

사라는 이를 닦고 잠옷을 입고는 침대 속으로 들어갔다. 아드리아는 아, 그래, 물론 그렇고말고, 알았어라고 말하고 있었다. 그는 아무 말도 하지 않고 듣기만 했다. 말을 안 한 지 오 분쯤 되었을 때 사라를 바라보았다. 그녀는 천장을 바라보며 생각에 잠긴 채 고요함을 음미하는 중이었다.

"그러니까 잠깐만. 그래, 내가, 응, 맞아. 물론이지."

삼 분이 더 걸렸다. 내 사랑, 당신은 우리 둘을 생각하는 것 같았어. 이따금 당신을 곁눈질할 때면 만족스러운 미소를 숨기고 있는 것을 보았지. 내 사랑, 당신이 나를 자랑스러워한다는 사실을 느꼈고, 나는 세상에서 가장 행복한 남자가 된 기분이었어.

"잠깐, 뭐라고?"

"내 말을 들은 거야?"

"당연하지."

"저기, 이봐. 이제 됐어. 그리고 나는……."

"베르나트. 어쩌면 헤어지는 편이 나을지 몰라. 안 되는 건 안 되는 거야." 아드리아는 잠시 멈추었다. 수화기 너머로 친구의 한숨 소리가 들렸다. "안 그래?"

"이봐, 그러니까……."

"소설은 잘되어 가?"

"잘될 리가. 이렇게 주변이 엉망진창인데 그럴 리가 있어?" 고요함이 아득하게 전해졌다. "게다가 나는 글 쓰는 데 재주가 없고 너는 그저 내가 이혼하기만 바라지."

"네가 이혼하는 걸 원치 않아. 난 아무것도 원하는 게 없어. 그저 네가 행복하기를 바랄 뿐이야."

베르나트가 들어 줘서 고맙다고 인사하며 전화를 끊기까지 삼 분 삼십 초가 더 걸렸다. 아드리아는 전화기 앞에 몇 초간 앉아 있었다. 그는 자리에서 일어나 얇은 커튼을 살짝 열었다. 바깥에 조용히 눈이 내리고 있었다. 사라의 곁에서 그는 마음의 안식을 찾았다. 당신 곁에서 내 마음은 평온을 찾았어, 사라. 그때는 내가 글을 쓰고 있는 지금 당신이 곁에 없으리라고는 상상도 못 했었지.

42

풍선처럼 부풀고 공작처럼 잔뜩 바람이 들어 튀빙겐에서 돌아왔다. 나는 너무나도 높은 곳에서 인류를 고찰하느라 어떻게 나머지 사람들이 저토록 낮은 곳에서 살 수 있는지 경외심을 품으며 궁금해했다. 학교 바에 커피를 마시러 갈 때까지 이 생각은 계속되었다.

"저기요."

더 예뻐진 모습이었다. 나는 무의식중에 그녀 옆에 앉았다.

"저기, 어떻게 지냈어요?"

역시 더 예뻤다. 내가 주변에 있을 때 애써 화난 척했던 그 모습은 지난 몇 달 사이에 부드러워져 있었다. 어쩌면 지겨워졌는지도 모른다. 아니면 일이 잘 풀리고 있거나.

"잘 지냈어요. 당신은요? 독일에서 일이 잘됐다면서요, 그렇죠?"

"맞아요."

"하지만 나는 『미적 의지』가 더 좋긴 해요. 훨씬 더."

그녀는 커피를 한 모금 들이켰다. 나는 그 단호한 선언이 마음에 들었다.

"나도요, 그렇지만 너무 크게 말하고 다니지는 말아요."

침묵이 흘렀다. 이번에는 내가 커피를 한 모금 마셨다. 그다음에 그녀가 밀크 커피를 한 모금 들이켰다.

"당신은 정말 대단해요." 조금 있다 그녀가 말했다.

"뭐라고요?"

"이미 내 말을 들었잖아요. 당신은 정말 대단하다고요."

"고마워요. 나는……."

"아니에요. 계속 잘해 나가길 바랄게요. 사고하고 가끔 책을 쓰는 데 당신 힘을 쏟길 바라요. 그 대신 사람들은 건드리지 말아요. 피하는 편이 좋을 거예요, 알았죠?"

그녀는 남은 커피를 한 번에 들이켰다. 나는 무슨 말인지 설명을 부탁하고 싶었지만 파고들어 봐야 웃음거리만 될 거라고 생각했다. 특히 당신에게 라우라에 대해 아무런 언급도 하지 않은 상황에서 말이다. 별 어려움 없이 이야기를 꺼낼 수도 있었지만 그러지 않았다. 그리고 그녀는 나를 공격하는 대신에 칭찬하고 있었다. 사무실을 보수하면서 마침내 내 자리가 생겼고, 그녀는 한 달째 내 앞자리의 책상을 썼다. 나는 라우라와 새로운 관계에 익숙해져야만 했다. 그럴 경우에 당신에게 라우라 이야기를 할 필요조차 없을 거라 생각했다.

"고마워요, 라우라." 내가 말했다.

그녀는 손가락 마디로 책상 위를 두 번 두드리더니 자리를 떠났다. 나는 그녀와 층계참에서 다시 마주치지 않도록 한동안 기다려야 했다. 하지만 라우라가 더 이상 내게 뾰로통하지 않다는 사실에 한결 마음이 가벼워졌다. 오메데스가 말하길 라우라 바일리나라고, 그 작고 귀여워서 어쩔 줄 모르겠는 금발 여자를 아시오? 그러니까 수업이 꽤 큰 반향을 불러일으키고 있어요. 학생들을 아주 휘어잡나 봐요. 아주 잘됐다고 나는 생각했다. 그리고 내가 그녀에게 저지른 모든 나쁜 일들이 그녀가 나아지는 데 도움이 되었다고 생각했다. 오메데스에게는 나도 들었어요라고 말했다. 가끔은 좋은 교수도 있어야지요, 안 그래요?

아드리아 아르데볼은 자리에서 일어나 넓은 서재를 몇 바퀴 돌았다. 라우라가 그날 아침에 한 말을 생각하고 있었다. 인큐내뷸러 앞에 멈춰 서서 그는 왜 공부를 했고, 쉬지 않고 공부만 했는지 스스로에게 물었다. 알지 못할 목마름 때문에, 세상을 이해하기 위해. 혹은 인생을 이해하기 위해. 누가 어떻게 알겠어. 곧 스르스르스르 소리가 들려서 생각의 흐름은 끊어지고 말았다. 작은 롤라가 문을 열 거라 생각하며 잠시 기다렸다. 그리고 루이스의 책 앞에 다시 앉아 그의 문학적 사실주의에 대한 고찰을 몇 줄 읽어 내려갔다.

"하우."

"왜 그래."

"카테리나."

"스르스르스르."

그는 고개를 들었다. 카테리나는 이미 떠났을 것이다. 시계를 보았다. 저녁 7시 30분이었다. 그는 투덜대며 루이스를 덮었다.

문을 열었다. 스포츠 가방을 든 베르나트가 그 앞에 서서 안녕, 들어가도 돼? 하고 말했다. 그는 아드리아가 들어와, 어서, 들어와라고 말하기 전에 이미 몸을 들여놓고 있었다.

한참이 지나 사라가 집에 돌아오더니 거실에서 즐거움 가득한 큰 목소리로 외쳤다. 그림 형제 이야기 두 편이래! 그녀는 문을 닫고 캔버스로 가득한 서재에 들어서며 야채는 넣지 않았어?

"어머, 안녕하세요, 베르나트." 그녀가 덧붙였다. 그리고 그의 스포츠 가방을 유심히 바라보았다.

"그러니까……." 아드리아가 말했다.

사라는 모든 상황을 이해한 듯 베르나트에게 저녁을 먹고 가라고 권했다. 그 말이 명령처럼 들렸다. 그리고 아드리아를 향해 말을 이었다. 이야기마다 삽화 여섯 장씩이야. 그녀는 그림들을 내려놓은 후 가스레인지에 냄비를 올렸다. 베르나트는 소심하게 아드리아를 쳐다보았다.

"손님방에 짐을 풀어요." 침묵을 깨기 위해 사라가 말했다. 그들 앞에 성 마리아 데 제리 수도원이 있었다. 밤이었지만 트레스푸이의 햇빛을 받아 수도원은 환하게 밝았다. 야채 요리를 들고 있던 두 남자는 놀란 표정으로 고개를 들었다.

"음, 그러니까 여기서 며칠 지내고 싶은 거죠, 그렇죠?"

사실 말이지, 사라, 베르나트는 내게 미리 물어보지 않았어. 머물고 싶어 한다는 것은 알았지만 왠지 흔쾌히 받아 주고 싶지는 않더라고. 어쩌면 그런 부탁을 할 용기도 없는 베르나트한테 화가 났는지도 몰라.

"두 사람만 괜찮다면 신세 좀 지려고."

나는 언제나 당신처럼 에둘러 말하지 않는 성격이면 좋겠다고 생각했어, 사라. 하지만 나는 정면 돌파란 절대 할 줄 모르는 사람이야. 심지어 가장 친한 친구에게는 더 어려울밖에. 가장 중요한 사항을 확인하고 나니 좀 더 편안한 분위기에서 저녁 식사가 계속되었다. 베르나트는 이혼하고 싶지 않다는 사실을 설명해야 할 것 같은 기분이었다. 하지만 날이 갈수록 우리는 더 심하게 싸우고, 요렌스만 생각하면 마음이 안됐다니까…….

"몇 살이지?"

"모르겠어. 열일곱이나 열여덟일 거야."

"꽤 많이 컸네, 그렇지?" 내가 말했다.

"무얼 기준으로 많이 컸다는 거야?" 베르나트가 방어적으로 되물었다.

"둘이 갈라서기에 말이야."

"내가 신경 쓰이는 건 말이죠." 사라가 말했다. "아들 나이도 모른다는 거예요."

"열일곱 아니면 열여덟이라고 이미 말했잖아요."

"열일곱 살이에요, 열여덟 살이에요?"

"음……."

"아이 생일은 언제인지 알아요?"

죄책감에 무거운 침묵이 흘렀다. 당신이 옳다고 확신할 때면 아무도 막을 수 없었지. 그리고 당신은 계속 말했어.

"어디 한번 보자. 몇 년도에 태어났죠?"

베르나트는 한참 생각하더니 1977년이라고 말했다.

"여름, 가을, 겨울, 봄?"

"여름."

"그럼 열일곱 살이네. 간단하네요."

당신은 말하지 않았지만 아들의 나이를 모르는 남자를 질책하는 훈계를 더 할 수도 있었을 거야. 테클라가 참 안됐지. 언제나 정신이 딴 데 팔려서 자기 일만 중요한 놈이랑 인생이 엮이다니. 모두 자기 시중을 들기 위해 대기하는 줄 아는 놈이야, 안 그래? 나열하자면 끝이 없을 거야. 하지만 당신은 그냥 고개를 흔들기만 할 뿐 말을 아꼈지. 우리는 무사히 저녁 식사를 끝냈다. 사라는 우리 둘만 남겨 두고 일찍 잠자리에 들었다. 나로 하여금 베르나트한테 말을 끌어내 보라고 격려하는 당신의 방식이었다.

"이혼해." 그에게 말했다.

"다 내 잘못이지. 내 아들 나이도 모르는데 뭐."

"이봐, 진심으로 하는 말이야. 이제 그만 이혼하고 행복한 삶을 고민해 봐."

"나한테 행복한 삶은 없을 거야. 죄책감이 나를 갉아먹고 말겠지."

"무엇에 대한 죄책감인데?"

"모든 것들. 무슨 책을 읽는 거야?"

"루이스."

"누구?"

"클라이브 스테이플스 루이스.[3] 현자 중 현자야."

"아." 베르나트는 책을 대충 넘기더니 탁자 위에 놓았다. 그리고 아드리아에게 여전히 그녀를 많이 사랑한다고 말했다.

"그녀는 널 사랑한대?"

"그런 것 같아."

"좋아. 하지만 너희 둘은 서로에게 상처를 주면서 요렌스도 아프게 하고 있어."

"아니야. 만약 내가…… 관두자."

"그래서 네가 집에서 도망친 거야, 그렇지?"

탁자 앞에 앉은 베르나트는 손으로 얼굴을 가리더니 울기 시작했다. 주체하지 못하는 흐느낌이었다. 그는 한참이나 그렇게 있었고 나는 그에게 다가가야 할지, 안아 주어야 할지, 어깨를 두드려 주어야 할지, 아니면 농담을 건네야 할지 어찌할 바를 몰랐다. 결국 아무것도 하지 않았다. 아니, 하기는 했다. C. S. 루이스의 책이 젖지 않도록 치웠다. 가끔 나는 나 자신이 정말 밉다.

---

3) Clive Staples Lewis(1898~1963). 영국의 소설가이자 성공회 신도. 대표작으로 『나니아 연대기』가 있다.

테클라는 문을 열더니 한참 동안 서서 나를 조용히 바라보았다. 그녀는 나를 집 안으로 들인 후 문을 닫았다.

"그이는 좀 어때요?"

"혼란스러워해요. 완전히 망가졌어요. 당신은요?"

"혼란스러워요. 완전히 망가졌고요. 중재자 역할이라도 하러 온 건가요?"

사실대로 말하자면 아드리아는 평소에도 테클라와 크게 할 말이 없었다. 그녀는 너무나 달랐고, 불안한 눈빛을 하고 있었다. 그리고 굉장히 예뻤다. 이따금 너무 아름다운 외모 때문에 미안해하는 듯했다. 머리를 대충 넘겨 하나로 묶은 그녀에게 아드리아는 당장이라도 입을 맞출 수 있을 것 같았다. 그녀는 조심스럽게 팔짱을 끼더니 나를 뚫어지게 바라보았다. 아무 말이든 하라고 재촉하듯 말이다. 베르나트가 완전히 망가져 무릎을 꿇고서 제발 집에 돌아오라고 애원하더라는 말을 듣고 싶다는 듯이. 자신이 얼마나 타인의 참을성을 시험하는 성격인지 알며, 최선을 다해 스스로의……. 그리고 그래, 맞아요, 베르나트가 문을 쾅 닫고 집을 나왔지요, 당신이 아니라 떠난 건 그놈이에요……. 하지만 베르나트는 무릎 꿇고 당신이 돌아오기를 애원하고 있어요. 당신 없이는 살 수 없다네요…… 하는 말을 듣고 싶다는 듯이.

"바이올린을 가지러 왔어요."

테클라는 몇 초 동안 가만히 서 있다가 거실로 갔다. 내가 보기에 기분이 좀 상한 것 같았다. 그녀가 사라진 동안 나는 그 틈을 타 몇 마디를 덧붙였다. 악보도 필요하답니다…… 파란색에…… 두꺼운 파일에 들었대요.

그녀는 바이올린과 두꺼운 파일을 들고 돌아와 그것을 식탁 위에 올려놓았다. 거친 손짓이었다. 기분이 굉장히 상한 모양이었다. 더 이상 말을 덧붙이는 것은 무의미하다고 생각했다. 나는 바이올린과 악보 파일을 챙겼다.

"이 모든 일이 유감스러울 따름입니다." 작별 인사 대신에 내가 한 말이었다.

"나도 마찬가지예요." 문을 닫으며 그녀가 말했다. 문을 닫는 소리도 매우 거칠었다. 마침 그때 스포츠 가방을 등에 멘 요렌스를 보았다. 계단을 두 칸씩 올라오고 있었다. 나는 누가 저렇게 부끄러운 듯 몸을 숨기는지 요렌스가 알아채기 전에 얼른 엘리베이터에 올라탔다. 나도 인정해, 난 정말 겁쟁이야.

둘째 날 오후에 베르나트는 연습을 시작했고, 듣기 좋은 바이올린 소리가 다시 집 안에 울려 퍼졌다. 꽤 오랜만이었다. 서재에 있던 아드리아는 소리를 좀 더 잘 듣기 위해 고개를 들었다. 손님방에서 베르나트는 에네스쿠의 소나타로 실내를 채웠다. 오후 무렵 베르나트는 스테리오니를 켜 볼 수 있는지 물었다. 그는 감미로운 이삼십 분 동안 악기의 울음소리를 들려주었다. 그가 연주한 르클레르 삼촌[4]의 소나타 몇 곡에는 완전히 베르나트만의 소리가 녹아 있었다. 잠시 나는 비알을

4) 소설 전반부에 등장하는 역사 속 인물인 기욤프랑수아 비알이 살해한 삼촌 르클레르를 가리킨다. 역사 속 인물들이 서로를 부르는 호칭을 그대로 가져옴으로써 바이올린 악곡에 얽힌 악의 역사를 환기하는 작가적 기법이다.

그에게 주어야겠다고 생각했다. 그가 연주한다면 악기가 제 몫을 할 거라고 생각했다. 그러나 곧 그 욕구를 억눌렀다.

음악이 그에게 도움이 되었는지는 잘 모르겠다. 저녁 식사 후에 우리 셋은 한참이나 떠들며 시간을 보냈다. 사라는 놀랍게도 하임 삼촌을 언급했고, 우리 대화는 삼촌 이야기에서 악의 평범성에 대한 주제로 옮아갔다. 내가 아렌트를 열심히 읽은 지 얼마 안 된 때인 데다 몇몇 생각들이 머릿속을 맴돌면서 도저히 답을 구하지 못하고 있었기 때문이다.

"그게 왜 너를 괴롭히는데?" 베르나트가 말했다.

"악이 대가를 치를 필요가 없다면 인류는 끝장난 거야."

"무슨 말인지 모르겠어."

"대가를 치를 걱정 없이 악을 저지를 수 있다면 인류의 미래는 없어."

"묻지 마 범죄 같은 걸 말하는 거야? 그냥 이유 없이 저지르는 범죄 말이야."

"이유 없이 저지르는 범죄는 우리가 상상할 수 있는 것 중 가장 비인간적이야. 버스를 기다리는 남자를 보고 그냥 죽였다고 쳐. 끔찍하지."

"그럼 미움은 범죄를 정당화한다고 보는 건가?"

"아니, 하지만 설명은 가능하지. 묻지 마 범죄는 끔찍할 뿐 아니라 설명도 불가능해."

"그럼 신의 이름으로 행해지는 범죄는 어때?" 사라가 끼어들었다.

"그건 이유 없는 범죄이지만 아주 주관적인 알리바이를 갖고 있지.”

“그럼 그 범죄가 자유의 이름으로 저질러졌다면? 아니면 진보의 이름으로? 아니면 미래라는 이름으로?”

“신의 이름으로나 미래의 이름으로 저지르는 살인도 마찬가지라고 생각해. 범죄의 이유가 이데올로기라고 주장하는 순간 공감과 연민은 사라지고 말지. 양심의 가책을 느끼지 않고 아주 냉정하게 누군가를 죽이는 거야. 정신병자의 묻지 마 범죄 같은 거지.”

그들은 한참 동안 말이 없었다. 다들 대화의 무게에 짓눌린 듯 서로 시선을 피하고 있었다.

“설명을 대체 어떻게 풀어야 할지 어려운 것들이 있다니까.” 아드리아는 풀 죽은 목소리로 말했다. “잔인함. 잔인함을 정당화하는 이유. 말로 풀지 않으면 어떻게 설명할 수 있을지 잘 모르겠어.”

“한번 시도해 보면 어때?” 나를 꿰뚫을 듯한 눈빛으로 바라보며 당신이 말했지.

“나는 글재주가 없어. 이건 베르나트가 하는 소린데.”

“날 끌어들이지 마. 그럴 기분이 아니야.”

대화는 차츰 시들해졌고 우리는 잠자리에 들었다. 내 사랑, 내 기억으로는 그날 내가 결심을 굳힌 것 같아. 눈을 멀뚱멀뚱 한 시간쯤 굴린 후 나는 거의 소리 없이 일어나 서재로 돌아갔다. 흰 종이 몇 장과 펜을 들고 아주 고대의 해결책을 제시하기로 했는데, 그러니까 차츰 우리 대화에 근접하여 나는 전혀 해를 입히지 않을 수 있기 때문에 돌이 너무 작아서는 안 된다고 적었다. 하지만 그게 너무 커서도 안 되는데, 왜냐하면 죄책감이라는 고문을 지나치게 짧게 마무리하도록 할 수 있기 때문이었다. 우리는 범죄자의 처분에 대해 이야기하고 있지 않은가. 이를 잊어서는 안 된다. 엄지손가락을 들어 올렸으나 돌팔매질을 망설이는 모든 선한 사람들은 죄는 고통을 통해 용서받을 수밖에 없다는 사실을 알아야 한다. 이것이 순리에 맞다. 역사란 항상 그래 왔다. 따라서 간통을 저지른 여인을 다치게 하고, 한쪽 눈을 뽑고, 그녀의 흐느낌에 반응하지 않는 이 모든 것은 전능하시고 동정심이 가득하시며 자비로우신 유일신을 기쁘게 한다.

알리 바흐르는 먼저 나서지 않았다. 죄를 고발한 자로서 첫 번째 돌을 던질 특권이 있었지만 말이다. 그의 눈앞에서 악명 높은 아마니는 구덩이에 파묻힌 채 부정한 얼굴만 밖으로 내놓고 있었다. 얼굴은 눈물범벅이 되어 저를 죽이지 마세요, 알리 바흐르가 여러분께 거짓을 고한 겁니다라고 이미 한참 전부터 되뇌고 있었다. 이에 알리 바흐르는 죄지은 여인의 말에 심경이 불편해진 듯 씩씩거리며 재판관의 신호에 앞으로 나와 이 창녀가 과연 망할 입을 닥칠지 아닐지 첫 번째 돌을 던졌다. 신의 가호가 있기를. 계집의 입을 다물게 만들었어야 할 돌은 너무 천천히 날아갔다. 마치 그가 대추야자를 판다는 구실로 집에 발을 들이자 아마니가 낯선 남자의 방문에 놀라 손에 쥐고 있던 행주로 얼굴을 가리며 무슨 일인가요, 누구십니까라고 물었을 때처럼 말이다.

"상인인 아지자데 알팔라티에게 이 대추야자를 판매하러

왔소."

"지금 안 계십니다. 저녁때까지 돌아오지 않으실 거예요."

이것은 알리 바흐르가 기대하던 대답이었다. 더구나 그는 그녀의 얼굴을 살펴볼 수 있었다. 무라바시의 여관에서 들은 것보다 더욱, 더더욱 아름다웠다. 불경스러운 여인일수록 더 아름다운 법이다. 알리 바흐르는 대추야자 바구니를 바닥에 내려놓았다.

"우리는 그것을 주문한 적이 없습니다." 그녀는 의심스러운 듯 말했다. "저는 그런 권한이……."

그는 여인을 향해 팔을 벌리고 심각한 표정을 지으며 앞으로 두 걸음 나아갔다. 그는 귀여운 아마니, 나는 그저 당신의 비밀을 벗기고 싶소라고 말했을 뿐이다. 눈을 번뜩이며 그는 퉁명스럽게 말했다.

"경외하는 주님의 이름으로 불경함을 물리치러 왔다."

"무슨 말이죠?" 아름다운 아마니가 겁에 질려 물었다.

그는 여인을 향해 두 걸음 더 나아갔다.

"당신의 비밀을 밝히는 게 내 임무요."

"제 비밀이요?"

"당신의 불경죄."

"무슨 말인지 모르겠습니다. 제 아버지께서…… 아마…… 아버지께서 당신께 설명을 요구할 겁니다."

알리 바흐르는 더 이상 눈의 불꽃을 숨길 수 없었다. 그가 거칠게 말했다.

"옷을 벗어, 더러운 암캐 같으니."

음흉한 아마니는 말을 고분고분 따르는 대신 집 안쪽으로 도망쳤고, 알리 바흐르는 쫓아가 목을 움켜쥐어야 했다. 그녀가 도움을 요청하기 위해 소리를 지르기 시작하자 그는 한 손으로 입을 막고 다른 한 손으로는 옷을 찢어 죄의 근원을 밖으로 내보였다.

"이걸 보아라, 불경한 것!"

그는 그녀가 목에 걸고 있던 목걸이를 끊어 버렸다. 그녀의 목에 피가 흘렀다.

남자는 손바닥에 놓인 목걸이를 살펴보았다. 사람의 형상을 하고 있었다. 한 여인이 아이를 품에 안았고, 뒤쪽에는 이름 모를 무성한 나무가 우뚝 서 있었다. 반대편에는 기독교인의 문구가 적혀 있었다. 그러니까 여자들이 아름다운 아마니에 대해 쑥덕이던 말이 맞았다. 거짓 신을 숭배하고 있었거나, 혹은 최소한 어떤 경우에도 인간의 형상을 조각하거나 그리거나 색칠하거나 구매하거나 착용하거나 소지하거나 숨길 수 없다는 법을 위반했다. 신의 가호가 있기를.

그는 자신의 옷섶에 메달을 숨겼다. 홍해와 이집트로 향하는 상인들에게 팔면 아주 후한 값을 쳐 주리라는 사실을 잘 알고 있었다. 그것도 아주 편안한 마음으로 팔 수 있었다. 인간 형상을 조각하거나 그리거나 색칠하거나 구매하거나 착용하거나 소지하거나 숨긴 자는 그가 아니었기 때문이다.

이러한 생각을 하며 목걸이를 챙겼을 때 그는 옷이 반쯤 찢어진 아름다운 아마니가 죄악 그 자체인 음탕한 몸의 일부를 내보이고 있는 사실을 알아챘다. 이미 몇몇 남자들에게 그 교활한 옷자락 아래에 아주 특출한 몸이 숨겨져 있다는 이야기를 들어 온 터였다.

바깥에서 무프티[5]가 점심 기도를 위해 사람들을 불러 모으는 소리가 들렸다.

"소리 지르면 널 죽일 수밖에 없어. 날 그러게 만들지 마." 그녀에게 경고했다.

그는 곡식 항아리를 보관하는 선반으로 그녀를 밀쳤다. 마침내 그녀는 발가벗은 채 눈부신 몸으로 흐느끼고 있었다. 음란한 계집은 알리 바흐르가 뚫고 들어오도록 두었고, 그것은 지상 낙원에 도달한 것보다 더 큰 기쁨이었다. 계속 흐느끼는 것만 빼면 말이다. 그리고 나는 너무 믿었던 나머지 눈을 감고 무한한 황홀경의 파도 속에 나를 놓아 버렸고, 신의 가호가…… 어쨌든 대충 어떤 상황인지 아시겠지요.

"그때 무엇인가가 저를 찌르는 끔찍한 고통을 느꼈고, 존경하는 대재판관님, 눈을 뜨고 자리에서 일어났을 때 앞에는 그 광기 서린 눈과 저를 찌른 꼬챙이를 든 손이 보였습니다. 고통이 너무 심해서 오후 기도에는 갈 수도 없었지요."

"그런데 당신이 기도할 때 그녀가 왜 당신을 공격했다고 생각합니까?"

"아마 대추야자 바구니를 훔치려던 것이 아니었을까요."

"그 여인의 이름이 무엇이라고 했습니까?"

"아마니입니다."

---

5) 이슬람 율법학자.

"여자를 데려오시오." 쌍둥이에게 말했다.

콘셉시오의 종탑은 12시, 그리고 1시를 알렸다. 이미 몇 시간 전 교통 체증은 나아졌지만 아드리아는 일어나기 싫었다. 오줌을 누거나 캐모마일차를 만드는 것도 귀찮았다. 그저 재판관이 무어라고 말했을지 궁금할 뿐이었다.

"우선 알아 둘 것은……." 재판관이 인내심을 발휘하며 말했다. "질문하는 사람은 나라는 거요. 그리고 당신은 명심하시오, 내게 거짓말을 하면 목숨으로 대가를 치르게 될 것이오."

그녀가 답했다. "존경하는 대재판관님. 어떤 낯선 남자가 제 집에 들어왔습니다."

"대추야자 한 바구니를 들고요."

"그렇습니다."

"당신에게 팔고자 했던 것이지요."

"맞습니다."

"왜 구매를 거절했습니까?"

"아버지가 허락한 적이 없기 때문입니다."

"아버지가 누구요?"

"상인 아지자데 알팔라티입니다. 그리고 무엇을 살 돈이라고는 한 푼도 없었습니다."

"아버지는 어디에 계십니까?"

"사람들은 아버지에게 강제로 저를 집에서 내쫓도록 했습니다. 저 때문에 불상사를 겪지 않도록 말이죠."

"이유가 뭐죠?"

"제가 치욕스러운 일을 겪었기 때문입니다."

“그런데도 당신은 그것을 아주 차분하게 말하는군요?”

“존경하는 대재판관님. 거짓말하지 말라고 하셨지 않습니까, 목숨이 달렸다고요.”

“왜 치욕을 겪었습니까?”

“저는 강간을 당했습니다.”

“누구한테요?”

“저에게 대추야자를 팔고자 한 남자한테요. 이름이 알리 바흐르라고 했습니다.”

“그가 왜 그랬을까요?”

“그에게 물어보십시오. 저는 모릅니다.”

“당신은 내게 이래라저래라 할 위치에 있지 않습니다.”

“죄송합니다, 존경하는 대재판관님.” 그녀는 고개를 더욱 숙이며 말했다. “하지만 그가 왜 그랬는지 제가 이유를 알 수는 없습니다.”

“당신이 먼저 유혹했습니까?”

“아니요. 절대 아닙니다! 저는 정숙한 여인입니다.”

장내는 고용해졌다. 재판관은 그녀를 유심히 관찰했다. 마침내 그녀는 고개를 들더니 알 것 같습니다라고 말했다. 그는 내가 걸고 있던 보석을 훔치려 했습니다.

“어떤 보석 말입니까?”

“목걸이입니다.”

“이리 보여 주시오.”

“불가능합니다. 그가 훔쳐 갔습니다. 그러고 나서 저를 강간했습니다.”

자비로운 대재판관은 일단 알리 바흐르를 그 앞에 두 번째로 불러오고 여자를 데리고 나갈 때까지 참을성 있게 기다렸다. 쌍둥이가 문을 닫았을 때 그는 부드러운 목소리로 훔친 목걸이가 대체 무슨 이야기요, 알리 바흐르? 하고 물었다.

"목걸이 말입니까? 제가요?"

"아마니로부터 목걸이를 훔친 일이 없단 말입니까?"

"거짓말쟁이입니다!" 그는 팔을 들어 올렸다. "제 옷을 뒤져 보십시오."

"그러니까 거짓이란 말이군요."

"아주 더러운 거짓말입니다. 보석이라고는 가지고 있지 않았습니다, 그저 제집에서 오후 기도, 아니 어쩌면 늦은 오후 기도를 위해 잠시 대화를 멈춘 자를 찌른 꼬챙이뿐이었습니다. 언제였는지 더 정확히는 기억나지 않습니다."

"꼬챙이는 어디에 있습니까?"

알리 바흐르는 옷에 숨겨 가져온 꼬챙이를 꺼내 팔을 뻗어 그것을 내보였다. 마치 위대한 신에게 제물이라도 바치는 모양새였다.

"바로 이것으로 저를 공격했습니다, 존경하는 재판장님."

재판장은 꼬챙이를 들었다. 양고기를 꿰는 데 쓰는 것인 듯했다. 그는 물건을 한참 살펴보더니 알리 바흐르를 내보내라고 고갯짓을 했다. 쌍둥이가 살인자 아마니를 앞에 데려오는 동안 그는 머릿속으로 깊이 생각하며 기다렸다. 그리고 그녀에게 꼬챙이를 보여 주었다.

"당신 것입니까?" 그가 말했다.

“그렇습니다! 어째서 당신이 가지고 있지요?”

“본인 것이라고 인정합니까?”

“네. 저를 해치려는 남자로부터 스스로를 지켜야…….”

재판관은 방 안의 벽을 지탱하고 있던 쌍둥이를 불렀다.

“이 썩은 고기를 치우게.” 그는 세상에 그렇게나 많은 악행을 견뎌야 하는 것이 피곤하다는 듯 큰 소리를 내지 않고 조용히 말했다.

상인 아지자데 알팔라티는 눈물 한 방울도 흘리지 말라는 경고를 들었다. 돌팔매 형을 선고받은 여인으로 인해 눈물을 흘리는 것은 가장 고귀하신 신을 욕보이는 죄이기 때문이었다. 어떠한 슬픈 내색도 해서는 안 되었다. 자비로운 그분의 가호가 함께하길. 작별 인사도 할 수 없었다. 그는 선량한 사람으로서 딸이 강간을 허락했다는 사실을 알았을 때 의절했기 때문이다. 아지자데는 문을 걸어 잠그고 집 안에 들어앉아 있었다. 아무도 그가 우는지, 수년 전에 죽은 부인에게 말을 건네고 있는지 알 수 없었다.

마침내 첫 번째 돌이 날아들었다. 그렇게 작지도 크지도 않은 돌은 분노의 웅성거림과 함께 날아왔다. 살인자에게 찔린 뒤로 생긴 복부의 통증은 그 소리와 함께 더 심해지는 것 같았다. 돌은 알리 바흐르가 나를 강간하고 물건을 훔쳐 갔다고 여전히 소리 지르고 있는 창녀 아마니의 왼쪽 볼을 때렸다. 아버지! 내 아버지! 루트, 나를 아프게 하지 마. 너와 나는……. 살려 주세요! 이곳에는 연민을 가진 자가 정말 없단 말입니까? 하지만 친구 루트가 던진 돌이 관자놀이를 때려 정신을 혼미하게 만들었다. 그녀는 진흙 구덩이에 파묻혀서 손을 움직여 자신을 방어하지 못했다. 루트는 드라고 그라드니크처럼 아주 정확한 목표물을 가진 것이 기뻤다. 그렇게 크지도 작지도 않은 돌이 열두 명의 자원자로부터 비처럼 쏟아졌다. 아마니의 얼굴은 매춘부들이 남자들의 이목을 끌기 위해 입술에 칠하는 색처럼 붉게 물들어 그들의 판단력을 흐렸다. 아마니가 입을 다문 채 눈을 노려보아 알리 바흐르는 더 이상 돌을 던지지 않았다. 그녀는 게르트루드처럼, 정확히 게르트루드처럼 시선으로 그를 꿰뚫었고, 꼬챙이에 꿰었고, 베었다. 그는 복부의 통증이 더욱 심해졌다. 이제 돌에 의해 한쪽 눈이 파열된 아름다운 아마니는 더 이상 울 수도 없었다. 곧 좀 더 크고 각진 돌이 입을 때렸고, 여인은 부러진 이가 목에 걸려 숨을 쉬지 못하고 있었다. 가장 큰 고통은 열두 명의 남자들이 계속 돌을 던지고, 가까운 거리인데도 돌이 빗나갈 때면 저주의 말을 간신히 꾹 참으며 다음번에는 어떻게든 정확히 맞히려 했다는 것이다. 열 두 명의 이름은 이브라임, 바키르, 루트, 마르완, 타하르, 우크바, 이드리스, 주하이르, 우나인, 또 한 명의 타하르, 또 다른 바키르, 마히르로 전능하시고 동정심 가득하시고 자비로우신 유일신의 가호가 가득하길. 아지자데는 집에서 자원자들 열두 명의 함성을 들었고, 그중 세 명은 같은 마을 출신이자 어린 시절 딸과 친하게 지냈다는 사실을 알고 있었다. 그녀가 매달 피를 흘리기 시작해 그가 그녀를 숨겨야 했을 때까지 말이다. 신의 가호가 있기를. 구경꾼들의 소란이 들리기 시작했을 때 그는 아마니가 끔찍한 고통을 겪은 후 마침내 죽음을 맞이했다는 사실을 알았다. 그가 의자를 발로 차자 몸이 떨어지면서 꼴을 묶어 두는 끈에 목이 대롱대롱 매달렸다. 그의 몸이 질식으로 인한 경련에 춤을 추더니, 바깥의 소란이 잦아들기도 전 아지자데는 이미 숨을 거두고 멀리 아내한테 데려갈 딸을 찾으러 떠나고 있었다. 불행한 아지자데 알팔라티의 영혼이 떠난 육체는 가게 입구에 놓여 있던 대추야자 바구니 위에 오줌을 뿌렸다. 그리고 몇 블록 떨어져 아마니는 굉장히 큰 돌에 맞아 목이 부러진 채 덩그러니 있었다. 내가 그렇게 큰 돌은 던지지 말라고 경고하지 않았어! 보이나? 이 여자는 이제 죽어 버렸어. 누구 짓이야? 그러자 열두 명의 자원자들은 알리 바흐르를 가리켰다. 한쪽 눈만 남은 계집이 무자비한 시선으로 쏘아보자 알리 바흐르는 이를 견딜 수 없었다. 마치 복수인 양 여인은 잠을 깨어서도 잠자리에서도 절대 잊지 못할 눈빛으로 그를 바라보았다. 그리고 나는 알리 바흐르가 그다음 날 기독교 선원들과 거래하기 위해 이집트의 알렉산드리아로 떠나는 대상들 앞에 나타났다는 이야기를 덧붙였다. 그 도시는 이미 영국의 수중에 떨어진 상태였다. 알리 바흐르는 가장 단호해 보이는 자에게 다가가 혹시 근처 마을에서 온 목격자가 없는지 유심히 살피며 손을 펴 보였다. 목걸이를 본 상인이 더 가까이 보기 위해 물건을 집어 들었고, 알리 바흐르는 신중하라는 손짓을 했다. 상인은 그 뜻을 알아채고는 그를 낙타 한 마리가 쉬고 있던 구석으로 데려갔다. 법에도 불구하고, 코란의 신성한 말씀에도 불구하고 그는 물건에 관심이 있었다. 상인은 목걸이를 좀 더 자세히 살펴보더니 때를 닦아 내듯 손가락으로 슥슥 문질렀다.

“금이오.” 알리 바흐르가 말했다. “줄도 마찬가지입니다.”

“알고 있소. 하지만 훔친 물건이 아니오.”

“무슨 말씀이시오! 나를 욕보일 작정입니까?”

“마음대로 생각하시오.”

상인은 아름다운 아마니의 목걸이를 알리 바흐르에게 돌려주었다. 그는 고개를 절레절레 흔들며 손을 옆구리에 붙인 채 받으려 하지 않았다. 그 금이 이미 속을 태우기 시작한 게 분명했다. 상인이 제시한 터무니없이 낮은 가격을 받아들일 수밖에 없었다. 알리 바흐르가 그곳을 떠나고 상인은 목걸이를 유심히 살펴보았다. 기독교인의 문구가 적혀 있었다. 알렉산드리아에서 물건을 팔기 수월할 것이라고 생각했다. 만족스러운 표정을 지으며 그는 쌓인 먼지를 털기라도 하듯 손가락으로 목걸이를 문질렀다. 한참 생각에 잠겨 있던 그는 불 켜진 기름 램프를 치우고 젊은 브로치아를 보며 말했다. “이 목걸이를 어디선가 본 적이 있어.”

“음…… 그러니까…… 모에나의 성모 같네요.”

“성 마리아 다이 시우프.” 그는 브로치아가 볼 수 있도록 목걸이를 뒤집었다. “파르다크, 맞지?”

“정말입니까?”

“글을 읽을 줄 모르는군. 자네 무레다 집안 사람인가?”

“맞습니다, 선생.” 젊은 브로치아는 거짓말을 했다. “베네치아에 갈 돈이 필요합니다.”

“자네 무레다 집안 사람들은 잠시도 가만있지를 못한다니까." 목걸이를 계속 살피며 그가 말했다. "배를 탈 심산인가?"

"그렇습니다. 멀리 떠나고 싶어요. 아프리카로 말이지요."

"자네, 쫓기는 건가, 그렇지?"

보석상은 목걸이를 내려놓더니 젊은이의 눈을 바라보았다.

"무슨 일을 저질렀기에?" 그가 물었다.

"아무것도요. 얼마를 주실 건가요?"

"자네가 내륙으로 들어갈수록 바다의 풍랑이 더 심해지는 건 아나?"

"목걸이를 얼마에 사시겠습니까, 대부님?"

"어려운 시절을 대비해 보관해 두어라 아들아."

본능적으로 젊은 브로치아는 참견쟁이 유대인의 공방을 재빨리 훑어보았다.

"지금 당장 돈이 필요하단 말입니다, 아시겠어요?"

"자키암 무레다에게 무슨 일이 있었던 건가?" 라 플라나의 금세공인은 궁금했는지 물었다.

"그는 가족과, 아그노, 엔, 막스, 에르메스, 조세프, 테오도르, 미쿠라, 일세, 에리카, 카타리나, 마틸데, 그레헨, 그리고 눈먼 베티나와 함께 있습니다."

"다행이군. 진심으로 하는 말일세."

"저도 그렇게 생각합니다. 그들은 모두 함께 있지요. 지하에서. 벌레들에게 파먹히며. 고기가 더 이상 없으면 영혼을 갉아먹겠지요." 그는 손에서 목걸이를 낚아챘다. "망할 목걸이를 살 거요, 아니면 굳이 칼을 꺼내야겠소?"

바로 그때 콘셉시오의 종탑이 새벽 3시를 알렸고, 아드리아는 내일이 되면 자신은 아무 쓸모가 없어질 거라고 생각했다.

마치 한 알의 모래처럼 이야기는 아무런 해가 없고 하찮은 몸짓으로 시작했다. 그것은 돌팔매 형 다음 날 저녁 식사 자리에서 아드리아가 한 말에서 시작되었다. 그는 그러니까 내가 한 말에 대해 좀 생각해 봤어? 하고 말했다.

"무엇에 대해서 말이야?"

"아니, 내 말은…… 그러니까 네가 집에 돌아갈지 아니면……."

"여관방이라도 찾아야 할지 말이야. 됐어, 그래야지 뭐."

"이봐, 너무 속단하지 말라고. 그저 네가 원하는 걸 알고 싶을……."

"뭐가 급해서 그래?" 당신이 내 말을 자르며 말했지. 꽤 거만하고 퉁명스럽게. 완전히 베르나트의 편을 들면서 말이야.

"아니, 아니야. 난 아무 말도 하지 않았어."

"너무 걱정 마. 내일 떠날 거야."

베르나트는 사라를 바라보며 며칠 동안 거처를 제공해 줘서 매우 고맙다고 말했다.

"베르나트, 나는 그저……."

"내일 리허설이 끝난 후에 짐을 챙기러 올게." 베르나트는 한 손을 들더니 변명하려는 나의 시도를 막았다. "네 말이 맞아. 이제 좀 움직일 때도 됐지." 그는 미소를 지었다. "안 그래도 마음먹던 참이었어."

"이제 어떻게 할 건데? 집으로 돌아갈 거야?"

"모르겠어. 오늘 밤에 결정하려고."

베르나트가 생각에 잠겨 있는 동안 아드리아는 사라의 침묵을 감지했다. 그녀는 잠옷을 입고 칫솔질을 하는 중이었다. 그 침묵은 무겁기 짝이 없었다. 그렇게 화난 당신 모습은 딱 한 번 더 본 적이 있는 것 같아. 그래서 나는 호라티우스로 몸을 피했지. 침대에 누워 읽었어. 이곳에 봄이 왔도다 봄의 기쁨이/ 하지만 피할 수 없는 결말 그 죽음을 기억하라…….(라틴어)

"너무한 거 아니야, 응?" 방으로 들어오던 사라가 속상한 듯 말했다.

……이제는 농부도 난롯가를 멀리하고 소들도 헛간을 싫어하니.(라틴어) 보고 있던 시집에서 눈을 뗀 아드리아는 말했다. 뭐라고?

"친구한테 너무했다고."

"뭐가?"

"그렇게 친한 친구라면……."

"그렇게 친한 친구니까 언제나 진실만을 말해 주는 거야."

"베르나트도 마찬가지야. 네 지식을 우러러보고, 유럽의 대학들이 너를 찾고 네 명성이 공고해지는 게 자랑스럽다 말하고……."

"나도 베르나트에게 그런 말을 해 줄 수 있으면 좋겠어. 그의 음악에 대해서는 물론 나도 이야기하지. 하지만 내 말을 전혀 듣질 않아."

그는 호라티우스로 다시 돌아갔다. 이제는 농부도 난롯가를 멀리하고 소들도 헛간을 싫어하니/ 초원은 햇빛에 눈부시고 서리는 저 멀리 떠나가는구나.(라틴어)

"좋아. 잘됐네. 훌륭해.(프랑스어)"

"뭐라고?"

초원은 햇빛에 눈부시고 서리는 저 멀리 떠나가는구나.(라틴어) 생각에 잠겼던 아드리아는 다시 고개를 들었다. 사라는 매우 성난 모습으로 그를 바라보았다. 무슨 말을 하려는 듯 보였는데 그 대신 방을 나갔다. 화가 나서 문을 절반만 닫았지만 전혀 소리를 내지 않았다. 당신은 화났을 때조차 조심스러웠지. 그 어느 날인가만 제외하고. 아드리아는 무슨 일이 일어나고 있는지 전혀 이해하지 못하고 반쯤 열린 문을 바라보았다. 오랫동안 눌려 있던 것이 한꺼번에 터지듯 격랑의 폭풍우처럼 그의 머릿속에 떠오른 생각은 거무스름한 불카누스가 어른거리고 펄펄 끓는 키클롭스가 아래를 지난다.(라틴어)

"뭐라고?" 사라가 반쯤 열린 문의 손잡이를 잡고 말했다.

"아니야, 미안. 혼자 중얼거리고 있었어."

사라는 다시 문을 절반만 닫았다. 그녀는 틀림없이 반대편에 서 있었다. 손님이 있을 때면 잠옷 차림으로 집 안을 돌아다니는 것을 싫어했다. 나는 당신이 스스로 한 말을 지키는 것과 나를 비난하는 것 사이에서 고민하는 줄은 몰랐다. 그녀는 자기 말을 지키는 쪽을 선택하고 방으로 들어와 침대에 눕더니 잘 자라고 인사했다.

금발을 그렇게 간결하지만 우아하게 늘어뜨려 묶는 것은 누굴 위해서지? 아드리아는 혼란스러운 표정으로 그의 사라를 바라보며 말도 안 되는 생각을 했다. 사라는 무엇 때문인지

화가 나서 머리를 어깨 위에 차분히 늘어뜨린 채 반대쪽을 바라보고 누워 있었다. 그처럼 꾸밈없고 우아하게. 무슨 생각을 해야 할지 몰랐던 나는 시집을 덮고 불을 껐다. 눈을 뜨고 한참을 그렇게 보냈다.

다음 날 사라와 아드리아가 언제나처럼 같은 시간에 눈을 떴을 때 베르나트의 흔적이라고는 찾아볼 수 없었다. 바이올린도 악보도 옷가지도 아무것도 남아 있지 않았다. 부엌 식탁 위에 고마웠어, 친구들이라고 적힌 메모만 덩그러니 놓여 있었다. 정말, 고마웠어. 방에는 그가 사용하던 침대보가 가지런히 정리되어 있었다. 그는 정말 가 버렸고, 나는 마음이 썩 좋지 않았다.

"하우."

"뭐야."

"너 정말 잘못한 거야, 친애하는 죽마고우님."

"네 의견은 묻지 않았어."

"그런데 너 정말 잘못한 거야. 그렇지, 카슨?"

용감한 보안관이 경멸하듯이 바닥에 침을 뱉는 소리가 들렸다.

이상하게도 사라는 베르나트가 떠난 사실을 알았을 때 나를 비난하지 않았다. 삶은 그냥 그렇게 흘러갔다. 하지만 내가 그 관계를 회복하는 데는 수년이 걸렸다.

43

아드리아는 오후 내내 서재의 벽을 바라보면서 시간을 보냈다. 글은 한 줄도 써지지 않고 독서에조차 집중할 수 없었다. 머릿속 복잡함을 해결하기 위한 답을 찾듯 벽을 멍하니 바라보고 있었다. 늦은 오후, 십 분도 활용하지 못한 아드리아는 차나 한잔 마시기로 했다. 부엌에서 그는 차 한잔 마실래? 하고 말했다. 사라의 작업실에서 음…… 하는 소리가 들렸고, 아드리아는 이를 좋아, 고마워, 좋은 생각이네라고 이해했다. 김이 모락모락 오르는 찻잔을 들고 작업실에 들어갔을 때 그는 사라의 목덜미를 오래 바라보았다. 그림을 그릴 때면 언제나 그랬듯이 머리를 하나로 묶어 늘어뜨린 채였다. 머리를 땋든, 하나로 묶든, 어떤 모습으로든 난 당신 머리가 좋았어. 사라는 기다란 캔버스에 그림을 그리고 있었다. 반쯤 폐허가 된 마을에나 있을 법한 집들이 들어서 있었고, 한가운데에는 시골 농가 한 채가 스케치되어 있었다. 차를 한 모금 들이켠 아드리아는 농부의 집이 점차 완성되어 가는 모습을 입을 벌리고 지켜보았다. 그렇다, 버려진 집이었다. 반으로 쪼개진 나무 한 그루가 그 옆에 우두커니 서 있었다. 아마 번개라도 맞은 모양이군. 아무 예고 없이 사라는 캔버스 왼쪽 전경의 집들로 가득한 거리로 돌아가 창문 가장자리를 감싸는 홍예석을 칠하기 시작했다. 여태껏 그림에 없던 거였다. 순식간에 생긴 창문에 아드리아는 대체 어떻게 그게 가능한지, 그냥 흰 바탕이었을 뿐인 그곳에서 사라가 어떻게 창문을 보았는지 궁금해질 수밖에 없었다. 그 부분이 완성되자 창문은 처음부터 그곳에 있었던 것 같았다. 테리카브레스의 가게에서 캔버스를 샀을 때 이미 창문이 그려져 있었던 듯한 착각마저 들었다. 사라의 이런 재능은 기적이야. 아무렇지도 않게 사라는 농부의 집으로 다시 와 열린 출입문에 음영을 주었다. 그때까지 그저 그림에 불과했던 집은 생명을 얻기 시작했다. 명암을 다르게 준 목탄 칠이 집 안의 삶을 하나하나 상상하도록 허락하는 것 같았다. 아드리아는 경이를 느끼며 사라의 차를 다시 한 모금 들이켰다.

"대체 이게 다 어디에서 나오는 거야?"

"여기." 사라는 검댕이 묻은 손가락으로 이마를 짚어 그곳에 손자국을 남기며 말했다.

이제 그녀는 그림 속 길에 세월을 입히기 시작했다. 수십 년 동안 마을 농부의 집을 찾았던 마차의 바큇자국이 생겨났다. 사라의 창조력에 나는 살짝 샘이 났다. 사라를 위해 가져온 차를 다 마시자 나는 오후 내내 내 작업을 방해했던 혼란스러움으로 다시 돌아갔다. 산부인과에 다녀왔을 때 사라는 가방을 문 옆에 열어 둔 채 화장실로 달려갔고, 은행에 가기 귀찮아진 나는 돈을 좀 찾으려고 사라의 가방을 뒤지기 시작했다. 그는 사라의 주치의를 위한 안드레우 박사의 진료 소견서를 발견했다. 사라가 그것을 보여 준 적이 없었기 때문에 나는 궁금증을 참기 힘들었다. 제 탓이옵니다(라틴어), 그렇다. 소견서에는 한 차례 임신을 했던 환자 사라 볼테스엡스타인 양의 자궁은 간헐적 출혈에도 불구하고 아주 건강한 상태라고 쓰여 있었다. 그리하여 그녀는 자궁 출혈의 원인일 가능성이 높은 자궁 내 피임 기구를 제거하기로 결정했다는 거였다. 나는 매춘과 마리카의 의미를 찾아보았던 것처럼 몰래 사전을 펼쳤다. 'metro-'가 그리스어 mētra의 접두어로서 '자궁'을 의미한다는 사실이 기억났다. 그리고 '-ràgia'는 그리스어 rhēgnymi의 접미형으로 '분출하다'라는 뜻이었다. 분출하는 자궁, 검은 독수리의 친척 이름 같기도 하지만 아니었다. 그것은 그녀가 그렇게 걱정하던 출혈이었다. 그는 사라가 출혈 때문에 병원에 가야 한다는 사실을 까맣게 잊고 있었다. 왜 나에게 말하지 않았지? 그리고 아드리아는 한 차례 임신이라는 부분을 다시 읽어 내려갔다. 무거운 침묵의 이유를 이해할 수 있었다. 맙소사.

지금 아드리아는 그녀 앞에 바보처럼 입을 벌리고, 그녀의 차를 마시며, 2차원 공간에 깊은 세계를 창조해 내는 그녀의 능력에 감탄하며 서 있었다. 그리고 모든 것을 비밀에 부치는 그녀의 강박을 생각하며.

무화과나무였다. 무화과나무같이 보였다. 농부의 집 한편에는 무화과나무가 벽과 마차 바퀴에 기대어 자라고 있었다. 사라는 하루 종일 내 목 밑에서 나를 괴롭히며 서 있을 거야? 하고 말했다.

"네가 그림 그리는 모습을 보는 게 좋단 말이야."

"난 부끄러워서 주눅만 드는걸."

"의사가 뭐래? 오늘 가 봐야 하지 않아?"

"아무것도 아니래, 괜찮아. 별일 아니야."

"출혈은?"

"자궁 내 피임 기구 때문이래. 예방 차원에서 떼어 냈어."

"그럼 걱정할 일 없겠네."

"그래."

"그럼 이제부터는 어떻게 할지 생각해 봐야겠네."

한 차례 임신을 경험했다는 의사의 소견서는 대체 뭐지? 응, 사라? 뭐냐고?

사라는 몸을 돌려 그를 바라보았다. 이마에 작은 목탄 자국이 있었다. 내가 큰 소리로 중얼거렸나? 아드리아는 속으로 생각했다. 사라는 찻잔을 보더니 인상을 찌푸리며 말했다. 이런, 네가 내 차를 다 마셔 버렸잖아!

"어, 미안!" 아드리아가 말했다. 그녀는 크게 웃었다. 언제나 개울물 흐르는 소리를 연상시키는 그 웃음소리였다. 나는 그림을 가리켰다. "이건 어디야?"

"네가 설명한 어린 시절의 토나를 내 나름대로 상상해 본 거야."

"정말 아름다워……. 그런데 버려진 마을 같아."

"왜냐하면 어느 날 네가 자라서 그곳을 떠났잖아. 안 그래?" 길을 가리키며 말했다. "네가 넘어져서 무릎이 까진 곳이야."

"사랑해."

"나는 더 사랑해."

왜 네 임신에 대해서는 아무 말도 해 주지 않은 거야? 세상에서 아이보다 중요한 건 없다고. 네 아이가 살아 있니? 죽었어? 이름은 뭐였어? 정말 세상에 태어난 거야? 아들이었니, 딸이었니? 어떻게 생겼었어? 네 인생의 일들을 나에게 말할지 말지는 네가 결정할 일이야. 하지만 그 고통을 혼자만 간직하다니 있을 수 없는 일이야. 나도 나누고 싶어.

"스르스르스르스르."

"갑니다." 아드리아가 말했다. 그리고 그림에 대해 덧붙였다. "네가 그림을 다 그리면 삼십 분 정도 감상할 거야."

그는 여전히 빈 찻잔을 든 채 우체부에게 문을 열어 주었다.

저녁 시간이 되어 그들은 막스가 보낸 것 중 가장 값나가 보이는 병을 땄다. 레드 와인 여섯 병이었다. 하나같이 최상의 품질이었고, 막스가 편집한 작은 책자에 직접 기술한 각각의 테이스팅 노트가 적혀 있었다. 고급스러워 보이는 책자는 고화질 사진으로 가득했는데 미국 미식가들의 성질 급한 입맛을 충족하기 위한 일종의 '와인 시음 안내서' 같은 거였다.

"유리잔에 따라 맛을 봐야지."

"디캔터에서 직접 마시는 게 더 재밌잖아."

"사라, 와인을 그렇게 마신다는 사실을 네 오빠가 아는 날에는……."

"알았어. 맛볼 때만." 그녀는 잔을 들었다. "막스의 노트는 뭐래?"

아드리아는 진지하게 잔 두 개를 채우고는 와인 잔의 가늘고 긴 다리 부분을 잡고서 근엄한 얼굴로 테이스팅 노트를 읽을 참이었다. 학창 시절의 기억이 천천히 떠올랐다. 시간 착오로 미사에 참석했는데 제단 위에서 성반과 성잔, 병을 들고 라틴어로 알 수 없는 말을 중얼거리는 신부의 모습이 보였다. 그는 기도를 시작했고 나의 여왕이시여(라틴어)라고 말했다. 숙성된 프리오라트는 다양한 얼굴을 가진 부드러운 와인이었다. 향은 묵직했고, 마지막에 정향과 약간의 탄 맛이 입 안에 맴돌았다. 와인을 숙성시킨 오크통에서 스민 향일 것이다.

아드리아가 사라에게 신호를 보냈고, 둘은 막스가 시범을 보인 날처럼 와인을 맛보았다. 그날 그들 셋은 식탁 위에 올라가 콩가를 출 뻔했다.

"탄 맛이 느껴져?"

"아니. 발렌시아 거리의 차들 소리밖에 안 들리는데."

"그건 잊어버리고." 혀를 끌끌 차며 아드리아가 명령하다시피 말했다. "코코넛 같은 맛이 뒤에 남는 것 같아."

"코코넛?"

사라, 왜 네 비밀을 말해 주지 않는 거야? 내가 알지 못하는 일들로 인해 네 인생에 어떤 뒷맛이 남았기에? 트러플 맛이야, 블랙베리 맛이야? 아니면 내가 만나 보지 못한 어떤 아이의 뒷맛인 거니? 하지만 아이를 갖는 것은 정상이고 모두가 원하는 일이야. 어떤 좋지 못한 일이 있었던 거야?

마치 그의 생각을 읽은 듯 사라는 이것 봐, 이거, 이거, 이것 좀 보라고, 막스의 노트 말이야. 이 프리오라트는 남성적이고, 복합적이고, 묵직하고, 강렬하고, 체계적이다.

"대체 뭐라는 거야."

"무슨 종마 품평이라도 하는 것 같네."

"맘에 들어? 어때?"

"응. 그런데 나한테는 너무 독해. 희석이라도 좀 해야겠어."

"저런. 막스가 널 가만두지 않을걸."

"굳이 그가 알 필요는 없지."

"내가 말해 버릴지도."

"스파이, 나쁜 놈."

"농담이야."

우리는 술을 마시며 막스가 미국 바이어들을 위해 작성한 프리오라트, 코스테르스 델 세그레, 몬산, 그리고 기억나지 않는 다른 와인들에 대한 시적인 설명문을 읽었다. 한껏 취해서 우리는 바삐 지나가던 오토바이의 날카로운 엔진 소리에 짜증을 내기는커녕 신나게 웃음을 터뜨렸다. 당신은 희석한 와인을 디캔터째로 들이켰지. 막스가 당신을 용서하길. 오빠한테 절대 이야기하지 않을게. 그리고 나는 당신에게 당신이 아이를 가진 적 있다는 사실, 혹은 임신했었다는 사실에 대해 물어볼 용기를 내지 못했어. 그럼 혹시 유산이라도 한 거야? 누구의 아이였을까? 그때 망할 전화가 울렸다. 전화는 항상 내 인생에서 울리지 않아야 할 순간에 울린다. 전화기를 모두 없애 버릴 만큼 내가 강단 있는 성격은 아니었다. 그런데 지나고 보니 전화가 없었다면 내 인생은 좀 더 편안했을 듯싶다. 제기랄, 정신이 어질어질하군. 됐어요, 됐어, 갑니다. 여보세요.

"아드리아."

"막스?"

"그래."

"맙소사. 지금 당신 와인으로 축하 파티를 벌이는 중인데! 사라가 절대 병에 입을 대고 술을 마시지 않았다고 맹세할게요, 알았죠? 아주 남성적이고, 강하고, 복합적이고, 또 뭔지 모르겠는 프리오라트로 시작했어요. 이거 아주 묵직하더라고요. 선물 보내 줘서 고마워요, 막스."

"아드리아."

"정말 맛있더군요, 정말."

"아버지가 돌아가셨어."

"책자도 굉장하던데요. 사진도 글귀도 말이죠."

아드리아는 침을 겨우 삼켰고, 여전히 머릿속이 하얬다. 뭐라고 했어요? 그리고 사라, 언제나 모든 일에 주의를 기울이는 당신이 말했지. 무슨 일이야?

"아버지가 돌아가셨다고. 내 말 들었어, 아드리아?"

"이런."

사라는 자리에서 일어나 전화기 쪽으로 다가왔다. 사라, 네 아버지가…… 하고 말했다. 그리고 수화기에 대고 막스, 지금 갈게요.

당신 부모님이 돌아가셨다는 두 번의 소식은 모두 전화를 통해 예기치 않게 도착했지. 비록 볼테스 씨는 수년 동안 건강이 좋지 않았고, 심장 상태가 나빴으며, 그 나이쯤 되면 언젠가 슬픈 소식에 대비해야 한다는 사실을 알았지만 말이야. 막스는 충격이 큰 듯했다. 비록 부모님 집에 머물며 모든 상황에 대비하고 있었지만 아버지의 죽음은 예상하지 못했고, 아버지가 돌아가실 때 정작 그는 집에 없었기 때문이다. 그가 집에 도착했을 때 간호사는 당신 아버지, 볼테스 씨가 말입니다라고 말했다. 알 수 없는 이유로 그는 죄책감에 시달렸다. 나는 그를 한쪽으로 불러 막스, 당신은 정말 모범적인 아들이었어요, 언제나 부모님 곁에 있었잖아요. 너무 자신을 탓하지 말아요. 그건 정말 말이 안 된다고요. 그분이 나이가 어떻게 되셨죠? 여든이셨던가?

"여든여섯이셨다네."

고인의 많은 나이를 감히 그를 위로하기 위한 구실로 이용할 수 없었다. 나는 그저 무슨 말을 할지 몰랐고, 볼테스엡스타인 집안의 웅장한 거실을 막스 옆에서 거닐며 여든여섯을 몇 번 되뇌었다. 그는 나보다 키가 한 뼘 정도 더 컸지만 절망에 빠진 어린아이 같았다. 그럼, 그럼. 나는 설교를 하고 있었다. 타인에게 조언하기는 얼마나 쉬운가. 이번에는 나도 사라의 가족과 함께 유대교 회당과 묘지에 갔다. 막스는 아버지가 유대교 의식에 따라 매장되기를 원했기 때문에 그를 흰색 수의로 감싸고 탈리트[6]를 그 위에 둘렀다고 내게 설명했다. 헤

6) 유대인 남자가 기도 때 어깨에 걸치는 숄.

브라 카디샤[7]는 맏아들인 막스에게 그것을 찢도록 했다. 볼테스 씨는 레스 코르츠가의 유대인 묘지에 있는 그의 레이첼 옆에, 아무도 나에게 존경을 허락하지 않은 그분 옆에 묻혔다. 사라, 일이 이렇게 흘러와 정말 안타깝기 짝이 없구나. 묘지에서 랍비가 죽은 자를 위한 기도문을 읽는 동안 나는 생각했다. 그리고 침묵이 찾아왔을 때 막스와 사라는 앞으로 나가 손을 잡고 파우 볼테스를 위한 카디시를 낭송했고, 나는 혼자서 몰래 눈물을 흘리기 시작했다.

사라는 깊은 슬픔 속에 하루하루를 보냈다. 그리고 곧 닥칠 일들이 모든 것을 지워 버리기에 충분했기 때문에 나의 질문들은 우선순위에서 밀려났다.

---

7) 유대인 매장 협회. 직역하면 '거룩한 친구들'이란 뜻이다.

44

헤딩턴 하우스 주변은 조용하고 평화로웠다. 아드리아가 상상하던 그대로였다. 사라가 초인종을 누르기 전에 그를 바라보며 미소 지었고, 자신이 세상에서 가장 행복한 존재임을 느낄 수 있었던 아드리아는 입맞춤을 퍼붓고 싶은 마음을 참아야 했다. 바로 그 순간 하녀가 문을 열었다. 그 뒤로 눈부신 알린 드 귄즈부르가 등장했다. 사라와 그녀의 먼 친척 아주머니는 긴 세월 동안 왕래가 없었던 오랜 친구처럼 서로를 말없이 끌어안았다. 혹은 서로를 깊이 존중하지만 어느 정도 경쟁 관계에 놓인 동료 같기도 했다. 혹은 나이 차가 많이 나는 교양 있는 두 여성이 어떤 업무적인 이유로 서로를 매우 공손하게 대하는 것도 같았다. 혹은 한 번도 만난 적이 없는 조카와 아주머니거나. 혹은 삶의 달력이 다행히 잘못된 장소와 잘못된 시간에서 비껴 나게 해 서로가 해외방첩청, 게슈타포, 친위대의 추적을 피해 겨우 달아난 사실을 아는 두 사람이거나. 악이란 아무리 소박해도 행복과 관련된 모든 계획을 망치려 들고, 그 주변에 가능한 한 큰 파괴를 자행하려는 성향이 있기 때문이다. 이 만남을 어렵게 해 온 정자, 난자, 광적인 춤사위, 이른 나이의 죽음, 여정, 도피, 지식, 희망, 의심, 이별, 화해, 이동, 그리고 수많은 어려움은 조용히 미소 짓는 낯선 두 사람의, 한 명은 마흔일곱 살이고 다른 한 명은 일흔 살인 성숙한 두 여인의 따뜻한 포옹으로 헤딩턴 하우스의 출입문 앞에서, 내 앞에서 패배했다. 인생은 참 불가사의하다.

"들어오세요."

그녀는 미소를 잃지 않고 나에게 손을 내밀었다. 우리는 말없이 악수를 했다. 표구된 바흐의 악보 두 점이 손님들을 맞이했다. 나는 마음을 가라앉히고 알린 데 권즈부르에게 정중한 미소를 건넸다.

책으로 둘러싸인 헤딩턴 하우스 2층에 있는 이사야 벌린의 서재에서 우리는 결코 잊을 수 없는 두 시간을 보냈다. 벽난로 선반 위의 시계는 시간이 금방 흐르는 느낌이었다. 벌린은 마치 그의 시간이 다되어 간다는 사실을 확신이라도 하듯 힘이 없어 보였다. 그는 알린에게 귀를 기울이며 슬며시 미소를 띤 채 나는 시간이 얼마 남지 않았소라고 말했다. 당신들이 계속 앞으로 치고 나가야지. 그리고 나지막한 목소리로 죽음이 두려운 것은 아니오, 그저 화가 날 뿐이지라고 말했다. 죽음은 나를 화나게 만들지만 두려움을 불러일으키지는 않소. 내가 가는 곳에는 죽음이 없고, 죽음이 있는 곳에는 내가 없지. 그러니 공포를 갖는 것은 쓸데없는 짓이오. 하지만 그 말을 계속 되풀이하는 것으로 보아 나는 그가 죽음을 두려워하는 게 틀림없다고 생각했다. 나만큼 말이다. 그러고 나서 그는 비트겐슈타인이 이르기를 죽음은 삶 속의 사건이 아니라고 했다지라고 말했다. 아드리아는 인생에서 무엇이 놀라움을 주었는지 물었다.

"나를 놀라게 한 것 말이오?" 그는 한참을 생각했다.

멀리서 한 걸음 한 걸음 걸어오듯 시계의 째깍거리는 소리가 방 안과 우리 머릿속을 가득 채웠다.

"나를 놀라게 한 것이라……." 그는 말을 곱씹었다. 그리고 결심한 듯 말했다. "그래요. 있지요. 인류 역사상 최악의 세기에 그 참상을 지나면서도 그만큼의 평온과 기쁨 속에서 삶을 영위했다는 이 소박한 사실이지요. 더없이 최악인 시절이었습니다. 유대인들에게만 그러했던 것은 아니었습니다."

그는 수줍게 나를 바라보았다. 적절한 표현을 찾는 듯 잠시 망설이더니 마침내 덧붙였다. 행복하게 살았습니다만 생존자라는 죄책감이 언제나 나를 따라다녔지요.

"뭐라고요?" 알린과 사라가 동시에 말했다.

그제야 그가 마지막 몇 마디를 러시아어로 중얼거렸다는 사실을 알아차렸다. 나는 움직이지 않고 그에게 시선을 고정한 채 해석을 해 보았다. 벌린이 아직 말을 계속하는 중이었기 때문이다. 그리고 이제 영어로 다시 생각을 이어 가더니 내가 무얼 했기에 나에게는 그런 일이 일어나지 않은 걸까요? 하고 되물었다. 그는 고개를 흔들었다. "안타깝게도 금세기 대부분의 유대인은 이러한 짐을 지고 살고 있습니다."

"다른 세기의 유대인들도 마찬가지일 거라고 믿어요." 사라가 말했다.

벌린은 놀라서 그녀를 바라보고 말없이 고개를 끄덕였다. 그리고 슬픈 생각들을 씻어 내려는 듯 아드리아 아르데볼 교수의 출판물에 대한 이야기를 꺼냈다. 『유럽 지성사』를 흥미롭게 읽은 모양이었다. 작품이 마음에 들었다고 했다. 하지만 여전히 『미적 의지』를 진정한 보물이라고 여겼다.

"아직도 당신이 제 책을 읽게 된 것이 믿기지 않습니다."

"아! 아마도 당신의 어떤 친구를 통해서였던 것 같군요. 그렇지, 알린? 어떤 얼빠진 사람 둘이, 한 명은 2미터, 다른 한 명은 1.5미터쯤 됐나……." 그는 정면의 벽을 응시하며 기억을 더듬었다. "이상한 사람들이었어."

"이사야……."

"그들은 내가 흥미를 보일 거라는 확신을 갖고 책을 가져왔더군요."

"이사야, 차를 좀 들겠어요?"

"그러지, 혹시……."

"차를 드시겠어요?" 이제 알린 아주머니가 우리 모두에게 물었다.

"두 친구들이라니요?" 이상하게 여긴 아드리아가 물었다.

"귄즈부르 사람이었어요. 알린이 친척이 하도 많아서……가끔은 누가 누군지 헷갈립니다."

"귄즈부르……." 아드리아는 모르겠다는 듯 말했다.

"잠시만……."

벌린은 힘겹게 자리에서 일어나 모퉁이 쪽으로 걸어갔다. 알린 벌린과 사라 사이에 시선이 오가는 것을 우연히 보았다. 여전히 모든 것이 내게는 이상하게만 여겨졌다. 벌린은 내 책을 한 권 가지고 돌아왔다. 책 밖으로 대여섯 개의 메모가 삐죽삐죽 튀어나온 것을 본 나는 꽤 으쓱해졌다. 그는 책을 펼치고 작은 종이 한 장을 끄집어내더니 소리 내어 읽었다. 바르셀로나의 베르나트 플렌사.

"아, 그렇죠, 네." 아드리아는 영문도 모른 채 대답했다.

머릿속이 멍해져 나는 나머지 대화가 어떻게 흘러갔는지 기억이 나지 않는다. 바로 그때 하녀가 신과 여왕의 명령에 따라 격식을 차려 차를 즐기기 위한 모든 기구들이 가득한 쟁반을 들고 들어왔다. 그들 사이에 수많은 이야기가 오갔지만 나는 희미한 기억만 남아 있을 뿐이다. 이렇게 기쁜 일이, 이런 굉장한 순간이, 이사야 벌린과, 그리고 알린 아주머니와 꽤 긴 시간 대화를 나누다니…….

"내가 어떻게 알겠어?" 사라의 대답이 돌아왔다. 집으로 돌아오는 길에 아드리아는 베르나트가 대체 이 일과 무슨 관련이 있는지 세 번이나 물었다. 아드리아가 네 번째 물었을 때 사라는 말했다. 새로 산 차도 마실 겸 한번 초대하지 그래?

"음…… 아주 훌륭해. 영국 차는 언제나 특별하다니까. 그렇지 않아?"

"네가 좋아할 줄 알았어. 하지만 대화 주제를 바꾸지는 말라고."

"내가?"

"그래. 언제 이사야 벌린을 만나러 간 거야?"

"누구?"

"이사야 벌린."

"그 사람이 누군데?"

"『사상의 힘』. 『자유론』. 『러시아 사상가』."

"도대체 무슨 말을 하는 거지?" 사라에게 말했다. "아드리아가 혹시 어디 아파요?" 그리고 잔을 들며 둘 모두에게 다시 말했다. "굉장한 차야." 그는 머리를 긁적였다.

"『고슴도치와 여우』." 아드리아는 좀 더 대중적인 작품을 언급했다.

"이런, 너 정말 정신이 나갔구나." 사라에게 물었다. "이렇게 된 지 오래되었어요?"

"이사야 벌린이 말해 줬어. 네가 『미적 의지』를 그에게 소개했다고."

"무슨 소리야?"

"베르나트, 무슨 일이 있었던 거야?"

아드리아는 사라를 바라보았다. 그녀는 아무도 부탁하지 않은 차를 준비하느라 분주했다.

"사라, 무슨 일이야?"

"응?"

"너희는 무언가 나에게 숨기고 있어……." 갑자기 그는 기억이 난 듯 말했다. "너하고 아주 작은 어떤 놈이라고 했는데.

아주 이상한 두 명이라고 벌린이 그랬어. 다른 하난 누구야?”

“그 사람 참 정신이 나갔네. 다시 한번 말하지만 나는 옥스퍼드에 간 적이 없다고.”

적막이 찾아왔다. 벽난로 위 선반도, 째깍째깍 소리를 내는 시계도 없었다. 하지만 벽에 걸린 우르젤에서 불어오는 부드러운 산들바람을 느낄 수 있었다. 해는 여전히 거실에서 성 마리아 데 제리의 종탑을 비추고 있었다. 부르갈에서부터 흘러내리는 개울물 소리도 들렸다. 갑자기 아드리아는 베르나트를 가리키더니 카슨 보안관을 흉내 내며 차분하게 말했다.

“이봐, 넌 다 끝났어.”

“나?”

“벌린이 누군지도 모르고 들어 본 적도 없다면서 옥스퍼드에 산다는 사실은 아네.”

베르나트는 사라를 바라보았다. 그녀는 시선을 피하고 있었다. 아드리아는 둘을 유심히 살폈다. 사라 너도?

“사라도.” 베르나트가 마침내 시인했다. 고개를 숙인 채 그는 너한테 자질구레한 사실 하나를 이야기하지 않았다라고 털어놓았다.

“계속해. 듣고 있어.”

“이 모든 게 시작된 건…….” 베르나트는 사라를 바라보았다. “오 년 전인가, 육 년 전인가?”

“칠 년 육 개월.”

“그렇지. 나이가 드니…… 정말…… 칠 년 육 개월 전이야.”

그녀가 바에 도착하자마자 그는 『미적 의지』 독어판 한 부를 앞에 꺼내 놓았다. 그녀는 책을 보고 베르나트를 쳐다보았다. 책 뒤쪽을 살펴본 후 무슨 일인지 모르겠다는 표정으로 자리에 앉았다.

"부인께서는 무얼로 하시겠습니까?" 머리가 벗어진 웨이터가 어둠 속에서 등장해 아부하는 듯한 미소를 지으며 물었다.

"물 두 잔 부탁합니다." 성격 급한 베르나트가 대답했다. 웨이터는 기분 나쁜 표정을 숨기지 않고 자리를 떠나며 키가 클수록 성격이 더럽다니까 하고 중얼거렸다. 그의 아버지가 자주 한 말이었을 것이다. 베르나트는 개의치 않고 계속 말을 이었다.

"좋은 생각이 하나 있어요. 당신하고 이야기하려고요. 그런데 아드리아한테는 한마디도 하지 않겠다고 약속해요."

협상을 하자는 거군요. 하지만 뭔지도 모르는 것을 어떻게 약속한단 말이죠. 그래요, 약속할 테니 우선 무슨 얘기인지 말이나 해 봐요. 미친 짓이라고 할지도 몰라요. 그럴 만한 가치가 있는 미친 짓이 아니라면 절대 약속하지 않을 거예요. 그런데 그럴 만한 가치가 있는 미친 짓이라고 할 수 있죠. 이런, 베르나트. 당신이 함께해 줘야 해요, 사가.

"내 이름은 사가가 아니에요." 짜증이 난 듯 말했다. "내 이름은 사가아아라고."

"아, 미안해요."

몇 번의 줄다리기 끝에 그들은 사가아아의 맹세가 임시적이라는 데 동의했다. 만일 베르나트의 생각이 정말로 미친 짓이라서 실행할 방법이 없을 때는 맹세를 철회한다는 조건이었다.

“당신 가족이 이사야 벌린을 안다고 했죠. 그게 여전히 사실인가?”

“응, 그래요……. 아마 부인이…… 엡스타인 쪽 사촌의 먼 친척인가 그럴 거예요.”

“혹시라도…… 연락할 방법이 없을까요?”

“무엇 때문에?”

“이 책을 가져다주려고. 한번 읽어 보라고 말이죠.”

“이봐요, 사람들은 말이죠…….”

“그가 좋아할 게 분명해요.”

“정신 나갔군요. 이름도 없는 사람의 책을 누가 읽겠…….”

“미친 짓이라고 내가 이미 말했잖아요.” 그녀의 말을 끊고 말했다. “하지만 한번 시도해 보고 싶어요.”

사라는 잠시 생각에 잠겼다. 당신이 무엇을 골똘히 생각할 때 항상 그러듯이 이미 이마를 문지르고 있는 당신 모습이 눈앞에 선해, 내 사랑. 어떤 바의 테이블에 앉아 정신 나간 베르나트를 바라보며, 그가 하는 말을 믿지 못하겠다는 듯 앉아 있는 모습도 그려져. 그에게 기다려 보라고 말한 후 당신 주소록을 넘기며 샹탈 아주머니(프랑스어)의 전화번호를 찾아서 바의 전화에 동전을 넣고 전화를 거는 모습도. 동전이 줄어드는 모습을 본 베르나트가 웨이터에게 열 개 정도를 더 부탁할 때 당신은 여보세요, 사랑하는 아주머니, 어떻게 지내셨어요? (……) 네. (……) 네. (……) 네 그래요. (…………) 네에에 그렇군요. (……………………),(프랑스어) 베르나트는 떳떳하게 전화기에 동전을 더 넣으며 웨이터한테 위압적인 태도로 동전을 더 달라고 말했다. 급한 일이에요. 그리고 보증금으로 100페세타짜리 지폐를 테이블 위에 올려놓았다. 사라는 여전히 네. (……………………) 네 (……………………) 네 그래요. (……………………)(프랑스어) 하고 말하고 있었다. 통화는 웨이터가 이제 그만하시죠라고 말할 때까지 계속되었다. 혹시 자신이 전화 회사라도 된다고 생각했을까? 동전이 더 없어요. 그러자 사라는 아주머니에게 벌린에 대해 급히 묻고는 네, 네, 네에에!(프랑스어) 외치면서 주소록에 무언가를 휘갈겨 받아 적었다. 마침내 사라는 고맙다는 인사를 하고 있었다. 사랑하는 아주머니(프랑스어), 도와주셔서 감사합니다. 전화는 뚝 소리가 나며 동전 부족으로 끊어졌다. 사라는 사랑하는 샹탈 아주머니(프랑스어)에게 작별 인사를 제대로 하지 못해 마음에 걸렸다.

"뭐라세요?"

"알린하고 이야기해 보시겠대요."

"알린이 누군데요?"

"벌린의 부인이요." 사라는 알 수 없는 글씨로 가득한 종이를 훑어보며 말했다. "알린 엘리자베스 이본느 드 귄즈부르."

"잘됐다. 그럼 이제 된 거예요!"

"기다려 봐야죠, 연락은 일단 취했으니. 하지만 아직……."

베르나트는 주소록을 잡아채며 말했다.

"그분 이름이 뭐라고요?"

사라는 다시 주소록을 가져오더니 메모를 살펴보았다.

"알린 엘리자베스 이본느 드 권즈부르."

"권즈부르?"

"네, 왜 그래요? 그 집안은 아주…… 반은 러시아, 반은 프랑스계죠. 백작 뭐 그런 가문 있잖아요. 아주 부자라고요."

"오, 제기랄."

"쉿, 욕은 하지 말아요."

베르나트는 당신의 볼에 입을 맞추었지. 음. 두 번, 세 번, 아니면 네 번, 왜냐하면 내 생각에 베르나트는 항상 당신을 좀 좋아했던 것 같아. 이제야 말하네. 이제는 당신도 더 이상 내 말에 꼬박꼬박 반박하지 않으니까. 당신에게 말하지만 모든 남자들이 당신을 조금씩은 다 좋아했던 것 같아. 나는 완전히 사랑에 빠지고 말았지만.

"하지만 아드리아도 이 사실을 알아야 해요!"

"안 돼. 완전히 미친 짓이라고 했잖아요."

"완전히 미친 짓이죠. 하지만 아드리아도 알아야 해요."

"안 돼요."

"왜 안 된다는 거죠?"

"내 깜짝 선물이란 말이죠. 그가 영원히 몰라야 더 선물 같은 느낌이 든다고."

"아드리아가 영원히 모르면 감사의 표시를 못 할 거예요."

다른 쪽 모서리에서 기다리던 웨이터가 사라가 있는 자리를 보며 슬며시 미소 지었다. 남자는 약간 격양된 목소리로 이 대화는 끝났어요, 볼테스엡스타인 부인이라고 말하고 있었다. 그냥 비밀로 해 줘요. 약속할 거죠?

긴장된 침묵의 순간이 지난 후 남자는 부인 앞에 무언가를 간청하는 모습으로 무릎을 꿇었다. 그러자 우아한 부인은 시선을 내리깔고 말했다.

"그래요, 약속하죠, 베르나트."

웨이터는 벗어진 머리를 쓸어 넘기며 사랑에 빠진 연인들은 언제나 바보 같은 짓을 하느라 바쁘다고 결론 내렸다. 만일 내 눈으로 그것을 볼 수 있었다면……. 그렇소, 여인은 정말, 진심으로 아름답고, 또 아름답기 그지없구려. 그녀가 내 앞에 있다면 나 또한 바보짓을 했을 거요.

프란츠 파울 데커가 존경하는 호른 주자이자 금발에 키가 작고 소심한 성격을 지녔으며 이따금 몰래 피아노를 연주하는 로맹 귄즈부르는 알고 보니 귄즈부르 집안 사람이었다. 당연히 알린 엘리자베스 이본느 드 귄즈부르를 알고 있었다. 로맹은 비교적 덜 유복한 편인 친척의 계보에 속하는 듯했다. 그럼요, 원한다면 당장 알린 아주머니에게 연락하죠.

"맙소사…… 알린 아주머니라니!"

"맞습니다. 누구더라, 유명한 철학자인가하고 결혼했다는 아주머니예요. 영국에서 계속 살았지요. 무슨 일 때문에?"

베르나트는 그의 볼에 입을 맞추었다. 비록 로맹과 사랑에 빠지지는 않았지만 말이다. 모든 게 순조롭게 흘러갈 조짐이었다. 그들은 봄의 부활절을 기다려야 했다. 그 전에 로맹은 알린 아주머니와 한참을 이야기하여 도움을 얻어 냈다. 런던에서 오케스트라의 소규모 투어 일정을 마무리할 무렵 그들은 기차를 타고 점심때가 다 되어 옥스퍼드에 도착했다. 집은 오랫동안 사람의 손길이 닿지 않은 것 같았다. 초인종에서 웅장한 소리가 났다. 그들은 꽤 기대에 차서 서로를 바라보았지만 문은 열리지 않았다. 분명히 약속한 시간이었다. 아무도 없나. 아니다, 작은 발자국 소리가 들렸다. 마침내 문이 열렸다. 우아한 여인이 당황한 표정으로 그들을 바라보았다.

"알린 아주머니."(프랑스어) 로맹 권즈부르가 말했다.

"로맹?"

"네."

"너 정말 많이 컸구나." 거짓말이었다. "이만했는데……." 그녀는 자신의 허리를 가리켰다. 그리고 그들을 안으로 들였다. 그녀는 공모자로서 자기 역할을 즐기는 듯했다.

"반갑게 맞아 줄 거야. 하지만 책을 읽을지는 모르겠네."

"감사합니다, 부인. 정말 감사합니다." 베르나트가 말했다.

거실은 그리 크지 않았다. 벽에 바흐의 악보가 표구되어 걸려 있었다. 베르나트는 복제품 중 하나를 턱으로 가리켰다. 로맹이 가까이 다가갔다. 그리고 속삭이듯 말했다.

"저는 그다지 유복한 집안 쪽이 아니라니까요." 표구된 악보 이야기였다. "이건 분명히 원본일 거예요."

문이 열리고 알린 아주머니는 그들을 큰 방으로 들여 보냈다. 처음부터 끝까지 책으로 가득 차 있었다. 아마 아드리아네 집에 있는 책의 열 배쯤 되어 보였다. 책상에는 종이로 빽빽한 파일이 잔뜩이었다. 길쭉한 종이들이 책갈피처럼 끼워진 책들이 여기저기 쌓여 있었다. 그 책상 앞 흔들의자에 이사야 벌린이 앉아서 한 손에는 책을 든 채 그의 성소에 들어온 남자들을 호기심 어린 눈빛으로 바라보았다.

"어떻게 됐어요?" 그가 돌아왔을 때 사라가 물었다.

벌린은 피곤해 보였다. 그는 거의 말이 없었고, 베르나트가 독일어판 『미적 의지』를 한 부 건네자 겉을 살펴보기 위해 책을 이리저리 돌려보고는 색인을 펼쳤다. 정말 길었던 일 분 동안 아무도 말을 하지 않았다. 알린 아주머니는 조카에게 한쪽 눈을 찡긋했다. 다 살펴보고 나서 벌린이 책을 덮고 손에 들고 있었다.

"왜 제가 이 책을 읽어야 한다는 겁니까?"

"음, 저는…… 만일 그러고 싶지 않으시다면……."

"너무 겁내지 마시고. 왜 제가 이 책을 읽기를 바라십니까?"

"아주 좋은 책이기 때문입니다. 대단한 책입니다, 벌린 씨. 아드리아 아르데볼은 심오하고 지적인 사람입니다. 하지만 세상의 중심에서 너무 떨어져 지내지요."

이사야 벌린은 책을 탁자 위에 놓고는 매일 책을 읽어도 언제나 읽을 책들이 넘친다고 말했다. 가끔 읽은 책을 다시 읽기도 해야 하지요, 비록 재독서라는 영예에 적합한 책들이기는 하지만.

"어떤 책들은 무슨 이유로 그런 영예를 얻게 됩니까?" 베르나트는 아드리아처럼 말했다.

"독자를 매혹하는 능력이지요. 계속 찾게 되는 책들은 그 지적 사고 혹은 아름다움 때문에 경외하게 됩니다. 재독서의 본질적인 특성상 언제나 모순을 경험하지만 말입니다."

“무슨 말이에요, 이사야?” 알린 아주머니가 끼어들었다.

“재독이 필요 없는 책은 처음부터 읽을 필요조차 없었단 말이지.” 손님들을 바라보며 말했다. “차를 드실지 손님들께 여쭈어 봤나?” 그는 책을 보더니 자신의 실용적인 제안에 대해 금방 잊어버렸다. 그는 말을 계속했다. “그러나 읽기 전에는 다시 읽어 볼 만한 가치가 있는지 알 수 없는 법이죠. 인생이란 이처럼 잔인합니다.”

그들은 잠시 이것저것 모든 것에 대해 이야기했다. 방문객들은 소파 끝에 앉아 있었다. 차는 마시지 않았다. 로맹이 아주머니에게 별로 남지 않은 시간을 대화로 쓰는 편이 낫겠다고 신호했기 때문이다. 그리고 그들은 오케스트라 투어에 대해 이야기를 나누었다.

“호른? 왜 호른을 선택했습니까?”

“소리가 너무 좋아서요.” 로맹 귄즈부르가 대답했다.

그리고 다음 날 저녁에는 로열 페스티벌 홀에서 공연한다는 사실을 일러 주었다. 그는 라디오로 실황 방송을 꼭 듣겠노라고 말했다.

공연 프로그램에는 「레오노레 서곡」(3번)과 로베르토 게르하르트의 교향곡 2번, 그리고 귄즈부르가 호른을 연주하고 십여 명의 음악가가 더 참여하는 브루크너의 교향곡 4번이 포함되어 있었다. 연주는 무사히 끝났다. 연주회에 참석해 데커에게 선사된 꽃다발을 대신 받은 게르하르트의 부인은 감격에 겨운 모습이었다. 총 다섯 차례의 유럽 순회공연을 마치고 다음 날 귀국한 그들은 매우 지친 상태였다. 그들은 공연을 둘러싸고 의견이 서로 갈렸다. 정규 시즌 기간에 소규모 순회공연을 하는 게 좋은지, 좀 더 체계적인 투어를 계획하고 엉성한 여름 순회공연을 없앨지, 혹은 투어 자체를 하지 말지. 받는 돈만큼 이미 리허설에 열심히 나가고 있잖아요, 안 그래요?

호텔에서 베르나트는 급히 연락해 달라는 메모를 받고 요렌스에게 무슨 일이 생긴 것은 아닐지 걱정이 되었다. 아들로 인해 걱정스러운 마음이 든 것은 이번이 처음이었다. 어쩌면 책의 포장을 뜯지 않은 아들의 모습을 아직 기억하고 있기 때문일지도 모른다.

그것은 이사야 벌린에게서 온 긴급 전화 메시지였다. 저녁에 프런트를 지키는 호텔 종업원이 손으로 작성한 메모는 한시바삐 헤딩턴 하우스로 와 달라고 요청하고 있었다. 가능하다면 다음 날 당장, 매우 중요한 일이라고 했다.

"테클라."

"잘 끝났어?"

"응. 폴디 파이히테거[8]가 왔었어. 아름답더군. 여든이 훌쩍 넘었을 거야. 꽃다발이 몸집보다 더 크더라고."

"내일 돌아오는 거지, 아니야?"

"음. 그러니까 말이야…… 하루 더 있어야 할 것 같아, 왜냐하면……."

---

8) 레오폴디나 파이히테거(Leopoldina Feichtegger, 1903~1994). 카탈루냐 출신의 고전 음악 작곡가 로베르트 게르하르트(Robert Gerhard, 1896~1970)의 부인. 생전에 '폴디'라는 애칭으로 불렸으며 로베르트 게르하르트의 제자로 그를 처음 만났다.

"왜냐하면 뭐?"

인생을 복잡하게 만드는 데 도가 튼 베르나트는 이사야 벌린이 내 책에 대해 더 이야기하고 싶어 한다는 사실을 테클라에게 알리지 않았다. 그가 아주 많은 흥미를 보였고, 순식간에 책을 읽어 내려갔지만 저자의 아주 날카롭고 심오한 인식이 책 곳곳에 녹아 있어 벌써 다시 읽기 시작했으며, 나를 만나고 싶어 한다는 사실 말이다. 이 사실을 말하기가 뭐 그리 어려웠을까. 그러나 일을 복잡하게 만들지 않으면 베르나트가 아니다. 그는 테클라가 비밀을 지킬 거라는 사실을 믿지 않았다. 나도 인정하는데 그것은 일리 있는 생각이었다. 그는 침묵을 택하고는 급한 일이 생겼다고 둘러댔다.

"무슨 일인데?"

"그런 게 있어. 좀…… 복잡해."

"호른을 불면서 술 마시는 일 말이지?"

"이 사람, 아니야. 옥스퍼드에 갈 일이 있어……. 어떤 책 때문에……. 어쨌든 내일모레 돌아갈 거야."

"표는 바꿔 준대?"

"아, 그렇지."

"이봐요. 제발 그렇게 해 줘야 할 텐데, 만일 당신이 비행기로 돌아올 계획이라면 말이지. 아니, 당신이 돌아오고 싶다면 말이야."

그리고 그녀는 전화를 끊었다. 젠장, 베르나트는 생각했다. 또 일을 망쳐 버렸어. 하지만 다음 날 그는 비행기 표를 바꾼 후 옥스퍼드로 향하는 기차를 탔다. 벌린은 해야 할 말들을 했고, 나에게 줄 메모를 한 장 써 주었다. 친애하는 선생께, 당신 책은 나를 깊이 감동시켰습니다. 아름다움의 이유에 대해 고찰하셨더군요. 그 이유라는 것이 드러나는 방식에 관한 질문은 인류의 모든 세기에 유효한 질문입니다. 그것이 어떻게 설명이 불가능한 악의 존재와 분리될 수 없는지도 말입니다. 지금 막 당신 책을 내 동료들에게 널리 추천했습니다. 영어로는 언제 출간됩니까? 부탁드리건대 생각을 멈추지 말아 주십시오, 그리고 가끔 당신의 생각을 적어 기록으로 남겨 주세요. 진심을 담아, 이사야 벌린. 나는 베르나트에게 정말 고마운 마음이 들었다. 그가 벌린을 설득하여 내 책을 읽도록 한 것은 나에게 정말 중요했다. 그러나 무엇보다도 언제나 집요하게 내가 잘될 수 있도록 노력해 준 것이 정말 고마웠다. 그가 쓴 글에 대해 솔직한 감상을 말해 줌으로써 깊은 우울증을 유발하는 것은 그의 노력에 내가 고마움을 표현하는 방식이었다. 친구여, 인생이란 이렇게 어려운 거라네.

"절대 아드리아에게 말하지 않는다고 다시 약속해요." 화가 난 눈으로 그녀를 바라보았다. "알겠죠, 사라?"

"맹세할게요." 잠시 후 그녀가 말했다.

"베르나트."

"네?"

"고마워요. 아드리아를 대신해서 말하는 거예요. 그리고 내 마음도 그래요."

"아니, 고맙긴 뭐가. 아드리아한테는 항상 빚만 지는걸요."

"무슨 빚?"

"잘 모르겠어요. 여러 가지. 그는 내 친구예요. 그는…… 그렇게 똑똑한데도 여전히 내 친구가 되어 주고 내 변덕을 참아 준단 말이죠. 그게 벌써 몇 년이야."

45

쉰 살에 접어든 내가 오랫동안 잊고 있었던 러시아어를 다시 들여다보게 된 것은 비사리온 그리고리예비치 벨린스키의 탓이 컸다. 악의 본질에 대한 원고 작업은 큰 성과가 없었고, 그것에서 거리를 두기 위해 벌린, 비코, 융을 한 권의 책에 아우르려는 자살이나 마찬가지인 시도에 나섰다. 나 스스로가 놀랄 만큼 그것이 가능하다는 사실을 점차 깨닫기 시작했다. 예상치 못한 발견을 하는 순간 늘 그러듯이 나는 그러한 직감이 단순히 신기루가 아니라는 확신을 얻기 위해 작업과 거리를 두고자 했고, 그 결과 며칠 동안 전혀 다른 분야의 책을 뒤적이고 있었다. 그 와중에 벨린스키를 맞닥뜨렸다. 푸시킨에 관련한 연구자이자 열성적인 홍보가였던 벨린스키는 러시아어를 배우고 싶은 나의 열망을 자극했다. 벨린스키는 알렉산드르 세르게예비치 푸시킨에 대해 말했지만 푸시킨의 작품에 대해서는 직접적으로 언급하지 않았다. 나는 타인의 문학에 관심을 갖는 것이 어떠한 의미인지 이해하게 되었다. 그것은 자신도 모르는 사이에 문학을 창조하게 한다. 벨린스키의 열정은 나를 불타오르게 만들어 벨린스키를 만난 후 다시 읽은 푸시킨은 굉장하게 느껴졌다. 벨린스키에서 영감을 받은 나는 큰 소리로 푸시킨의 시를 읊어 나갔고 내 앞에서 루슬란, 류드밀라, 파를라프, 라트미르, 로그다이, 체르노모르, 머리통[9]은 다시 살아났다. 가끔 나는 예술과 예술 연구의 힘을 생각하며 깜짝 놀란다. 가끔 나는 인류란 그렇게 많은 일들 중 왜 언제나 싸움에 휘말리는지 이해하기 어렵다. 가끔 나는 우리가 시인이기 전에 악 그 자체여서 구제할 방법이 없다고 생각한다. 문제는 누구도 깨끗하지 않다는 것이다. 아주 극소수의 사람을 빼고는 말이다. 좀 더 정확하게 말하자면 아주아주 극소수의 사람을 빼고 말이다. 그때 사라가 들어왔고 질투, 사랑, 러시아어를 노래하는 운문을 뚫어지게 바라보며 수수께끼 같은 모습을 하고 있던 아드리아는 사라를 쳐다보지 않고도 그녀의 눈이 환하게 빛난다는 사실을 알 수 있었다. 그는 고개를 들었다.

"어떻게 됐어?"

그녀는 초상화 샘플이 든 파일을 소파에 내려놓았다.

---

9) 앞에 나열한 인물들은 푸시킨이 1820년에 발표한 영웅 서사시 「루슬란과 류드밀라」에 등장한다. 이 중 '머리통'은 체르노모르의 형이자 수호자로 자기 목을 자를 것이라 예언된 검을 찾으러 갔다가 자신을 질투하던 동생에게 목이 잘린다. 그 후 머리통만 남은 채 검을 지키게 된다.

“전시회를 하게 됐어.” 그녀가 말했다.

“브라보!”

아드리아는 자리에서 일어나 류드밀라의 불운에 대한 안타까움이 담긴 시선으로 사라를 바라보더니 그녀를 안았다.

“초상화 서른 점이야.”

“몇 점이나 있지?”

“스물여덟 점.”

“모두 목탄화인 거지.”

“그래, 맞아. 목탄이 라이트모티프야. 목탄으로 들여다본 영혼이라든가 하는 콘셉트로 가려고. 꽤 괜찮은 문구를 찾아야 해.”

“너한테 먼저 검사를 맡으라고 해. 이상한 문구를 갖다 붙이면 안 되잖아.”

“목탄으로 들여다본 영혼은 이상하지 않아.”

“그럼, 무슨 소리를! 하지만 갤러리 사람들이 시인이 아닌 건 사실이잖아. 더군다나 아르티펠라크 사람들은…….” 소파 위 파일을 가리키며 말했다. “기분이 날아갈 것 같아. 너는 충분히 그럴 만한 자격이 있어.”

“작품 두 점이 더 필요해.”

당신이 내 초상화를 그리려 한다는 사실을 이미 알고 있었다. 썩 내키지 않았지만 당신의 열정이 좋았다. 이 나이가 되어 나는 어떤 일이나 물건 자체보다 중요한 것은 그곳에 투영하는 기대라는 사실을 배우기 시작했다. 인간이란 그런 것이었다. 사라는 최고의 시절을 보내고 있었다. 그녀의 그림으로 매일 그녀에 대한 존경은 높아지고 있었다. 나는 두 번 정도 색채화를 권한 적이 있었다. 두 번 모두 그녀는 부드럽지만 단호한 태도로 아니, 아드리아, 나는 연필과 목탄으로 그림을 그릴 때 가장 행복해라고 말했다. 내 삶은 흑백으로 존재해. 어쩌면 흑백의 삶을 산 내 가족을 떠올리고 있는지도 몰라. 아니면…….

"아니면 설명이 필요 없을지도 모르지."

"맞아."

저녁을 먹는 동안 내가 남은 초상화 하나는 누구를 그릴지 묻자 그녀는 누굴 그리지? 했고, 나는 자화상을 그리는 게 어때라고 대답했다. 그녀는 포크를 허공에 들고서 생각에 잠겼다. 당신을 꽤 놀라게 한 것 같아, 사라. 생각도 못 했을 거야. 당신은 자신에 대해서 거의 생각하지 않으니까.

"부끄러워." 꽤 오랜 침묵 끝에 당신이 말했다. 그리고 크로켓 한 조각을 베어 물었다.

"조금 지나면 괜찮을 거야. 넌 이제 어른이잖아."

"너무 거만한 거 아닐까?"

"그 반대야. 겸손의 표현이라고. 스물아홉 명의 영혼을 세상에 내보이면서 너 또한 같은 질문을 마주하게 되는 거지. 세상일들의 질서를 다시 세우는 느낌이지 않을까."

나는 당신이 다시 허공에 포크를 들고 있는 모습을 보았다.

당신은 포크를 내려놓더니 어쩌면 네 말이 맞을지도 몰라라고 말했다. 그 덕택에 당신에게 글을 쓰는 지금 내 앞 벽, 인큐내뷸러 옆에 내 세계를 주관하는 당신의 특별한 자화상이 있는 거지. 이 서재에서 가장 값진 물건이야. 당신의 자화상은 당신이 세심하게 준비한 전시회의 가장 마지막 작품이 되었어. 비록 당신은 개막식에 참석하지 못했지만 말이야.

내게 사라의 작품은 내부의 침묵을 들여다보는 창문과 같았다. 자기 성찰로의 초대인 것이다. 사라, 당신을 사랑해. 작품 서른 점을 제안하고, 당신의 자화상을 몰래 스케치하던 모습이 기억나. 그리고 아르티펠라크 갤러리 사람들 말이지, 꽤 일을 잘하더라. 『사라 볼테스엡스타인. 목탄화. 영혼을 비추는 창』. 전시를 꼭 보고 싶게 만드는, 아니면 전시 작품 전체를 사고 싶게 만드는 훌륭한 카탈로그였다. 완성하는 데 이 년이나 걸린 원숙기에 접어든 당신의 작품이었다. 서두르지 않고, 자연스럽게, 쉬어 가며. 언제나 당신이 일을 처리해 온 방식 그대로였다.

자화상은 사라가 가장 어렵게 완성한 작품이다. 사라는 작업실에 틀어박혀 아무도 보는 사람 없이 그림을 그려 나갔다. 스스로를 거울에 비추어 보고 캔버스에서 자신을 바라보며 입가의 달콤한 주름, 주름 사이에 옹송그린 작은 패배들 같은 세부적인 부분을 작업하는 모습을 누가 본다는 게 부끄러웠기 때문이다. 눈가의 잔물결은 사라 당신을 정말 당신답게 만드는 것이었다. 그리고 나는 도대체 어떻게 재현해 내는지 알 길이 없었지만 마치 바이올린처럼 얼굴을 만들어 내는 모든 작은 움직임들은 겨울의 긴 여정을 꼼꼼하게 반영하는 풍경으로 변하고 있었다. 완전히 절제된 모습으로 말이다, 맙소사.

트럭 운전사의 인생을 기록하는 잔인한 운행 기록계처럼 당신 얼굴은 우리의 눈물을, 나 없이 흘렸던, 내가 그 이유를 정확히 알 수 없는 당신의 눈물을, 당신의 가족과 민족에게 닥친 불행으로 흘린 눈물을 그려 내고 있었다. 그리고 살아 숨쉬는 당신의 눈에서는 차츰 기쁨이 묻어나기 시작했고, 내가 긴 편지를 쓰는 지금 내 앞에 보이는 아름다운 얼굴을 환히 비추었다. 사실 편지가 이렇게 길어질지 몰랐다. 사랑해. 나는 당신을 발견했고, 당신을 잃었고, 당신을 다시 찾았어. 무엇보다도 함께 늙어 가기 시작하는 영광을 누렸지. 집에 불행이 닥치기 전까지 말이야.

그동안 삽화를 하나도 그리지 못해 숙제들이 전례가 없을 만큼 많이 쌓였다. 그녀의 모든 생각은 목탄 초상화에 쏠려 있었다.

아르티펠라크 갤러리에서의 개막이 한 달 앞으로 다가왔고 나는 비코, 율, 벌린으로 돌아가기 전에 푸시킨, 벨린스키부터 언제나 악으로 치닫고 마는 인간 본성에 대한 비관적인 관점을 견지한 홉스까지 대충 살펴보았다. 여러 글들 중에 『일리아스』 번역본을 마주하게 되었고, 19세기 중반에 나온 유쾌한 판본으로 그것을 읽었다. 그리고 역시 불행은 찾아왔다.

토머스 홉스는 나에게 자유와 질서 가운데 선택해야 한다고 설득하려 했다. 그러지 않을 경우 내가 역사와 지식을 연구하며 인간 본성에서 수없이 봐 온 늑대가 찾아온다는 거였다. 자물쇠가 덜그럭거리더니 문이 소리 없이 닫혔다. 그것은 홉스의 늑대가 아니라 사라의 말없는 걸음이 서재로 향하는 소리였다. 서재에서 그녀는 잠시 아무 말이 없었다. 나는 고개를 들었고, 곧 무슨 문제가 생겼음을 알아차렸다. 사라는 내가 카슨과 검은 독수리와 함께 숨어서 수많은 비밀을 엿들은 소파에 앉아 있었다. 그녀는 말을 꺼내기를 망설였다. 적당한 단어를 찾느라 고민하는 것이 분명했다. 아드리아는 돋보기를 벗고 그녀에게 도움이 되기로 했다. 사라, 무슨 일이야?

사라는 일어서더니 악기를 보관하는 진열장으로 가서 비알을 꺼냈다. 아무 잘못 없는 홉스의 책을 거의 가리며 그녀는 다소 힘을 주어 그것을 책상 위에 내려놓았다.

"어디서 난 거야?"

"아버지가 산 거야." 의심스러운 침묵이 이어졌다. "구매 증명서를 보여 줬잖아. 왜 그러는데?"

"네 아버지는 어디서 구하셨는데?"

"이건 비알이야. 자기 이름을 가진 유일한 스토리오니지."

사라는 들을 준비가 되었다는 듯 침묵을 지켰다. 기욤프랑수아 비알은 마차에 탄 사람이 볼 수 있도록 어둠에서 빠져나왔다. 마부가 바로 앞에서 말을 세웠다. 그가 문을 열고 비알을 태웠다.

"안녕하시오." 라 기테가 말했다.

"이제 저에게 넘기시지요, 라 기테 선생. 삼촌이 가격에 동의했습니다."

라 기테는 자신의 예지력이 자랑스러운 듯 속으로 웃었다. 며칠 동안 크레모나의 햇빛 아래에서 용을 쓴 게 헛되지는 않왔군. 거래에 쐐기를 박기 위해 그는 다시 말했다.

"5000플로린입니다."

"5000플로린이지요." 비알은 그를 안심시키듯 말했다.

"내일이면 그 유명한 바이올린 로렌초 스토리오니가 당신 것이 됩니다."

"나를 속이려 하지 마시오. 스토리오니를 아는 사람은 거의 없소."

"이탈리아에서도, 나폴리에서도, 피렌체에서도…… 온통 스토리오니 이야기뿐이오."

"크레모나는 어떻습니까?"

"스트라디바리 형제는 이 새로운 공방의 출현이 전혀 달갑지 않은 모양이더군요."

"그건 이미 얘기했잖아." 참을성이 한계에 이르렀다는 듯 사라는 자리에서 일어나 마치 말썽 피운 아이의 변명을 기다리는 엄격한 선생처럼 말했다.

하지만 아드리아는 울고 싶은 심정이 되어 다음 날 아침 일찍 그의 방을 찾으며 내 사랑하는 삼촌!(프랑스어) 하고 소리쳤다. 장마리 르클레르는 고개를 들 생각조차 하지 않았다. 그저 벽난로의 불길을 바라보고 있었다. 기욤프랑수아 비알은 풀이 죽어 내 사랑하는 삼촌(프랑스어) 하고 다시 불렀다.

르클레르는 반쯤 몸을 돌렸다. 눈을 바라보지 않은 채 그는 바이올린을 가지고 있는지 물었다. 비알이 책상 위에 올라앉았다. 르클레르는 곧 손을 악기로 가져갔다. 벽에 걸린 그림에서 매부리코를 한 시종이 바이올린 활을 손에 들고 모습을 드러냈다. 르클레르는 자신이 작곡한 소나타 세 곡 중 일부분을 연주하며 스토리오니가 낼 수 있는 모든 소리를 찾는 데 시간을 보냈다.

"굉장하구나." 연주가 끝나고 말했다. "얼마를 줬니?"

"하우."

"1만 플로린이요. 그리고 이런 보물을 찾아낸 데 대한 대가로 500을 더 얹어 주어야 해요."

"이봐, 하우!"

위압적인 태도로 르클레르는 하인을 밖으로 내보냈다. 그리고 조카의 등에 손을 얹더니 미소를 지었다. 나는 카슨 보안관이 퉁명스럽게 바닥에 침을 뱉는 소리를 들었지만 신경 쓰지 않았다.

"이 개자식. 도대체 누굴 닮았는지, 썩을 암캐 새끼. 네 어미냐. 아니면 한심한 네 아비냐. 도둑에 사기꾼 새끼."

"왜 그러세요? 저는 그저……." 시선을 받아넘기며 그가 말했다. "좋아요. 그럼 웃돈은 생략하죠."

"수년 동안 나를 그렇게 등쳐 먹었는데 내가 너를 믿겠니?"

"그럼 나한테 왜 이 일을……."

"시험해 본 거지, 재수 없고 더러운 멍청한 개자식 같으니라고. 이번엔 감옥행을 면치 못할 거야." 잠시 후 그는 좀 더 힘주어 말했다. "내가 이 순간을 얼마나 기다렸는지 모를 거다."

"하우, 아드리아, 정신을 딴 데 팔고 있잖아! 사라의 얼굴을 봐!"

"언제나 내 일이 안 풀리기를 바랐죠, 장 삼촌. 나에 대한 질투 때문인가요."

"이봐, 젠장. 검은 독수리의 말을 좀 들으라고! 사라는 이미 그 사실을 다 알고 있어. 네가 벌써 이야기했잖아."

르클레르는 깜짝 놀라서 바라보더니 손가락으로 카슨을 가리켰다.

"하찮은 카우보이면서 나에게 이래라저래라 하지 마. 벼룩 투성이인 주제에!"

"이런, 이봐요. 나는 당신한테 아무 말도 하지 않았어요. 나는 정중한 대접을 받을 자격이 있다고."

"둘 다 꺼져 버려, 너하고 머리에 깃털 단 네 친구도. 거위같이 생긴 놈."

"하우."

"하우 뭐?" 단단히 성이 난 르클레르가 말했다.

"서로 화해하기보다는 해가 서쪽 언덕으로 넘어가기 전까지 당신 조카랑 계속 실랑이를 벌일 모양이군."

르클레르는 기욤 비알을 다소 불안한 듯 바라보았다. 그는 애써 정신을 집중하고는 그를 가리키며 말했다.

"이 재수 없는 놈아, 내가 뭣 땜에 너를 질투해?"

딱따구리처럼 얼굴이 벌게진 비알은 이성을 잃고 어쩔 줄 몰라 하고 있었다.

"자세한 이야기는 하지 않은 편이 낫겠어요." 무슨 말이라도 해야 할 것 같아서 던진 말이었다.

르클레르는 경멸하듯 그를 바라보았다.

"나는 자세한 이야기를 하는 게 좋아. 체격? 키? 친화력? 공감 능력? 재능? 도덕적 위상?"

"장 삼촌, 이야기를 그만 끝내죠."

"대화는 내가 끝내고 싶을 때 끝내는 거야. 지능? 교양? 재력? 건강?"

르클레르는 바이올린을 쥐고 즉흥으로 피치카토를 연주했다. 그는 존경심을 가지고 악기를 살폈다.

"아드리아."

"왜?"

사라가 내 앞에 앉았다. 카슨 보안관이 얘야, 조심해, 지금 심각하다라고 속삭이는 소리가 들렸다. 우리가 충고하지 않았다고 나중에 원망하지 마. 당신은 내 눈을 바라보았지.

"이미 그 이야기는 안다고 했잖아. 꽤 오래전에 네가 설명해 줬어!"

"응, 그래, 르클레르가 말하길 바이올린이 아주 좋구나, 그런데 그게 무슨 대수라고? 알겠니? 그저 너를 감옥에 보내고 싶을 뿐이야."

"정말 악독한 삼촌이군요."

"너 같은 개자식의 본모습을 내가 드디어 밝혀낸 것뿐이야."

"용감한 전사가 수많은 전투 후에 머리가 돌아 버린 꼴이군." 용감한 아라파호 추장의 결론에 맞장구를 치는 마른침 뱉는 소리가 났다.

르클레르가 작은 종이 매달린 줄을 당기자 안쪽 문으로 매부리코의 하인이 들어왔다.

"경감에게 연락하게. 편한 시간에 오시라고." 그리고 조카에게 말했다. "앉아, 베자르 씨를 기다려야 하니까."

그들은 결국 자리에 앉지 않았다. 기욤프랑수아 비알은 앉지 않고 벽난로 앞을 지나 쇠꼬챙이를 집어 들더니 그것을 친애하는 삼촌의 머리에 내리꽂았다. 첫째라고도 알려진 장마리 르클레르는 아무 말을 할 수 없었다. 비명조차 지르지 못한 채 쓰러졌고, 머리에는 여전히 꼬챙이가 꽂혀 있었다. 바이올린 케이스에 피가 몇 방울 튀었다. 비알은 숨을 크게 쉬더니 깨끗한 손을 외투에 슥슥 문질렀다. 이 순간을 내가 얼마나 기다렸는지 모르시죠, 장 삼촌. 그는 주변을 둘러보고는 바이올린을 들어 피 묻은 케이스에 집어넣었다. 그리고 테라스 쪽으로 난 창을 통해 그곳을 빠져나왔다. 대낮에 도주하는 동안 그는 가까운 시일 내에 입이 가벼운 라 기테에게 형식적인 방문이라도 해야 한다는 생각이 들었다. 그리고 아버지는 내가 태어나기 훨씬 전 악기의 법적 소유인인 사베리오 팔레그나미라는 자에게서 악기를 구입했다.

조용했다. 안타깝게도 나는 더 할 말이 없었다. 이런. 더 이상 말하고 싶지도 않았다. 사라는 자리에서 일어났다.

"네 아버지는 그것을 1945년에 구입했어."

"네가 어떻게 알아?"

"어떤 도망자에게서 샀지."

"팔레그나미인가 하는 자야."

"도망자였다고. 그리고 분명히 팔레그나미라는 자가 아니었어."

"그건 나도 잘 몰라." 내가 거짓말을 한다는 사실을 당신은 알았던 것 같아.

"난 잘 알지." 양쪽 허리에 손을 올리고 나를 향해 몸을 기울이며 말했다. "바이에른 출신의 한 나치가 도망치는 중이었지. 네 아버지의 돈 덕분에 사라져 버릴 수 있었어."

거짓말, 혹은 절반의 진실이거나, 혹은 일관성을 위해 한데 짜깁기된 거짓말이 그럴듯한 진실로 변해 가는 중이었다. 얼마간은 버틸 수 있을 이야기였다. 아니면 꽤 긴 시간 버티는 것이 가능할지도 모를 일이었다. 하지만 절대 평생 비밀일 수는 없다. 삶에는 모든 일이 진실의 순간을 마주하기 마련이다 하는 불문율이 있기 때문이다.

"그걸 어떻게 다 아는 거야?" 믿지 못한다기보다 놀란 듯 그녀를 바라보며 말했다.

침묵이 찾아왔다. 그녀는 차갑고, 권위적이고, 위풍당당한 동상처럼 서 있었다. 계속되는 침묵에 나는 다소 다급해져 말을 이었다.

"어떤 나치였다고? 그럼 그 나치가 악기를 갖는 것보다 우리가 보관하는 편이 낫지 않아?"

"그 나치는 아우슈비츠 비르케나우에서 고초를 겪은 벨기에 아니면 네덜란드 출신 가문에게서 그 악기를 압수했어."

"어떻게 알아?"

어떻게 알게 된 거야, 사라……. 내가 아버지의 아람어 편지를 읽고 겨우 알게 된 그 사실을 말이야. 아마 그 편지를 읽은 사람은 내가 유일할 텐데?

"돌려줘야 해."

"누구한테?"

"주인한테."

"악기 주인은 나야. 우리라고."

"나를 이 일에 끌어들일 생각은 하지 마. 넌 악기를 진짜 주인에게 돌려줘야 해."

"난 그들이 누군지 몰라. 네덜란드인이라고 했나?"

"아니면 벨기에인이거나."

"아주 굉장한 단서네. 당장 바이올린을 가지고 암스테르담으로 가서 이 악기의 주인이 있습니까, 신사 숙녀 여러분?(네덜란드어) 하면 되겠네."

"냉소적으로 굴지 마."

어떻게 대답할지 몰랐다. 언젠가 그날이 오리라는 생각에 항상 움츠러들었던 마당에 무슨 말을 하겠는가. 자세한 내용은 알기 어려웠지만 지금 겪는 상황이 언젠가 닥치리라는 생각을 어렴풋이 하고 있었다. 나는 한쪽 손에는 안경을, 책상 위에는 나의 스토리오니를 두고 자리에 앉아 있었다. 사라가 허리에 두 손을 올리고서 음, 조사해 봐라고 말했다. 세상에 탐정은 널리고 널렸어. 아니면 대강탈의 시기에 도둑맞은 물건을 회수하는 시설에 함께 가 볼까. 우리를 도우려는 유대인 관련 기관이 아주 많을 거야.

"그 절차를 시작하는 순간 우리 집은 이득을 챙기려는 사람들로 가득 찰 거야."

"어쩌면 주인이 나타날지도 모르지."

"오십 년 전 일이라고, 알아?"

"악기 주인에게 직계든 방계든 후손이 있을 거야."

"어쩌면 바이올린에 관심조차 없는 사람들일지도 몰라."

"네가 물어봤어?"

조금씩 조금씩 네 목소리의 어조가 거칠어졌고 나는 공격당해 모욕감을 느끼게 되었다. 네 목소리에서 묻어나는 가혹함이 여태껏 내가 죄책감을 느끼지 않았던 부분을 건드렸기 때문이다. 바로 내 아버지의 아들이라는 끔찍한 사실이었다. 심지어 네 목소리는 계속 바뀌어 네 가족, 혹은 쇼아에 대한 이야기나 하임 삼촌에 대한 이야기가 등장할 때면 나오는 날카로운 음색을 띠었다.

"네 말이 사실인지 아닌지 밝혀질 때까지 나는 한 발자국도 여기서 움직이지 않을 거야. 전부 어디에서 들은 말이야?"

티토 카르보넬이 길모퉁이에서 자동차 핸들을 잡고 대기한 지 삼십 분이 되었다. 머리숱이 비기 시작한 삼촌은 한 손에 서류 가방을 들고서 밖으로 나와 발렌시아가를 따라 대학교로 향하고 있었다. 티토는 핸들 위에서 손가락을 튕기던 것을 멈추었다. 뒷자리에서 아르데볼의 머리가 매일매일 더 빠지는 것 같아 하는 소리가 들렸다. 티토는 대꾸할 필요가 없다고 생각하며 묵묵히 손목시계만 바라보았다. 다시 뒷자리에서 그렇게 오래 걸리지 않을 거야, 긴장 풀어 하는 말소리가 들렸다. 경찰관이 인사의 표시로 손을 모자에 붙이더니 운전자를 향해 몸을 구부리며 여기에 차를 대시면 안 됩니다라고 말했다.

"누구를 좀 기다리는 중입니다……. 아 여기 왔네요." 그가 즉흥적으로 대답했다.

경찰이 물건을 내리는 코카콜라 트럭에 정신을 파는 동안 티토가 차에서 내렸다. 트럭은 유리아가의 절반을 점령한 상태였다. 티토는 다시 차로 돌아가 카테리나가 출입문을 지나는 것을 보며 명랑한 목소리로 저 여자가 그 유명한 카테리나 파르게스입니다라고 말했다. 뒷좌석에서는 아무런 소리도 들리지 않았다. 그리고 사라가 거리로 나와 주변을 이리저리 둘러본 것은 몇 분이 더 지나서였다. 그녀는 반대편 모퉁이를 살피더니 빠르고 단호한 걸음으로 차를 향해 걸었다.

"어서 타요, 우리를 쫓아 버리려 했어요." 머리로 뒷문을 가리키며 티토가 말했다. 그녀는 잠시 망설이더니 택시를 타듯 뒷좌석에 올랐다.

"안녕하십니까." 누군가가 인사를 건넸다.

사라는 지긋한 나이의 깡마른 남자가 짙은 색 외투에 몸을 숨긴 채 흥미로운 듯 자신을 바라보고 있는 모습을 보았다. 그는 평평한 손바닥으로 그들 사이의 빈 좌석을 탁탁 두드렸다. 옆에 앉으라는 신호였다.

"그러니까 당신이 그 유명한 사라 볼테스엡스타인이군요."

사라가 자리에 앉자 티토는 차에 시동을 걸었다. 경찰관 옆을 지날 때 티토는 고개를 끄덕여 인사를 건네고 유리아가로 이어지는 교통 대열에 합류했다.

"어디로 가는 거죠?" 그녀는 약간 겁먹은 목소리로 물었다.

"긴장 풀어요. 편안히 이야기를 나눌 만한 곳으로 갑니다."

편안히 이야기를 나눌 만한 곳이란 디아고날 거리에 있는 고급 바였다. 한쪽 구석의 테이블이 예약되어 있었다. 그들은 자리에 앉아 잠시 서로를 조용히 바라보았다.

"이쪽은 베렝게 씨입니다." 깡마른 노신사를 가리키며 티토가 말했다. 남자는 살짝 고개를 숙여 인사했다. 그제야 티토가 설명하길 당신 집에 비알이라 불리는 스토리오니 바이올린이 있는 것을 꽤 오래전 직접 확인했는데 그 악기는……

"어떻게 확인했는지 알 수 있을까요?"

아주 값이 나가며, 안타깝게도 오십 년쯤 전에 합법적인 주인이 도둑을 맞은……

"주인은 아드리아 아르데볼 씨입니다."

것이고, 그래서 그 합법적인 주인이 십 년 전부터 악기를 수소문하기 시작해 마침내 그것을 찾았는데……

"그 말을 믿어야 할 이유를 모르겠군요."

확인해 보니 그것은 합법적인 주인이 1938년 2월 15일에 안트베르펜시에서 취득한 것입니다. 그때는 실제 가치보다 훨씬 낮은 평가를 받았습니다. 그 후에 도둑맞았고요. 압수되었다는 말이 맞겠네요. 합법적인 주인이 악기의 소재를 추적하기 위해 동원할 수 있는 모든 연락망을 움직였고, 그 소재를 알게 되었을 때 수년간 고민한 모양입니다. 그리고 이제야 소유권을 주장하게 되었지요.

"그럼 법적인 절차에 따라 소유권을 주장하라고 전해 주세요. 그 이상한 이야기들이 옳다는 것을 증명해야 할 겁니다."

"법적으로 문제가 좀 있습니다. 당신을 괜히 피곤하게 만들고 싶지 않아요."

"전혀 피곤하지 않습니다."

"지루하게 만들고 싶지도 않고요."

"아하. 내 남편의 손에는 어떻게 들어왔죠?"

"아드리아 아르데볼 씨는 당신 남편이 아니지요. 하지만 원하신다면 아드리아 아르데볼 씨의 손에 어떻게 악기가 들어갔는지 설명해 드리지요."

"남편이 악기의 소유주임을 입증하는 증명서가 있습니다."

"직접 보셨습니까?"

"그렇습니다."

"그렇다면 가짜입니다."

"제가 그 말을 왜 믿어야 하죠?"

"그 증명서에 적힌 주인은 누구였습니까?"

"그걸 제가 어떻게 기억하겠어요? 증명서를 본 것은 오래전 일입니다."

"전부 말이 안 되는 소리야."

사라의 시선을 피하며 아드리아가 말했다. 본능적으로 바이올린을 쓰다듬었다. 그러나 전기라도 통한 양 곧 손을 뗐다.

내가 아주 어릴 때였다. 집에 아무도 없었지만 아버지는 비밀이라도 다루듯 나를 서재로 불렀다. 아버지는 이 바이올린을 잘 보라고 말했다. 책상 위에 비알이 놓여 있었다. 아버지는 책상 위의 돋보기를 가져오더니 그것으로 악기를 들여다보게 했다. 나는 주머니에 손을 넣고 있었는데 카슨 보안관이 이봐, 집중하란 말이야, 중요한 일인 것이 분명해라고 말했다. 나는 덴 듯이 손을 꺼내고 돋보기를 통해 바이올린을 유심히 살펴보았다. 바이올린, 흠집들, 미세하게 긁힌 자국들. 앞면에 난 작은 상처. 바니시 칠이 거의 남아 있지 않은 옆면…….

"네가 보는 모든 것들이 악기의 역사 그 자체다."

언젠가 아버지가 바이올린에 대해 그와 비슷한 이야기를 했던 것이 떠올랐다. 그래서 이 이야기를 들었을 때 전혀 낯설지 않았다. 하우, 들어 본 이야기야. 나는 아버지에게 맞아요, 역사 그 자체예요라고 대답했다. 그런데 하실 말씀이 있으신 거예요?

"그 역사는 우리가 절대 알 수 없는 수많은 집안과 사람을 거친 거란다. 1764년(이탈리아어)부터 오늘날까지 거쳐 온 역사를 생각해 봐…….

"음…… 한번 계산해 보면…… 193년이네요.(이탈리아어)"

"그래 바로 그거야. 내 말을 이해했구나."

"아니에요, 아버지."

이탈리아어를 배우기 시작한 지 여덟 달이 되어

"우노."

"우노."

"두에."

"두에."

"트레."

"트레."

"콰트로."

"콰트로."

"친퀘."

"친퀘."

"세이."

"세이."

"세테."

"세테."

"오토."

"옥토."

"오토오오!"

"오토오오!"[10]

"잘했어!"(이탈리아어)

이탈리아어는 독학으로 공부하고 수업에 몇 번만 가면 익히기 쉽다. 정말이다.

"하지만 펠릭스…… 애가 이미 프랑스어, 독일어, 영어를 공부하고 있잖아……."

"시모네 씨는 훌륭한 선생이야. 일 년이면 페트라르카를 읽을 거야. 그렇고말고."

그리고 확신한다는 듯 손가락으로 나를 가리켰다. "이미 예고했지. 내일부터 이탈리아어를 시작하는 거야."

그리고 바이올린을 앞에 둔 지금 내가 첸토노반타트레 안니[11]라고 말하는 것을 들은 아버지는 자랑스러워하는 표정을 숨기지 못했다. 고백하건대 아버지의 그런 모습은 나를 흡

10) 숫자 1부터 8까지 이탈리아어로 발음하는 모습이다.
11) 이탈리아어로 193년을 뜻한다.

족하게, 그리고 으쓱하도록 만들었다. 한 손은 악기를 가리키고 다른 한 손은 내 어깨 위에 올린 채 아버지는 이제 이 악기는 내 것이야라고 말했다. 많은 곳을 거쳤지만 이제는 내 것이야. 그리고 네 것이 될 거다. 그리고 네 아들들의 것이 될 거다. 우리 자손들의 것이 될 거야. 절대 우리 집안을 벗어나는 일이 없을 거야. 맹세해 주렴.

어떻게 아직 태어나지도 않은 이들의 이름으로 맹세를 하란 말인가. 비알을 집어 들 때마다 이 맹세가 떠올랐다. 그리고 몇 달 후 아버지는 내 잘못으로 살해당했다. 나는 결국 바이올린 탓이라는 결론을 내렸다.

"베렝게 씨라……." 아드리아는 비난하는 듯한 눈빛으로 그녀를 바라보았다.

"가게에서 예전에 일하던 사람이야. 우리 아버지, 어머니와 한바탕했지. 나하고도. 사기꾼이야, 알고 있었어?"

"당신에게 해를 입히려 드는 악한이라는 사실은 나도 의심하지 않아. 그런데 당신 아버지가 어떻게 바이올린을 구했는지 완벽하게 알고 있더라. 그도 그 자리에 있었어."

"그리고 이 알베르트 카르보넬은 티토라는 이름을 쓰는 친척 비슷한 사람이야. 지금 가게를 운영하고 있지. 뭔가 수상한 냄새가 나지 않아?"

"만일 그들의 이야기가 사실이라면 음모든 뭐든 상관없어. 여기, 원래 주인의 주소야. 연락만 하면 돼. 그러면 더 이상 찝찝해할 필요가 없어."

"이건 함정이야! 그들이 말한 주인이라는 사람도 공모 관계일 거라고. 그들이 원하는 건 바이올린을 손에 넣는 거야, 아직도 모르겠어?"

"모르겠어."

"어떻게 그렇게 눈치가 없지?"

이 말에 당신은 상처를 입은 듯했다. 하지만 나는 베렝게 씨의 움직임 뒤에는 절대 순수한 동기가 없다고 확신했다.

사라가 종이쪽지를 건넸다. 아드리아는 그것을 받았지만 펴 보지 않았다. 한참을 들고 있다가 탁자 위에 내려놓았다.

"마티아스 알패르츠." 그녀가 말했다.

"뭐라고?"

"네가 확인하고 싶어 하지 않는 이름이야."

"그게 아니야. 주인 이름은 네트예 데 부크라고." 나는 화를 내며 말했다.

그렇게 해서 당신은 나의 민낯을 드러내 보였다. 마치 다섯 살 먹은 어린아이가 된 것 같았다. 나는 마티아스 알패르츠라고 적힌 쪽지를 들여다보고 다시 탁자에 내려놓았다.

"이건 말도 안 돼." 긴 침묵 후에 아드리아가 말했다.

"이제는 잘못을 바로잡을 수 있겠네. 네가 거절했지만 말이야."

사라가 서재를 나갔고, 나는 당신의 웃음소리를 다시는 듣지 못했다.

46

사흘 아니면 나흘째 집에는 침묵만 가득했다. 두 명의 동거인이 서로에게 상처를 주지 않기 위해 말을 삼가거나 말을 할 엄두를 내지 못하고 침묵을 지키는 상황은 정말 최악이다. 사라는 전시회에 온 힘을 집중했고, 나는 아무것도 할 기운이 없었다. 당신의 자화상에서 슬픈 눈빛이 느껴진다면 그것은 준비하는 동안에 집 안을 가득 메웠던 침묵 때문이었다고 확신한다. 하지만 나는 포기할 수 없었다. 그리하여 아드리아 아르데볼은 마음을 먹고 법학과의 그라우 이 보르다스 박사를 찾아가 가족이 아마도 전쟁 기간에 압수한 것으로 추정되는 물건을 아주 오래전에 취득한 친구가 처한 곤란한 상황에 대해 조언을 구했다. 그라우 이 보르다스 박사는 그 친구의 사정을 들으며 수염을 만지작거리다가 국제법과 나치의 약탈에 관한 판결을 참조하여 일반적인 경향들에 대해 이야기했고, 오 분쯤 지나서 아드리아 아르데볼은 이 남자가 사건의 갈피를 못 잡고 있다고 결론 내렸다.

음악학과 카잘스 박사는 크레모나의 현악기 제작 가문에 대하여 많은 정보를 주었으며, 비교적 만나기가 수월한 제작자 한 명을 소개해 주었다. 바이올린의 역사에 관한 진정한 권위자라고 했다. 그를 믿어도 좋아요, 아르데볼. 그리고 바이올린 케이스를 열 때부터 묻고 싶었던 질문을 던졌다. "한번 켜봐도 됩니까?"

"바이올린 연주도 하십니까?"

음악학과 복도를 걸어가던 학생들 네 명은 걸음을 멈추었다. 어느 연구실에서 흘러나오는 신비롭고 달콤한 음악을 듣기 위해서였다. 카잘스 박사는 바이올린을 케이스에 넣은 후 훌륭하군요라고 말했다. 과르네리만큼요, 정말입니다.

그는 학과 연구실 한쪽 구석에 바이올린을 두었다. 학생 두 명이 성적을 올려 달라고 그를 찾아왔다. 또 다른 학생은 왜 모든 수업에 참석했는데 성적이 그저 패스인지 궁금하다고 찾아왔다. 자네가? 음, 많은 수업에 참석했습니다. 그런가? 아, 그래? 몇몇 수업에 참석한 것은 확실합니다. 학생이 연구실을 나가자 라우라가 들어와 그의 앞 책상에 앉았다. 그녀는 정말 예뻤고, 그는 쳐다보지 않은 채 안녕하세요라고 인사했다. 그녀는 산만하게 손을 흔들며 인사하더니 메모인지 채점할 시험지인지, 아니면 귀찮은 무언가인지가 가득한 파일을 펼쳤다. 한동안 둘뿐이었고, 각자가 할 일을 했다. 두 번, 아니 세 번이나 둘은 동시에 고개를 들어 눈이 마주쳤으며, 잠깐씩 서로를 수줍게 바라보다가 시선을 피했다. 네 번째 마주쳤을 때 그녀는 어떻게 지내요라고 물었다. 그녀가 먼저 말을 건넨 것은 처음이었던가? 기억이 잘 나지 않는다. 다만 살짝 미소 지으며 물었던 것만큼은 기억난다. 분명한 휴전 선언이었다.

"음, 그럭저럭요."

"그게 다예요?"

"그게 다예요."

"하지만 당신은 유명 인사잖아요."

"놀리지 말아요."

"아니에요. 당신이 부러운걸요. 학과의 대부분 사람들처럼 말이죠"

"정말 날 놀리고 있군요. 당신은 어떻게 지내요?"

"음. 그저 그렇죠."

둘은 말이 없다가 자기 생각에 빠져 웃음을 지었다.

"글은 계속 써요?"

"네."

"무엇에 대한 것인지 알 수 있을까요?"

"강연 세 개를 재구성하고 있어요."

그녀는 미소를 띠며 내가 말을 계속하도록 했고, 나는 고분고분 율, 비코, 벌린에 관한 것이라고 답했다.

"굉장하군요."

"네. 하지만 그거 알아요? 원고를 모두 새로 쓰고 있어요. 아마 완전히 새로운 책이 될 겁니다. 세 개의 강연이 아니라……."

아드리아는 어떤 문제에 봉착한 듯 알 수 없는 손짓을 했다.

"세 개를 한데 묶을 이유가 필요해요."

"그래서 찾았나요?"

"어쩌면요. 어떤 역사적 사건이죠. 그런데 잘 모르겠어요."

라우라는 서류들을 정리했다. 생각에 잠길 때면 늘 나오는 버릇이었다.

"저게 그 유명한 바이올린인가요?" 그녀는 연필로 연구실 구석을 가리켰다.

"유명하다니요?"

"유명하죠."

"그렇긴 하죠."

"이런. 저기에 두지 마세요."

"걱정 말아요. 수업 때 가져갈 겁니다."

"설마 학생들 앞에서 연주하려는 것은……." 그녀가 쾌활하게 웃으며 말했다.

"설마요, 아니에요."

그런가. 안 될 이유가 뭐야? 그는 불현듯 마음먹었다. 라우라에게 변호사가 되어 로마로 함께 가 달라고 부탁할 때처럼 말이다. 라우라는 그의 성급한 결정에 영향을 미쳤다.

아드리아 아르데볼은 바르셀로나 대학교 미학 사상사 2학기 수업을 스토리오니로 바흐의 파르티타 1번을 연주하며 시작하는 대담함을 보였다. 당연히 서른다섯 명의 학생들 중 누구도 변명할 여지가 없는 다섯 번의 실수나 그가 작품이 기억나지 않아 「템포 디 보레아」를 즉흥적으로 갖다 붙인 사실을 눈치채지 못했을 것이다. 연주를 끝내고 조심스럽게 바이올린을 케이스에 넣어 책상 위에 올려 두며 그는 예술적 표현과 사상 사이에 어떤 관계가 있는지 질문했다. 아무도 대답할 용기를 내지 못했다. 왜냐하면 제길, 알 게 뭐람.

"이제 여러분이 1720년에 있다고 생각해 보세요."

"왜죠?" 다른 학생들의 나쁜 영향을 피하기 위해서였을까, 수염을 기른 학생이 뒤쪽에 멀리 떨어져 앉아서 물었다.

"방금 내가 아주 조악하게 연주한 작품을 바흐가 작곡한 해입니다."

"우리의 사고도 바뀌어야 하는 건가요?"

"최소한 우리가 가발을 쓰고 다니는 것은 확실하죠."

"그렇다고 우리의 사고가 바뀌는 것은 아니죠."

"바뀌지 않는다고요? 남녀가 가발, 스타킹, 힐을 착용하고 생활하는데 말이죠."

"18세기와 오늘날의 미학에 대한 관점은 다를 수밖에요."

"그것이 과연 미에 대한 관점만을 말하는 걸까요? 18세기에 만일 가발, 화장, 스타킹, 힐을 착용하지 않으면 당신은 살롱에 출입할 수 없어요. 오늘날에는 화장을 하고 가발, 스타킹, 힐을 착용한 남자는 심문도 없이 감옥에 보내지요."

"그렇다면 도덕을 고려해야 하는 걸까요?"

첫 번째 줄에 앉은 깡마른 여학생이 자신 없는 목소리로 물었다. 책상들 사이에 있던 아드리아는 돌아섰다.

"이제 마음에 좀 드는군." 그가 말했다. 학생의 얼굴이 빨개졌다. 내가 의도한 바는 아니었지만. "아름다움이란 아무리 우리가 고집을 부려도 단독으로 존재하지 않습니다.”

“않는다고요?”

“그렇습니다. 미는 다른 형태의 사상들을 끌어들이는 능력이 있지요.”

“무슨 말인지 잘 모르겠어요.”

어쨌든 그 수업은 향후 몇 주 동안 내가 설명해야 할 내용들의 기초를 닦는 데 매우 유용한 시간이었다. 심지어 아주 잠깐 동안 사라와 내가 집에서 서로 침묵을 지키며 생활한다는 사실도 잊었다. 아드리아는 짐을 챙기러 연구실로 돌아갔을 때 라우라를 다시 만나지 못해 아쉬웠다. 그녀의 생각이 얼마나 훌륭한 것이었는지 이야기해 주고 싶었다.

파우 우아스트레스의 공방에서 케이스를 열자마자 장인은 크레모나 진품이군요라고 말했다. 냄새와 모양새만 확인했을 뿐이었다. 그럼에도 파우 우아스트레스는 비알의 구체적인 역사는 몰랐다. 그는 이 악기에 대해 어렴풋이 들어 본 적이 있으나 스토리오니는 값이 어마어마해서 좀 더 일찍 감정을 맡겼어야 한다고 했다. 증명서 때문에 그런 겁니다, 알고 계시죠? 공방의 고요함에 매혹된 나는 그 말을 이해하는 데 조금 시간이 걸렸다. 바이올린의 나무 색처럼 약간 붉은 톤인 편안한 조명은 그라시아 동네 한가운데에서 마주한 예상치 못한 침묵을 더욱 공고히 해 주었다. 창문은 건물 내부의 마당을 향하고 있었다. 목재를 말리는 창고가 문이 활짝 열린 채 서 있었다. 이제 모두가 둥글다고 하는 세상이 광적으로 회전하는 동안 저 목재들은 느긋하게 나이를 먹어 가는 중이었다.

나는 움츠러들어 장인을 바라보았다. 그가 무슨 말을 했는지 듣지 못했다. 그는 웃더니 말을 되풀이했다.

"감정을 받아 볼 생각은 한 번도 하지 않았습니다." 나는 대답했다. "집에 있는 가구들 중 하나였을 뿐이지요. 항상 그 자리에 있는 가구들이요. 판매를 생각해 본 적도 없고요."

"아주 운이 좋은 집안이군요."

그렇지 않은 것 같다는 말은 하지 않았다. 파우 우야스트레스와 전혀 상관없는 일이었을 뿐 아니라 그때 아직 쓰이지 않은 이 이야기들을 미리 읽을 수도 없는 노릇이었기 때문이었다. 장인은 허락을 구하더니 악기를 연주해 보았다. 카잘스 박사보다 솜씨가 좋았다. 거의 베르나트가 켜는 것 같은 소리가 났다.

"훌륭하군요." 그가 말했다. "델 제수처럼 말이에요. 그 정도 급의 악기입니다."

"모든 스토리오니가 이렇게 훌륭한가요?"

"모든 악기가 그렇지는 않을 겁니다. 하지만 이 악기는 맞아요." 그는 눈을 감고 악기의 냄새를 맡았다. "닫아 두고 보관하신 거죠, 맞나요?"

"그러지 않은 지 꽤 됐습니다. 얼마간……."

"바이올린은 살아 있는 존재입니다. 바이올린의 목재는 포도주와 같지요. 오랜 시간에 걸쳐 완성되며, 현의 압력도 느껴야 합니다. 켤수록 소리는 깊어지고 쾌적한 온도를 좋아하지요, 숨을 쉬기 위해서입니다. 부딪치는 것은 좋지 않은데 언제나 깨끗한 상태를……. 이동할 때만 케이스에 보관해 두세요."

"이전 소유주들과 연락이 닿으면 좋겠습니다만."

"소유권 증명서를 가지고 있으신지요?"

"그렇습니다."

나는 아버지가 사베리오 팔레그나미로부터 악기를 구입했다는 계약서를 보여 주었다.

"진품 보증서입니까?"

"그렇습니다."

나는 조부 아드리아와 현악기 제작자 카를로스 카르모나가 조작한 증명서를 보여 주었다. 조금만 돈을 들이면 위조지폐도 진품 보증을 해 주던 시절에 만들어진 거였다. 파우 우야스트레스는 눈을 반짝이며 살펴보았다. 그리고 아무 말도 덧붙이지 않고 보증서를 돌려주었다. 그는 잠시 생각에 잠겼다.

"지금 감정을 받아 보시겠습니까?"

"아니요. 실은 이전 소유주가 누구였는지 알고 싶습니다. 그들을 만나 보고 싶어요."

우야스트레스가 소유권 증명서를 살펴보았다.

"사베리오 팔레그나미, 여기 쓰여 있습니다."

"이분 이전 사람들을 알고 싶어요."

"그 이유를 알 수 있을까요?"

"저도 잘 모르겠습니다. 저로서는 이 바이올린이 언제나 제 가족의 소유였다고 느껴집니다. 계보에 신경을 써 본 적이 한 번도 없지요. 하지만 이제는……."

"진품인지 의심되십니까?"

"그렇습니다." 거짓말을 했다.

"도움이 될지 모르겠지만 로렌초 스토리오니의 최고 전성기에 만들어진 악기라고 장담합니다. 증명서 때문이 아니라 그 모양, 소리, 켜 본 것을 토대로 말씀드리는 겁니다."

"그가 처음 제작한 바이올린이라고 들었습니다."

"가장 처음 만들어진 스무 점의 악기가 가장 훌륭하다고 평가받습니다. 나무 덕분이라더군요."

"나무요?"

"그렇습니다. 전례 없는 목질이었다 합니다."

"어째서 그렇죠?"

하지만 장인은 바이올린을 만지며 대답을 미루었다. 그의 손길에 나는 질투심을 느꼈다. 그때 우야스트레스가 나를 바라보았다.

"정확히 원하는 바가 뭡니까? 정확히 무슨 일로 오셨죠?"

도움을 제공할 수 있는 자에게 모든 진실을 털어놓지 않고 조사하기는 어려운 일이었다.

"악기가 거쳐 온 소유주들의 계보를 만들고 싶습니다. 가장 처음부터 말입니다."

"좋은 생각이긴 합니다만…… 돈이 굉장히 들 거예요."

정작 원하는 것은 베렝게와 티토가 알패르츠라는 이름을 지어냈는지 아닌지를 밝히는 것이라는 사실을 말하지 못했다. 아버지가 준 이름 네트예 데 부크가 정확한 이름인지도 알고 싶었다. 아니면 두 이름이 모두 진짜가 아니며 바이올린은 언제나 내 소유였다는 사실이 밝혀질지도 모를 일이었다. 나치가 들어서기 전 합법적인 주인이 있었다면 그들이 누가 되었든 무릎을 꿇고서 내가 죽을 때까지 가지고 있게 해 달라고 빌기 위해 연락을 취할 준비가 되어 있었다. 비알이 집을 영영 떠난다는 생각만으로도 온몸에 소름이 돋았다. 나는 그 사태를 막기 위해 무엇이든 하기로 마음먹은 상태였다.

"제 얘기 들으셨습니까, 아르데볼 씨? 돈이 많이 드는 일입니다."

여전히 미심쩍은 것들이 있었지만 비알은 진짜였다. 우야스트레스를 보러 간 이유는 오직 이 때문이었던 듯하다. 그 말을 직접 듣기 위해서. 사라와 싸운 이유가 아주 값나가는 바이올린 때문이라는 것을 확인하기 위해서. 악기 모양을 한 나뭇조각 때문이 아니라는 사실을 확인하기 위해서. 아니다, 깊이 생각해 보면 내가 그곳에 간 이유를 여전히 알 수 없다. 다만 좋은 목재와 자키암 무레다에 대해 진지하게 고민하게 된 것은 우야스트레스의 공방을 방문한 이후 같다.

아주 밋밋한 세몰리나 수프가 점심으로 제공되었다. 그는 이름 모르는 여자에게 준 것과 같은 세몰리나 수프를 좋아하지 않는다고 말해야 한다고 생각했다…… 망할 세몰리나 수프 같으니라고. 하지만 그리 간단한 일이 아니었다. 그저 그의 느낌인지 아닌지 날이 갈수록 읽고 기억하기가 쉽지 않았기 때문이다. 망할 천장. 일들을 기억하기. 기억하기.

"왕자님, 배가 고프지는 않으세요?"

"아니요. 책을 읽고 싶습니다."

"당신에게는 알파벳 수프를 요리해 주어야 해요."

"그렇죠."

"얼른 오세요, 조금이라도 드셔야죠."

"작은 롤라."

"윌슨이에요."

"윌손."

"왕자님, 아드리아?"

"내 정신이 왜 이렇게 흐릿하지?"

"그저 먹고 쉬셔야 해요. 일은 할 만큼 하셨잖아요."

그는 세몰리나 수프를 다섯 숟가락 떠 주고는 아드리아가 점심을 다 먹었다고 결론지었다.

"이제 책을 보셔도 됩니다." 그리고 바닥을 보더니 "이런, 수프 때문에 지저분해졌네요."라고 말했다. "낮잠을 주무시고 싶으면 말씀해 주세요. 침대를 봐 드릴게요."

아드리아는 그 말을 듣고 잠시 책을 읽었다. 그는 천천히 코르누데야[12]가 카르네르[13]의 작품을 읽은 소감을 설명하는 부분을 읽었다. 감탄하며 글을 읽어 나갔다. 그러나 얼마 지나지 않아서 아, 내가 왜 이럴까, 작은 롤라 하며 탁자 위에 한데 뒤섞인 카르네르와 호라티우스로 인해 피로를 느끼기 시작했다. 안경을 벗고 피로해진 눈을 비볐다. 그는 의자에서 잘지 침대에서 잘지 망설였다. 나에게 제대로 설명해 주지 않은 모양이군, 그는 생각했다. 아니면 창문이라고 했던가?

"아드리아."

베르나트가 54호실에 들어오며 친구를 바라보았다.

---

12) 조르디 코르누데야(Jordi Cornudella, 1962~). 카탈루냐의 시인. 『카툴 형제와 그 밖의 것들』(1997)을 발표해 카탈루냐 비평상 운문 부문을 수상했다.

13) 조제프 카르네르(Josep Carner, 1884~1970). 카탈루냐의 시인으로 20세기 초 문학 운동을 이끌었다.

"어디서 자지?"

"졸려?"

"잘 모르겠어."

"내가 누구지?"

"작은 롤라지."

베르나트는 이마에 입을 맞추고 나서 방을 둘러보았다. 아드리아는 창문 옆 푹신한 의자에 앉아 있었다.

"조나단이야?"

"뭐?"

"너 조나단이냐고?"

"베르나트야."

"아닌데. 윌슨이잖아!"

"저기 활개 치고 다니는 에콰도르 사람이 윌슨인가 보네?"

"모르겠어. 내가 보기에는……." 어리둥절하여 베르나트를 바라보았다. "내가 착각했나 봐." 그는 결국 털어놓았다.

바깥은 구름이 잔뜩 끼고 바람이 찼다. 하지만 해가 나고 따뜻한 날이었다 하더라도 크게 달라지는 것은 없었다. 유리창이 두 세계를 너무나 효율적으로 갈라놓았기 때문이다. 베르나트는 침대 옆 탁자로 가더니 서랍을 열고 쓸데없기는 하지만 충성을 다해 계속 보초를 서도록 검은 독수리와 카슨 보안관을 넣어 두었다. 진한 색과 연한 색 체크무늬 바탕 가운데에 큰 자국이 있는 지저분한 헝겊 위에 그들을 눕혔다. 의사들이 마르고 닳도록 이야기한 그 헝겊이었다. 처음 며칠간 아드리아가 그것을 두 손에 꼭 쥐고 놓으려 들지 않았기 때문이었다. 지저분하고 구역질 나는 헝겊이에요, 맞습니다, 의사 선생님. 이상하지 않아요? 대체 이 헝겊이 뭐기에 그러죠?

아드리아는 의자 팔걸이에 묻은 얼룩을 손톱으로 긁었다. 베르나트는 소리를 듣고 몸을 돌렸다. 괜찮아?

"도대체 지워지지가 않는군." 그는 더욱 힘을 주어 긁었다. "이거 보여?"

베르나트는 가까이 다가가 안경을 끼더니 매우 관심이 있는 듯이 얼룩을 살펴보았다. 무엇을 해야 할지, 어떤 말을 해야 할지 몰랐던 그는 안경을 벗고서 진정해, 번지지 않을 거야라고 말했다. 그리고 아드리아 앞에 다시 앉았다. 침묵이 흐른 지 십오 분째, 아무도 둘을 방해하지 않았다. 왜냐하면 인생이란 고독의 총체로 이루어져 있으며, 그것은 우리를…….

"그래, 날 봐. 아드리아. 나를 보라고, 제발."

아드리아는 긁는 것을 그만두고 겁먹은 표정으로 그를 바라보았다. 그는 실수를 들키기라도 한 듯 변명하는 미소를 지어 보였다.

"자네 원고의 타이핑을 막 끝냈어. 정말 좋더군. 정말. 다른 쪽도 마찬가지로. 출판할 생각이야. 자네 친구 카메네크가 꼭 그러라고 하더군."

그의 눈을 바라보며 이야기했다. 아드리아는 갈피를 잡지 못하고 의자 팔걸이의 얼룩을 계속 긁었다.

"당신은 윌손이 아니네요."

"아드리아. 자네가 쓴 원고에 대해 이야기하는 거야."

"미안합니다."

"미안할 거 하나도 없어."

"그건 좋은 건가 나쁜 건가?"

"자네가 완성한 원고가 나는 너무 좋았다네. 매우 잘되었는지는 모르겠지만 매우 내 마음에 들었다는 것은 맞아. 어떻게 그럴 수가 있지, 자식."

아드리아는 상대를 바라보더니 얼룩을 긁으며 입을 벌렸다가 다물었다. 어찌할 바를 몰라 팔을 들어 올렸다.

"이제 뭘 해야 하는 거죠?"

"내 말 좀 들어 봐. 평생 동안. 아니. 망할 내 평생 동안 나는 좀 괜찮은 글, 독자들을 움직일 수 있는 글을 써 보려고 노력했어. 그런데 자네는 그런 시도라고는 해 본 적도 없으면서 글을 쓰자마자 영혼의 가장 민감한 부분을 정확히 건드린 거야. 적어도 내 영혼은 말이야. 어떻게 그럴 수가 있지, 젠장."

아드리아는 얼룩을 긁어야 할지 상대를 바라보아야 할지 망설였다. 그는 걱정스러운 표정으로 벽을 바라보는 쪽을 선택했다.

"뭔가 잘못 아셨나 봐요. 저는 아무것도 한 게 없거든요."

"어떻게 그럴 수가."

아드리아의 얼굴에서 큰 눈물 방울 두 개가 뚝뚝 떨어지고 있었다. 그는 베르나트를 쳐다보지 못했다. 그리고 손을 비비기 시작했다.

"제가 무엇을 하면 될까요?" 그가 애원했다.

푹 빠진 베르나트는 대답하지 않았다. 그러자 아드리아는 그를 바라보며 간청했다.

"선생님, 제 말을 들어 보세요."

"선생이라니. 베르나트야. 자네 친구라고."

"베르나트 씨, 제 말 좀 들어 보세요."

"아니야. 자네가 내 말을 좀 들어 보라고. 이제 자네가 나에 대해 어떤 생각을 하는지 알았거든. 불평하는 것은 아니야. 자네는 나를 꿰뚫어 봤고, 나는 그런 대접을 받을 만해. 하지만 나에게 아직 비밀이 있어. 자네는 의심조차 못 했을 거야."

"미안합니다."

둘은 입을 다물었다. 그때 윌슨이 들어와 아무 일 없지요, 귀염둥이라고 말했다. 그는 아드리아의 얼굴을 살펴보기 위해 어린아이 대하듯 턱을 들어 올렸다. 휴지로 눈물을 닦고 작은 알약 하나와 반쯤 채워진 유리컵을 건네자 아드리아는 열성적으로 들이켰다. 베르나트가 그에게서 본 적 없는 열성이었다. 윌슨은 베르나트를 보며 아무 일 없지요 하고 다시 말했다. 베르나트는 아주 좋습니다, 선생이라고 말하는 표정이었다. 윌슨은 바닥에 흩어진 세몰리나 수프를 슬쩍 보았다. 그는 휴지 한 장을 뽑아 대충 닦더니 불쾌해하는 표정을 지으며 빈 잔을 손에 들고 8분의 6박자의 알 수 없는 노래를 휘파람으로 불며 방을 나갔다.

"정말 질투가 나……."

침묵은 십여 분간 계속되었다.

"내일 원고를 바우사에게 들고 갈 걸세. 괜찮지? 초록색 잉크로 쓰인 모든 원고를 말이야. 검은 잉크로 쓰인 것들은 요하네스 카메네크하고 자네 대학 동료인 파레라라는 사람에게 보냈어. 양면 모두 말일세. 알겠나? 자네의 기록과 성찰이 담긴 것들이지. 괜찮지, 아드리아?"

"여기가 가려워." 아드리아는 벽을 가리키며 말했다. 그는 친구를 바라보았다. "왜 벽 때문에 내가 가려운 거지?"

"어떻게 되는지 알려 줄게."

"코도 가려워. 그리고 정말 피곤해 죽겠어. 생각들이 섞여서 책을 읽지도 못하겠고. 자네가 나한테 무슨 이야기를 했는지도 벌써 잊어버렸어."

"자네를 존경한다고." 베르나트가 눈을 바라보며 말했다.

"다시는 못 할 짓이야. 정말."

베르나트는 웃지조차 않았다. 그는 아드리아를 묵묵히 바라보았다. 가끔 때를 묻히곤 하는 그의 손을 잡더니 아버지 혹은 삼촌에게 하듯 입을 맞추었다. 그리고 눈을 바라보았다. 아드리아는 그의 눈빛을 몇 초 동안 바라보았다.

"내가 누군지 알지." 베르나트가 거의 확언하듯 물었다. "그렇지?"

아드리아는 유심히 쳐다보았다. 그는 희미한 미소를 띠며 고개를 끄덕였다.

"내가 누구야?" 공포가 깃든 희망의 어조로 베르나트가 물었다.

"응, 그렇다니까…… 그러니까…… 그 아무개 아닌가. 그렇지?"

베르나트는 자리에서 일어섰다. 심각했다.

"아니야?" 걱정스러운 표정으로 아드리아가 말했다. 그는 일어서 있는 남자를 바라보았다. "하지만 알아. 그 아무개. 이름이 기억나지 않을 뿐이야. 이름은 잘 모르지만, 그러니까 다른 사람, 그래, 이 사람아, 안다고. 그 사람 이름이…… 지금은 기억이 안 나기는 하지만 알기는 안다고. 나를 아주 잘 간호하는데 말이야. 아주. 나를 뭐라고 부르냐면 말이지…… 지금은 기억이 안 나는데, 알고 있다고, 그 사람이야."

비통한 침묵이 끝나고.

"그렇지요, 선생님?"

베르나트의 주머니에서 진동 소리가 들렸다. 휴대폰을 꺼냈다. 문자 메시지였다. "도대체 어디에 숨은 거예요?" 그는 몸을 숙여 환자의 이마에 입을 맞추었다.

"잘 있게, 아드리아."

"잘 지내. 원할 때 언제든지 오라고."

"내 이름은 베르나트야."

"베르나트."

"그래, 베르나트. 그리고 날 용서하게."

베르나트는 복도로 나와 그곳을 떠났다. 터져 나오는 눈물을 닦았다. 그는 슬쩍 좌우를 살핀 후 전화를 걸었다.

"대체 어디에 있는 거예요." 셰니아의 목소리는 약간 화가 나 있었다.

"이봐, 아니, 아니에요."

"어디예요?"

"어디긴. 일하는 데죠."

"오늘 리허설이 없다지 않았어요?"

"없어요, 그런데 다른 일이 생겼지."

"얼른 오라고요, 당신과 자고 싶어요."

"빨라도 한 시간은 걸려요."

"아직 세무서예요?"

"그래요. 전화를 끊어야겠어요. 안녕."

세니아가 더 이상의 설명을 요구하기 전에 전화를 끊었다. 청소원이 용구들을 가득 실은 카트를 끌고 가면서 손에 휴대폰을 든 그를 심각하게 바라보았다. 트루욜스와 많이 닮았다고 생각했다. 정말 많이. 그녀는 투덜거리며 복도를 지나갔다.

발스 박사는 기도하듯 손을 모으더니 고개를 저었다.

"오늘날의 의학 기술로는 그에게 더 해 줄 것이 없습니다."

"하지만 그는 모르는 게 없다고요! 똑똑하고, 천재였단 말입니다." 그는 어디선가 이 장면을 미리 본 느낌이었다. 마치 토나에서 온 키코 아르데볼 같았다. "그는 열 개인지 열다섯 개인지 되는 외국어를 구사한단 말입니다!"

"이제 다 끝난 이야기입니다. 이미 여러 번 말했습니다만 달리기 선수의 다리를 잘라 버리면 더 이상 기록을 깰 수 없는 것과 같은 이치이지요. 아시겠어요? 음, 이것도 비슷합니다."

"문화사 분야에서 다섯 가지 상징적인 연구를 수행한 사람입니다."

"우리도 알고 있습니다. 하지만 병이란 사람을 가리지 않아요. 별수 없는 겁니다, 플렌사 씨."

"더 나아질 수는 없습니까?"

"불가능합니다."

발스 박사는 대놓고 시계를 확인하지 않았지만 베르나트가 상황을 알아차리도록 했다. 하지만 그는 반응이 늦었다.

"누가 더 보러 오는 사람이 있습니까?"

"실은……."

"토나에 사촌이 있어요."

"가끔 옵니다. 힘든 일이지요."

"다른 사람은 아무도……."

"대학 동료들이 몇 명 있어요. 또…… 그렇지만 대부분 혼자서 시간을 보냅니다."

"안됐군요."

"보기에 크게 개의치 않는 것 같더라고요."

"기억에 의존해서 사는 것이지요."

"딱히 그렇지는 않습니다. 기억을 못 해요. 순간순간을 산다고 보면 됩니다. 금방 잊어버리고요."

"그 말씀은 제가 방금 다녀갔다는 사실을 벌써 잊어버렸을 거란 말입니까?"

"방문한 사실을 잊었을 뿐 아니라 당신이 누구인지도 잘 모를 겁니다."

"정확히 잘 모르는 것 같은 느낌을 받았습니다. 만일 집으로 데려가면 뭔가 번쩍 떠오르지 않을까요."

"플렌사 씨. 이 병은 뉴런 사이에 섬유 조직이 형성되며 진행됩니다."

박사는 조용히 입을 다물더니 잠시 생각에 잠겼다.

"어떻게 설명을 드리면 좋을까요……." 그는 몇 초간 더 생각하다가 덧붙였다. "이 병은 뉴런이 뭉툭하고 옹이 형태로 변하면서 발생합니다……." 마치 도움이라도 청하듯 좌우를 살폈다. "이렇게 생각해 보세요, 뇌가 시멘트에 침략을 당한 겁니다. 돌이킬 수 없는 방식으로요. 집에 데려가더라도 아르데볼 씨는 아무것도 알아보지 못하고 기억도 못 할 것입니다. 친구분의 뇌는 영구 손상된 상태입니다."

"그래서" 베르나트가 말했다. "내가 누군지도 모르는 거로군요."

"그래도 원래 예의가 바른 사람이라 공손하게 그것을 표현하는 겁니다. 누구를 알아보는 데 어려움을 겪기 시작했을 뿐 아니라 본인 스스로도 누군지 모르는 것 같아요."

"여전히 독서는 하더군요."

"얼마 못 갈 겁니다. 곧 잊어버리게 될 거예요. 책을 읽더라도 방금 읽은 문단을 기억하지 못하게 될 겁니다. 그러면 또다시 읽어야 하고. 아시겠습니까? 진도가 안 나가죠. 피로해지기만 하는 거예요."

"그럼 기억을 모두 잃어버리게 되면 고통으로부터는 자유로워지나요?"

"정확히 말씀드리기 어렵습니다. 겉보기에는 일단 고통이 없습니다. 그렇지만 퇴화는 모든 생명 기관으로 확산될 겁니다."

베르나트는 눈물이 그렁그렁해져 자리에서 일어났다. 한 시기가 영원히 끝나 가고 있었다. 영원히. 친구의 느린 죽음과 함께 그도 조금 죽어 버린 것 같았다.

트루욜스는 청소 용구 카트를 끌고 54호실에 들어갔다. 청소에 방해되지 않도록 휠체어를 밀어 아드리아를 구석으로 데려다 놓았다.

"안녕하세요, 귀염둥이." 바닥을 살펴보며 말했다. "어디에 쏟았다는 거야?"

"안녕하세요, 윌손."

"대체 뭘 쏟은 거예요!"

여자는 세몰리나 수프가 쏟아진 곳을 닦으며 사고 치지 않는 방법을 가르쳐 드려야겠네요라고 말했다. 아드리아는 겁먹은 표정으로 그녀를 바라보았다. 밀대를 밀며 트루욜스는 아드리아가 바라보고 있는 휠체어로 다가갔다. 그는 토라지기 직전이었다. 그녀는 아드리아가 입은 셔츠의 첫 번째 단추를 풀더니 사십 년 전 다니엘라가 그랬듯이 메달이 달린 그의 가느다란 목걸이를 바라보았다.

"예쁘네요."

"네. 제 것이에요."

"아니에요. 내 거예요."

"아." 정신이 조금 혼란해진 그는 받아치지 못했다.

"돌려주실 거죠, 그렇죠?"

아드리아 아르데볼은 어쩔 줄을 몰라 하며 여자를 바라보았다. 그녀는 문을 흘깃 바라보더니 부드럽게 목걸이를 잡고 아드리아의 머리에서 빼냈다. 아주 잠깐 그것을 바라보더니 가운 주머니에 얼른 집어넣었다.

"고마워요, 내 사랑." 그녀가 말했다.

"별말씀을요."

47

그는 직접 문을 열었다. 나이는 더 들었어도 마른 몸은 여전했고 꿰뚫어 보는 듯한 눈빛도 변함이 없었다. 좋은 냄새인지 나쁜 냄새인지 알 수 없었지만 내부에서 아주 강한 냄새가 전해졌다. 베렝게 씨는 손님이 누구인지 잘 알아보지 못하겠다는 듯 문을 열고서 몇 초간 서 있었다. 그는 조심스럽게 접은 흰 손수건으로 이마에 맺힌 땀을 닦았다. 마침내 그가 입을 뗐다. "아, 이런. 아르데볼."

"들어가도 됩니까?" 아르데볼이 말했다.

여전히 몇 초간 망설였다. 결국 그는 아르데볼을 안으로 들였다. 안이 바깥보다 더 더웠다. 꽤 넓은 편인 현관은 깨끗하고 단정했다. 엄청나게 고가일 1870년산 페드렐 옷걸이 옆에 우산꽂이, 거울이 놓여 있었고, 정교한 돋을새김으로 가득한 타일이 벽에 수놓아져 있었다. 구석에 자리 잡은 치펜데일 양식이 틀림없는 작은 탁자 위에는 말린 꽃다발이 놓여 있었다. 그는 위트릴로[14]와 루시뇰[15]의 그림이 한데 걸린 방으로 아드리아를 안내했다. 토리호스 에르마노스의 소파는 독특했다. 역사에 길이 남을 공방 화재 때 유일하게 불타지 않은 작품이 틀림없었다. 다른 쪽 벽에는 양면으로 작성한 원고가 매우 조심스럽게 표구되어 있었다. 무슨 내용인지 가까이 가 볼 용기가 나지 않았다. 멀리서 보기에는 16세기 혹은 17세기 초의 문서 같았다. 아드리아는 정확히 모르겠지만 그렇게 흠잡을 데 없고 말이 필요 없을 만큼 잘 정리된 그곳에 여자의 손길이 부족하다고 느껴졌다. 사람이 살기에는 모든 것에 너무 힘이 들어가 있었고, 전문적인 냄새가 났다. 아드리아는 사랑스러운 동시에 당당한 치펜데일을 구석에 두고 방 전체를 둘러보지 않을 수 없었다. 베렝게 씨는 별말 없이 그를 내버려 두었다. 분명히 속으로는 한껏 자부심을 느끼고 있었을 것이다. 그들은 자리에 앉았다. 더위를 식히는 데 전혀 도움이 되지 않던 선풍기는 싸구려 취향의 시대착오적인 느낌을 주었다.

"이런, 맙소사." 베렝게 씨가 말했다.

아드리아는 그의 눈을 바라보았다. 그제야 더위와 섞인 강한 냄새의 정체를 알아차렸다. 가게 냄새였다. 아버지, 세실리아, 그리고 바로 앞에 있는 베렝게 씨의 감시하에 가게에 들를

14) 모리스 위트릴로(Maurice Utrillo, 1883~1955). 프랑스 파리 출신 화가이며 도시 풍경을 주로 그렸다.

15) 산티아고 루시뇰(Santiago Rusiñol, 1861~1931). 카탈루냐 출신 화가이자 극작가. 카탈루냐 모더니즘의 주역으로 정원 풍경을 주로 그렸다.

때마다 나던 냄새였다. 냄새와 거래의 기운으로 가득한 집이었다. 일흔다섯 살의 베렝게 씨는 분명히 은퇴하지 않았다.

"바이올린 소유권에 대한 이야기는 대체 뭡니까?" 나는 너무 불쑥 말을 내뱉었다.

"살다 보면 있는 일이지." 그는 흡족한 표정을 감추지 않고 나를 바라보았다.

"무슨 일이 있다는 거야?" 카슨 보안관은 침을 뱉었다.

"무슨 일이 있다는 겁니까?"

"그러니까 주인이 나타났다네."

"그 주인은 당신 바로 앞에 있는 사람입니다. 나라고요."

"아니야. 안트베르펜에 사는 나이가 지긋한 노신사라네. 그가 아우슈비츠에 도착했을 때 나치는 그의 바이올린을 가져갔지. 그는 1938년부터 악기를 소유하고 있었어. 더 자세한 것을 알고 싶다면 그 사람에게 직접 물어봐야 할 걸세."

"그 사람은 그 사실을 어떻게 증명합니까?"

베렝게 씨는 미소를 짓더니 아무 말도 하지 않았다.

"돈을 두둑이 받기로 약속이라도 했나 보죠."

베렝게 씨는 여전히 미소를 띠며 아무 말 없이 손수건으로 이마의 땀을 닦았다.

"아버지는 합법적으로 악기를 취득했습니다."

"네 아버지는 지폐 뭉치를 주고 그걸 훔쳤어."

"그걸 어떻게 압니까?"

"내가 그 자리에 있었으니까. 네 아버지는 이득을 취할 사람이면 물불을 가리지 않던 강도였어. 우선 맨발로 도망치던 유대인들로부터, 그리고 다음에는 질서 정연하게 계획적으로 도망친 나치로부터 말이지. 파산했거나 급전이 필요한 사람들은 언제나 처음부터 그 대상이었고."

"분명히 사업상 발생한 일들일 겁니다. 물론 당신도 협조했을 테고요."

"네 아버지는 양심이라고는 없는 사람이었지. 바이올린 안에 있던 소유권 증명서도 없애 버리더군."

"그거 알아요? 당신 말은 한마디도 믿지 않습니다. 당신은 무엇이든 할 사람이에요. 이 토리호스 소파와 현관의 페드렐은 어떻게 손에 넣었는지 궁금하군요."

"모두 다 적법하게 취득한 거야, 걱정 말게. 어떤 물건이든 내 것에는 소유권 증명서가 있어. 나는 네 아버지처럼 입이 가벼운 사람이 아니야. 결국은 죽음도 자신이 선택한 거라고."

"뭐라고요?" 침묵이 흘렀다. 베렝게 씨는 나를 쳐다보았다. 교활한 웃음은 감춰지지 않았다. 분명히 조금이라도 생각할 시간을 벌려는 듯했다. 카슨은 나로 하여금 말하도록 했다, 내가 지금 제대로 들은 것이 맞나요, 베렝게 씨?

팔레그나미 씨는 날렵하게 생긴 권총을 꺼내 긴장하며 펠릭스 아르데볼을 겨누었다. 펠릭스 아르데볼은 눈도 깜짝하지 않았다. 그는 미소를 참는 척하며 불쾌한 듯 고개를 절레절레 흔들었다.

"당신은 여기 혼자입니다. 시신을 어떻게 치우려고요?"

"그런 일이라면 기꺼이 하겠소."

"더 큰 문제가 있지요. 만일 내가 두 발로 걸어 이곳을 나가지 못하면 밖에서 나를 기다리는 사람들은 이미 무엇을 해야 할지 알고 있거든요." 그는 단호한 표정으로 총을 가리켰다. "그리고 이제 2000달러로 합시다. 당신은 연합군이 가장 원하는 열 명의 범죄자 가운데 한 사람이라는 사실을 모르지 않을 테니?" 마치 버르장머리 없는 아이를 혼내는 것 같았다.

보이트 박사는 아르데볼이 두툼한 지폐 다발을 꺼내 책상 위에 놓는 것을 보았다. 그는 믿지 못하겠다는 듯 눈을 크게 뜨고 권총을 내렸다.

"이건 1500도 안 되잖소!"

"내 인내심을 시험하지 마시오, 보이트 박사."

이것이 물건을 사고파는 일에서 박사 학위를 받았다고 해도 좋을 펠릭스 아르데볼의 면모였다. 삼십 분 후 그는 이미 바이올린을 들고서 거리를 걷고 있었다. 심장 박동은 다소 빠르고 걸음도 급했다. 그가 제 발로 걸어 나오지 못할 경우에 조치를 취할 사람은 어디에도 없었으니 자신의 꾀가 자랑스러울 뿐이었다. 하지만 그는 팔레그나미의 작은 수첩을 과소평가했다. 그리고 혐오로 가득한 그의 눈빛에는 신경조차 쓰지 않았다. 그리하여 그날 오후에 아무 데도 말하지 않고, 자신이 하고자 하는 일을 신이나 악마나 베렝게 씨나 모를린 신부에게도 상의하지 않은 채 펠릭스 아르데볼은 정의평화평의회에 숨어 있던 친위대 출신의 아리베르트 보이트 박사를 신고했다. 그는 겉으로 악하지 않고, 뚱뚱하고, 머리가 벗어지고, 눈에 초점이 없고 코가 뭉툭한 관리인인 척 생활하고 있었다. 펠릭스는 그가 의사였다는 사실을 짐작하지 못했다. 부텐 박사와 아우슈비츠 비르케나우의 관련성을 짐작하기 어려웠던 것처럼 보이트 박사의 경우도 마찬가지였다. 분명히 누군가가 관련 문서를 태워 버렸고 종교 재판관 같은 시선들은 실종된 멩겔레와 그 주변에만 쏠려 있었다. 그사이 다른 거대 수용소에 관한 조사를 맡은 진취적인 수사 기관들은 수치스러운 증거들이 파괴되도록 충분한 시간을 주었다. 그러한 혼란에 더하여 고발자의 숫자는 넘쳐 났고, 그중에서도 선임 하사관 오루르케의 무능함을 지적하지 않을 수 없다. 그는 사건 파일을 열어 보고서는 그 일의 양에 압도되었고, 이 모든 상황이 보이트 박사의 진짜 모습과 활동들에 주목하지 못하게 만들었다. 그는 친위대 장교로서 5년형을 선고받았으며, 전쟁이나 대부분 친위대가 저질렀던 잔인한 방법의 숙청과 관련해 그의 참여 기록이 어디에도 없었다.

몇 년이 지나 솔 거리[16]가 웅장한 우마야드 사원에서 나온 젤라바를 입은 사람들로 가득했다. 그들은 금요일에 언급된 코란의 한 장에 대해 이야기하거나 아니면 그저 신발, 차, 혹은 채소 가격이 오른 사실이 충격적이라고 웅성거리는지도 몰랐다. 하지만 이슬람 사원에는 한 번도 들어가 본 적이 없는 것 같은 얼굴도 많았다. 그들은 콘코르디아 카페나 티조레스 카페의 야외 테라스에 앉아 물 담배를 뻐끔거리며 그해에 또 다른 쿠데타가 일어날지 아닐지는 생각하지 않았다.

그곳으로부터 이 분 거리에는 두 남자가 미로 같은 좁은 골

16) 바르셀로나에서 40킬로미터 정도 떨어진 사바델시의 중심 거리.

목길에서 길을 잃고 사슴 분수의 바위 위에 앉아 바닥을 보며 생각에 잠겨 있었다. 그들은 해가 어떻게 지중해의 바브 알-자비야가 있는 서쪽으로 지는지 지켜보는 듯했다. 주변을 두리번거리던 관찰자들 중 한 명 이상은 분명히 그 둘이 해가 지고 그림자가 지배 영토를 구축해 나가기를 기다리는 열성적인 사람들이라고 생각했을 것이다. 그 마법 같은 순간에는 흰 선과 검은 선의 구분이 어려워지며, 마울리드[17]가 시작되고, 예언자 무함마드의 이름이 영원히 기억되고 숭배될 것이었다. 곧 인간의 눈이 흰 선과 검은 선을 구분하지 못 할 때가 되었고, 군인들이 거의 신경 쓰지 않는데도 다마스쿠스 시내 전체가 마울리드에 들어갔다. 두 남자는 다소 미심쩍은 발걸음 소리가 들릴 때까지 바위에서 움직이지 않았다. 걸음걸이, 과도한 소리, 숨소리로 보아 서양 사람이 틀림없었다. 두 남자는 서로 말없이 바라보더니 일어섰다. 사원 거리의 모퉁이에서 뚱뚱하고 코가 큰 남자가 걸어오고 있었다. 마울리드인 그 밤이 덥기라도 한 듯 손수건으로 이마의 땀을 훔쳤다. 그는 곧장 두 남자한테 갔다.

"내가 짐머만 박사요." 서양 남자가 말했다.

두 남자는 아무 말 없이 시장 근처 뒷골목을 재빨리 걷기 시작했고, 뚱뚱한 남자는 모퉁이나 사람들이 섞이는 곳에서 그들을 놓치지 않을까 애를 먹었다. 좁은 길을 지나는 사람들 수가 점점 줄어들었다. 그들이 동으로 된 기구들로 가득한 가게

---

17) 예언자 무함마드의 히즈라력 생일.

의 반쯤 열린 문을 통과하자 남자가 따라 들어갔다. 그들은 기구 더미로 만들어진 유일한 통로를 지났다. 그 좁은 길은 가게 뒤로 이어졌는데 커튼이 촛불들로 가득한 마당을 향해 열려 있었다. 키가 작고 대머리인 남자가 젤라바를 입고 안절부절못하면서 이리저리 돌아다니고 있었다. 새로운 얼굴이 들어오는 것을 본 그는 두 명의 가이드는 안중에도 없이 서양 사람에게 손을 내밀며 말했다. 걱정하고 있었소. 두 명의 가이드는 도착할 때처럼 소리 없이 사라졌다.

"공항 세관을 통과하면서 문제가 좀 있었습니다."

"다 해결되었소?"

남자는 대머리를 뽐내기라도 하듯 모자를 벗어 부채질을 하기 시작했다. 그리고 그래요, 모두 해결되었소라고 말했다.

"모를린 신부님." 그가 말했다.

"여기서 저는 언제나 다비드 두하멜입니다. 항상."

"두하멜 씨. 무엇을 알아내셨나요?"

"많은 것을 알아냈습니다. 하지만 분명히 해 두고 싶은 것이 있어요."

펠릭스 모를린 신부는 열두 자루의 촛불에 대해 분명한 설명을 하고자 했다. 그는 무어라 중얼거렸고, 남자는 귀 기울여 들었다. 마치 고해 신부 없이 행해진 고해성사라도 되듯이 말이다. 그는 펠릭스 아르데볼이 신뢰를 배신하고 짐머만 씨의 상황을 이용해 그의 값비싼 바이올린을 사실상 강탈해 갔다고 말했다. 심지어 환대의 성스러운 규칙을 어기며 짐머만과 그의 거처를 고발했습니다.

"그의 부당한 행동 때문에 저는 전쟁 중 조국을 위해 봉사한 대가로 오 년 동안 강제 노동을 해야 했습니다."

"공산주의의 확산을 막기 위한 전쟁이었지요."

"공산주의의 확산을 막기 위한 전쟁, 그렇소."

"이제는 어떻게 하시려고요?"

"그를 찾아야지요."

"피는 이미 충분히 흘렸습니다." 모를린 신부가 단호하게 말했다. "이것만은 알아 두시오, 아무리 아르데볼이 변덕스럽고 당신에게 해를 입혔다 해도 그는 여전히 내 친구요."

"그저 바이올린을 되찾고 싶을 뿐입니다."

"피는 이미 충분히 흘렸다고 말하지 않았습니까. 아직도 그 의미를 모르겠다면 직접 맛보게 해 드릴 수 있습니다."

"그를 다치게 할 생각은 추호도 없습니다. 신사로서 맹세합니다."

마치 이 말이 바른 행동의 절대적인 보증서라도 되는 듯 모를린 신부는 고개를 끄덕였다. 그리고 반으로 접은 쪽지를 바지 주머니에서 꺼내 짐머만 씨에게 건넸다. 그는 쪽지를 펼쳐 촛불 가까이로 가져갔다. 빨리 읽으시오. 그는 다시 쪽지를 접어 재빨리 주머니에 넣었다.

"그래도 여행이 헛되지는 않았군요." 손수건을 꺼내 얼굴의 땀을 닦으며 말했다. 망할 더위, 이런 나라에서 대체 어떻게 산단 말이야.

"석방된 이후 생계는 어떻게 해결했습니까?"

"정신과 진료를 했지요. 당연한 것 아니겠습니까."

"아."

"다마스쿠스에서 무얼 하시는 겁니까?"

"수도회 내부의 일들을 처리하며 지냅니다. 이번 달 말에는 제 수도원인 성 사비나로 돌아갈 예정입니다."

그는 몬시뇰 베니니가 몇 년 전 설립한 신성한 정보 기관을 다시 부활시키고자 한다는 말은 하지 않았다. 유럽 전체로 확산되고 있는 공산주의가 진정한 위험이라는 사실을 알아차리지 못한 바티칸 고위 기관의 무지로 인해 기관은 문을 닫아야 했다. 내일이면 그가 교회의 올곧고 신성한 신념에 봉사하기 위해 필요하다면 목숨까지 내놓을 각오로 도미니크 수도회에 들어온 지 사십칠 년이라는 말도 하지 않았다. 교단에서 운영하는 리에주의 수도원에 입회를 요청한 지 벌써 사십칠 년이었다. 펠릭스 모를린은 1320년 겨울의 지로나에서 태어나 매일 일과가 끝나면 모여서 기도를 하는 아주 열성적이고 독실한 가정 환경에서 성장했다. 따라서 이 젊은 청년이 신생 도미니크 수도회에 입단하겠다고 선언했을 때 누구도 놀라지 않았다. 그는 빈 대학교에서 의학을 공부한 후 스물한 살이 되던 해 오스트리아 국가사회주의당에 알리 바흐르라는 이름으로 입당했다. 스승들의 지혜, 신중함, 정의로움이라는 재능을 모범 삼아 존경받는 카디[18] 혹은 무프티가 되기 위한 공부를 하고자 했다. 그리고 얼마 지나지 않아 36만 7744번으로 친위대

18) 이슬람에서 법관 역할을 하는 사람으로 이슬람법 내 민사 사건이나 형사 사건을 관장한다.

에 들어갔다. 아이젤 박사의 지휘 아래 부헨발트 전선에서 복무한 후 1941년 10월 8일 위험한 아우슈비츠 비르케나우 전선의 수석 의사로 지명되었으며, 그곳에서 인류를 위해 아낌없이 일했다. 하지만 제대로 인정받지 못한 보이트 박사는 짐머만이나 팔레그나미 같은 여러 이름으로 위장하고서 이곳저곳 도망을 다녀야 했으며, 역사의 여러 시기 중에서도 지구가 다시 평평해지는 때, 샤리아[19]가 전 세계로 확산되었을 때, 그리고 오로지 신실한 자만이 가장 자비로우신 그분의 이름으로 생존할 권리가 있는 그때가 오기만을 기다렸다. 그때가 되면 세상의 종말이나 마찬가지인 재앙은 신비로운 안개가 되고, 우리는 이 신비로움과 그로부터 비롯되는 대부분의 문제들을 해결할 기회를 얻게 될 것이다. 그래야만 했다.

아리베르트 보이트 박사는 본능적으로 주머니를 만지작거렸다. 모를린 신부는 알레프까지 기차를 타는 편이 나을 것이라고 했다. 거기서 터키까지도 열차를 타시오. 타우루스 익스프레스가 있습니다.

"이유가 뭡니까?"

"항구와 공항을 피해야 합니다. 만일 기차가 끊어졌다면 차와 운전사를 고용하시오. 자주 발생하는 일입니다. 달러는 기적을 만들어 내지요."

"어떻게 움직일지는 제가 잘 알고 있습니다."

"글쎄요. 올 때도 비행기를 이용했잖소."

---

19) 코란을 바탕으로 한 이슬람교의 법 체계.

"보안은 완벽했습니다."

"완벽한 것은 없습니다. 잠시 동안 잡혀 있지 않았습니까?"

"제가 미행당했다고 생각하시는 건 아니겠지요."

"내 안내원들이 이미 다 조치를 취해 놓았습니다. 당신도 나를 본 적이 없지 않소."

"당신을 위험에 처하게 하는 일은 절대 없을 겁니다, 두하멜 씨. 정말 신세를 많이 졌군요."

그때까지 그는 바지의 단추를 풀지 않았다. 생각조차 하지 못한 듯했다. 그가 찬 헝겊 벨트 아래에는 수많은 작은 물건들이 숨겨져 있었다. 그는 작고 검은 주머니를 하나 꺼내 건넸다. 모를린이 그 끈을 풀었다. 수천의 얼굴에서 흐르는 큰 눈물 방울 세 개가 비쳤고, 그것은 열두 개의 촛불 아래 수가 늘어났다. 보이트 박사가 바지를 잠그는 동안 모를린은 젤라바의 신비로움 속으로 주머니를 감추었다.

"좋은 밤 되시오, 짐머만 씨. 아침 6시에 북쪽으로 떠나는 열차가 있습니다."

"망할 더위."

자리에서 일어서던 베렝게 씨는 선풍기를 자기 쪽으로 돌리며 말했다.

베렝게 씨, 바이올린의 합법적인 주인은 납니다. 아드리아는 낮은 목소리로 말했다. 베렝게 씨가 아버지를 협박하던 모습을 소파 뒤에 숨어 훔쳐보던 것이 떠올랐다. 법정까지 끌고 가고 싶으면 그렇게 하세요. 하지만 그럴 경우 저는 비밀을 세상에 알릴 테고, 당신의 실체는 발가벗겨질 겁니다.

"맘대로 하시게. 자네는 자네 어머니를 꼭 닮았군."

누구도 나에게 이 말을 한 적이 없었다. 그리고 그때는 그의 말을 믿지도 않았다. 나는 그저 그를 향한 혐오로 가득 차 있었다. 사라와 내가 싸우게 된 이유가 이 사람이라는 생각 때문이었다. 그가 무슨 말을 하든 상관없었다.

자리에서 일어났다. 내 말을 믿게 하려면 단호한 모습을 보여야 한다고 생각했다. 일어서는 순간 나는 이미 내가 한 모든 말과 상황을 처리한 방식에 대해 후회하기 시작했다. 그러나 베렝게 씨의 히죽거리는 눈빛을 보자 계속해야겠다고 생각했다. 겁이 났지만 계속해야 했다.

"어머니에 대한 말은 하지 않는 편이 좋을 겁니다. 당신은 어머니가 시키는 대로 하던 사람일 뿐이니까요."

현관으로 향하며 나는 스스로가 바보 같은 생각이 들었다. 이 방문으로 대체 얻은 게 뭘까? 명확히 한 건 아무것도 없잖아. 일방적으로 전쟁을 선언했을 뿐이군. 나조차도 계속하고 싶은지 아닌지 알 수 없는 전쟁 말이야. 그런데 베렝게 씨가 내 뒤를 따라 현관까지 오더니 손을 내밀었다.

"네 어머니는 그저 내 인생을 망치려고 작정한 교활한 년이야. 네 어머니가 죽은 날 나는 뵈브 클리코 샴페인을 땄다고." 현관으로 걸어가는 동안 베렝게 씨의 헐떡이는 숨소리가 뒷목에서 느껴졌다. "매일 조금씩 마신단 말이지. 이미 거품은 다 빠져 버렸지만 마실 때마다 그 망할 암캐 같은 아르데볼 부인이 떠올라. 그는 숨을 내쉬었다. 마지막 한 방울까지 마셔야 두 발을 뻗고 죽을 것 같아."

두 남자는 현관에 도착했고, 베렝게 씨는 아드리아 앞에 서 있었다. 그는 무언가를 들이켜는 시늉을 했다.

"매일, 꿀꺽! 이렇게 말이야. 그 망할 년은 죽고 나는 살아 있다는 사실을 축하하기 위해서. 아르데볼, 너도 잘 알다시피 네 마누라는 생각을 바꾸지 않을 거야. 유대인들은 사안에 따라서 꽤나 예민하단 말이야……."

그는 문을 열었다.

"네 아버지하고는 이야기가 통했어. 사업이 잘되도록 나에게 많은 자유를 주었지. 하지만 네 어머니는 완전히 꽉 막힌 사람이었어. 모든 여자들이 그렇듯이 말이야. 아주 독창적인 악의마저 있었어……. 나는 꿀꺽! 매일 이렇게 한 잔씩 마신단 말이지."

아드리아는 층계참으로 나와 뒤를 돌아보며 꽤 괜찮은 말을 한마디 하려고 했다. 이를테면 당신은 방금 내뱉은 그 욕설의 대가를 단단히 치르게 될 겁니다 같은 말 말이다. 그런데 베렝게의 음흉한 미소 대신 그가 마주한 것은 베렝게가 어두운색 바니시를 칠한 문을 쾅 닫고 들어가는 모습이었다.

그날 저녁 집에 혼자 남겨진 아드리아는 무반주 소나타와 파르티타 몇 곡을 연주해 보았다. 수년이 지났지만 여전히 악보가 필요 없었다. 그런데 손가락이 몇 개 더 있으면 좋겠다는 생각이 들었다. 아드리아는 소나타 2번을 연주하면서 울기 시작했다. 모든 것이 슬펐다. 마침 외출했던 사라가 들어왔다. 베르나트가 아닌 내가 연주하는 모습을 본 그녀는 인사도 없이 다시 나가 버렸다.

48

베렝게 씨와 대화를 나누고 보름 후에 누나가 죽었다. 어머니 때처럼 나는 그녀가 아픈 줄도 몰랐다. 남편에 따르면 그녀도 그 누구도 몰랐다고 했다. 막 일흔한 살이 되었고, 오랫동안 보지 못했지만 관에 누운 그녀는 우아한 여인의 모습을 하고 있었다. 아드리아는 자신의 감정이 무엇인지 혼란스러울 따름이었다. 안타까움, 거리감, 무언가 이상한 느낌이었다. 어떤 마음 상태인지 알 수 없었다. 그는 장례식 초대장에 쓰인 다니엘라 아마토 데 카르보넬을 향한 자기 감정보다 사라의 좋지 않은 안색이 더 신경 쓰였다.

사라에게는 누나가 죽었다고 말하지 않았다. 티토 카르보넬이 내게 전화를 걸어 어머니가 돌아가셨어요라고 말했을 때 나는 당신이 바이올린에 대해 아무 말이라도 해 주기를 간절히 바라고 있었고, 잠시 그가 무슨 말을 하는지 이해하지 못했지. 이를테면 만일 참석하고 싶으시면 레스 코르츠의 장례식장이에요, 내일이 발인입니다 같은 간단한 거였다. 나는 전화를 끊고 "사라, 누나가 죽었대."라고 말하지 않았지. 왜냐하면 당신이 "누나가 있었어?"라고 할 것 같아서. 아니면 아무 말 하지 않았을지도 모르지. 그때쯤 우리는 서로 말을 않고 지냈으니까.

장례식장에는 꽤 사람이 많았다. 몬주이크 묘지에 모인 우리는 스무 명쯤 되었다. 다니엘라 아마토가 누울 자리는 바다가 보이는 멋진 광경을 눈앞에 두고 있었다. 죽어서 무슨 소용이람, 인부들이 묘를 덮는 동안 나는 누군가가 내 뒤에서 하는 말을 들었다. 세실리아는 나타나지 않았다. 소식을 듣지 못했거나 이미 죽었을 가능성도 있었다. 베렝게 씨는 장례식 내내 나를 못 본 척했다. 티토 카르보넬은 마치 영역 표시라도 하듯 그의 옆에 서 있었다. 그녀의 죽음이 당황스럽고 슬픈 유일한 사람은 알베르트 카르보넬 같았다. 그는 갑작스러운 외로움에 익숙해질 겨를도 없이 홀아비 생활을 시작하고 있었다. 아드리아는 평생에 걸쳐 그를 몇 번 보지 못했지만 눈에 띄게 늙어 버린 그 남자가 마주하게 될 적막을 생각하자 약간의 연민이 느껴졌다. 묘지의 긴 길을 따라 내려오는 동안 알베르트 카르보넬이 다가오더니 내 팔을 잡고 와 줘서 고맙네라고 인사했다.

"무슨 말씀을. 슬프기 그지없습니다."

"고맙네. 진심을 담아 이곳에 온 사람은 자네뿐일 거야. 나머지는 모두 계산을 놓고 있겠지."

둘은 조용해졌다. 진흙땅을 밟는 사람들의 발 걸음 소리에 수군거림, 바르셀로나의 무더위에 대한 저주, 참을 수 없는 이상한 기침 소리가 끼어들었다. 주차장까지 걸어가는 길은 내내 부산했다. 그사이 아드리아 옆에서 걷던 알베르트 카르보넬이 그의 귀에 속삭였다. 베렝게가 여기저기 냄새를 맡고 다닌다네, 조심하게.

"다니엘라와 가게에서 함께 일했습니까?"

"두 달 정도. 다니엘라가 쫓아냈지. 그때부터 서로 죽일 듯이 미워했지만 그것을 서로 확인할 기회가 없었을 뿐이야."

말을 하면서 걷기가 어려운 듯 그는 잠시 멈추었다. 그가 천식을 앓고 있다는 사실이 어렴풋이 기억났다. 아니면 내가 지어낸 이야기인가. 어쨌든 베렝게가 약은 놈이라는 말을 계속했다. 그쯤 되면 병이라고 할 수 있지.

"무슨 말씀이신지?"

"헷갈릴 것 없다네. 제정신이 아닌 놈이야. 모든 여자를 싫어하지. 자기보다 똑똑한 여자를 참지 못하거든. 자기 대신에 여자가 결정을 내리는 것도 견디지 못하고. 그 때문에 자기 상처만 깊어지고 속이 썩는 거지. 자네도 해를 당하지 않도록 조심하게."

"그가 해를 입힐 수도 있다는 말씀입니까?"

"베렝게는 예측 불가능한 놈이야."

우리는 티토의 차 앞에서 작별 인사를 나누었다. 그는 악수를 하며 잘 지내라고 말했다. 다니엘라가 몇 번이나 애정을 담아 자네에 대해 말했는지 몰라. 좀 더 자주 만나지 못해 안타까울 따름이라네.

"어린 시절 하루 종일 그녀에게 빠져 지낸 적이 있습니다."

그는 이미 차에 오르는 중이어서 내 말을 들었는지 알 수 없었다. 안에서 손을 흔드는 모습이 희미하게 보였다. 그것이 마지막이었다. 그가 아직 살았는지 나는 모른다.

콜럼버스 동상 주변은 연신 사진을 찍느라 바쁜 관광객들로 가득했고 주변은 교통 체증이 심했다. 그곳을 지나 집으로 가는 길에 밀린 차 안에서 한참을 보내고야 당신에게 이 말을 할지 말지 고민하기 시작했다. 알베르트 카르보넬은 베렝게 씨를 베렝게 씨라고 부르지 않은 첫 번째 사람이었다.

문을 열었을 때 사라는 내게 어디에서 오는 길인지 물어볼 수도 있었다. 그러면 나는 누나의 장례식이 다녀오는 길이야. 너한테 누나가 있었어? 나는 응, 배다른 누나가 하나 있어. 그러면 그녀는 음, 나한테 말해 줄 수도 있었잖아. 다시 나는 네가 물어본 적이 없으니까, 우린 거의 본 적이 없기도 하고, 그래서 그랬지. 그런데 최근에 죽었다는 사실은 왜 이야기하지 않았어? 왜냐하면 그랬을 경우 내 바이올린을 훔치려 드는 네 친구 티토 카르보넬에 대해 이야기했어야 하니까. 그럼 우리는 또다시 다투게 될 거야. 하지만 내가 문을 열고 집에 들어갔을 때 당신은 내가 어디에서 오는 길인지 묻지 않았고, 나는 누나의 장례식에서 오는 길이라고 대답하지 않았고, 당신은 누나가 있어? 하고 묻지 않았다. 그리고 나는 현관에 놓인 당신의 여행 가방을 보았지. 아드리아는 놀란 표정으로 그녀를 바라보았다.

“카다케스에 갈 거야.” 사라가 답했다.

“나도 갈게.”

“안 돼.”

그녀는 아무런 말도 없이 떠나 버렸다. 순식간에 일어난 일이라 그 일이 우리 둘에게 얼마나 중요한지 알아차리지 못했다. 사라가 떠났을 때 여전히 심장이 뛰고 정신이 혼란스러웠던 아드리아는 사라의 옷장을 열어 보고는 곧 마음을 놓았다. 옷이 아직 거기에 있었기 때문이다. 나는 당신이 옷 몇 벌만 챙겨 갔다고 생각했다.

49

어떻게 하면 좋을지 아무런 생각이 떠오르지 않았던 아드리아는 아무것도 하지 않았다. 사라는 다시 그를 버렸다. 지금은 그 이유가 분명했다. 그리고 일시적인 도피였다. 일시적인가? 혼자만의 생각을 멈추기 위해 그는 일에 열중했다. 하지만 『율, 비코, 벌린, 세 명의 사상가』의 최종본을 완성하는 데 어려움을 겪었다. 제목이 꽤 무겁지만 자신의 『유럽 지성사』로부터 거리를 두는 데 반드시 필요했다. 전작은 그를 너무 강하게 지배하고 있었다. 어쩌면 완성하기까지 오랜 시간이 걸렸기 때문이거나, 아니면 책에 너무 많은 기대를 걸었거나, 아니면 그가 우러러보는 사람들이 언급했기 때문이거나……. 일관성, 즉 책의 여러 연결 고리 중 하나는 역사적 서사의 성격을 띠고 있었다. 그는 글 세 편을 완전히 새로 썼다. 수개월이 걸린 작업이었다. 내 사랑, 나는 텔레비전에서 티머시 맥베이가 설치한 폭탄이 오클라호마시티의 빌딩을 산산조각 내는 끔찍한 장면을 본 이후 책을 쓰기로 마음먹었어. 당신한테는 처음부터 말하지 않았어. 이런 것들은 만일 말할 필요가 있다면 나중에 하는 것이 낫다고 생각했거든. 무언가의 이름으로 살인을 저지른 자들은 역사를 더럽힐 자격이 없다고 믿어서 책을 쓰게 되었지. 티머시 멕베이는 168명의 목숨을 앗아 갔다. 그리고 그에 따르는 수많은 슬픔, 안타까움, 고통은 통계에 드러나지 않는다. 대체 무엇에 타협하지 않는다는 이름으로 그 일을 저지른 것인가, 티머시? 무엇인지 잘 모르지만 나는 또 다른 비타협, 또 다른 종류의 비타협을 상상하며 그에게 묻는다. 대체 왜, 티머시, 그런 파괴를 저질렀는가, 신은 사랑이 아니었던가?

"미국 정부는 꺼지라고 해."

"티머시, 이보게. 종교가 무엇인가?" 비코가 끼어들었다.

"나라에 해가 되는 놈들은 그저 없애 버려야지."

"그것은 종교가 아닙니다." 라몬 율은 인내심을 보이며 말했다. "사람들이 잘 아는 종교에는 세 가지가 있습니다, 티머시. 일명 유대교라 하는 것, 벌린 씨에게는 미안하지만 아주 심각한 오류라고 할 수 있죠. 그리고 이슬람교. 교회의 불경한 적들이 만들어 낸 잘못된 믿음 체계. 그리고 유일하게 공평하고 진실한 종교인 기독교가 있어요. 사랑 그 자체인 선한 신의 종교라고 할 수 있습니다."

"무슨 말인지 모르겠습니다, 어르신. 저는 정부를 죽일 뿐입니다."

"그럼 자네가 죽인 마흔 명의 어린이들은 정부인가?" 손수건으로 안경을 닦던 벌린이 말했다.

"부수적인 피해입니다."

"1:1."

"무슨 말이오?"

"일대일이란 말입니다."

"여성과 어린이에 대한 학살을 멈추지 않는 군인은." 비코가 단호히 말했다. "감옥에 가야 합니다."

"남자만 죽이면 가지 않아도 된단 말입니까?" 벌린이 안경을 쓰며 동료의 말에 비아냥거렸다.

"세 분 다 꺼지는 것이 어떻습니까, 네?"

"이 아이는 꺼지라는 동사에 대한 집착이 심하군." 율이 매우 당혹스러워하며 말했다.

"검으로 사는 자는 검으로 죽는 것이 진리라네, 티머시." 비코는 혹시나 하는 마음에서 이를 상기시켜 주었다. 그리고 「마태오복음」 중 몇 절이라고 말하려 했지만 너무 오래되어 잘 기억나지 않았다.

"절 좀 가만히 두시지요, 꼬부랑 영감탱이들?"

"그들은 내일 자네를 죽일 거야, 팀." 율이 꼬집어 말했다.

"168:1."

그는 희미하게 사라졌다.

"그가 뭐라고 했나요? 들은 것이 있나요?"

"네. 일백육십팔 대 일이라고 했습니다."

"신비주의 교파인 모양이군요."

“아닙니다. 이 아이는 신비주의라고는 들어 본 적도 없을 겁니다.”

“일백, 그리고 육십팔 대 일이라.”

『율, 비코, 벌린, 세 명의 사상가』는 굉장히 열정적으로 빠르게 완성한 책이었지만 나를 완전히 지치게 했다. 매일 일어나고 잠자리에 들 때 나는 사라의 옷장을 열어 보았고, 옷들은 그 자리에 그대로 있었기 때문이다. 원고를 완성한 날 그에게는 그것이 완성이 아니었다. 갑자기 모든 원고를 발코니 밖으로 던져 버리고 싶었다. 하지만 사라, 어디에 있어?(라틴어) 하고 말하는 데 그쳤다. 그리고 몇 분간 말없이 있다가 발코니로 나가는 대신에 모든 원고를 차곡차곡 쌓기 시작했다. 그것을 책상 한쪽에 둔 아드리아는 이미 카테리나가 집에 없다는 사실을 알아차리지 못한 채 작은 롤라, 나갔다 올게요 하고는 학교로 향했다. 기분 전환을 위한 최고의 장소인 것처럼 말이다.

“뭘 하는 거예요?”

라우라가 뒤로 돌았다. 걸음걸이만 봐서는 회랑의 거리를 재는 듯했다.

“생각하는 중이에요. 당신은요?”

“바람을 쐬러 왔어요.”

“책은 잘되어 가나요?”

“막 끝냈거든요.”

“이야!” 그녀가 기쁜 듯 소리쳤다.

그녀는 그의 손을 잡더니 불에 덴 듯 화들짝 놀라며 손을 뗐다.

"하지만 아직도 확신이 안 서요. 그렇게 개성이 강한 세 사람을 한데 묶는 것이 가능한지 모르겠거든요."

"책을 끝냈나요, 끝내지 않았나요?"

"음, 끝냈죠. 그런데 이제 원고를 끝까지 다시 읽어 봐야 하고, 수많은 장애물을 발견할 거예요."

"그러면 끝난 게 아니네요."

"아니에요. 초고를 완성한 거죠. 이제 그것을 끝내야 할 차례예요. 출판이 가능할지는 두고 봐야지요, 정말입니다."

"겁쟁이 같으니, 포기하지 말아요."

라우라는 언제나 그를 동요하게 만드는 그 눈빛과 함께 미소 지었다. 더군다나 겁쟁이라니 맞는 말이었기 때문이다.

열흘이 지나 7월 중순에 토도는 차분한 어조로 이봐, 아르데볼, 책을 마무리할 거야 말 거야라고 말했다. 반쯤 빈 회랑에 해가 내리쬐었고, 1층에서 둘은 서로를 바라보고 있었다.

"모르겠어."

"이런. 자네가 모르면……."

그녀가 없거든. 망할 바이올린 하나 때문에 싸웠어.

"인물 셋을 하나로 묶는다는 것이…… 그것도 그렇게…… 그렇게……."

"그렇게 강한 인물들이지, 그렇지. 그건 모두가 아는 공식적인 버전이야." 토도가 끼어들었다.

왜 나를 좀 가만히 내버려 두지 않는 거야, 젠장?

"공식적인 버전? 사람들이 어떻게 알았지, 내가 원고를 쓰고 있다는……."

"자네는 스타야, 이 사람아."

제기랄.

침묵은 한참 동안 이어졌다. 믿을 만한 소식통에 따르면 아르데볼의 긴 대화는 침묵으로 가득 차 있었다.

"율, 비코, 벌린." 멀리서 걸어오던 토도가 말했다.

"그렇다네."

"이런. 비코, 율은 그렇다 쳐. 그런데 벌린은 왜?"

아니, 아니, 제발, 날 가만히 좀 내버려 두라고. 정말 짜증 나게 만드는군.

"학문을 통해 세상을 정리하려는 의지. 이것이 바로 그들을 함께 묶을 수 있는 이유지."

"이런, 말이 되는데."

그래서 내가 글을 쓰기 시작한 거야, 이 망할 놈아, 너 때문에 이제 욕까지 입에 담게 되는군.

"그런데 며칠 더 걸릴 것 같네. 끝낼 수 있을지 모르겠어. 공식적인 버전을 일단 생각해 두라고."

토도는 석조 난간에 몸을 기댔다.

"그거 알아?" 한참 후에 그가 말문을 열었다. "꼭 책이 출간되면 좋겠어." 그는 아드리아를 바라보지 않고 말했다. "나한테 아주 도움이 될 것 같아."

그는 응원의 표시로 아드리아의 팔을 툭 치더니 회랑 끝에 있는 연구실로 돌아갔다. 아래쪽에서는 손을 잡은 남녀가 세상일에는 전혀 무심한 듯 회랑을 걸어가고 있었다. 아드리아는 그들이 부러웠다. 토도가 그런 책을 읽으면 도움이 될 것 같다는 비슷한 말을 했을 때 그것은 그냥 듣기 좋으라고 한 소리가 아니라 도무지 관련이 없어 보이는 것들을 연결하고, 위대한 사상가들이 톨스토이와 비슷한 작업을, 하지만 개념을 가지고 그러한 시도를 했다는 사실을 보여 주기 위해 아드리아가 노력한 흔적을 읽게 된다면 정말 흡족할 것 같았기 때문이었다. 토도의 마음은 당시 아주 약해진 상태였고, 아직 존재하지도 않는 책을 읽고 싶다고 한 것은 학과와 학교에서 바사스 박사의 지위를 약화하고자 수년 동안 혈안이 되어 있었기 때문이었다. 가장 빠른 길은 전공에 상관없이 새로운 우상을 만들어 내는 것이었다. 당신만 아니었더라면 타인들의 파워 게임에 내가 이용되는 것조차 으쓱했을 거야. 사라, 바이올린은 우리 가족 소유야. 아버지 때문이라도 그렇게 할 수가 없어. 그는 이 바이올린 때문에 죽었다고. 그런데 이제 이 악기를 자기 것이라고 주장하는 낯선 사람에게 줘야 한다고? 이를 이해할 수 없다면 그건 유대인에 관한 한 이성에 귀를 기울이지 않기 때문이야. 그리고 티토와 베렝게 씨 같은 강도들에게 당신이 속았기 때문이라고. 저의 하느님, 저의 하느님, 어찌하여 저를 버리셨습니까.(아람어)[20]

쓸쓸한 서재에서 그는 갑자기 생각이 떠올랐다. 아니 갑자기 마음을 먹었다고 하는 편이 적절하겠다. 책을 절반쯤 완성했다는 행복감이었을 것이다. 그는 전화번호를 꾹꾹 누르더니 인내심을 갖고 기다리며 제발 거기 있어라, 거기 있어라,

---

20) 「마르코복음」 15장 34절.

거기, 아니면…… 하고 생각했다. 시계를 보았다. 거의 1시였다. 점심을 먹고 있을 것이다.

“여보세요.”

“막스, 아드리아입니다.”

“말해 보게.”

“혹시 사라와 통화를 좀 할 수 있을까요?” 잠시 망설이는 듯했다.

“물어보지. 기다려 보게.”

그 말인즉슨 거기 있다는 거였다! 그녀는 파리의 8번 구역으로도, 이스라엘로도 가지 않았다. 나의 사라는 여전히 카다케스에 있었다. 나의 사라는 멀리 가고 싶지 않았던 것이다……. 수화기 너머로 침묵만이 전해졌다. 발자국 소리도, 대화의 웅얼거림도 들려오지 않았다. 얼마나 긴 시간이 흘렀는지 모른다. 다시 막스의 목소리였다.

“저기, 음 그러니까…… 미안하네……. 바이올린을 돌려줬는지 물어보라는군.”

“아니요. 그것과 관련해서 할 말이 있습니다.”

“실은…… 그런 거면…… 자네와 통화하고 싶지 않다는군.”

아드리아는 전화를 세게 쥐었다. 갑자기 갈증이 났다. 말이 나오지 않았다. 막스는 그 사실을 알아채기라도 한 듯 말했다. 정말 미안하네, 아드리아. 정말.

“고마워요, 막스.”

전화를 끊었을 때 연구실 문이 열렸다. 라우라는 그를 발견하고 흠칫 놀라는 표정이었다. 조용히 자기 책상으로 가더니 한동안 서랍을 뒤졌다. 아드리아는 자세를 거의 바꾸지 않은 채 공허를 들여다보며 사라 오빠의 세심한 말을 듣고 있었다. 그것은 사형 선고처럼 들렸다. 잠시 후 그는 한숨을 크게 내쉬고 라우라를 바라보았다.

"괜찮은 거예요?" 그녀는 어딜 가나 들고 다니던 두꺼운 파일을 정리하며 물었다.

"그럼요. 내가 점심 살게요."

왜 그런 제안을 했는지 모르겠다. 무슨 복수를 하려던 것도 아니었다. 그냥 아무 일도 없다고, 모든 상황이 괜찮다고 라우라와 바깥세상 모두에게 보여 주고 싶었던 모양이다.

라우라의 푸른 눈과 완벽한 피부 앞에 앉아서 아드리아는 그릇에 담긴 파스타의 절반 이상을 남겼다. 둘 중 누구도 입을 열지 않았다. 라우라가 잔에 물을 따라 주어 그는 고맙다는 표시를 했다.

"요즘은 어떻게 지내요?"

아드리아는 대화 금지령이 해제라도 된 듯 상냥한 표정을 지으며 말했다.

"잘 지내요. 보름 정도 알가르베에 가게 됐어요."

"잘됐어요. 토도는 살짝 정신이 나간 게 분명해요, 그렇죠?"

"왜요?"

몇 분 후 그들은 약간 그렇다는 결론에 도달했다. 그리고 아직 존재하지도 않는 내 책에 대해 아무런 소문도 내지 않았으면 좋겠어요. 비코와 율과 그 모든 것을 한데 연결할 수 있을

지 모두가 주목하는 상황에서 원고를 작성하는 것만큼 불편한 일은 없으니까요.

"제가 말이 좀 많죠, 알고 있어요."

이를 증명이라도 하듯 그녀는 얼마 전에 아주 괜찮은 사람들을 알게 되었다며, 그들이 이베리아 반도 전체를 자전거로 일주하는 김에 알가르베에서 만나기로 했다고

"당신도 자전거를 타나요?"

"그러기에는 나이가 너무 많아요. 주로 바닷가에서 햇볕을 쬐는 걸 좋아해요. 학교의 잡다한 일들을 잊는 방법이지요."

"그리고 남자들도 좀 만나고요."

그녀는 대답이 없었다. 오히려 나에게 무슨 일이 있는 것을 알아챈 듯한 표정을 지었다. 여자들은 무슨 일이든 빨리 눈치를 채는 능력이 있고, 나는 이것이 부러웠다.

될 대로 되라지 했어, 사라. 일이 그렇게 되고 말았는걸. 작지만 늘 깨끗했던 라우라의 아파트에는 무언가 정돈된 어수선함이 자리하고 있었다. 특히 침실에 말이다. 전혀 혼란스럽지 않은 어수선함, 금방이라도 멀리 떠나 버릴 것 같은 사람의 어수선함이었다. 쌓인 옷, 줄 세워진 구두, 여행 안내 책자 몇 권, 그리고 카메라가 있었다. 고양이와 개처럼 그들은 상대의 움직임을 유심히 살폈다.

"이게 그 전기로 작동하는 건가요?" 아드리아는 미심쩍은 듯 카메라를 집어 들며 말했다.

"맞아요. 디지털이죠."

"항상 최신 기술을 섭렵하고 있군요."

라우라는 서서 신발을 벗더니 슬리퍼 같은 것을 신었다. 아주 귀엽게 잘 어울렸다.

"당신은 분명 라이카를 사용할 것 같아요."

"카메라가 없어요. 가져 본 적이 없죠."

"그럼 추억들은 어떻게 저장하나요?"

"여기." 아드리아는 머리를 가리켰다. "이건 고장 나지도 않아요. 항상 가까이에 있고요."

나는 누구의 미래를 예측하는 능력은 없기 때문에 절대 비꼬면서 한 말이 아니다.

"이걸로 사진 200장을 찍을 수 있어요." 그녀는 인내심이 한계에 다다랐다는 사실을 간신히 숨기며 그에게서 카메라를 빼앗아 작은 탁자 위 전화기 옆에 내려놓았다.

"브라보." 그는 관심 없는 듯 말했다.

"그리고 컴퓨터에 저장하면 되거든요. 앨범보다 더 많이 보게 돼요."

"브라비시모.[21] 하지만 컴퓨터가 필요하잖아요."

라우라는 도전하듯 그의 앞에 섰다.

"뭐라고요?" 허리춤에 손을 올리며 말했다. "이제 디지털 사진의 품질에 대해서도 강의해 줘야겠어요?"

아드리아는 너무나도 파란 눈동자를 들여다보며 그녀를 안

21) 이탈리아어 '브라보'의 비교급 중 최상급 표현으로 세계 제일이라는 뜻이다. 연주가, 가수, 배우 등에 대한 최대의 칭찬이다.

았다. 그들은 한참을 그렇게 있었고, 나는 조금 눈물이 났다. 다행히 그녀는 눈치채지 못했다.

"왜 울어요?"

"울기는요."

"거짓말쟁이. 왜 우는 거예요?"

늦은 오후 그들은 침실의 어수선함을 혼돈으로 바꾸어 놓았다. 둘은 누워서 한참 동안 천장을 바라보았다. 라우라는 아드리아의 목걸이를 살펴보았다.

"왜 이걸 항상 하고 있어요?"

"그냥요."

"하지만 종교가 있는 것도……."

"기억하기 위한 거예요."

"뭘 기억한단 거죠?"

"모르겠어요."

그때 전화가 울렸다. 라우라 옆에 있던 탁자 위에서 나는 소리였다. 어떤 죄책감이 묻어나는 침묵 속에서 그들은 누군가의 전화를 기다리고 있는지 물어보고 싶은 듯 서로를 바라보았다. 라우라는 아드리아의 가슴에 머리를 파묻은 채 움직이지 않았다. 둘은 전화가 얼마나 단조롭게 울리고, 울리고, 또 울리는지 듣고 있었다. 아드리아는 라우라가 움직이기를 기다리며 그녀의 머리카락을 가만히 바라보았다. 조금도 움직이지 않았다. 전화는 계속 울렸다.

6부

스타바트 마테르*

우리가 두려워하는 모든 것들이 우리에게 주어졌다.

— 엘렌 식수**

* 라틴어로 '성모는 서 계시다.'라는 뜻. 예수가 십자가에 못 박힌 모습을 본 성모의 슬픔을 노래한 성가다.

** Hélène Cixous(1937~). 프랑스의 여성주의 작가.

50

이 년 후 어느 날 전화가 갑자기 울리기 시작했다. 아드리아는 벨 소리가 울릴 때마다 흠칫흠칫 놀랐다. 그는 전화기를 한참 동안 응시했다. 독서등이 켜진 서재를 빼고 집은 어두컴컴했다. 당신 없이 고요함만 가득한 집에서 전화기는 한참을 울렸다. 그는 E. H. 카의 책에 책갈피를 꽂고 책을 덮은 후 여전히 울어 대는 전화를 가만히 바라보았다. 마치 그것이 모든 상황을 해결해 주기라도 하듯 말이다. 그리고 전화벨이 울리도록 한참을 더 두었다. 마침내 전화를 건 누군가가 쓸데없는 고집이라고 생각할 무렵 아드리아 아르데볼은 두 손바닥으로 얼굴을 비비더니 수화기를 집어 들었다. 여보세요.

그의 눈은 슬픔과 눈물로 젖어 있었다. 여든을 바라보는 그는 기력이 다했는지 축 늘어진 모습이었다. 층계참에 서서 걱정스러운 듯 숨을 내쉬었다. 한 손에는 그것이 자신이 살아 있는 이유라도 되는 듯 작은 여행 가방을 꼭 쥐고 있었다. 아드리아가 천천히 계단을 오르는 소리가 들리자 그는 몸을 돌렸다. 잠시 그들은 서로를 바라보았다.

"아드리안 아르데폴 씨?"[22]

아드리아는 문을 열고 그에게 들어가자고 권했다. 서투른 영어로 미루어 보아 아침에 전화한 남자가 맞았다. 나는 손님과 함께 슬픈 사연을 집 안으로 들이고 있는 것이 분명했지만 다른 방법이 없었다. 비밀이 현관과 계단으로 새어 나가지 않도록 문단속을 단단히 했다. 여전히 선 채 나는 그에게 네덜란드어로 대화하는 것이 어떨지 제안했고, 잠시나마 남자의 촉촉했던 눈이 반짝이는 듯했다. 그는 아드리아의 제안에 고맙다는 몸짓을 했다. 아드리아는 낯선 남자에게 무슨 일인지 묻기 위해 그의 네덜란드어에 잔뜩 낀 먼지를 급하게 털어 내야 했다.

"말하자면 깁니다. 그래서 시간 여유를 갖고 뵙자고 부탁드렸지요."

아드리아는 그를 서재로 안내했다. 그곳에 들어서던 그는 감탄을 감추지 못했다. 마치 루브르 박물관을 찾은 사람들이 갑자기 예상치 못한 방에 들어가 놀라운 것들을 발견한 듯한 모습이었다. 서재 한가운데에서 손님은 책이 가득한 선반, 그림, 인큐내뷸러, 악기, 진열장, 두 개의 책상, 당신의 초상화,

22) 네덜란드어가 모국어인 화자가 '아르데볼'을 어색하게 발음하고 있다.

책상 위에 놓인 읽다 만 E. H. 카의 책, 확대경 아래에 둔 원고, 그리고 한쪽 구석에 어쩌면 작가 조이스가 직접 남긴 흥미로운 메모들이 적힌, 가장 최근에 구입한 예순세 쪽 분량의 『죽은 사람들』 원본 사이를 조심스럽게 서성였다. 모든 것을 둘러보고 나서 조용히 아드리아를 바라보았다.

아드리아는 그를 탁자 반대편에 앉게 하고는 서로 마주 보고 앉았다. 나는 어떠한 슬픔으로 인해 이 낯선 자의 얼굴이 일그러지게 되었는지 의문이 들었다. 그는 힘겹게 가방의 지퍼를 열더니 종이로 조심스럽게 싼 무언가를 꺼냈다. 그것을 정성스럽게 펼쳤다. 아드리아는 더러운 천 조각 하나가 놓인 것을 보았다. 때가 잔뜩 묻은 천 조각은 희미하게나마 어둡고 밝은 원래의 체크무늬가 아직 남아 있었다. 손님은 종이를 치우더니 매우 경건한 손짓으로 헝겊 조각을 탁자 위에 올렸다. 그 안에 값진 보물이라도 들어 있는 듯했다. 제단 위에 시신을 안치하는 신부 같았다. 천 조각이 펼쳐진 그 자리에 아무것도 나오지 않자 나는 다소 실망스러운 표정을 지었다. 어떤 경계선처럼 중간에는 바느질로 수놓아 꿰맨 선이 헝겊을 둘로 나누고 있었다. 정확히 기억은 나지 않는다. 그때 손님은 안경을 벗고 오른쪽 눈을 휴지로 닦았다. 아드리아의 점잖은 침묵을 알아채고 그는 시선을 주지 않은 채 자신은 우는 게 아니라 몇 달 전부터 거슬리는 알레르기가 생겨 어쩌고저쩌고 증상이 나타난다며 멋쩍은 미소를 지었다. 주위를 둘러보던 그는 휴지를 쓰레기통에 던져 넣었다. 그리고 성물을 다루듯 두 손을 뻗어 낡고 지저분한 헝겊 조각을 가리켰다. 어떠한 질문이라도 환영한다는 듯한 모습이었다.

"그게 무엇입니까?" 내가 물었다.

손님은 마음속으로 심오한 기도라도 외우는지 몇 초간 헝겊 위에 손을 올려놓았다. 그리고 달라진 목소리로 말했다. 이제 집에서 점심을 먹고 있다고 상상해 보세요, 아내, 장모, 세 딸과. 장모는 병을 앓고 있어요. 그런데 갑자기…….

손님이 고개를 들었다. 이번에는 정말 알레르기도 그 어떤 것도 아닌 눈물이 가득했다. 하지만 고통의 눈물을 닦으려는 어떠한 손짓도 하지 않고 정면을 뚫어지게 바라보며 말을 되풀이했다. 집에서 점심을 먹고 있다고 상상해 보세요, 아내, 몸이 편찮으신 장모님, 세 딸과. 새 식탁보가 깔려 있어요, 푸른색과 흰색이 섞인 체크무늬 식탁보예요, 왜냐하면 오늘은 큰딸인 귀염둥이 아멜리아의 생일이거든요, 단단히 무장한 누군가가 노크도 없이 갑자기 문을 열고 들어오더니 뒤이어 다섯 명의 군인이 더 들어와 바닥을 짓밟았지요, 그리고 모두가 슈넬, 슈넬, 라우스, 라우스[23] 하고 계속 소리를 지르면서 영원히 집에서 쫓아내는 거예요, 점심을 먹는 와중에 말입니다, 영원히, 뒤를 돌아볼 기회도 없이, 아무것도 챙길 겨를 없이 입은 옷이 전부인 채 말입니다. 파티를 위한 식탁보는 베르타가 이 년 전에 구입한 새것이었어요. 아빠, 라우스가 무슨 뜻이에요 하고 아멜리아가 물었지요. 저는 라우스, 라우스를 외쳐 대는 인내심 없는 소총이 아이의 뒷덜미를 내리치는 것

---

23) schnell, schnell. raus, raus. 독일어로 '빨리, 빨리. 밖으로, 밖으로.'

을 막지 못했어요. 왜냐하면 독일어는 모두의 언어라 누구나 이해할 수 있고, 그러지 못하는 자들은 그 의도가 의심스러우며, 따라서 그 대가를 치러 마땅하다는 거였지요. 라우스!

이 분 뒤에 그들은 거리를 따라 내려가고 있었습니다. 기침이 심했던 장모님은 바이올린 케이스를 팔에 낀 채였습니다. 딸이 리허설을 마치고 집으로 돌아와 현관에 둔 것이었지요. 여자들은 모두 놀란 눈을 하고 있었어요. 창백해진 저의 베르타는 작디작은 율리아를 품에 꼭 안고 있었습니다. 거리를 걸어가며, 아니 군인들이 매우 급해 보였기 때문에 뛰어갔습니다. 창문에서 내려다보는 이웃들의 말없는 시선을 느낄 수 있었지요. 저는 아멜리아의 손을 꼭 붙잡았습니다. 오늘 일곱 살이 된 참이었어요. 맞은 뒷덜미가 여전히 아팠던 아이는 독일군이 무서워서 계속 울고 있었습니다. 다섯 살밖에 안 된 불쌍한 트루데가 안아 달라고 해서 목말을 태웠습니다. 아멜리아는 우리의 걸음에 맞추기 위해 트럭이 있던 유리광장까지 거의 뛰다시피 했지요. 저는 그때까지도 체크무늬 냅킨을 꼭 쥐고 있었습니다. 무의식중에 그랬던 것 같아요.

더 인간적인 대접을 해 준 경우도 있었다고 사람들이 그러더군요. 이 사람들은 25킬로그램짜리 여행 가방을 허용한다, 삼십 분 안에 짐을 챙기도록, 슈넬(독일어), 알겠나? 그러면 당신은 집 안의 모든 집기들을 생각해 보는 겁니다. 무엇을 가져갈까? 어디로 가져간다는 거지? 의자? 책? 사진이 담긴 신발 상자? 식기들? 전구? 매트리스? 엄마, 슈넬이 무슨 뜻이에요. 그런데 25킬로그램이 얼마나 되지? 결국 현관에 걸어 둔 줄도 몰랐던 쓸데없는 열쇠를 챙기게 되는 겁니다. 만일 살아남게 되거나 혹은 곰팡이 핀 빵 조각과 바꿔 먹지 않아도 된다면 그것은 비극의 시절 이전 행복하고 평온했던 삶의 성스러운 상징이 될 테니까요. 엄마, 그건 왜 가져가는 거예요? 가만히 있어, 장모님이 대답했습니다.

군홧발의 박자에 맞추어 영원히 집을 떠나며, 공포로 창백해진 아내, 겁에 질린 아이들, 곧 쓰러질 것 같은 장모님과 함께 삶의 터전을 떠나며 저는 아무것도 할 수 없었습니다. 누가 우리를 고발했을까. 우리는 기독교인 동네에 살고 있었어요. 왜 그랬을까. 어떻게 알았을까. 어떻게 유대인이라는 냄새를 맡았을까. 트럭에 실려 가면서 아이들의 절망적인 모습을 애써 외면하며 저는 누가, 어떻게, 왜를 생각했습니다. 이미 공포에 몸을 떠는 사람들로 가득했던 트럭에 올라탔을 때 용감한 베르타와 막내가 한쪽에, 저와 트루데가 다른 한쪽에 자리를 잡고 앉게 되었습니다. 장모님과 그분의 기침은 조금 떨어져 있었는데, 베르타가 아멜리아는 어디 있지, 오, 아멜리아, 내 딸, 멀리 떨어지지 마라, 아멜리아, 그러자 자그마한 손이 다가와 제 바짓가랑이를 잡더니, 불쌍한 아멜리아, 잠시였지만 혼자가 되어 매우 놀랐던지 저를 올려다보며 보채기 시작했지요, 이 아이도 제 팔에 안기고 싶었지만 트루우가 자기보다 어렸기 때문에 더 이상 보채지 않았어요, 그 아이의 눈빛은 제 여생 동안 절대, 절대 잊히지 않을 겁니다. 딸이 도움을 요청하는데도 무엇을 해 줄 수 있을지 알 길이 없고, 그 사랑스러운 딸이 당신을 필요로 했을 때 도와주지 못해 날마다 지옥을 사는 겁니다. 떠오른 생각이라고는 그저 아이에게 푸른색과 흰색 체크무늬 냅킨을 건네주는 것뿐이어서, 아이는 그것을 두 손으로 꼭 붙들고 마치 제가 귀한 보물을 쥐여 준 양 고마워하며 저를 바라보았지요. 아이는 그것을 어딜 가든 길을 잃지 않도록 해 주는 부적이라 믿는 것 같았어요.

그 부적은 제 역할을 하지 못했는데, 왜냐하면 트럭 위에서 덜컹거리는 그 여정이 끝난 후 이틀, 사흘, 혹은 나흘 동안 숨 막히고 악취가 진동하는 화물 열차에 실려 가고 있을 때 그들은 저의 절망에도 불구하고 트루우를 손에서 잡아채 데려갔고, 제 머리를 땅에 내려쳐 어질어질한 사이에 귀여운 아멜리아가 옆에서 사라져 버렸습니다. 쉬지 않고 짖던 개들의 뒤를 따라갔던 것 같아요. 베르타의 품에 안겨 있던 막내 율리아, 그들이 어디에 있는지 모릅니다. 우린 서로 마지막 눈길을 나눌 기회조차 없었으니까요. 설령 그 오랜 기간 쌓아 왔던 우리의 행복이 끝나고 있다는 침묵의 절망을 확인하는 것이었다 하더라도 말입니다. 여전히 기침을 쏟아 내던 베르타의 어머니는 바이올린을 끌어안고 트루데는, 이런 트루우가 어딨는 거야. 저는 그들이 아이를 내 손에서 채어 가는 동안 아무것도 하지 못했습니다. 그게 마지막이었어요. 그들은 정말 잠깐 동안 우리를 기차에서 내리게 했고, 저는 우리 집의 모든 여인들을 잃어버리고 말았습니다. 스르스르스르스르. 그들이 저를 밀치고 고함 섞인 명령을 귀에 퍼부었지만 자포자기하는 심정으로 제 여인들이 있던 곳으로 고개를 돌렸을 때 입에 담배를 문 군인 두 명이 젖먹이 같은 아이들을, 그러니까 어머니

품에 안겨 있던 저의 율리아 같은 아이들을 들어 열차의 나무 부분을 향해 세게 내던져 여인들을, 망할, 단숨에 말을 듣도록 만들어 버리는 것을 보았어요. 그때부터 저는 아브라함의 신과 예수의 신을 믿지 않기로 했습니다.

"스르스르스르스르. 스르스르스르스르."

"실례합니다……." 별수 없다는 듯 아드리아가 말했다.

남자는 혼란스러워하며 정신이 나가서 나를 바라보았다. 어쩌면 내가 있다는 사실조차 기억 못 하는지도 모른다. 그 이야기를 스스로의 고통을 덜기 위해 이미 수없이 반복한 것 같았다.

"누가 왔나 봅니다……." 자리에서 일어나던 아드리아는 시계를 보며 말했다. "아마 제 친구일 텐데……."

남자가 반응을 보이기 전에 그는 서재를 나갔다.

"이런, 빨리, 빨리, 어서, 정말 무겁다고……." 베르나트는 양손에 큰 상자를 들고 분위기를 깨며 집 안으로 들어왔다. "어디에 두면 돼?"

서재에 들어온 그는 손님을 보고 흠칫 놀랐다.

"이런, 미안합니다."

"책상 위에 둬." 뒤를 따르던 아드리아가 말했다.

베르나트는 책상 위에 짐을 내려놓더니 손님에게 수줍은 듯 웃어 보였다.

"안녕하세요." 베르나트가 말했다.

노인은 고개를 숙여 인사했지만 아무 말도 하지 않았다.

"이걸 좀 도와줘야겠어." 베르나트는 상자에서 컴퓨터를 힘겹게 꺼내며 말했다. 아드리아가 상자를 잡아당기자 컴퓨터가 베르나트의 손에 이끌려 밖으로 나왔다.

"지금 당장은……."

"그러네. 나중에 다시 올까?"

우리는 카탈루냐어로 이야기를 나누었기 때문에 좀 더 명확히 상황을 설명할 수 있었다. 나는 이것이 예기치 못한 방문이며 꽤 길어질 것 같다고 베르나트에게 알려 주었다. 내일 보면 어때, 너만 괜찮다면 말이야.

"문제없어." 그리고 그는 조심스럽게 손님을 바라보며 말했다. "문제없지?"

"응, 그럼."

"좋아, 그렇다면. 내일 보자." 그는 컴퓨터에 대해서 한마디 덧붙였다. "그때까지 저건 만지지 말라고."

"그럴 엄두도 못 내."

"여기 키보드하고 마우스야. 상자는 내가 가져갈게. 프린터는 내일 가져다주고."

"고마워."

"요렌스한테 고맙다고 해야지. 난 중개자일 뿐인데 뭐."

그는 손님을 바라보며 좋은 시간 보내라는 인사를 했다. 남자는 다시 고개를 끄덕여 인사했다. 베르나트는 안 나와도 돼, 얼른 들어가 봐 하며 떠났다.

그가 서재를 나갔다. 계단으로 나가는 문이 쾅 하고 닫히는 소리가 들렸다. 나는 다시 손님 옆에 앉았다. 대화가 중단된 데 대해 미안한 표정으로 죄송합니다 했다. 나는 그에게 계속하라는 손짓을 해 보였다. 마치 베르나트가 들어와 나에게 요렌스의 오래된 컴퓨터를 가져다준 일이 없었던 것처럼 말이다. 그는 내가 만년필로 글을 쓰는 그다지 건강하지 못한 습관을 그만둘 수 있는지 한번 시험해 보라고 했다. 이 기부에는 단기 속성 강좌 ×회를 해 주겠다는 약속도 포함되었고, 학생과 선생 양쪽의 인내심에 따라 ×만큼 강의료를 지불하기로 했다. 대체 컴퓨터라는 것이 무엇인지 나 스스로 알아 갈 기회를 드디어 얻게 되었다. 사람들이 무엇 때문에 그렇게 대단하다고 하는 걸까. 나한테는 그동안 전혀 필요 없었는데 말이다.

내 신호를 본 노인은 잠깐 동안의 방해에 전혀 개의치 않는 듯 할 말을 외우고 있는 것처럼 지난 수년 동안 저는 스스로에게 질문을, 아니 질문들을 해 왔지요라고 말했다. 그 많고 복잡한 질문들이 하나로 정리되더군요. 나는 왜 살아남았는가. 왜, 아무런 저항도 하지 않고 세 딸들, 아내, 병든 장모님을 데려가도록 내버려 둔 쓸모없는 내가 왜. 손톱만큼의 저항도 하지 않았단 말입니다. 왜 나는 살아남아야 했는가. 무엇 때문에. 그때까지 제 삶은 아무짝에도 쓸모가 없었습니다. 그저 하우저 앤 브로스의 회계를 봐 주며 무료한 삶을 영위하던 제가 오로지 잘한 일이라면 세 딸을 두게 된 거였습니다. 하나는 흑옥 같은 머리색, 또 다른 하나는 숲속의 가장 멋진 나무와 같은 갈색, 막내는 꿀 같은 금발이었지요. 왜. 대체 왜. 그리고 그들의 행방에 대해 확실히 알지 못하는 괴로움이 그 대가로 주어졌습니다. 그들의 죽음을 보지 못했고, 정말 모두 죽었는지, 나의 세 딸들, 아내, 기침을 멈추지 않던 장모님이 정말 죽었는지 정확히 알지 못하기 때문입니다. 전쟁이 끝나고 이 년 동안 그들의 행방을 찾아다녔습니다만 결국 판사의 판결을 받아들일 수밖에 없었습니다. 그에 따르면 여러 정황과 신호들을 미루어 볼 때, 아니 그는 이것을 증거라고 불렀지요, 여러 증거들을 종합했을 때 그들은 죽은 것이 확실해 보입니다, 분명히 아우슈비츠 비르케나우에 도착한 당일에 죽었을 겁니다, 나치가 운영하던 수용소에서 압수한 문서에 따르면 그 무렵 모든 여성, 어린이, 노인이 가스실로 보내졌고 노동력으로 쓸 남자들만 살아남았습니다. 왜 제가 살아남았을까요? 그들이 딸들과 베르타에게서 떨어뜨려 놓았을 때 저는 제가 죽을 거라고 생각했습니다. 제 순진한 판단으로 그들에게 위험한 존재는 여자들이 아니라 저라고 생각했기 때문입니다. 하지만 아니었습니다. 그들에게 위험한 존재란 여성들, 그리고 아이들, 무엇보다도 여자아이들이었습니다. 그 아이들을 통해 저주받은 종족인 유대인이 퍼져 나가고, 그 아이들을 통해 미래에 엄청난 복수가 다가올 테니까요. 그들은 이러한 생각을 일관되게 지켜 나갔고, 그 결과 지금 제가 살아 있는, 어리석게도 살아 있는 겁니다. 아우슈비츠는 죽음의 냄새밖에 느껴지지 않는 박물관으로 바뀌었습니다. 지금까지 목숨이 붙어 있고, 이 모든 것을 당신에게 털어놓을 수 있게 된 것은 어쩌면 제가 아멜리아의 생일에 겁쟁이였기 때문일지도 모릅니다. 아니면 비가 쏟아지던 그 토요일, 막사에서 곰팡이 핀 빵 한 조각을 빌뉴스에서 도착한 유대인들한테서 훔쳤기 때문일지도 모릅니다. 아니면 수용소 감시대원이 한 수 가르쳐 주겠다며 총을 발사하기 시작했을 때 제가 몰래 도망쳤기 때문일지도 모릅니다. 저를 겨냥한 총알은 이제 그 이름은 영원히 알 수 없지만 헝가리 고지대 근처 우크라이나의 한 마을에서 왔다던 젊은 청년을 죽이고 말았습니다. 청년의 머리는 석탄처럼 검은색, 우리 아멜리아의 머리보다 더 짙은 검은색이었어요. 불쌍한 것. 아니면…… 모르겠습니다. 용서해 주십시오, 형제들이여, 용서해 다오, 내 딸들아, 율리아, 트루데, 아멜리아, 그리고 당신, 베르타, 또 당신, 장모님, 내가 살아 있는 것을 용서해요.

그는 이야기를 멈추었으나 여전히 멍한 표정으로 고개를 돌리지 않고 계속 정면을 바라보았다. 그 같은 고통은 누구의 눈을 바라보면서 표현될 수 없는 것이었기 때문이다. 그는 간신히 침을 삼켰다. 하지만 나는 의자에 단단히 매여 그 긴 시간 이야기를 풀어낸 그에게 물 한잔이 필요할 거라는 생각조차 하지 못했다. 그는 그렇지 않은 듯 사연을 이어 나갔다. 그래서 저는 고개를 숙인 채 삶을 살아왔습니다, 제 비굴함을 탓하며 저의 악을 어떻게라도 바로잡아 보려고 했죠. 기억이 저를 찾지 못하는 곳으로 숨는 방법까지 생각해 보았습니다. 일종의 피난처가 필요했던 것이지요. 어쩌면 실수였을지도 모르겠습니다만 안식처가 필요했고, 제가 믿지 않았던 신에게 한 걸음 다가가고자 했습니다. 무고한 사람들을 구하기 위해 꿈쩍도 하지 않았던 신에게 말입니다. 이해하실지 모르겠는데 사람이 자포자기하는 심정이 되면 이상한 일들을 벌이곤 하더군요. 저는 카르투지오 수도회에 들어가기로 마음먹었는데 제 생각이 바람직하지 않다고 얘기해 주더군요. 저는 종교를 믿어 본 적이 없습니다. 기독교 세례를 받았지만 우리 집안에서 종교란 사회적 관습 그 이상도 그 이하도 아니었고, 부모님의 이러한 종교적 무관심을 고스란히 물려받았지요.

저는 사랑하는 베르타와 결혼했습니다. 용감한 아내는 유대인이었으나 종교와 거리가 먼 집안 출신이었어요. 그녀는 사랑을 위해 망설임 없이 이교도와 결혼했지요. 아내로 인해 저는 마음속 깊은 곳까지 유대인이 되었어요. 카르투지오에서 거절당한 이후 저는 다른 두 곳에서는 거짓말을 하며 제 고통의 이유에 대해 암시하지 않았습니다. 전혀 드러내지 않았다고 할 수 있죠. 서로 다른 곳에서 저는 무엇을 말하고 무엇을 말하지 말아야 하는지 알게 되었고, 그렇게 아헬의 성 베네딕트 수도원의 문을 두드렸을 때 아무도 저의 뒤늦은 소명을 거부하지 않으리라는 사실을 이미 알고 있었습니다. 저는 간청했습니다. 복종이 다른 것을 의미하지 않는다면 수도원의 가장 허드렛일을 하면서 이곳에서 살 수 있도록 해 주십시오. 그제야 저는 다시 조금씩 신에게 말을 걸기 시작했고, 소들이 제 말에 귀를 기울이도록 하는 방법을 알게 되었습니다. 그때 전화벨이 울린지 한참 되었다는 사실을 알아차렸지만 나는 별로 받고 싶은 마음이 들지 않았다. 그래도 이 년 만에 처음으로 내가 놀라지 않은 벨 소리였다. 이제 그렇게 낯설지 않은 한때 로베르트 형제였던 마티아스라는 낯선 손님은 전화기를 보고 나를 살폈다. 전화를 받을 생각이 전혀 없어 보이자 그는 말을 이었다.

"이게 다입니다." 새로운 이야기를 이어 나가기 위해 그가 말했다. 하지만 어쩌면 이미 모든 사연을 말해 버린 것 같았다. 거리의 상인들이 땀나는 하루를 보내고 가판대를 챙기듯 그가 때 묻은 헝겊을 접기 시작했기 때문이다. 오감을 모두 이용하며 아주 조심스럽게 그 일을 했다. 접은 헝겊을 앞에 두고 더 이상 설명이 필요 없는 듯 이게 다입니다(네덜란드어)라고 되풀이해 말했다. 그러자 아드리아는 긴 침묵을 깨고 왜 자기를 찾아와 이 이야기를 하는지 물었다. 그리고 덧붙였다. 저와 무슨 관련이 있습니까?

둘 중 누구도 어느 순간 전화가 헛되이 울리는 데 지쳐 끊어졌다는 사실을 알아채지 못했다. 발렌시아가의 복잡한 교통 체증만이 소음으로 전해졌다. 마치 바르셀로나 에이샴플레 구역의 교통 소음에 굉장히 관심이 있는 듯 둘은 아무 말이 없었다. 내가 눈을 바라보자 노인은 시선을 피하지 않고 말했다. 이러한 일을 겪고 난 후 고백하건대 신이 어디에 존재하는지 모르겠습니다.

"네, 저는……."

"수년 동안 수도원 생활을 할 때 그분은 내 삶의 일부였습니다."

"그곳의 경험이 도움이 되었나요?"

"별로요. 하지만 그들은 고통이란 신의 작품이 아니라 인간이 가진 자유로움의 결과라고 가르치고자 했습니다."

그리고 다시 나를 보며 계속 말했다. 어떤 단체 회의에 참석한 것처럼 목소리가 약간 격앙되어 있었다. 지진은? 홍수는? 왜 신은 인간이 악을 저지르는 것을 막지 않습니까? 네?

그는 헝겊 위에 두 손을 올리며 말했다.

“수도사로서 농부의 일을 할 때 소들과 많이 이야기를 나누었습니다. 언제나 신에게 책임이 있다는 절망적인 결론에 이르게 되더군요. 악이 악의 의지로만 존재한다는 것은 말이 안 되니까요. 그것은 정말 뻔한 이야기일 뿐입니다. 신은 우리에게 악을 끝장낼 수 있도록 허락하기도 하지요. 벌레가 죽어서야 그 독도 사라진다, 신이 말씀하셨지요. 하지만 틀렸습니다. 벌레 없이도 그 독은 수 세기 동안 우리 내부에서 그 생명을 유지합니다.”

그는 서재에 들어올 때 자신을 사로잡았던 책에는 눈길도 주지 않고 좌우를 두리번거렸다. 그리고 말을 계속했다.

“전지전능한 신이 악을 허용한다면 신이란 나쁜 취향의 결과물이라는 결론에 이르렀습니다. 제 마음은 피폐해져 문드러져 버렸고요.”

“이해합니다. 저도 신을 믿지 않습니다. 책임을 져야 하는 자들은 항상 이름과 성씨가 있지요. 프랑코, 히틀러, 토르케마다,[24] 아말리크,[25] 이디 아민,[26] 폴 포트,[27] 아드리아 아르데볼 등 수없이 많습니다. 하지만 언제나 이름과 성씨가 있습니다.”

---

24) 토마스 데 토르케마다(Tomas de Torquemada, 1420~1498). 스페인의 초대 종교 재판장. 판결의 엄혹함과 처벌의 잔인함으로 이름이 알려졌다.

25) 아르나우 아말리크(Arnau Amalric, 1160~1225). 시토회 주교로 1209년 이후 20여 년간 이어진 알비 십자군 원정을 주도했다. 현재 프랑스 랑그도크 일대의 카타르인들이 따르던 카타리파를 이단으로 규정하여 최소 50

"꼭 그렇지도 않습니다. 악의 도구가 이름과 성씨를 가졌을 뿐이고 악, 그러니까 악의 핵심은……. 저는 아직도 잘 모르겠습니다."

"악마를 믿는 건 아니시겠지요"

그는 몇 초간 나를 말없이 바라보았다. 내 말의 무게를 가늠하는 표정이었다. 나는 자랑스러운 기분마저 들었다. 하지만 아니었다. 그의 생각은 딴 데 가 있었다. 논리적인 사색은 분명히 그의 전문 분야가 아니었다.

"흑갈색 머리의 트루우, 흑옥처럼 새까만 머리색을 가진 아멜리아, 해처럼 반짝이는 금발을 한 막내 율리아. 기침을 멈추지 않던 장모님. 오십사 년 이 개월 전 죽었다고 믿어야 했던 나의 요새, 나의 아내 베르타. 아직도 살아 있다는 사실에 대한 죄책감을 떨칠 수가 없습니다. 매일 그들을 구하지 못했다는 생각으로 잠을 깹니다. 낮이나 밤이나……. 여든다섯이 된 지금 저는 아직도 죽는 방법을 몰라서 계속 똑같은 고통을 안

만 명, 최대 100만여 명을 학살했다.

26) Idi Amin(1925~2003). 1971년 우간다의 오보테 정권을 무너뜨리는 쿠데타를 일으켜 정권을 장악한 독재자. 집권 후 반유대주의를 자처하며 나치 정권을 미화하면서 유대인들을 추방했고 반대파를 무참히 학살했다. 그 잔혹함에 검은 히틀러라 불리기도 한다.

27) Pol Pot(1925~1998). 프랑스령 인도차이나에서 태어나 공산주의에 입문하고 베트남의 반미 투쟁을 통해 성장한 크메르 루주 창설에 관여했다. 훗날 크메르 루주를 등에 업고 반외세 및 반자본주의를 내세우며 민주 캄푸치아(현재 캄보디아의 전신)를 건설한다. 집권 기간인 1975~1979년 동남아시아 최대 규모의 학살 킬링필드를 저질렀고, 이로 인해 최소 100만 명 이상이 목숨을 잃었다.

고 살아가고 있습니다. 그래서 용서를 믿지 않는 저는 복수를 시도해 보았지요."

"뭐라고요?"

"……그리고 복수란 절대 완전해질 수 없다는 것을 알게 되었습니다. 재수가 없어 걸려든 얼간이들에게는 복수하겠지만 처벌받지 않은 자들을 생각하면 언제나 불만족스러울 수밖에 없다는 것이지요."

"이해합니다."

"당신은 몰라요." 그가 무뚝뚝하게 불쑥 끼어들었다. "복수란 더 심한 고통을 부르고 아무런 만족을 주지 못하거든요. 제가 용서하지 못하는 그릇이라면 어떻게 복수로 기쁨을 얻겠습니까? 네?"

그가 조용해졌고, 나는 그의 침묵을 방해하지 않았다. 나는 누구에게 복수한 적이 있던가? 분명히 있었을 것이다. 일상의 수많은 악들 속에서 분명히 있었을 것이다. 나는 그의 눈을 바라보며 말했다.

"당신 이야기 속 어디쯤 제가 등장합니까?"

나는 다소 혼란스러운 마음으로 물었다. 극심한 고통으로 가득한 그의 삶에서 내가 어떠한 역할을 하고 싶었는지, 아니면 내가 이미 두려워하고 있는 그 부분으로 넘어가고 싶었던 것인지 알 수 없었다.

"이제 당신이 무대에 등장할 차례입니다." 그는 미소를 반쯤 숨기며 대답했다.

"무엇을 원하십니까?"

"베르타의 바이올린을 찾으러 왔소."

기억에 길이 남을 리사이틀이 끝나고 관중의 열렬한 환호처럼 전화벨이 울리기 시작했다.

베르나트는 컴퓨터 전원을 연결하고 스위치를 켰다. 모니터에 불이 들어오기를 기다리는 동안 나는 전날 있었던 일에 대해 이야기해 주었다. 내 이야기를 들을수록 그는 놀라서 입이 떡 벌어졌다.

"뭐라고?" 믿지 못하겠다는 듯 그가 말했다.

"말 그대로야." 내가 대답했다.

"너…… 너…… 이 사람이 완전히 정신이 나갔네!"

마우스와 키보드를 연결했다. 그는 화가 난 듯 책상을 두드리더니 거실을 이리저리 걸어 다니기 시작했다. 그리고 악기를 보관하는 진열장으로 가서 꽤 과격하게 그것을 열었다. 마치 방금 들은 것을 확인이라도 하려는 모양새였다. 그는 쾅 하고 문을 닫았다.

"유리를 깨지 않도록 조심해." 그에게 주의를 주었다.

"유리는 무슨 빌어먹을. 꺼져 버려, 젠장, 왜 나한테 말하지 않은 거야, 망할?"

"나를 말렸을 테니까."

"당연하지! 그런데 어떻게……."

"남자가 자리에서 일어나더니 진열장으로 가서 그것을 열고 스토리오니를 꺼냈어. 아주 간단한 일이지."

그가 악기를 어루만졌고 아드리아는 호기심과 약간의 의심이 깃든 눈빛으로 지켜보았다. 남자는 바이올린을 끌어안으며 눈물을 터뜨렸다. 아드리아는 그를 그냥 두었다. 남자는 캐비닛에서 활을 꺼내 그것을 조이더니 나를 바라보며 허락을 구하면서 연주를 시작했다. "훌륭한 소리는 아니었어. 아니 실은 최악이었어."

"저는 바이올린 연주자가 아닙니다. 그녀가 바이올린 연주자였죠. 저는 취미에 열심이었을 뿐이고요."

"베르타요?"

"정말 좋은 여자였지요."

"네, 하지만……."

"그녀는 안트베르펜 필하모닉의 제1바이올린이었습니다."

그는 유대인의 멜로디를 연주하기 시작했다. 나도 들어 본 적이 있었지만 정확히 어디인지는 기억이 나지 않았다. 그런데 연주 실력이 워낙 형편없어서 그는 결국 허밍으로 곡을 마무리하고 말았다. 소름이 돋더라고.

"나는 너 때문에 소름이 돋을 지경이야. 그 바이올린을 줘 버리다니, 제기랄!"

"정의를 집행한 것이지."

"그는 사기꾼이었다고, 멍청한 자식! 모르겠어? 젠장, 신이시여. 우리의 비알은 영원히 사라져 버렸습니다. 그렇게 수년 동안……. 네 아버지가 뭐라고 하겠어? 응?"

"바보같이 굴지 마. 너는 그걸로 연주하고 싶어 하지 않았잖아."

"하지만 정말 죽도록 연주해 보고 싶었다고, 망할! '아니.'

라는 말을 해석할 줄 몰라? 네가 나한테 이걸 쓰도록 해, 순회 공연에 가져가 했을 때 나 베르나트가 소심하게 미소 지으며 악기를 진열장에 넣고 고개를 저으면서 아니 그럴 수 없어, 그럴 수 없어, 너무 부담스럽다고? 그랬잖아. 아니야?"

"그 말은 '아니'라는 거잖아."

"'아니'가 아니잖아, 망할. 그건 정말 너무나도 가져가고 싶다는 거잖아!" 베르나트의 눈은 나를 뚫어 버릴 것만 같았다. "그게 그렇게 이해하기 어려워?"

아드리아는 몇 분간 말이 없었다. 한꺼번에 너무 많은 인생철학을 소화하느라 어려움을 겪고 있는 듯했다.

"잘 들어 봐, 이 자식아. 너는 병신이야." 베르나트는 계속 말했다. "눈물 짜는 이야기 따위를 들고 온 사기꾼한테 속아 넘어가다니."

그는 컴퓨터를 가리켰다.

"그런데도 난 널 도와주러 왔다고."

"다음에 설치하자, 어때? 오늘은 우리가…… 좀……."

"망할, 이 멍청아, 문을 두드리며 운다고 바이올린을 줘 버리다니! 정말 믿을 수가 없군."

허밍을 끝냈을 때 노인은 바이올린과 활을 진열장에 집어넣고 자리에 돌아와 앉으며 수줍은 듯 내 나이가 되면 자신을 위한 연주밖에 할 수 없다라고 말했다. 모든 게 마음대로 되지 않거든요, 손가락이 말을 듣지 않고, 악기를 잘 받치기에는 팔에 힘이 없지요.

"그렇군요."

"노인으로 사는 것은 진절머리가 납니다. 나이가 드는 것은 신물이 나요."

"이해합니다."

"당신은 모릅니다. 아내와 딸 앞에서 죽기를 바랐습니다. 하지만 한낱 기운 없는 늙은이가 되었어요. 내가 삶을 움켜쥐고 놓아주지 않기라도 하듯이 말입니다."

"건강해 보이십니다."

"허튼소리 마시오. 몸은 이곳저곳 고장이 났어요. 게다가 오십 년 전에 죽었어야 할 몸입니다."

"그럼 그 멍청한 늙은이가 죽고 싶다면서 대체 왜 바이올린을 원한 거야? 뭔가 말이 맞지 않는다는 사실을 모르겠어?"

"내 결정이었어. 이미 끝난 일이라고."

"답 없는 놈. 그 한심한 멍청이가 어디 있는지 말해 봐. 그에게 가서……."

"다 끝났어. 나한테 더 이상 스토리오니는 없다고. 그리고 마음속에서는…… 내가 정의에 기여했다는 기분이 들어. 기분이 좋아. 이 년이나 지났지만 말이야."

"내 기분은 말이 아니라고. 이제 알겠어, 한심한 멍청이는 바로 너야."

그는 자리에 앉았다가 다시 일어섰다. 믿을 수가 없었다. 그가 아드리아에게 맞서며 말했다.

"뭐가 이 년이나 지났다는 거야?"

노인은 자리에 앉았다. 손이 약간 떨고 있었다. 그는 탁자에 여전히 곱게 접힌 채 놓여 있는 때 묻은 헝겊 위에 손을 얹었다.

"자살을 생각해 본 적은 없습니까?" 내 어조는 마치 의사가 환자에게 캐모마일차를 좋아하는지 묻는 것 같았다.

"베르타가 어떻게 악기를 살 수 있었는지 알고 계시나요?" 노인이 말했다.

"모릅니다".

"괜찮아, 마티아스, 내 사랑. 내 인생에서……."

"그럼, 당연하지. 항상 쓰던 바이올린으로 연주해도 괜찮고 말고. 하지만 조금 힘써 볼 가치가 있는 일이잖아. 우리 집에서 가격의 절반을 빌려줄 수 있대."

"당신 가족에게 빚을 지고 싶지는 않아."

"당신 가족이기도 해, 베르타! 왜 받아들이지 못하는……."

장모님이 끼어든 것은 그때였습니다. 편찮으시기 전이었어요. 두 번의 큰 전쟁 사이였지요. 삶은 분노와 더불어 제자리로 돌아왔고, 음악가는 음악을 할 수 있었고, 참호에서 썩지 않아도 되던 때였습니다. 베르타 알패르츠가 스토리오니를 켜 보며 아주 많은 시간을 보냈을 때였지요. 살 수 없었지만 아름답고 당당하고 깊은 소리를 내는 악기였습니다. 율스 아르칸이 터무니없는 가격을 제시했어요. 둘째 딸 트루데가 육 개월이 되던 날이었습니다. 아직 율리아는 태어나지 않았던 때군요. 저녁 시간이었는데, 우리와 함께 살게 된 이후 처음으로 그 시간에 장모님이 집을 비웠지요. 우리가 일을 마치고 왔을 때 아무도 저녁을 준비해 놓지 않은 상태였어요. 베르타와 내가 대충 요리를 하고 있을 때 장모님이 꽤 무거운 짐을 지고 집에 도착해 짙은 색의 아주 훌륭한 악기 케이스를 탁자 위에 올려놓더군요. 무거운 침묵이 흘렀습니다. 베르타가 저도 대신 해 줄 수 없는 대답을 찾느라 저를 쳐다보고 있었던 기억이 납니다.

"얘야, 열어 봐라." 장모님이 말했습니다.

베르타가 엄두를 내지 못하자 어머니가 다시 재촉했지요.

"율스 아르칸의 공방에서 오는 길이란다."

그러자 베르타는 달려가 케이스를 열었습니다. 모두 몸을 기울여 안을 들여다보자 비알이 우리에게 한 눈을 찡긋했어요. 장모님은 우리 집에서 편히 지내고 계시던 터라 당신이 모아 둔 돈으로 딸을 기쁘게 해 주기로 마음먹은 거였습니다. 불쌍한 베르타는 감격하여 몇 시간 동안 말을 잃은 채 무엇을 만지지도 악기를 잡지도 못했어요. 스스로가 그럴 만한 자격이 없는 것처럼 말이에요. 아직 어렸던 큰딸 아멜리아, 머리가 아주 검었던 그 아이가 엄마, 얼른요, 어떤 소리가 나는지 들어보고 싶어요라고 말할 때까지 베르타는 그렇게 있었습니다. 나의 베르타, 얼마나 고운 소리를 냈었는지……. 정말 아름다웠습니다……. 장모님이 모은 돈 전부가 거기에 들어갔어요. 전 재산이 말이에요. 그리고 우리에게 절대 말해 주지 않은 비밀이 있었습니다. 제 생각에는 당신이 갖고 있던 쇼텐의 아파트를 팔았던 것 같아요.

남자는 조용해지며 책으로 가득한 벽 너머를 초점 없이 바라보았다. 그리고 이야기의 결말처럼 말했다. 당신을 찾기까지, 베르타의 바이올린을 찾기까지 수년이 걸렸습니다, 아르데폴 씨.

"전혀 신빙성이 없잖아, 아드리아, 이런. 어떤 이야기든 지어낼 수 있다고, 모르겠어?"

"저를 어떻게 찾으셨습니까?" 아드리아가 궁금한 생각이 들어 물었다.

"인내와 도움의 힘으로요……. 탐정들은 당신 아버지가 가는 곳마다 많은 흔적을 남겨 놓았다고 자신 있게 말하더군요. 지나간 곳마다 많은 풍파가 있었던 모양입니다."

"아주 오래전 일입니다."

"저는 오랫동안 울며 지냈습니다. 몇몇 일들에 대해서는 지금까지 준비가 되어 있지 않았어요. 베르타의 바이올린을 되찾는 것도 그중 하나입니다. 그래서 당신을 만나러 오기까지 수년이 걸리고 말았군요."

"몇 년 전 이익을 노리던 몇몇 사람들이 당신에 대해 얘기했던 것 같습니다."

"제가 원하던 바는 아니었습니다. 제가 원한 것은 그저 바이올린의 소재를 알아보는 것이었어요."

"바이올린 판매를 중개하려 하더군요." 아드리아가 계속 말했다.

"오, 중개인들이란. 그런 사람들과 좋지 않은 경험이 많았어요." 그는 아드리아의 눈을 뚫어져라 바라보았다. "한 번도 그것을 사고파는 것에 대해 생각해 본 적 없습니다."

아드리아는 꼼짝도 않고 그를 바라보았다. 노인은 마치 그들 사이의 어떤 중개인이라도 지워 버리듯 그에게 다가왔다.

"저는 물건을 사러 온 게 아닙니다. 돌려받기 위해 왔지요."

"너를 속인 거야, 아드리아. 어떤 사기꾼한테 네가 당한 거라고. 똑똑한 너 같은 놈이 말이야……."

아드리아가 아무런 대답을 하지 않자 남자는 계속 말했다.

"바이올린이 어디에 있는지 알았을 때 우선 당신을 만나 보고 싶었습니다. 인생을 이만큼 살고 보니 급할 건 없더군요."

"왜 이런 방식을 택하셨습니까?"

"당신의 행동에 대해 책임을 물어야 할지 말아야 할지 고민했기 때문입니다."

"모든 일에 책임을 느낀다고 말씀드리고 싶습니다."

"그래서 만나러 오기 전 당신에 대한 조사를 좀 했습니다."

"무슨 말씀이십니까?"

"『미적 의지』, 그리고 다른 책, 두꺼운 책을 읽었지요. 지성…… 지성사……."

그는 낡은 기억을 되살리기 위해 손가락을 튕겼다.

"……『유럽 지성사』." 아드리아는 자부심을 아주 깊이 감추며 말했다.

"맞습니다. 지금은 제목이 기억나지 않지만 글 몇 편을 모은 책도 있었죠……. 최근 몇 달간 거의 광적으로 그 책들을 읽었습니다. 하지만 그에 대해 물어보지는 마세요……."

그는 머리가 예전처럼 총명하지 않다는 듯 이마를 만졌다.

"왜죠?"

"잘 모르겠습니다. 아마도 결국 당신을 존경하게 되었기 때문이 아닐까요. 그리고 탐정들이 말한 바에 따르면 당신은 이

일과 상관이 없기 때문에…….”

나는 그의 말을 반박하고 싶지 않았다. 나는 이 일과 상관이 없기 때문에…… 하지만 아버지와 많은 관련이 있었다. 어쩌면 지금 그에 대해 말하는 것은 미학적으로 어울리지 않는다고 생각했다. 그래서 입을 다물었다. 나는 그저 다시 물었을 뿐이다. 왜 저를 조사하고 싶으셨나요, 알패르츠 씨.

“제가 가진 거라고는 시간뿐입니다. 그리고 악을 바로잡는 과정에서 저는 실수를 하고 말았습니다. 첫째, 제가 숨으면 경악스러운 일들이 사라지리라 믿은 것이었습니다. 그리고 가장 최악은 통찰이 부족해 또 다른 참상을 불러일으키고 만 것이었습니다.”

우리는 오랜 시간을 쉬지 않고 이야기했는데 나는 그에게 물 한잔을 권할 생각도 하지 못했다. 당혹스럽고 혼란하기 짝이 없는 사연에서 비롯된 그처럼 깊은 아픔이 오히려 그 상처를 더욱 깊고 지독하게 만든다는 생각이 들었다.

마티아스 알패르츠는 점심시간이 지난 오후 두세 시쯤 방문했다. 우리는 저녁 9시까지 서재를 떠나지 않았다. 화장실에 간 몇 번을 제외하면 말이다. 이제 거리의 어둠과 그곳을 지나는 차의 전조등 불빛이 창문에 어른거렸다. 그제야 우리는 서로를 바라보았고, 나는 정신을 잃기 직전에 이르렀음을 문득 깨달았다.

시간을 고려해 협의는 빠르게 이루어졌다. 부드러운 껍질콩, 감자, 양파를 한데 삶고 오믈렛을 만들기로 했다. 내가 요리를 준비하는 동안 그가 화장실을 또 쓸 수 있는지 물어 나는 집주인으로서 세심한 배려를 하지 못해 미안하다고 말했다. 마티아스 알패르츠는 괜찮다는 손짓을 하며 화장실로 급히 달려갔다. 압력솥이 경고를 발산하는 사이 나는 서재로 돌아와 바이올린을 탁자 위에 올려놓았다. 그것을 유심히 살펴보았다. 당신이 둔 곳에 그대로 있던 그 역사적인 장비로 열두어 장의 사진을 찍었다. 앞판, 모퉁이, 옆면, 스크롤, 줄감개, 지판, 그리고 꾸밈테의 몇몇 세부 모양들을 찍었다. 사진을 절반쯤 찍었을 무렵 마티아스 알패르츠가 화장실에서 돌아와 나를 조용히 바라보았다.

"괜찮으십니까?" 나는 에프 홀을 통해 라우렌티우스 스토리오니 크레모넨시스 메 페킷 1764의 사진을 찍느라 그를 바라보지 않고 말했다.

"이 나이가 되면 항상 긴장하고 있어야 하죠. 특별한 건 아니지만요."

바이올린을 다시 진열장에 넣고 나는 마티아스 알패르츠의 눈을 바라보았다.

"당신 말이 진실인지 어떻게 믿죠? 당신이 마티아스 알패르츠라는 사실을 제가 어떻게 알겠습니까?"

노인은 가방에서 자신의 사진이 있는 신분증 비슷한 것을 꺼내더니 나에게 주었다.

"접니다, 보시다시피 말이죠." 그는 신분증을 다시 집어넣었다. "제가 진실을 말하고 있다는 것을 확인해 줄 증거는 없군요. 안타까울 따름입니다."

"그에 대해 확신이 필요하다는 사실을 이해하시겠지요." 사라에 대한 생각이 더욱 커진 아드리아가 말했다. 내가 이렇게 용감하게 바이올린을 돌려준 사실을 알면 당신이 얼마나 기뻐할까.

“당신한테 무엇을 더 증명해 보일 수 있을지 모르겠습니다.” 다소 놀란 듯 알패르츠는 신분증을 지갑에 감추며 말했다. “제 이름은 마티아스 알패르츠이고, 이 바이올린의 유일한 주인입니다. 안타깝게도 말입니다.”

“당신을 믿기 어렵습니다.”

“더 이상 무엇을 설명할 수 있을지 모르겠습니다. 당신도 짐작하다시피 집에는 아무런 증명서도……. 집에 돌아왔을 때 심지어 가족사진조차 찾을 수 없었습니다. 그들이 모든 것을 파괴해 버렸습니다. 제 모든 기록을 포함해서요.”

“당신을 믿지 못하겠습니다.” 나도 모르는 사이에 말이 튀어나왔다.

“지당한 말씀입니다.” 그가 말했다. “하지만 저는 이 악기를 되찾기 위해서라면 어떠한 노력도 아끼지 않을 겁니다. 이것이 저와 제 여인들의 역사를 이어 주기 때문입니다.”

“당신을 이해합니다, 정말로요. 하지만…….”

그는 기억의 우물에서 빠져나오듯 나를 바라보았다. 얼굴은 온통 고통으로 일그러져 있었다.

“당신에게 설명하고 나니 정작 저는 다시 지옥으로 돌아왔군요. 헛된 일이 아니었기를 바랍니다.”

“당신을 이해해요. 하지만 제가 가진 문서에는 악기 소유주로서 당신의 이름이 그 어디에도 없습니다.”

"없다고요?" 그는 놀라고 당황스러워하는 듯했다. 심지어 바라보는 내가 안타까울 정도였다.

한참 동안 둘은 말이 없었다. 부엌으로부터 압력솥에서 끓고 있는 야채 냄새가 전해지기 시작했다.

"아! 당연히 있을 리가요!" 그가 갑자기 말문을 열었다. "아내의 이름으로 되어 있지 않겠습니까, 그렇고말고요. 내가 무슨 생각을 한 거지!"

"부인의 이름이 무엇인지?"

"무엇이었는가 하면……." 그는 시제를 바로잡아 주었다. 스스로에게도 상처가 되는 일이었지만 말이다.

"베르타 알패르츠였지요."

"선생, 아닙니다. 그 이름도 아니에요."

우리는 말없이 있었다. 나는 심지어 이러한 종류의 자포자기적인 흥정을 시작한 것이 미안해졌다. 하지만 아드리아는 여전히 아무 말도 하지 않았다. 그때 마티아스 알패르츠가 무언가 생각났다는 듯 가벼운 탄성을 지르며 그렇지, 장모님이샀지!

"당신 장모님의 이름은 무엇입니까?"

그렇게 간단한 사실을 기억하는 것이 힘든 듯 그는 몇 초간 생각에 잠겼다. 그리고 반짝이는 눈으로 나를 보며 네트예 데 부크라고 말했다.

네트예 데 부크. 네트예 데 부크……. 아버지가 나에게 남긴 이름이었다. 오로지 양심의 가책으로 인해 절대 잊은 적이 없는 그 이름이었다. 알고 보니 네트예 데 부크는 어떤 병약한 장모였다.

"단단히 사기를 쳤군!"

"베르나트, 그만해. 나한테는 그게 결정적이었다고."

"멍청하기 짝이 없는 놈."

네트예 데 부크, 손님이 되풀이해 말했다. 바이올린이 또 한 명의 가족처럼 비르케나우에 도착했다는 사실밖에는 모릅니다. 우리를 실어 나르던 기차에서 저는 몸이 편찮은 장모님이 당신 손녀처럼 악기를 꼭 끌어안은 모습을 보았습니다. 너무 추워 생각조차 얼어 버릴 지경이었어요. 나이 든 다른 노인 옆에 앉은 그녀 쪽으로 저는 간신히 갈 수 있었습니다. 아멜리아의 작은 손이 제 바짓가랑이를 잡고는 슬픈 얼굴을 한 사람들로 가득한 열차 속 힘든 길을 따라오는 것 같았습니다.

"장모님, 그건 왜 가져오신 거예요?"

"누구도 훔쳐 가서는 안 돼. 베르타 거야."

네트예 데 부크는 강단 있는 분이었어요.

"장모님, 하지만……."

그때 장모님은 내 검은 눈을 바라보더니 마티아스, 비극의 시기가 온 것을 모르겠나? 그들은 나에게 귀중품을 챙길 시간조차 주지 않았어. 하지만 이 바이올린을 내게서 뺏어 갈 수는 없을 거야. 혹시 알아, 만일…….

그리고 다시 똑바로 앞을 바라보셨습니다. 혹시 누가 알아, 이게 우리를 먹여 살려 줄지라고 장모님은 말하려 했던 모양입니다. 저는 악기를 잡아채어 빌어먹을 열차 바닥에 던지며 아멜리아나 돌보라고는 차마 말하지 못했습니다. 아이가 여전히 바짓가랑이에 매달려 저를 놓아주지 않았기 때문입니다. 저는 트루우를 목말을 태운 상태였고, 율리아와 베르타는 다시 보지 못했습니다. 그들은 다른 칸에 있었으니까요. 어떻게 제가 거짓말을 하겠습니까, 아르데폴 씨? 다른 열차간에서 확실한 죽음이라는 불확실성을 향해 달려가고 있었단 말입니다. 우리는 죽음으로 향해 간다는 사실을 알고 있었습니다.

"아빠, 여기 뒤가 너무 아파."

아멜리아가 뒷덜미를 만지며 말했어요. 할 수 있는 것이라고는 트루데를 내려놓고 아멜리아의 목을 살피는 것뿐이었죠. 꽤 부어오른 목 한가운데에 베인 상처가 있었는데 그게 덧나서 곪기 시작한 거였습니다. 그저 사랑을 담은 무기력한 입맞춤을 해 줄 수밖에 없었어요. 불쌍한 것, 그 뒤로는 더 이상 보채지 않더군요. 다시 아이를 들어 올렸습니다. 얼마 있다가 트루우가 자기를 좀 봐 달라고 제 얼굴을 두 손으로 잡더니 아빠, 배고파, 언제 도착해 하고 묻더군요. 그래서 작은 아멜리아에게 큰 언니인 네가 나를 좀 도와주렴 그러자 아이는 응, 아빠라고 했습니다. 저는 트루우를 힘겹게 내려놓고 아이의 언니에게 냅킨을 달래서는 덥수룩한 수염의 어떤 말없는 남자에게 얻은 칼로 그것을 조심스럽게 둘로 잘라 제 딸들에게 하나씩 나누어 주었지요. 가엾은 트루데는 더는 배가 고프다고 하지 않았고, 아멜리아와 트루우가 함께 제 다리에 기대어 조용히 그 기적과도 같은 천 조각을 만지작거리고 있었습니다.

가장 잔인했던 것은 손을 잡고서 우리 아이들을 죽음으로 데려가는 중이라는 사실을 알고 있었다는 거예요. 내 딸들의 죽음에 저는 공모자였던 셈이지요. 열차 안 공기가 너무나 차가워 숨을 쉬기가 어려워지자 아이들은 제 목과 다리를 꼭 붙들었고, 아무도 서로의 눈을 바라보지 않았습니다. 모두 같은 생각에 잠겨 있었으니까요. 오직 아멜리아와 작은 트루데만이 그들을 위한 체크무늬 천 조각을 가지고 있었지요. 마티아스 알패르츠는 다시 탁자 쪽으로 가서 고이 접힌 때 묻은 헝겊 위에 손을 올렸다. 이것이 큰딸 아멜리아의 생일날 제게 남겨진 전부입니다. 그들은 일곱 살이 되던 날 아이를 죽여 버렸어요. 트루우는 다섯 살, 율리아는 두 살, 베르타는 서른두 살, 그리고 몸이 편찮으셨던 장모님 네트예는 예순이 넘었을 때였습니다…….

그는 헝겊을 들어 열심히 바라보며 두 쪽의 헝겊을 어떻게 되찾게 되었는지 여전히 기적 같은 일이라고 말했다. 그는 신부가 제단 위 성체포를 다루듯 그것을 다시 탁자에 내려놓았다.

"알패르츠 씨." 나는 목소리를 조금 높이며 말했다.

내가 말을 끊은 데 놀라며 노인은 나를 바라보았다. 몇 초간 그는 자신이 어디에 있는지 모르는 것 같았다.

"일단 무얼 좀 먹는 것이 좋겠습니다."

특별한 목적 없이 방문한 것처럼 그들은 부엌에서 식사를 했다. 슬픔에도 불구하고 배가 고팠는지 알패르츠는 잘 먹었다. 그는 올리브유 병을 신기한 듯이 바라보았다. 어떻게 사용하는지 시범을 보여 주니 그는 채소 위에 올리브유를 듬뿍 뿌렸다. 분위기가 좋았던 터라 나는 당신이 죽은 이후 오랫동안 사용하지 않았던 와인 디캔터를 꺼냈어. 깨질까 봐 멀리 치워 됐거든. 당신한테는 한 번도 이야기하지 않은 것 같네. 나는 와인을 조금 따르고 그에게 어떻게 사용하는지 보여 줬어. 아마 처음이자 마지막으로 마티아스 알패르츠가 크게 웃었던 것 같아. 그는 그냥 디캔터의 긴 주둥이에 대고 와인을 들이켜다 옷을 버리고 말았지만 여전히 웃으며 갑자기 고맙습니다, 아르데폴 씨(네덜란드어)라고 말했어. 아마 갑자기 터져 나온 웃음에 감사 인사를 하려던 것 같아. 나는 그 이유를 물어보고 싶지 않았어.

마티아스 알패르츠가 나에게 설명한 모든 것을 정말로 겪었는지 영원히 알 길은 없어. 나는 이미 그 사실을 마음속 깊은 곳에서 알고 있었어. 진실을 온전히 알 방법은 없다는 걸 말이야. 어쨌든 나는 당신을 생각하며, 당신이 바랐을 나의 행동을 생각하며 그 이야기에 항복했지.

"너는 집안의 가보를 줘 버린 거야, 이 친구야. 아직 친구라고 부를 수 있다면 말이지."

"바이올린은 내 거라고. 그런데 네가 왜 그렇게 신경을 쓰는 거야?"

왜냐하면 네가 나보다 먼저 죽으면 나한테 바이올린을 남길 거라고 생각했거든.

"왜냐하면 그 남자의 이야기가 진실인지 확실하지 않기 때문이야. 그리고 우리가 더 이상 친구가 아니더라도 컴퓨터를 어떻게 쓰는지는 가르쳐 줄게."

"그가 말하기를 울림구멍으로 악기를 보면 아르데폴 씨, 라우렌티우스 스토리오니 크리모넨시스 메 페킷 1764라고 쓰인

게 보일 겁니다. 그리고 그 옆에 작은 별 같은 두 개의 표식이 있을 거예요. 크레모넨시스 아래에는 '모넨'에 두꺼웠다 얇았다 굵기가 일정하지 않은 선이 그어져 있을 겁니다. 제 기억이 맞다면 말이지요. 벌써 오십 년이나 지났으니까요."

아드리아는 바이올린을 들어 자세히 살펴보았다. 한 번도 유심히 본 적이 없었는데 정말 그가 말한 그대로였다. 그는 마티아스를 보며 입을 열었다 다물더니 바이올린을 탁자에 올려놓았다.

"그래, 정말 그랬어." 베르나트가 확인해 주었다. 그런데 나도 그걸 알고 있었지만 안타깝게도 내가 바이올린 주인은 아니었잖아.

아드리아는 바이올린을 다시 탁자에 올려놓았다. 이제 결정을 내려야 할 시간이었다. 사실 마음 깊은 곳에서 나는 이미 답을 알고 있었다. 하지만 우리는 작별 인사를 하기까지 얼마간의 시간을 더 보냈다. 아무리 지워도 지워지지 않던 짙은 얼룩이 묻은 최초의 바이올린 케이스를 그에게 주었다.

"바보 천치가 따로 없군."

"극심한 고통 때문에 마티아스 알패르츠의 시간은 자신이 모든 것을 잃은 그날 멈춘 것 같아. 그 고통에 나는 손발을 들고 말았어."

"너는 그의 이야기에 손발을 든 거야. 아니 그의 소설이지."

"어쩌면 그럴지도. 그래서?"

남자는 부드럽게 손가락 끝으로 바이올린 케이스를 쓰다듬었다. 손이 떨리기 시작했다. 그는 당황하여 손을 감추며 나에게 돌아섰다.

“고통은 그것을 겪는 자가 무방비 상태에 놓였을 때 더욱 극심해집니다. 용감한 행동으로 맞섰다면 모든 것을 막을 수 있었다는 확신은 제가 살아 있을 때도 제가 죽어서도 저를 고통스럽게 합니다. 왜 저는 소리를 지르지 않았을까요. 왜 작은 아멜리아의 머리를 총대로 내려친 군인의 목을 조르지 않았을까요. 왜 고함을 치지 않았을까요. 왜 기차를 멈추지 않았을까요. 왜 너는 왼쪽, 너는 오른쪽, 너, 내 말 들리나? 외치며 명령하던 친위대원들을 죽이지 않았을까요?”

“내 딸들은 어디 있습니까!”

“뭐라고?”

“내 딸들이 어디 있냐고요. 그들이 내 손에서 아이들을 채어 갔단 말입니다!”

팔을 벌리고 눈을 크게 뜨고서 마티아스는 장교를 부르는 군인 앞에 섰다.

“그런 말 해 봐야 소용없다. 자, 어서. 움직여!”

“안 돼요! 흑옥 같은 머리의 아멜리아, 숲의 나무와 같은 갈색 머리의 트루우는 나와 함께 있었습니다.”

“움직이라고 했다. 자세를 펴고, 나를 성가시게 굴지 마.”

“내 딸들 말입니다! 금발의 곱슬머리인 율리아! 아주 작고 똑똑한 아이예요. 다른 칸에 타고 있었다고요, 내 말 알아들었습니까?”

그의 고집에 신물이 난 군인은 개머리판으로 이마를 내리쳤다. 반쯤 정신을 잃고 넘어지며 냅킨 중 하나를 바닥에서 발견했다. 그는 그것이 자신의 딸이라도 되는 양 꼭 쥐었다.

"아시겠습니까?" 그는 몇 가닥 남지 않은 머리카락을 넘기며 아드리아 쪽으로 몸을 숙였다. 머리에 이상한 모양의 무언가가 있었다. 여전히 가깝게 느껴지는 그 고통에서 비롯된 지난 상처의 일종이었다.

"줄을 서든가 아니면 네 해골을 박살 내 주지."

장교인 부덴 박사는 안전핀이 잠긴 권총에 손을 올리며 차분한 목소리로 말했다. 평소보다 늦어져 그는 조금 걱정이 되기 시작했다. 무엇보다도 보이트 박사와 나눈 이야기가 거슬렸다. 그는 이것저것에 관한 결과를 요구하며 젠장, 만들어 내기라도 하란 말이야, 그게 뭐가 어렵다고 그래. 결과 보고서를 가져오란 말이지. 얼굴이 거의 챙에 가려져 마티아스 알패르츠는 그 괴물의 눈을 보지 못했다. 그는 어디로 향하는지 알 수 없었지만 명령에 복종하며 오른쪽 줄에 섰고, 결국 가스실이 아니라 제국의 최대 영광을 위해 무보수 노동을 위한 소독실로 가게 되었다. 그리고 부덴은 피리 부는 사나이처럼 자기 입맛대로 어린 소년과 소녀를 고를 수 있었다. 몇 미터 앞에서 보이트는 마티아스의 병든 장모 네트예 데 부크의 머리를 총탄으로 날려 버렸다. 그는 장교의 협박에 고개를 숙였던 그때부터 자신이 저항하지 않아 딸들과 베르타, 병약한 장모가 죽었다고 생각해 왔노라 했다. 베르타와 율리아는 기차에 탄 이후 다시는 보지 못했습니다. 가엾은 베르타. 마지막으로 얼굴 한 번을 보지 못했구나. 그저 서로를 바라보는 것, 바라보는 것 말이오. 신이시여. 먼 거리에서라도 서로를 바라보는 것 말입니다. 서로 바라보는 것……. 사랑하는 내 가족, 나는 당신들을 버리고 말았어. 트루우, 아멜리아, 율리아를 공포에 떨게 만든 그 괴물들에게 나는 복수하지 못했습니다. 나를 용서해, 이런 비겁함이 용서 가능한 거라면.

"스스로를 괴롭히지 마십시오."

"저는 서른한 살이었습니다. 싸울 수 있었어요."

"그들은 당신 머리를 박살 냈을 테고, 당신 가족도 마찬가지로 죽었을 겁니다. 그래도 지금 당신 가족은 당신의 기억 속에 살아 있지 않습니까."

"말도 안 됩니다. 이것은 극악한 고통이에요. 그 어리석은 반항이 제 저항의 전부였습니다."

"말씀은 잘 알겠습니다. 머릿속에서 떠나지 않겠지요. 이게 바로 내가 알패르츠를 믿은 이유야. 그의 고통 말이지. 그가 오늘, 내일, 아니면 모레라도 죽게 될 이유지. 이것이 바로 그를 고통스럽게 만든 원인이야. 아니면 그가 피하는 바람에 그가 맞아야 할 총알이 결국 어떤 아이를 죽도록 했기 때문이거나. 혹은 동료에게 빵을 주지 않았기 때문이거나. 이 모든 것들이 큰 죄가 되어 그의 영혼을 갉아먹은 거라고."

"프리모 레비[28]처럼?"

베르나트는 그날 저녁 처음으로 나에게 욕을 퍼붓지 않았다. 내가 놀라서 입을 벌리고 바라보자 말을 이었다. 내 말은

28) Primo Michele Levi(1919~1987). 유대계 화학자이자 작가. 아우슈비츠에 수용된 후 생존 경험을 바탕으로 『이것이 인간인가』 등을 남겼다.

그는 이미 나이가 들었을 때 자살했잖아. 더 일찍 할 수도 있었을 텐데 말이지, 그가 그 참사를 빠져나왔을 때 말이야. 파울 첼란[29]도 그렇고. 한참 시간이 걸렸지.

"그들은 그 참사를 겪었기 때문이 아니라 그것에 대해 글을 썼기 때문에 자살을 선택한 거야."

"무슨 말인지 모르겠어."

"그들은 참사를 기록했고, 이제 죽을 수 있었어. 나는 그렇게 생각해. 하지만 그것을 쓴다는 것은 그것을 다시 살아 내는 거라는 사실도 깨달았지. 수년 동안 지옥을 다시 경험하는 것은 견디기 어렵지. 그들은 이미 경험했던 비극을 쓰느라 죽었던 거야. 결국 그렇게 극심한 고통과 공포는 1000쪽 혹은 2000절의 운문으로 축소되었거든. 그러한 고통을 손바닥 반 정도 되는 두께의 종이 묶음에 집어넣다니 조롱에 가깝지."

"아니면 이런 시디 한 장이라든가." 베르나트는 케이스에서 시디를 꺼내며 말했다. "인생의 모든 비극이 여기 이 안에 담겨 있어."

그제야 나는 마티아스 알패르츠가 얼룩진 천 조각을 서재의 탁자 위에 두고 떠났다는 사실을 알아차렸다. 혹은 그것을 버렸거나. 혹은 나에게 선물로 주었거나. 하지만 그것을 만져볼 엄두가 나지 않았다. 인생의 모든 비극이 담긴 더러운 천 조각, 마치 컴퓨터 디스크 같은 거였다. 아니면 아우슈비츠 이

29) Paul Celan(1920~1970). 루마니아 출신의 독일어 시인. 나치 강제 수용소에서 부모를 잃고, 이후 1948년 프랑스 시민권을 얻어 파리에 살면서 시인으로 활약하다 센강에 몸을 던졌다.

후에 쓰인 운문 선집이거나.

"그래. 저기…… 그래서 말인데, 베르나트."

"응."

"지금은 컴퓨터에 대해 생각하고 싶지 않아."

"그럴 줄 알았어. 너는 컴퓨터 화면만 보고도 기운이 쭉 빠진 거야."

베르나트는 실망한 듯 자리에 앉아 두 손으로 얼굴을 문질렀다. 나는 그것이 나만 가진 버릇이라고 생각했었다. 그때 전화가 울리기 시작했고, 아드리아는 온몸에 전율을 느꼈다.

51

“호라티우스가 말했다. 묻지 말아라, (금기된 지식이니) 나에게, 너에게/ 신이 내린 운명의 날이 언제인지, 레우코노에여,/ 바빌로니아의 숫자 점을 믿지 말아라.(라틴어)”

정적이 흘렀다. 몇몇은 창밖을 바라보고 있었다. 또 다른 몇몇은 시선을 아래로 향하고 있었다.

“그게 무슨 뜻인가요, 선생님?” 머리를 굵게 땋아 내린 여학생이 용감하게 물었다.

“라틴어 수업을 듣지 않았습니까?” 아드리아가 놀라서 물었다.

“이런…….”

“자네는?” 창밖을 바라보던 남학생에게 물었다.

“저는, 음…….”

침묵이 찾아왔다. 깜짝 놀란 아드리아 아르데볼은 전체 교실을 향해 물었다.

"라틴어 수업 들은 사람 있습니까? 미학 사상사 수강생 중에 라틴어 수업을 들은 사람 있나요?"

힘겨운 줄다리기 끝에 여학생 한 명만 라틴어 수업을 들은 것이 밝혀졌다. 머리에 초록색 리본을 두른 학생이었다. 아드리아는 마음을 가라앉히기 위해 숨을 깊이 들이마셨다.

"선생님, 그런데 그 호라티우스가 한 말이 무슨 뜻인가요?"

"「사도행전」, 「베드로 후서」, 「계시록」에 나오는 이야기를 하는 중입니다."

침묵은 더욱 깊어졌다. 상식이 좀 더 풍부한 학생이 「사도행전」과 그 기타 등등에 나오는 이야기가 무엇입니까? 하고 질문할 때까지 침묵은 계속되었다.

"「사도행전」과 그 기타 등등은 주님의 날은 한밤중의 도둑처럼 다가올 것이라 말하고 있습니다."

"주님이라니요?"

"성경을 한 번이라도 읽은 학생이 혹시 있나요?"

또다른 불길한 침묵을 견딜 수 없을 것 같았던 아드리아는 여러분, 그거 알아요? 음, 여기까지 합시다. 아, 아니군요. 금요일에는 이 토포스를 다루는 문학 작품에서 문구를 하나씩 발췌해 오세요.

"토포스가 뭡니까, 선생님?"

"그리고 금요일까지 모두 시 한 편씩을 읽어 오기 바랍니다. 그리고 연극을 보러 다녀오세요. 여러분의 후기를 들어 볼 겁니다."

어리둥절한 얼굴을 한 학생들 앞에서 눈이 휘둥그레져 일어났다. 그리고 그것이 꿈이라기보다 마지막 수업에 대한 기억이라는 사실을 알아차리자 그는 울고 싶은 심정이었다. 그때 자신이 전화 소리와 함께 악몽에서 깨어났다는 사실을 깨달았다. 망할 저 전화 소리.

서재의 책상 위에 설치된 컴퓨터에 전원이 들어왔다. 가능하다고 생각해 본 적이 없던 일이었다. 화면에서 나오는 불빛 때문에 요렌스와 아드리아의 얼굴이 창백해 보였다. 둘이 함께 그것을 유심히 관찰했다.

"어때요?"

요렌스가 마우스를 움직이자 화면의 커서가 이동하기 시작했다.

"한번 해 보세요."

아드리아는 혀를 내밀고 커서를 움직였다.

"왼손잡이세요?"

"응."

"기다려 보세요. 그쪽으로 설치해 드릴게요."

"아, 잠깐만, 패드가 모자라. 너무 작은데."

요렌스가 마음속으로 웃는 것을 아드리아는 눈치챘다.

"놀리지 말라고. 정말이야. 너무 작단 말이야."

몇 번의 연습으로 어려움을 극복하고 난 아드리아 아르데볼은 문서 파일을 만드는 신비의 세계로 돌입했다. 꽤 무한하고, 비범하고, 마술 같은 기계였다. 그리고 전화가 울리기 시작했는데 아드리아는 한쪽 귀로 흘렸다.

"음, 내가 보기에……."

"어떤 것 같으세요?"

"아주 유용해 보이기는 한데 너무 귀찮아."

"이제 이메일을 배울 차례예요."

"이런, 아니. 아니, 안 돼…… 할 일이 많다고."

"정말 간단해요. 이메일은 기본 중의 기본인걸요."

"나는 편지도 이미 쓸 줄 알고, 아래층에 우편함도 있어. 아, 그리고 전화도 있지."

"아버지 말로는 휴대폰도 싫다고 하셨다면서요." 그는 믿지 못하겠다는 듯 말이 없었다. "정말이세요?"

전화는 소용없는 울음에 지쳐 조용해졌다.

"필요가 없을 뿐이야. 집에 아주 멋진 전화기가 있는걸."

"하지만 전화가 와도 받지 않으시잖아요!"

"그래." 아드리아가 말을 끊었다. "넌 시간을 낭비하고 있는 거야. 이 물건으로 어떻게 글을 쓰는지 가르쳐 주고……. 네가 몇 살이지?"

"스무 살이요." 대화창을 가리키며 말했다. "여기 문서를 어떻게 저장하는지 나와요. 작성한 것을 잃어버리지 않도록 말이죠."

"이거 정말 무섭군……. 안 그래? 종이는 잃어버릴 염려가 없잖아."

"없다니요. 불에 탈 수도 있는데."

"네가 태어난 지 이틀 되었을 때 병원에 있던 모습을 기억한다. 그거 알아?"

"아, 정말요?"

"네 아버지는 좋아서 죽으려 했지. 정말 못 보겠더라고."

"지금도 그래요."

"아니, 내 말은……."

"아시겠어요?" 요렌스가 화면을 가리키며 말했다. "이렇게 하면 문서가 저장이 돼요."

"어떻게 하는지 못 봤네."

"이렇게요. 아시겠죠?"

"너무 빨리 했잖아."

"한번 해 보죠. 마우스를 잡아 보세요."

아드리아는 마치 그를 물기라도 하는 짐승인 듯 겁에 질려 마우스를 잡았다.

"제대로 잡아 보세요. 이렇게. 화살표를 파일이라고 쓰인 데로 가져가세요."

"왜 못 봐 주겠다는 거야?"

"누굴요?"

"네 아버지 말이다."

"으악…… 그러니까……." 마우스를 잡은 아드리아의 손을 멈춰 세우며 말했다. "아니요, 아니, 왼쪽으로."

"거기로 가려고 하지를 않는데."

"패드에 붙여서 끌어 보세요."

"젠장, 보기보다 어렵군."

"아니에요. 조금만 연습하면 돼요. 이제 클릭하세요."

"클릭이라니 무슨 말인가?"

"마우스로 클릭하세요. 이렇게요."

"이런! 어떻게 된 거지? 맙소사, 사라졌어!"

"음…… 다시 해 보죠."

"아버지를 왜 못 봐 주겠다는 거야?" 커서를 어렵게 움직이며 숨을 멈추었다. "내 말 들었어, 요렌스?"

"그러니까, 이유라면 많아요."

"네가 싫어하는데도 바이올린을 시키는구나."

"아니요, 그건 아니에요."

"아니야?"

"음, 좀 그런 편이에요, 맞아요."

"바이올린이 맘에 내키지 않는구나."

"좋아해요."

"지금 몇 년 되었니?"

"예전 교육 과정대로라면 7년차죠."

"굉장하구나."

"아버지 말씀으로는 최고 연주자 과정을 밟고 있어야 할 때래요."

"개인차가 있는 법이야."

"아버지 말로는 제가 전혀 흥미를 보이지 않는대요."

"그 말이 맞는 것 같니?"

"이런…… 아니에요. 아버지가 원하는 건…… 그냥 하던 거나 할까요?"

"베르나트가 원하는 게 뭔데?"

"제가 펄먼같이 되는 거예요."

"아니면 넌 누구지?"

"전 요렌스 플렌사예요. 아버지는 이 사실을 이해하지 못하는 것 같아요."

"어머니는?"

"어머니는 이해하세요."

"네 아버지는 좋은 분이야."

"알아요. 두 분은 아주 친한 친구잖아요."

"그럼에도 불구하고 그는 좋은 사람이야."

"좋아요, 그렇다 쳐요. 하지만 정말 포기라는 걸 몰라요."

"무엇을 공부하니? 바이올린만 하는 건가?"

"에이, 설마요! ……건축 학교에 등록했어요."

"잘됐네, 안 그래?"

"아니요."

"그런데 왜 그걸 공부하는 거야."

"건축을 공부한다고는 하지 않았어요. 학교에 등록했다고 했지."

"그럼 왜 그걸 공부하지 않니?"

"그냥 아버지의 조건이거든요." 그리고 베르나트를 흉내 내며 말했다. "나중에 어떻게든 쓸모가 있을 거야."

"네가 하고 싶은 건 뭐야, 건축 말고?"

"교사가 되고 싶어요."

"잘됐구나, 안 그래?"

"아, 그래요? 그럼 아버지한테 말씀 좀 해 주세요."

“맘에 들지 않는대?”

“아들의 직업으로는 충분치 않은 거죠. 제가 세계 최고의 바이올린 연주자, 세계 최고의 건축가, 세계 최고의 무언가가 되기를 바라니까요. 정말 지치는 일이죠.”

잠시 침묵이 이어졌다. 아드리아는 불평하지 못하는 마우스를 세게 누르고 있었다. 그는 되었다 싶었을 때 그것을 놓았다. 마음을 진정하기 위해 크게 숨을 들이쉬었다.

“왜 교사가 되고 싶다고 말하지 않니?”

“이미 한걸요.”

“그러니까 뭐래?”

“교사? 선생, 네가? 내 아들이, 선생이라?”

“그게 어때서요? 교사들에게 반감이라도 가지신 건가요?”

“아니. 내가 무슨 반감이 있겠어? 하지만 그럼 기계공이나 또 다른 뭐라도 한다고 하지 그래, 응?”

“읽고 쓰는 법을 가르치고 싶어요. 다른 것들도요. 좋은 일이잖아요.”

“나도 그렇게 생각해.” 테클라가 남편에게 대들듯 말했다.

“나는 아니야.” 심각해진 베르나트는 냅킨으로 입을 닦으며 말했다. 그는 식탁 위에 냅킨을 놓고 빈 접시를 바라보면서 말하길 교사로 사는 것은 피곤할 뿐 아니라 고생스럽기만 해, 수입도 변변치 않고라고 했다. 고개를 절레절레 흔들었다. “절대 좋은 생각이 아니야.”

“하지만 저는 좋은걸요.”

“나는 아니야.”

“이봐, 공부하는 사람은 얘라고. 당신이 아니라. 알았어?”

“좋아, 좋아……. 마음대로 해. 언제나 그러잖아…….”

“언제나 그러다니, 당신 무슨 뜻이야?” 테클라가 화가 나서 말했다. “응?”

“아니, 아무것도…… 아니야.”

“아니, 아니, 말해 봐……. 당신이 하기 싫다는 것 중에 우리 뜻대로 한 게 뭐가 있어?”

그러자 요렌스는 접시를 들고 자리에서 일어나 부엌에 가져다 둔 후 방으로 들어가 문을 닫아 버렸고, 그동안 테클라와 베르나트는 서로 도끼를 갈았다. 당신은 내가 언제나 하고 싶은 대로 한다는데 그건 사실이 아니야! 절대! 한 번도!

“하지만 건축 학교에 등록하기는 했구나.” 아드리아가 콕 집어 말했다.

“다른 얘기 하면 안 될까요?”

“맞는 말이야. 좋아, 컴퓨터로 할 수 있는 게 또 뭐가 있지?”

“문서 작성을 한번 해 보실래요?”

“아니. 오늘 하기에는…….”

“아무 문장이나 하나 적어 보세요. 그리고 중요한 문서라 생각하고 저장해 보죠.”

“좋아. 너는 좋은 선생이 될 것 같구나.”

“아버지한테 좀 말씀해 주세요.”

아드리아는 ‘요렌스 플렌사가 지금 이 모든 것들이 어떻게 작동하는지 나에게 가르쳐 주고 있다.’라고 썼다. 누가 먼저 인내심을 잃을 것인가, 이 아이? 아니면 나? 어쩌면 이 맥 컴퓨터?

"아니 이건 벌써 소설 한 편이네요! 이제 저장하는 법을 가르쳐 드릴게요, 다시 열어 볼 수 있도록 하는 거죠."

참을성 많은 베르길리우스의 안내를 받아 아드리아는 생에 처음으로 문서를 만들고, 저장하고, 폴더를 닫고, 컴퓨터의 전원을 꺼 보았다. 그러는 동안에 요렌스가 집을 나오려고요라고 말했다.

"좋아…… 그건 그러니까……."

"아버지께 말씀하지 마세요, 아셨죠?"

"그래, 안 한다. 하지만 우선 집을 구해야지."

"아파트를 셰어할 생각이에요."

"꽤 귀찮을 거야. 다른 사람들과 함께 살면 바이올린은 어떻게 하고?"

"왜요?"

"시끄럽다고 하는 수가 있잖니."

"그럼 안 들고 가죠 뭐."

"아, 여자 친구와 같이 사는 게 아니라면……."

"여자 친구가 없는걸요."

"내 말은……."

요렌스는 약간 화가 나 자리에서 일어섰다. 아드리아는 자신이 벌인 상황을 돌이켜 보려 했다.

"미안하구나…… 여자 친구가 있는지 없는지 내가 상관할 바가 아닌데 말이야."

"여자 친구가 없다고 했잖아요, 이해하시겠어요?"

"알았다니까."

"남자 친구가 있어요."

몇 초간 어색함이 이어졌다. 아드리아가 반응하기까지 너무 오랜 시간이 걸렸다.

"그렇구나. 아버지는 알고 있니?"

"그렇고말고요! 이게 큰 문제 중 하나예요. 만일 우리가 이 이야기를 나눈 사실을 아버지가 알면…… 나만 아니라 아저씨도 같이 죽일 거예요."

"걱정 마라. 너는 하던 대로 해, 정말이야."

요렌스가 제멋대로인 데다 특히 손놀림이 서툰 학생과의 첫 번째 컴퓨터 수업을 마치고 아래층으로 내려가는 동안 아드리아는 남의 자식에게 조언을 하기가 얼마나 쉬운 일인지 생각했다. 그런데도 나는 방금 요렌스와 그랬던 것처럼 그의 인생에 대해 이야기할 우리 아이가 있으면 좋겠다는 간절한 생각이 들었다. 어째서 그처럼 친한 친구인데도 요렌스에 대해 이렇게 몰랐을까? 우리는 아이에 대한 이야기를 거의 하지 않았던 것이 사실이다.

그들이 부엌에 있는 동안 전화통은 울기를 멈추지 않았다. 그는 그 소리에 신물이 난다는 듯 머리를 절레절레 흔들지 않았는데, 왜냐하면 베르나트가 자기 생각을 이야기하는 중이었기 때문이다. 벨소리를 듣지 못한 그는 발코니 문을 열었다. 거리로부터 자동차가 윙윙거리는 소리와 아이들의 고함, 발코니의 지저분한 비둘기들이 구구구구 털을 정리하는 소리가 한데 섞여 들어왔다. 그가 발코니로 나가자 베르나트가 따라 나왔다. 어두운 그림자 속에 거실에는 여전히 해 질 무렵의 성 마리아 데 제리 성당이 우뚝 서 있었다.

"이걸 뭐 하러 해! 넌 벌써 전문 음악인으로 입지를 굳힌 지 십 년이 넘었잖아."

"내 나이가 쉰셋이야. 그게 무슨 대단한 일이라고."

"OBC에서 연주하잖아."

"뭐라고?"

"OBC 단원이라고!" 그는 목소리를 높였다.

"그게 뭐 대단한 일이라도 되나."

"코마가 사람들하고 사중주도 하잖아, 제길!"

"난 제2바이올린일 뿐이야."

"왜 항상 남들과 비교하는 거야."

"무슨 말이야?"

"항상 남들과……."

"다시 들어가는 게 어때?"

아드리아는 거실로 들어왔고, 베르나트가 뒤를 따랐다. 전화는 여전히 울리고 있었다. 발코니 문을 닫자 거리의 웅성거림은 참을 만한 배경음으로 바뀌었다.

"무슨 얘기를 하고 있었지?" 계속 울리는 전화 소리에 조금 불안한 듯 베르나트가 말했다.

아드리아는 이제 베르나트에게 요렌스와의 관계를 다시 생각해 보라고 말할 때야라고 마음속으로 말했다. 요렌스도 그렇고, 네 가족이 모두 힘들어하고 있잖아, 그렇지?

“그러니까 너는 항상 다른 사람과 비교를 한다고.”

“아니야. 그런데 그렇다 한들 어쩌라는 거야?”

네 아들이 슬퍼해. 우리 아버지가 나를 대했던 것처럼 너도 똑같이 하고 있단 말이지. 그건 지옥이나 다를 바 없어.

“너는 행복이라는 게 한 톨이라도 튈까 봐 몸을 사리는 것 같아.”

“하고 싶은 말이 뭐야?”

“예를 들어 네가 이 심포지엄을 계획한다면 실패에 한 걸음 더 가까이 다가가게 되는 거야. 그리고 기분이 상하겠지. 당연히 주변 사람들도 기분이 상할 테고. 내 말은 그걸 굳이 할 필요가 없다는 거야.”

“그건 내가 결정할 문제야.”

“맘대로 해.”

“좋은 생각이 아닌 것 같다니 왜 그런 거야?”

“아무도 오지 않을 가능성이 있다는 거지.”

“나쁜 자식.” 그는 유리창 밖의 자동차 행렬을 바라보았다.

“그나저나 전화는 왜 안 받아?”

“이야기 중이잖아.” 아드리아는 거짓말을 했다.

그는 성 마리아 데 제리 쪽을 향해 시선을 옮겼지만 수도원을 보는 것은 아니었다. 흔들의자에 앉아 친구를 흘깃거리며 살폈다. 이번에는 요렌스에 대해 이야기하고야 말겠어, 그는 다짐했다.

“만일 내가 한다면 넌 올 거지?” 자기 생각에 잠겨 있던 베르나트가 말했다.

"그래."

"그리고 테클라. 요렌스. 벌써 청중이 세 명이야."

"그래. 나, 테클라, 요렌스, 이렇게 세 명. 그리고 연구자, 그럼 네 명. 그리고 너, 이렇게 다섯 명. 됐네."

"너무 그렇게 저주를 퍼붓지는 말라고."

"둘은 어떻게 지내, 테클라와 너 말이야?"

"완벽하지는 않지만 그럭저럭 지내고 있어."

"다행이네. 요렌스는 어때?"

"좋아, 잘 지내." 말을 잇기 전에 그는 다시 생각했다. "테클라와 나는 어떤 불안정한 안정적 관계라고 할 수 있어."

"그게 무슨 말이야?"

"그러니까 테클라가 이혼 생각을 내비친 지 벌써 몇 달째인지 몰라."

"이런……."

"요렌스는 툭하면 집을 빠져나갈 궁리만 하고."

"유감이군. 요렌스는 어때?"

"나는 망치지 않으려고 애쓰느라 살얼음판을 걷는 기분이야. 테클라는 인내심을 가지려고 최선을 다한다는데 당장이라도 그냥 다 떨쳐 버리고 싶은 모양새야. 이게 바로 불안정한 안정성이지."

"요렌스는 어떻게 지내?"

"잘 지내지."

둘은 말이 없었다. 겉으로 보기에 전화 소리가 불편한 사람은 베르나트뿐이었다.

이제는 요즘 요렌스가 슬퍼 보인다고 말하고 말 거야. 그러면 베르나트는 천성이 원래 그런걸. 그러면 나는 아니야, 네 잘못이 커, 베르나트, 자식의 동의 없이 네가 아이의 삶을 계획하고 있잖아. 그러면 베르나트는 퉁명스럽게 네가 끼어들 일이 아니야. 그러면 나는 끼어들어야겠어. 마음이 안됐단 말이야. 그러면 베르나트는 모음에 힘을 주며 네-가-낄-일-이-아-니-라-고. 알겠어? 그러면 나는 좋아, 하지만 아이가 슬퍼하고 있어. 교사가 되고 싶어 해. 왜 아들이 하고 싶은 걸 막아? 그러면 베르나트는 내가 우리의 스토리오니를 다시 쥐 버리기라도 한 듯 분노로 씩씩거리면서 일어나 저주를 퍼부으며 떠나서는 두 번 다시 내게 말을 걸지 않을 것이다.

"무슨 생각을 그리 골똘하게 해?" 베르나트가 궁금해하며 물었다.

"그러니까⋯⋯ 준비를 잘해야 할 거야. 최소한 스무 명 정도한테는 참석에 대한 확답을 받는 게 좋겠지. 공간은 최대 스물다섯 명 규모인 곳으로 예약하고. 그럼 행사는 대성공이야."

"아주 예리한데."

둘은 입을 다물었다. 그의 글이 마음에 들지 않는다고 말할 용기는 있었지만 요렌스에 대해서는 어떻게 말을 꺼내야 할지 몰랐다. 전화벨이 다시 침략을 시도했다. 아드리아는 일어나서 수화기를 들었다가 내려놓았다. 베르나트는 무어라고 말할 엄두를 내지 않았다. 아드리아는 다시 자리에 앉아 아무 일도 없었던 듯 대화를 이었다.

"사람이 많기를 바라면 안 돼. 바르셀로나에서는 날마다 최소한 여든 개에서 백 개 되는 문화 행사가 열린다고. 게다가 너는 작가로서보다 음악가로서 인지도가 더 높으니까."

"음악가로서는 완전히 모르는 사람이지. 나는 무대 위에서 깽깽거리는 또 하나의 바이올린일 뿐이야. 하지만 작가로서는 단편집 다섯 권의 단독 저자라고."

"모두 합쳐서 1000권도 팔리지 않았잖아."

"『플라즈마』 한 권만 거의 1000권이야."

"무슨 말인지 알잖아."

"꼭 내 편집장 같군. 언제나 용기를 북돋워 준다니까."

"사회는 누가 보는 거야?"

"카를로타 가리가."

"좋은 생각이군."

"좋다고? 굉장한 거지. 그녀만으로도 사람들을 가득 채울 수 있을 거야."

베르나트가 떠났을 때 나는 요렌스에 대해 한마디도 꺼내지 못 한 채 홀로 남겨졌다. 그러는 동안 그는 자신의 문학 작품을 위한 자살이나 마찬가지인 행사를 개최하겠다는 생각에 한껏 부풀어 있었다. 베르나트 플렌사, 한 서사의 여정. 이미 초대장이 뻔히 그려졌다. 그때 전화기가 숨어서 기다리기라도 한 듯 다시 울리기 시작했고, 언제나처럼 아드리아는 깜짝 놀랐다.

아드리아는 미학 사상사 수업 하나를 다른 무언가로 바꾸기로 마음먹었고, 그래서 그들이 우니베르시타트 광장역의 홀을 방문했을 때처럼 학생들을 다른 장소, 다른 시간에 소집했다. 혹은 그게 무엇이든 아르데볼처럼 정신 나간 놈이 생각해 낸 재미있는 활동을 했을 때처럼 말이다. 하루는 디푸타시오가의 정원에서 수업을 했는데 사람들이 오가는 와중에도 그는 아주 차분했다는 이야기도 들렸다.

"시간을 맞추기 힘든 사람?"

팔 세 개가 공중을 향했다.

"그럼 나머지는 제시간에 맞추어 다 참석하는 것으로 알겠습니다."

"거기서 뭘 합니까?"

"듣기. 그리고 참여하기지요. 여러분의 의지에 따라서요."

"하지만 무엇을 듣는다는 건가요?"

"그곳에 갔을 때 답을 알게 되는 것도 수업의 일환입니다."

"몇 시에 끝나나요?" 중간에 앉은 금발 남학생이 물었다. 두 명의 충실한 팬이 아주 적절한 질문에 불타는 눈빛으로 그를 바라보고 있었다.

"시험에 포함되나요?" 항상 혼자 떨어져서 창가에 앉는 퀘이커교도의 수염을 기른 남학생이 물었다.

"필기를 해야 합니까?" 머리를 굵게 땋은 여학생이었다.

질문이 끝난 후 언제나 그랬듯이 아드리아가 학생들에게 시를 읽고 연극을 보라고 권하며 수업은 마무리되었다.

집에 도착했을 때 요하네스 카메네크로부터 전보가 와 있었다. 강연을 부탁하네, 내일 학교에서 말일세. 끝. 내일 학교에서 끝? 카메네크가 정신이 나간 게 분명해.

"요하네스."

"이런, 드디어!"

"무슨 일입니까?"

"부탁이 있네." 카메네크의 목소리는 살짝 긴장한 듯했다.

"무슨 일이 그렇게 급해요?"

"자네가 분명히 수화기를 잘못 놓았을 거야. 아니면 고장이 났거나."

"저, 아닙니다. 그게 사실은……. 아침에 전화하시면 누군가가……."

"별일 없는 거지?"

"음. 전보를 받기 전까지는 그랬죠. 내일 강연을 하라고 보내셨던데. 잘못된 거죠?"

"아니, 아니. 급한 불을 좀 꺼 줘야겠어. 울리케 회르슈트루프가 펑크를 냈어. 부탁 좀 할게."

"저런. 어떤 내용으로 해야 하죠?"

"어떤 내용이든 좋아. 학회 일정에 참여하는 사람들이라 청중은 확실해. 순조롭게 진행되고 있었지. 그런데 일정을 코앞에 두고서……."

"회르슈트루프한테 무슨 일이 생긴 건가요?"

"열이 39도라는군. 출발도 못 했어. 저녁 전에 비행기표를 받아 볼 수 있을 거야."

"내일이라고요?"

"오후 2시야. 하겠다고 해 줘."

안 된다고 했다. 무슨 이야기를 할지 모르겠는걸요, 이런,

요하네스, 저한테 시키지 마세요 하자 그는 무슨 말을 해도 좋으니까 일단 오라고, 제발, 그래서 나는 알겠어요라고 대답해야 했다. 비행기표가 미스터리한 방법으로 집에 배달되었고, 다음 날 나는 슈투트가르트로 날아가 다시 내가 사랑하는 튀빙겐까지 갔다. 비행기 안에서 무슨 이야기를 하면 좋을지 대충 개요를 작성했다. 슈투트가르트에서는 엄격히 교육받은 파키스탄 운전사가 기다리고 있다가 수 킬로미터의 아찔한 질주로 온갖 법을 위반하고 난 끝에 나를 학교 앞까지 데려다주었다.

"이 부탁에 대한 빚을 어떻게 갚을지 모르겠군." 학과 건물 입구에서 나를 맞이하며 요하네스가 말했다.

"말씀하셨듯이 부탁입니다. 갚는 게 아니에요. 코세리우에 대해서 얘기할게요."

"안 돼! 오늘 이미 나온 주제야."

"이런."

"자네한테 말해 줬어야……. 이런, 정말로 미안하네. 아니면…… 글쎄."

요하네스는 망설이면서도 내 팔을 붙잡고 강연장으로 안내했다.

"즉흥 강연을 하는 수밖에요. 몇 분만 생각할 시간을"

"몇 분이 없다는 게 문제야." 카메네크가 팔을 놓아주지 않은 채 말했다.

"이런. 화장실에 갈 시간은 있습니까?"

"없어."

"지중해 사람들은 즉흥적으로 일을 처리하고 독일 사람들은 철저히 계획한다고 대체 누가 그런 거죠……."

"자네 말이 맞아. 하지만 울리케도 이미 대타로 강연을 약속한 처지였거든."

"젠장. 그럼 저는 벌써 3번 타자군요. 왜 강연을 취소하지 않습니까?"

"불가능해. 그런 적이 없거든. 게다가 해외에서 온 사람들도 있고……."

우리는 강연장 문 앞에 서 있었다. 미안하다는 듯 나를 끌어안더니 고맙네, 친구 하고는 안으로 이끌었다. 언어와 사상 관련 세미나에 참여한 수백 명 중 30퍼센트 정도가 울리케 회르슈트루프의 괴상한 생김새에 놀랐다. 머리는 벗어지고 배가 나왔으며 여성이라고는 전혀 믿기 어려운 모습이었다. 아드리아가 머릿속으로 텅 빈 생각을 정리하는 동안 요하네스 카메네크는 청중에게 회르슈트루프 교수의 건강에 문제가 생겼다며, 그 대신 아드리아 아르데볼 교수의 강연을 듣게 된 것은 행운이라고 말했다. 그의 강연 내용은…… 에…… 곧 알게 되실 겁니다.

그는 내 옆에 앉았다. 아마 나를 응원하는 표시였던 듯하다. 그의 몸은 매우 기운 없고 쪼그라들어 보였다, 가엾은 요하네스. 나는 머릿속 생각을 정리하기 위해 천천히, 카탈루냐어로, 다음과 같이 시작하는 포시[30]의 시를 읊기 시작했다. "자연이

30) 조제프 비센스 포시(Josep Vicenç Foix, 1893~1987). 카탈루냐의 시인.

나에게 보이기 시작한 것은 마음을 통해서라네/ 나의 욕심 많은 눈을 통해 나는 내가 유한한 존재임을 깨달았네/ 질서, 그리고 악의 양면성으로 인하여/ 시간은 하나가 되고, 나의 질서 속에서 그것은 지속된다네.” 나는 이것을 문자 그대로 옮겼다. 포시에서부터 사상, 현재의 미란 무엇이며 왜 인류는 수세기 동안 그것을 좇아 왔는지 까지에 대해 이야기했다. 아르데볼 선생은 많은 질문을 던졌지만 그 답을 알지 못했고, 그것에 대해 답하려고도 하지 않았다. 그리고 역시 악이라는 주제가 등장했다. 그리고 바다, 어둠의 바다가 나왔다. 그리고 언어와 사상이라는 학회 주제에 어울리는지에 대한 걱정 없이 지식에 대한 사랑을 이야기했다. 언어학에 대한 이야기는 거의 없었고, 죽음이라는 것으로 단절되는 생의 본질에 대해 이야기했다. 그때 섬광처럼 사라의 장례식 장면이 어리둥절하고 말없는 카메네크의 얼굴과 겹쳐 떠올랐다. 한참 후 그는 그리하여 포시의 시는 이렇게 끝이 납니다. “……그렇게 나는 수세기를 관통해 왔다/ 천천히, 어두운 바다 앞의 바위처럼.” 오십여 분의 강의는 그렇게 끝이 났다. 강연장에서 뛰어나온 그는 온종일 비가 내리는 그 어느 날보다도 길게 오줌을 누었다.

학회 조직 위원회가 감사의 뜻으로 저녁을 대접하기 전에 아드리아는 튀빙겐에서 두 가지 일을 하고 싶었다. 비행기 시간이 다음 날 아침이기 때문에 시간이 있었다. 혼자 갈게요, 부탁입니다. 정말요, 요하네스. 혼자 있고 싶습니다.

그는 베벤하우젠에 도착했다. 많이 복원되어 있었다. 관광객 투어가 이어졌지만 세속화되었다는 의미에 대해 아무도 질문하지 않았다. 멀리서 베르나트와 그의 책에 대해 생각해 보았다. 이십 년이 지났지만 변한 것이 없었다. 베벤하우젠도 베르나트도. 날이 어두워지기 시작했을 때 그는 튀빙겐의 묘지에 들어가 걷기 시작했다. 그곳을 수없이 혼자서, 베르나트와, 그리고…… 사라와 걸었다. 그는 포장된 길을 걷는 통명스럽고 투박한 자신의 발걸음 소리에 귀를 기울였다. 의도한 바는 아니었지만 프란츠 그뤼베의 텅 빈 무덤까지 다다랐다. 한쪽 끝이었다. 그 앞에는 로타르 그뤼베와 친절하게도 베르나트와 아드리아의 사진을 찍어 주었던 베벤하우젠 태생인 조카 헤르타 란다우가 여전히 흰색 장미로 그곳을 장식하고 있었다. 그의 영웅적인 아들 혹은 조카의 영혼과 같이 하얀 장미였다. 발걸음 소리를 들은 헤르타 란다우는 몸을 돌려 자신의 두려움을 숨기며 그를 바라보았다.

"로타르……." 그녀는 너무 무서운 나머지 잠긴 목소리로 말했다.

로타르 그뤼베가 고개를 돌렸다. 친위대 장교는 앞에 잠시 말없이 서서 그들의 설명을 기다렸다.

"여기 모든 무덤들을 손보는 중입니다." 로타르 그뤼베가 말했다.

"신분증." 친위대 중위 아드리안 하르트볼트 보슈[31]는 노인과 젊은 여인 앞에 버티고 서서 말했다. 헤르타는 겁에 질려서

---

31) 아드리아는 상상 속에서 나치 친위대의 중위가 되어 그가 했을 말을 그려 보고 있다.

가방을 열지 못했다. 로타르는 공포로 얼어붙어 마치 무관심의 베일을 쓴 것처럼 행동했다. 그가 마침내 죽어서 이미 당신 곁에 누운 것처럼, 안나, 그리고 용감한 프란츠 옆에.

"이런……." 그녀가 탄식했다. "집에 두고 왔나 봐요."

"집에 두고 왔나 봅니다, 중위님!" 친위대 중위 하르트볼트 보슈가 성내며 말했다.

"집에 두고 왔나 봅니다, 중위님!"

로타르는 군인의 눈을 보며 말했다. 눈빛이 꽤 호전적이었다. 장교는 무덤을 가리키며 말했다.

"이곳에서 무얼 하는가, 이 배신자의 무덤 앞에서 말이야?"

"제 아들놈입니다, 중위님." 로타르가 말했다. 그리고 겁에 질려 몸이 얼어붙은 헤르타를 가리키며 "이 젊은 여자는 전혀 모르는 사람입니다."

"따라오시오."

취조는 중위 아드리안 하르트볼트 보슈가 직접 했다. 그의 나이에도 불구하고 로타르가 헤르베르트 바움의 그룹과 연계되어 있지 않은지 확실히 하기 위해서였다. 하지만 그는 늙은 이일 뿐입니다!(미켈 수사) 노인과 아이는 제국의 안위에 똑같이 위험을 가하는 존재라네. 명령을 받들겠습니다.(미켈 수사) 모든 정보를 털도록 하게. 어떤 방법을 써도 좋습니까? 어떠한 방법을 쓰든 상관없다네요. 일단 발바닥부터 고문을 시작하게나. 얼마나요? 「성모송」을 세 번 외는 동안이면 충분할 걸세. 그리고 「사도신경」을 한 번 외는 동안 고문대를 돌리게. 그리하겠습니다, 성하.

기적적으로 체포되지 않은 헤르타 란다우는 자포자기하는 심정으로 삼십 분간 통화를 시도한 끝에 겨우 베를린에 연결할 수 있었다. 아우슈비츠와 통화하기 위해서 어떻게 해야 하는지 설명을 들었고, 기적적으로 한 시간쯤 후 콘라드의 목소리를 들었다.

"히틀러 만세. 여보세요."(독일어) 조바심 내며 말했다. "네, 그런데요?(독일어)"

"콘라드, 나 헤르타예요."

"누구요?"

"헤르타 란다우, 당신 사촌 말이에요. 아직 가족이라고 여기는 사람이 남아 있기라도 하면 말이죠."

"무슨 일입니까?"

"로타르가 잡혀갔어요."

"그 로타르라는 자가 누굽니까?" 퉁명스럽게 물었다.

"로타르 그뤼베. 당신 삼촌 말이지 누구겠어요."

"아! 그 비굴한 프란츠의 아비 말인가요?"

"프란츠의 아버지, 그래요."

"그래서 원하는 게 뭡니까?"

"당신이 좀 나서 줘요, 연민이 있다면. 그를 잔인하게 고문하고 결국 죽일 거예요."

"누가 잡아갔습니까?"

"친위대원들이요."

"그런데 이유가 뭡니까?"

"프란츠의 무덤에 꽃을 가져다 놓아두었다고요. 어떻게 좀 해 봐요."

"이런…… 저기 나는 정말……."

"이런 정말!"

"지금 매우 바쁘단 말입니다. 모두를 위험에 빠뜨릴 작정입니까?"

"당신 삼촌이라고요!"

"무슨 잘못을 저질렀겠죠."

"그러지 말아요, 콘라드!"

"이봐요 헤르타, 누군가는 책임을 져야죠."

"네덜란드인?"(독일어) 전화 너머로 콘라드가 말하는 소리가 들렸다. "당신 사정은 잘 모르겠지만 난 일하는 중입니다. 그런 쓸데없는 데 신경 쓰기에는 너무 바쁘단 말이죠. 히틀러 만세!(독일어)"

여든두 살의 로타르 그뤼베는 위험인물이 아니었다. 하지만 그의 죽음은 하나의 본보기가 될 것이다. 내부 저항 세력의 기념비라도 되는 양 어느 무덤에 꽃을 바치던 비굴한 배신자의 아버지. 그 무덤으로 말할 것 같으면…….

하르트볼트 보슈 중위는 한참을 그곳에 서서 생각했다. 물론! 벽을 받치고 있던 두 쌍둥이에게 말했다.

"배신자의 무덤을 파헤쳐라!"

비겁하고 비굴한 배신자 프란츠 그뤼베의 무덤에는 아무것도 없었다. 늙은 로타르는 아무것도 없는 곳에 몰래 헌화함으로써 당국을 조롱했다. 텅 빈 무덤은 뼛조각으로 가득한 무덤보다 위험했다. 텅 빈 무덤은 그것을 인류 보편의 경험으로 만들고, 그것을 기념비로 만든다.

"죄수는 어떻게 처리할까요, 각하?"

아드리안 하르트볼트 보슈는 깊게 숨을 들이쉬었다. 눈을 감고 낮은 목소리로 부들부들 떨며 그는 푸줏간 고리에다 걸어 버려, 제국이 배신자를 다루는 방식이다.

"정말이십니까⋯⋯ 너무 잔인하지 않습니까? 늙은이일 뿐입니다."

"미켈 수사⋯⋯." 중위는 협박하는 어조로 말했다. 침묵을 알아챈 그는 고개를 숙인 부하들을 바라보았다. 그리고 소리치면서 내뱉듯이 덧붙였다. "이 썩은 고기를 치우란 말이야!"

로타르 그뤼베는 다가오는 죽음에 공포를 느꼈다. 그는 형벌실로 옮겨졌다. 그들은 더 이상 배신자를 매일 처벌하지 않았기 때문에 장비들을 새로 설치하고 고리를 날카롭게 갈아야 했다. 그들이 밧줄로 매달자 로타르는 극심한 공포에 땀을 흘리며 토하기 시작했다. 그 와중에도 그는 안나, 침착해, 괜찮아라고 말했다. 배신자들로 꼬치를 만들기 위해서는 분노가 필수였다. 하지만 그 분노와 함께 그들이 고리에 매달기 0.5초 전에 로타르는 이미 공포로 죽었다.

"이 안나는 누구요?" 쌍둥이 중 한 명이 물었다.

"그게 뭐가 중요해." 다른 한 명이 대답했다.

52

어둡고 구름 낀 금요일 밤 7시 45분, 아테네우의 사가라 홀의 쉰 개 남짓한 청중석은 청년들로 가득 차 있었다. 그들은 매우 달콤한 배경 음악에 매료된 듯했다. 나이가 지긋한 한 남자는 어리둥절한 표정으로 한없이 망설이던 끝에 구석진 곳의 자리 하나를 택했다. 강연이 끝나고 질문이라도 받게 될까 걱정하는 듯했다. 강연이 끝난 후를 위한 간식의 흔적이 보이지 않아 분명히 실망한 듯 보이는 노년의 여성 두 명은 서로에게 부채질을 해 가며 자신감 있는 모습으로 첫 줄에 앉았다. 벽 쪽에 놓인 책상 위에는 베르나트 플렌사의 작품 전체인 책 다섯 권이 전시되어 있었다. 웬일로 테클라가 첫 번째 줄에 앉아 있었다. 아드리아는 놀라울 따름이었다. 테클라는 누가 들어오나 살피는지 가끔 뒤를 돌아보았다. 아드리아가 다가가서 볼에 입을 맞추었고, 그녀는 최근 베르나트와 싸운 이후 처음으로 웃음을 지어 보였다. 아드리아는 그때 둘을 진정시키기 위해 싸움에 끼어들었지만 다 헛수고였다. 어쨌든 서로 꽤 오랜만에 만났다.

"분위기가 좋네요, 안 그래요?" 아드리아가 눈썹을 세워 홀을 가리키며 말했다.

"예상도 못 했어요. 심지어 젊은 사람이 많네요."

"그러게요."

"요렌스와의 수업은 어때요?"

"아주 좋습니다. 워드 문서를 만들고 디스켓에 저장하는 건 이제 식은 죽 먹기죠." 아드리아가 잠시 생각하더니 말했다. "하지만 아직도 컴퓨터에 무엇을 직접 입력하는 것은 못 하겠어요. 나는 종이 체질인 모양이에요."

"언젠가는 할 수 있을 거예요."

"그럴 필요가 있다면 말이죠."

그때 전화가 울렸는데 아무도 주의를 기울이지 않았다. 아드리아는 얼굴과 눈썹을 들었다. 마치 전화 소리가 울리지 않는 것처럼 어느 한 사람도 관심을 두지 않았다.

베르나트가 출판한 다섯 권의 책은 단상 위에도 놓여 있었다. 청중석에서 책 표지가 보였다. 달콤한 배경 음악이 그쳤지만 좀 더 약해진 전화 소리는 멈출 줄 몰랐고, 카를로타 가리가와 함께 베르나트가 나타났다. 손에 바이올린 없이 등장하는 모습이 낯설었는데 아드리아는 그 생각에 웃음을 지어 보였다. 작가와 사회자는 자리에 앉았다. 베르나트는 나에게 한 눈을 찡긋하고 분위기에 만족스러운 듯 홀을 둘러보았다. 카를로타 가리가가 베르나트 플렌사의 문학 작품을 언제나 우러러 왔다는 것으로 말문을 열자 베르나트는 나에게 눈짓을 해 보였다. 잠시 이 대단한 난리법석을 단지 나에게 보여 주기 위해 계획하지 않았을까 하는 생각마저 들었다. 그래서 나는 가리가 박사가 무슨 말을 하는지 유심히 들어 보기로 했다.

일상적인 세계들, 사랑할지 떠날지 결정을 못 하고 행복보다는 불행과 가까운 인물들, 이 모든 것들이 아주 세련된 문체로 펼쳐지는데, 이 부분은 뒤에 가서 다시 한번 살펴보도록 하겠습니다.

삼십여 분 후에 가리가가 심지어 그의 영향력까지 포함하여 모든 주제를 언급했을 때 아드리아는 손을 들고 저자에게 왜 첫 번째 작품들에 등장하는 인물들이 신체적으로 심리적으로 그렇게 유사한지 묻고는 곧 그 질문을 후회했다. 베르나트는 몇 초간 고민하더니 질문에 수긍하며 네, 맞습니다, 신사분의 말이 맞지요라고 답했다. 의도한 바입니다. 지금 쓰고 있는 소설 속 인물의 전조임을 확인하는 방식이지요.

“지금 소설을 쓰고 계신다고요?” 나는 놀라서 물었다.

“그렇습니다. 아직 한참 걸릴 것 같습니다만 집필 중인 것은 사실입니다.”

구석에서 손 하나가 올라왔다. 머리를 굵게 땋은 여학생은 이야기를 만들어 내기 위해 작가가 어떠한 시스템을 따르는지 물었고, 베르나트는 흡족해하며 감탄사를 내뱉었다. 어허, 어려운 질문이군요. 제가 잘 대답할 수 있을지 모르겠습니다. 하지만 그는 이야기를 어떻게 만들어 내는지에 대해 오 분 동안이나 설명했다. 그다음에 퀘이커교도의 수염을 기른 남학생은 문학에서 그의 롤 모델이 누구인지 물었다. 나는 흡족하여 뒤를 돌아 청중을 바라보고 깜짝 놀라서 굳어 버렸다. 그때 라우라가 강연장으로 들어왔기 때문이었다. 그녀가 스웨덴의 어디로 간 이후 보지 못한 지 여러 달이 되었다. 돌아온 줄 몰랐다. 미모는 변함이 없었다, 그랬다. 그런데 아니. 여기서 뭐 하는 거지? 나중에는 두 명의 팬을 거느린 금발 남학생이 자리에서 일어나 당신 아니면 여자분께서…….

"가리가 박사님입니다." 베르나트가 말했다.

"그래요." 두 명의 팬을 거느린 금발 남학생이 긍정하며 말했다. "지나가는 말로 당신이 음악가였다고 이야기하셨는데 음악가면서 글을 쓴다는 것이 잘 이해되지 않습니다. 제 말은 여러 장르의 예술을 동시에 하는 게 가능한가 하는 겁니다. 어쩌면 숨어서 그림을 그리거나 조각을 하실 수도 있겠네요."

팬들은 그의 명민함에 크게 웃었고, 베르나트는 모든 것은 인간 영혼의 깊은 불만족으로부터 비롯된다고 대답했다. 그때 그의 시선이 테클라와 마주쳤는데 나는 가벼운, 아주 가벼운 망설임을 읽을 수 있었다. 베르나트는 곧 제 말의 의미는 예술 작품이란 불만족에서 탄생한다는 겁니다. 배가 부르면 예술을 할 수가 없어요. 대신 낮잠을 자게 되지요. 몇몇 청중이 미소를 지었다.

행사가 끝났을 때 아드리아는 베르나트에게 인사를 건넸다. 그는 봤지? 홀이 가득 찼어, 아드리아는 그래, 축하해라고 말했다. 테클라는 아드리아의 볼에 입을 맞추었다. 무거운 짐을 한층 덜어 낸 듯 좀 더 차분해진 모습이었다. 그리고 가리가가 합류하기 전 이렇게 많은 사람들이 올 줄 몰랐어요라고 말했다. 아드리아는 내 친구 요렌스가 왜 오지 않았지라고 물어볼 엄두가 나지 않았다. 가리가가 오더니 개인적으로 만나본 적이 없었던 아르데볼 박사에게 인사하고 싶어 했다. 베르나트는 다 함께 저녁 식사를 하면 어떨지 제안했다.

"갈 수가 없어. 미안해. 정말이야. 가서 함께 축하해, 그럴 자격이 있으니."

그들이 떠났을 때 이미 홀은 텅 비어 있었다. 입구에서 라우라는 예정된 행사들에 관한 정보를 살펴보는 척하다 아드리아의 발자국 소리가 들리자 돌아섰다.

"안녕하세요."

"안녕하세요."

"저녁 살게요." 그녀가 진지하게 말했다.

"힘들겠어요."

"같이 가요."

"안 될 것 같아요, 정말. 병원에 가 봐야 해요."

라우라는 하고 싶었던 말이 목에 걸린 듯 입을 다물지 못했다. 시계를 보더니 아무 말도 하지 않았다. 다소 기분이 상해서 그래요, 알았어요, 됐어요, 알겠어요라고 말했다. 그리고 억지 미소를 지었다. 잘 지내요?

"아니요. 당신은?"

"나도요. 어쩌면 웁살라에서 살게 될 것 같아요."

"이런. 하지만 그편이 당신에게 더 낫다면……."

“모르겠어요.”

“다음에 얘기하는 게 어떨까요?” 아드리아는 시계를 찬 손목을 들어 올리며 변명처럼 말했다.

“병원에 가 봐요, 어서.”

아드리아는 그녀의 볼에 가벼운 입맞춤을 하고서 뒤돌아보지 않고 서둘러 떠났다. 베르나트의 여유로운 웃음소리가 여전히 맴돌았고 나는 정말 기분이 좋았다. 진심이었다. 베르나트는 그럴 자격이 있었다. 바깥에서는 비가 내리기 시작했다. 빗방울이 사방으로 튄 안경을 쓰고 절대 없을 것 같은 택시를 잡기 시작했다.

“미안하네.” 그가 흠뻑 젖은 신발을 입구에 놓인 매트에 닦으며 말했다.

“괜찮아.” 그는 왼쪽에 있는 진료실로 곧장 안내받았다. “자네가 날 잊은 줄 알았지.”

건물 오른쪽에서 매일 사용하는 접시와 식기들이 달그락거리는 소리가 들렸다. 달마우 박사는 그를 들어오게 하더니 살짝 문을 닫았다. 그는 걸어 놓은 가운을 입으려다가 그만두었다. 둘은 책상 양쪽에 앉아 서로 말없이 바라보았다. 의사의 뒤편에는 노란색으로 가득한 모딜리아니의 모조품이 걸려 있었다. 바깥에서는 봄비가 찰랑거렸다.

“그래, 무슨 일이야?”

아드리아는 주의를 끌기 위해 한 손을 들어 올렸다.

“이 소리 들려?”

"뭐?"

"전화 소리 말이지."

"응. 누가 받겠지. 분명히 내 딸한테 걸려 온 전화일 텐데 아마 몇 시간 동안은 전화통이 마비될 거야."

"아."

정말로 집 한쪽 구석에서 전화벨 소리는 멈추었고, 어떤 여자가 여보세요? 하는 소리가 들렸다. 응, 나야. 누군 누구야?

"다른 문제는?" 달마우 박사가 물었다.

"그게 다야. 전화. 어딜 가나 전화벨 소리가 들려."

"좀 더 자세히 이야기해 보게."

"전화벨 소리가 계속해서 들려. 들을 때마다 어떤 죄책감이 들고, 내 마음을 갉아먹는 것 같아. 머릿속에서 떠나지를 않는다고."

"언제부터 그랬는데?"

"이 년은 훨씬 넘었을 거야. 거의 삼 년이 됐지. 1996년 7월 14일부터 그랬어."

"7월 14일."(프랑스어)

"응.(프랑스어) 1996년 7월 14일부터 전화가 울리기 시작했지. 라우라의 침대 옆에 있던 작은 탁자 위에서 말이야. 반쯤 꾸리다 만 여행 가방이 있는 정돈이 안 된 방이었어."

어떤 죄책감이 묻어나는 침묵 속에서 그들은 누군가의 전화를 기다리는지 물어보고 싶은 듯 서로를 바라보았다. 라우라는 아드리아의 가슴에 머리를 얹은 채 움직이지 않았다. 둘은 전화가 얼마나 단조롭게 울리고, 울리고, 또 울리는지 소리를 듣고 있었다. 아드리아는 라우라가 움직이기를 기다리며 그녀의 머리카락을 가만히 바라보았다. 조금도 움직이지 않았다. 전화는 계속 울렸다. 마침내 기적적으로 고요가 찾아왔다. 아드리아는 긴장이 풀렸다. 그제야 전화가 울리는 동안 몸이 굳어 버렸다는 사실을 알아차렸다. 그는 손가락으로 라우라의 머리를 쓸어내렸다. 또다시 울리는 전화 소리에 갑자기 손을 멈추었다.

"이런, 정말 끈질기네요." 그녀는 아드리아 쪽으로 몸을 더 웅크리며 말했다.

전화는 한참을 더 울렸다.

"받아 봐요." 그가 말했다.

"난 여기에 없는 걸로요. 당신과 함께 있으니."

"받아요."

라우라는 투덜대며 일어나 전화를 들고는 매우 가라앉은 목소리로 말했다. 여보세요. 몇 초간 침묵이 흘렀다. 그녀는 몸을 돌리더니 수화기를 바꾸어 들고 굉장히 놀라는 척하며 잘 지내죠라고 말했다.

"당신 전화예요."

말도 안 돼, 아드리아는 생각했다. 하지만 수화기를 건네받았다. 감탄스럽게도 그 전화기는 선이 없었다. 무선 전화는 처음 사용해 보았다. 달마우 박사 앞에서 삼 년도 더 된 일을 떠올리고는 지금 그것을 기억하고 있다는 사실에 기분이 이상해졌다.

"여보세요."

“아드리아?”

“그렇습니다만.”

“베르나트야.”

“내가 여기에 있는 건 어떻게 알았어?”

“말하자면 길어. 이봐…….”

베르나트의 망설임에서 불길함이 느껴졌다.

“무슨 일이야…….”

“사라가.”

여기서 모든 것이 끝이었지, 내 사랑. 모든 것이.

53

당신 곁에 있었던 시간은 너무 짧았어. 당신을 씻기고, 당신에게 따뜻한 외투를 입히고, 당신에게 바깥공기를 쐬어 주고, 당신에게 용서를 구했지. 내가 당신에게 준 고통을 조금이라도 덜어 주기 위해 헌신하던 나날이었어. 그 고통의 시간들, 특히 당신의 고통, 그리고 미안한데, 당신을 욕되게 할 생각은 없지만 나의 고통 또한 나를 바꾸어 놓았어. 이전에 나는 언제나 호기심으로 가득했지. 하지만 나에게 더 이상 이성이라고는 남지 않았고, 당신 앞에서 생각에 잠겨 시간을 보냈어. 당신이 평화롭게 쉬는 것처럼 보였거든. 집에서는 무얼 하고 있었던 거야? 나를 안아 주러 온 거야, 아니면 화를 내러? 나를 보러 온 거야, 아니면 8번 구역을 생각하며 옷을 챙기러 왔어? 당신에게 전화했었어, 기억하겠지, 막스는 당신이 전화를 받고 싶어 하지 않는다고 했지. 그래, 그래, 미안, 라우라가 있었지. 모든 일이 꼬여 버렸어. 망할 바이올린 때문에 싸우지 않았다면 당신이 떠나지 않았을 테고, 그러면 당신이 돌아올 필요도 없었겠지. 주인이 누구인지 알게 되면 반드시 돌려준다고 약속할게. 당신 이름을 걸고 그렇게 할 거야, 내 사랑. 내 말 들려? 당신이 준 그의 이름이 적힌 종이를 어딘가에 보관해 두었거든.

"가서 좀 주무세요, 아르데볼 씨."

플라스틱 테 안경을 쓴 도라라는 이름의 간호사가 말했다.

"의사 선생님이 환자에게 말을 건네는 게 좋다고 했어요."

"하루 종일 그러셨잖아요. 가엾은 사라의 머리가 얼마나 복잡하겠어요."

그녀는 혈청과 혈액의 흐름을 확인하고 모니터를 바라보았다. 그의 눈을 바라보지 않은 채,

"무슨 이야기를 주로 하세요?"

"이것저것 모든 것에 대해서요."

"이틀 동안 끊임없이 이야기를 하시더라고요."

"사랑하는 사람과의 침묵이 안타까웠던 적이 없으세요?"

도라는 주변을 둘러보더니 그를 응시하며 말했다. 제 부탁을 좀 들어주세요. 집에 돌아가 주무시고 내일 오시면 어때요.

"대답을 안 하시네요."

"대답할 게 없어서요."

아드리아 아르데볼은 사라를 바라보았다.

"제가 없을 때 깨면요?"

"전화드릴 거예요, 걱정하지 마세요. 여기서 움직이시지 않

을 테니."

나는 만약 그녀가 죽으면 어떻게 하느냐고 선불리 묻지 못했다. 상상조차 불가능한 일이었다. 이제 곧 9월이 되면 사라 볼테스엡스타인의 작품 전시회가 열릴 예정이었다.

집에 돌아와서도 나는 계속 당신에게 말을 걸었어. 당신에게 설명하던 것을 떠올리면서 말이야. 그로부터 몇 년이 지난 지금 나는 아주 급하게 이 이야기를 쓰고 있지. 내가 더 이상 이곳에 있지 않더라도 당신의 기억이 영원하기를 바라면서 말이야. 모든 것이 허구야, 당신도 알다시피. 하지만 모든 것이 아무도 부정할 수 없는 대단하고 심오한 진실이기도 하지. 그것이 바로 당신과 나야. 이것이 바로 내 삶의 빛인 당신과 함께한 나의 모습이기도 해.

"오늘은 막스가 왔었어." 아드리아가 말했다. 사라는 상관없는 듯 답이 없었다.

"어이, 아드리아."

사라를 바라보는 데 빠져 있던 아드리아는 출입문 쪽으로 몸을 돌렸다. 막스 볼테스엡스타인은 말도 안 되게 큰 장미 다발을 안고 그곳에 서 있었다.

"안녕하세요, 막스." 장미를 보고 말했다. "이런 걸……."

"사라가 좋아하거든."

십삼 년이나 함께 살았지만 당신이 꽃을 좋아한다는 사실을 몰랐어. 스스로 부끄러워지더군. 당신이 십삼 년 동안 매주 거실의 화병을 갈아 주었다는 사실을 알아차리지 못했던 거지. 카네이션, 치자, 수선화, 장미, 모든 다양한 종류의 꽃이었던 것 같아. 지금 문득 어떤 장면 하나가 나를 비난하듯 떠올랐다.

"여기에 두세요, 네, 감사합니다." 나는 막연하게 밖을 가리켰다. "화병을 부탁해 보지요."

"오후에 올 수 있네. 스케줄을 조정했지…… 좀 쉬고 싶으면……."

"안 돼요."

"자네 얼굴빛이…… 얼굴빛이 너무 안 좋아. 몇 시간만이라도 좀 자는 게 좋아."

두 남자는 각자 자신만의 이야기들을 떠올리면서 한참 동안 사라를 바라보며 생각에 잠겼다. 막스는 왜 내가 같이 가주지 않았을까, 그랬더라면 혼자 있지 않았을 텐데라고 생각했다. 내가 그걸 어떻게 알았겠어? 어떻게 미리 알았겠어? 그리고 끊임없이 아드리아는 라우라와 침대에 있지 않았더라면 집에서 『율, 비코, 벌린』을 보고 있었을 테고, 스르스르스르스르 소리를 들었을 테고, 문을 열어 줬을 테고, 네가 여행 가방을 내려놓았을 테고, 망할 뇌졸중, 색전증이 찾아왔을 때 바닥에서 너를 일으켜 침대에 눕히고 달마우에게, 적십자에, 응급실에, 메디쿠스 문디에 전화를 걸었을 테고, 그들이 너를 구했을 텐데, 내 잘못이었어, 그 모든 일이 일어났을 때 나는 너와 함께 있지 않았고, 이웃들은 네가 여행 가방은 이미 집 안에 둔 채 계단 입구를 향해 나오는 중이었던 것 같다, 그들이 데리러 갔을 때 네가 세 번째인지 네 번째 계단에서 넘어진 것으로 짐작된다 했고, 레알 박사가 말하길 우선 네 목숨을 살리기 위한 조치를 했고 이제 네 갈비뼈가 탈구되거나 골절된 곳이 없는지 살필 거라고, 가엾어라, 하지만 적어도 그들은 너의 목숨은 구한 거야, 왜냐하면 어느 날 너는 자리를 박차고 일어나 나에게 커피 한잔하면 좋겠다고 네가 처음 돌아왔을 때처럼 말할 테니까. 아직 라우라의 냄새를 간직한 채 너와 함께 병원에서 첫날 밤을 보낸 후 집에 돌아갔을 때 거실에서 네 여행 가방을 발견한 나는 그것을 열어 네가 가져갔던 것들을 모두 가지고 돌아온 것을 확인했고, 그때부터 계속 네가 이 집에서 지내기 위해 다시 돌아온 거라고 생각했어. 네 목소리가 나에게 커피 한잔 어때라고 말하는 것이 생생하게 들려. 정말이야. 네가 깨어나면 아무런 기억을 못 할 거라더군. 계단에서 떨어진 사실조차도 말이야. 아래층에 사는 문도스네 가족이 네 소리를 듣고 신고했고, 나는 라우라와 침대에서 뒹굴고 있다가 받고 싶지 않은 전화벨 소리를 들었다. 그리고 수천 년이 지나 아드리아는 깨어난 것이다.

"그녀가 집으로 돌아간다고 이야기하던가요?"

몇 초간 침묵이 계속되었다. 그가 망설이는 걸까, 아니면 기억을 못 하는 걸까?

"글쎄. 아무 말도 없었어. 갑자기 가방을 챙기더니 가 버리더라고."

"그전에 무얼 하고 있었는데요?"

"그림을 그리고 있었지. 그리고 정원을 걷다가 바다를 보고, 바다를 보고, 바다를 보고……."

같은 말을 반복하는 것은 막스의 스타일이 아니었다. 충격이 꽤 컸던 모양이다.

"바다를 보고 있었다고요."

"그래."

"돌아오기로 결심한 건지…… 그것을 알고 싶어요."

"지금 와서 그게 무슨 소용인가?

"매우 중요합니다. 나한테는 매우 중요해요. 내 생각에는 사라가 돌아오려고 했던 것 같아요."

제 탓이옵니다.(라틴어)

무슨 일이 일어났는지 아직 실감하지 못하는 듯 어리둥절한 막스와 함께 아드리아는 조용한 오후를 보냈다. 다음 날 나는 당신이 좋아하는 꽃과 함께 당신 곁을 찾아갔다.

"이게 뭐예요?" 내가 도착했을 때 도라가 인상을 찌푸리며 말했다.

"노란색 치자꽃이에요." 아드리아는 망설이며 말했다. "그녀가 가장 좋아하던 꽃이죠."

"여기는 사람이 많이 지나다니는 곳이에요."

"내가 그녀에게 가져다줄 수 있는 최고의 꽃이에요. 그녀가 작업할 때 수년을 함께한 꽃이거든요."

도라는 작은 그림을 주의 깊게 살펴보았다.

"누구의 작품이죠?" 그녀가 말했다.

"아브라함 미뇽. 17세기 작품입니다."

"비싸겠네요, 그렇죠?"

"네, 아주 많이요. 그래서 그녀에게 가져다주는 거예요."

"여기는 위험해요. 댁으로 가져가세요."

그녀의 말에 개의치 않고 로치 교수는 노란색 치자꽃을 화병에 꽂고 물을 부었다.

"내가 돌본다고 하지 않았습니까."

"당신 부인은 병원에 계셔야 해요. 적어도 몇 달간은요."

"매일 올 겁니다. 하루를 함께 보낼 거예요."

"당신 삶도 중요해요. 종일 이곳에 계실 수는 없어요."

하루 종일 그곳에서 시간을 보낼 수는 없었다. 하지만 많은 시간을 보냈고, 조용한 눈빛이 날카로운 칼보다 얼마나 더 큰 상처를 줄 수 있는지 알게 되었다. 게르트루드의 눈빛은 너무나 끔찍했다. 나는 그녀에게 음식을 먹였고, 그녀는 나의 눈을 보며 반항하지 않고 수프를 삼켰다. 그리고 그녀는 내 눈을 뚫어지게 보며 말없이 나를 비난했다.

가장 힘든 것은 불확실성이었다. 무엇을 말하고 싶은지 전혀 알 수 없다는 것은 끔찍했다. 나를 보고 있지만 그 시선의 의미를 전혀 알지 못한다. 나를 비난하는 것인가? 자신의 극심한 고통을 말하고 싶지만 그러지 못하는 것일까? 나를 얼마나 미워하는지 설명하고 싶은 것일까? 아니면 나를 사랑한다고, 자신을 살려 달라고 말하고 싶은 것일까? 불쌍한 게르트루드는 깊은 우물 속에 잠겨 있었고, 나는 그녀를 구해 줄 수 없었다.

알렉산드레 로치는 매일 그녀를 찾아가 오랫동안 그녀를 바라보며 그녀의 시선에 상처 입기를 주저하지 않았고, 이마에 맺힌 땀을 닦아 주었으며, 상황을 더 악화시키지 않기 위해 아무런 말도 하지 않았다. 오랜 시간이 지난 후 그녀는 티베리우스를 테베레강에 던지자, 티베리우스를 테베레강에 던지자(라틴어) 하는 외침을 듣기 시작했다. 어둠이 찾아오기 전 그녀가 마지막으로 읽고 있던 것이었다. 그리고 그녀에게 말하고, 입에 티스푼을 집어넣고, 땀을 닦아 주는 얼굴 하나를, 얼굴 둘 혹은 셋을 보기 시작했고, 그녀는 무슨 일인가요, 내가 어디에 있나요, 왜 나에게 아무 말도 하지 않나요 물었고, 그러자 저 멀리, 아주 멀리서, 한밤중에, 처음에는 아무 말도 이해할 수 없었지만, 아니 어쩌면 이해하고 싶지 않았지만 혼란스러운 가운데 그녀는 다시 수에토니우스[32]의 책으로 피신하여 그가 죽었다는 소식에 환호하며 사람들은 도시를 이리저리 뛰어다니며 외친다. "티베리우스를 테베레강에 던지자."(라틴어)라고 읊었다. 그들은 소리를 질렀지만 수에토니우스의 모든 구절들이 그녀의 머릿속에 뒤범벅이 되어 아무도 그녀의 말을 듣지 못하는 것 같았다.[33] 어쩌면 라틴어로 말해서일지도……. 아니다. 맞다. 그러자 그녀 앞에 계속 출몰하여 그게 무슨 말인지 모르겠어라고 말하는 얼굴이 누군지 기억해 내는 데 오랜 시간이 걸렸다. 그리고 어느 날 그녀는 그날 밤에 대한 기억을 되살리며 느슨한 기억의 조각들을 이어 붙이기 시작하더니 머리부터

---

32) 가이우스 수에토니우스 트란퀼리우스(Gaius Suetonius Tranquillus, 69~122). 로마 제국 플라비우스 왕조와 네르바-안토니누스 왕조를 거쳐 살았던 역사가다. 로마 제국 초기 열두 명의 황제를 기록한 『황제열전』으로 잘 알려져 있다.

33) 게르트루드가 수에토니우스의 『황제 열전』에서 민중이 칼리굴라의 제위를 환호하는 동시에 티베리우스에 대한 분노를 표출하는 장면을 상기하며 혼란스러워하는 상황이다.

발끝까지 공포에 휩싸였다. 그녀는 두려움에 떨며 할 수 있는 한 비명을 지르기 시작했다. 이에 알렉산드레 로치는 참을 수 없는 침묵을 참거나 혹은 자기 행동에 대한 결과에 처음이자 마지막으로 맞서는 것 중 무엇이 더 나쁜지 헷갈렸다. 잘하고 있는지 몰랐지만 하루는

"의사 선생님, 왜 말을 하지 않지요?"

"말을 안 하기는요."

"죄송합니다만 아내가 혼수상태에서 빠져나온 이후 말을 하지 않아요."

"당신 부인은 말을 합니다, 로치 씨. 며칠 전부터 말이지요. 당신에게 말씀드리지 않았나 보군요? 문제는 이상한 언어로 말해서 우리가 전혀 이해할 수 없다는 것이지요. 하지만 말을 하시기는 합니다. 정말 잘하시지요."

"라틴어로 말인가요?"

"라틴어라? 아니에요. 아닌 것 같아요. 이런, 제가 언어에 관해서라면……."

게르트루드는 말을 했는데 그를 위해서만 침묵을 아껴 두었다. 이것이 칼날처럼 날카로운 눈빛보다 그를 더욱 놀라게 했다.

"게르트루드, 왜 나에게 아무 말도 않는 거야?" 그녀에게 망할 세몰리나 수프를 주기 전에 말했다. 이 병원에 다른 메뉴는 없는 모양이었다.

하지만 그녀는 여전히 똑같이 힘주어 그를 바라보았다.

"내 말이 들려? 지금 내 말을 듣고 있는 거야?"

그는 에스토니아어로 말한 후 자신의 할아버지를 기리는 의미에서 같은 말을 이탈리아어로 되풀이했다. 게르트루드는 아무 말 없이 세몰리나 수프를 먹기 위해 입을 벌렸다. 대화에는 전혀 관심이 없어 보였다.

“다른 사람들에게는 무슨 이야기를 하는 거야?”

수프를 좀 더 먹였다. 알렉산드레 로치는 게르트루드가 조소가 섞인 미소를 참고 있다는 느낌을 받고 손에 땀이 차기 시작했다. 그는 아내와 시선이 마주치지 않도록 애쓰며 조용히 수프를 먹였다. 식사가 끝났을 때 생각의 냄새를 맡을 수 있을 만큼 그녀에게 아주 가까이 다가갔지만 입맞춤을 하지는 않았다. 나에게는 말할 수 없고 그들에게는 이야기하는 게 뭐야? 나는 그녀의 귀에 대고 물었다. 그리고 그것을 에스토니아어로 다시 말했다.

그녀는 두 주 전 혼수상태에서 빠져나왔다. 로치 교수, 우리가 우려했던 바와 같이 부인은 외상으로 인해 사지가 마비되었습니다라고 선고받은 지 두 주가 지났다. 지금은 불가능합니다만 몇 년 후 이 증상을 완화시킬 희망을 보거나, 어쩌면 완치할 수도 있을지 누가 알겠습니까 하는데 나는 할 말을 잃었다. 너무나 많은 힘든 일들이 나에게 한꺼번에 일어나고 있었고, 나는 이 비극의 진정한 단면에 대해 자각하지 못하고 있었기 때문이다. 내 인생은 언제나 소용돌이와 같았다. 그런데 이제 게르트루드가 무슨 말을 하는지 알아내야 하는 걱정거리가 생겼다.

"아니, 아니요, 아닙니다. 환자가 어느 정도 가벼운 퇴화를 보이는 것은 정상이지요. 뭐가 되었든 아무 언어로 말하는 것은 정상입니다. 예를 들면 어렸을 때 쓰던 언어라든지요. 스웨덴어라고 하셨나요?"

"맞습니다."

"정말 미안합니다, 하지만 여기, 직원들 중에는……."

"괜찮습니다."

"당신과 이야기하지 않는 점이 가장 이상합니다."

젠장. 가여운 것.

알렉산드레 로치 교수가 마침내 아내를 집으로 데려간 지 두 주가 지났다. 치료에 관한 부분은 병원에서 추천을 받아 응급 처치에 능한 도라의 손에 맡겼다. 대신 그는 게르트루드에게 손수 수프를 먹였고, 그녀의 시선을 피하며 생각했다. 당신이 아는 게 대체 뭐야, 내가 아는 것에 대해 무슨 생각을 하고 있는 거야, 당신이 진짜 아는지 모르겠어, 차라리 당신 말을 아무도 못 알아듣는 편이 낫겠어.

"당신과 이야기하지 않는 점이 가장 이상해요." 도라가 다시 말했다.

이상하다기보다 걱정스러웠다.

"날마다 말수가 조금씩 늘고 있어요, 로치 씨. 다가가면 노르웨이어로 말을 하더라고요. 그래요, 마치…… 그걸 보려면 당신은 숨는 게 좋겠어요."

간호사 모자를 쓴 이 수간호사와 공모하여 나는 그렇게 했다. 도라는 게르트루드를 개인적인 인연이 있는 것처럼 돌보았고, 매일매일 오늘은 더 예뻐졌네요 하며 말을 건넸고, 게르트루드가 말할 때 감각이 사라진 그녀의 손을 잡고서 무슨 말을 하시는 거예요, 무슨 말인지 모르겠어요, 내 사랑, 저는 아이슬란드어를 몰라요, 알면 좋겠지만이라고 말하곤 했다. 그 무렵 원래대로라면 서재에서 꼼짝 않고 있었을 알렉산드레 로치 교수는 옆방에서 게르트루드가 다시 말을 할 때까지 그게 얼마가 걸리든 기다렸다. 그리고 점심 식사 후 나른하게 졸음이 몰려오는 오후 중반에 공범인 간호사가 늘 하듯 자세를 바꾸어 주기 위해 다가가자 게르트루드는 정확히 내가 두려워하는 그것을 말했고, 나는 사시나무처럼 몸을 떨기 시작했다.

신의 가호가 있기를, 그것은 그가 의도한 바가 아니었다. 비록 그의 영혼 깊은 어둠 속에 자리 잡은 고백한 적 없는 욕망이었지만 말이다. 어두운 고속 도로를 두 시간 동안 달리고 나니 그에게 졸음이 찾아왔다. 게르트루드는 뒷좌석에서 꾸벅꾸벅 졸았고, 나는 운전을 하며 절망적인 심정이 되어 게르트루드한테 어떻게 설명해야 할지 생각하고 있었다. 나는 떠나고 싶어, 정말 많이 미안하지만 벌써 마음을 정했고, 이제 바꾸지 않을 거야. 인생이란 가끔 그러한 결정을 내려야 할 때가 있지. 그리고 나는 가족이나 동료나 이웃이 무슨 말을 하든 개의치 않았는데, 왜냐하면 인간이라면 누구나 한 번의 기회를 더 가질 권리가 있고 나에게는 지금이 그때였다. 나는 너무나 깊은 사랑에 빠졌어, 게르트루드.

그렇게 뜻밖의 커브 길과 의도하지 않았던 결정은 주변이 한없이 어두워서 더 쉬워 보였고, 그가 문을 열고 안전벨트를 풀고서 아스팔트로 뛰어내리자 차는 브레이크가 걸리지 않은 채 계속 달렸고, 그가 게르트루드에게서 들은 마지막 말은 무슨 일이야, 무슨 일이야, 산드레……. 그러더니 그가 알아들을 수 없는 몇 마디가 더 있었고 공터가 차와 게르트루드와 그녀의 겁에 질린 비명을 삼켜 버려 그 뒤로는 더 이상 아무것도 들리지 않고 칼처럼 날카로운 시선도 끝나 버렸다. 도라가 나를 병원에서 쫓아냈을 때 나는 집에서 혼자 당신을 생각하면서, 내가 무얼 잘못했는지 생각하면서 바이올린 주인의 이름을 적어 준 종이를 간절히 찾았고, 피로 얼룩진 케이스에 든 비알과 함께 헨트인지 브뤼셀인지로 여행하는 꿈을 꾸었고, 꽤 유복해 보이는 어떤 집에 도착해 웅장한 톤으로 시작하여 우아한 소리로 끝나는 초인종을 누르자 빳빳하게 풀 먹인 보닛을 쓴 하녀가 문을 열며 누구인지 물었다.

"바이올린을 돌려 드리러 왔습니다."

"아, 그러세요, 들어오세요. 한참 늦으셨네요, 그렇죠?"

빳빳한 태도의 하녀는 문을 닫고 사라졌다. 그녀의 낮은 목소리가 어르신, 비알을 돌려 드리러 왔답니다. 그러자 가부장적인 태도를 지닌 머리가 희끗희끗한 남자가 순식간에 붉고 검은 체크무늬 옷을 입고 야구 방망이를 단단히 쥐고 나오며 말했다. 당신이 그 재수 없는 아르데폴이오?

"음, 그래요."

"비알을 가져왔다고?"

"여기 있습니다."

"펠릭스 아르데폴, 맞습니까?" 어깨 위로 방망이를 들어 올리며 말했다.

"아닙니다. 펠릭스는 내 아버지입니다. 나는 재수 없는 아드리아 아르데폴이고요."

"나에게 악기를 돌려주기까지 이렇게 오래 걸린 이유가 뭔지 알 수 있을까요?" 방망이가 내 머리를 위협하고 있었다.

"이야기하자면 아주 깁니다, 선생, 지금은…… 내가 너무 피곤합니다. 그리고 내가 사랑하는 사람이 병원에 잠들어 있고요."

흰머리에 가부장적인 태도를 지닌 남자가 야구 방망이를 바닥에 내던지자 하녀가 그것을 집어 들었다. 그는 내게서 케이스를 채 갔다. 그것을 바로 거기 바닥에서 열더니 보호를 위해 씌워 놓은 샤모아 덮개를 걷고 스토리오니를 꺼냈다. 굉장했다. 나는 그 순간 내 행동을 후회하고 말았다. 흰머리에 가부장적 태도를 지닌 남자는 그 바이올린에 어울리는 위엄을 갖추지 않았기 때문이다. 나는 땀을 흘리며 잠에서 깨어 병원에 있는 당신 곁으로 돌아가 내가 할 수 있는 것은 다 하고 있지만 그 쪽지를 못 찾겠다고 이야기했다. 안 돼, 베렝게 씨에게 물어보라고 하지 마. 나는 그를 못 믿겠고, 일을 다 망쳐 버릴 거야. 무슨 이야기를 하고 있었지?

알렉산드레 로치는 그녀의 입에 숟가락을 넣었다. 몇 초 동안 게르트루드는 입을 열지 않았다. 그저 그의 눈을 뚫어져라 바라보았다. 어서, 귀여운 입을 벌려 봐, 나는 그녀의 시선을 피하기 위해 말을 건넸다. 마침내 주여 감사합니다, 그녀가 입을 벌려서 나는 그녀가 약간의 파스타와 함께 따뜻한 국물을 삼키게 할 수 있었고, 확신하건대 가장 좋은 방법은 그녀가 도라에게 한 말을 못 들은 척하는 거라고 생각했으며, 다들 내가 집에 없다고 생각했을 때 나는 게르트루드에게 다가가 사랑해, 왜 나에게 말을 하지 않는 거야, 무엇이 잘못됐기에, 내가 여기 없을 때 당신이 말을 한다고들 이야기하던걸, 그런데 왜, 마치 나한테 반감이 있기라도 한 것처럼 말이야. 그 대답으로 게르트루드는 입을 벌렸다. 로치 교수는 몇 숟가락을 더 입에 넣어 주고 그녀의 눈을 바라보았다.

"게르트루드. 말해 봐, 무슨 일이 있는 거야. 무슨 생각을 하는지 말해 보라고."

며칠 후 알렉산드레 로치는 그녀가 안타까움을 자아내는 것이 아니라 두려움을 불러일으킨다는 사실을 깨달았다. 당신에 대해 안타까운 마음이 들지 않아 유감이야, 하지만 인생이란 그런 거지. 그리고 나는 사랑에 빠졌어, 게르트루드, 나는 삶을 다시 시작할 권리가 있고, 나에게 연민을 불러일으키거나 협박을 해서 가로막지 않았으면 해. 당신은 에너지가 넘쳤고 항상 당신의 기준을 강요하려고 했는데 이제 수프를 먹기 위해 입을 겨우 벌리는 게 다야. 겨우 침묵을 지키거나. 아니면 겨우 에스토니아어로 말하거나. 이제 당신의 마르티알리스나 티투스 리비우스를 어떻게 읽을 작정이야? 달마우 박사는, 그 멍청한 놈은 이런 퇴화가 일반적이라고 하네.

어느 날 수심에 가득 찬 알렉산드레 로치는 경계심을 늦추지 않기로 했다. 이것은 퇴화가 아니었다. 사기였다. 그녀는 나에게 고통을 주기 위해 이 모든 일을 저질렀다……. 그녀가 원하는 것은 오직 나의 고통뿐이야! 만일 그녀가 원하는 것이 내가 다치는 거라면 난 절대 가만있지 않겠다. 하지만 그녀는 내가 자신의 계획을 아는 것을 원치 않는다. 그녀의 계획을 어떻게 무산시킬지 모르겠다. 어떻게. 최상의 방법을 찾아냈지만 그녀가 그냥 놔두지 않았다. 최상의 방법, 하지만 매우 위험이 따르는 것이 사실이다. 왜냐하면 나는 내가 차에서 어떻게 나올 수 있었는지 잘 모르기 때문이다.

"안전벨트를 하고 있지 않았나요?"

"아니요. 하고 있었을 겁니다. 정확히 모르겠어요."

"벨트가 끊어지거나 늘어난 흔적이 없어요."

"어쩌면요. 잘 모르겠어요. 저는…… 차가 매우 심한 요철에 부딪혀 문이 열리는 바람에 날아간 겁니다."

"자신을 구하려고요?"

"아니, 아닙니다. 요철이 저를 날려 보낸 겁니다. 땅에 떨어졌을 때 차가 처박히는 것을 보았고, 더는 무슨 일이 일어나는지 볼 수 없었습니다. 그녀는 사아아아아안드레에에에에에 하고 소리치고 있었고요."

"바큇자국이 3미터나 됐어요."

"저한테는 풍경이 차를 삼켜 버리는 것같이 보였어요. 아마 기절했던 모양입니다."

"산드레라고 했다고요?"

"그렇습니다. 왜요?"

"왜 당신이 기절했다고만 생각하십니까?"

"아니…… 좀 혼란스럽습니다. 그녀는 어떻습니까?"

"좋지 않습니다."

"괜찮아질까요?"

그때 수사관은 그가 두려워하던 그 말을 꺼냈다. 당신에게 종교가 있는지 없는지 모르겠습니다만 여기 기적이 일어났습니다. 주님이 당신의 기도를 들은 겁니다.

"저는 종교가 없습니다."

"부인의 생명에는 지장이 없습니다. 그러나……."

"다행입니다."

"그렇죠."

"무엇을 원하는지 정확히 말해 보시오, 아르데볼 씨."

정리되지 않은 생각을 정리하기 위해 나는 잠시 머뭇거렸다. 파우 우야스트레스 공방의 고요는 내 마음을 평온하게 해 주었다. 마침내 나는 이 바이올린이 2차 세계 대전 당시 탈취된 것이라고 말했다. 어떤 나치 대원에 의해서요. 바로 아우슈비츠 그곳에서 나온 것 같습니다.

"저런."

"그러게요. 그것과는 무관한 여러 정황적인 이유로 수년 동안 우리 집안이 소유해 왔습니다."

"악기를 돌려주고 싶어 하시는군요." 장인이 한 걸음 앞서 나갔다.

"아뇨! 네, 잘 모르겠습니다. 하지만 누구로부터 빼앗았는지 알고 싶습니다. 누가 이전 주인이었는지 말이죠. 그러면 생각해 보려고요."

"하지만 만일 이전 주인이 아우슈비츠에 있었다면……."

"그렇죠. 하지만 친척이라도 한 명은 있지 않을까요?"

파우 우야스트레스는 바이올린을 집어 들고 바흐의 파르티타 일부를 연주하기 시작했다. 몇 번이었는지는 기억나지 않는다. 3번이었던가? 당신 없이 지낸 지 너무 오래되어서 나 자신이 더럽게 느껴졌고, 마침내 당신 앞에 섰을 때 나는 당신 손을 잡고 악기를 돌려주기 위한 절차를 밟고 있어, 사라, 하지만 그렇게 쉬운 일은 아니네라고 말했다. 악기를 노리는 어떤 기회주의자들이 아니라 진짜 주인에게 돌려주고 싶거든. 현악기 장인은 힘주어 말했다. 아르데볼 씨, 아주 조심하시고, 성급히 일을 처리하지 않도록 하세요. 그런 사연의 주변을 맴도는 굶주린 짐승이 많거든요. 알겠어, 사라?

"게르트루드."

여자는 천장을 바라보았다. 그녀는 자유롭게 시선을 옮겼다. 알렉산드레는 도라가 집의 문을 닫고 나가기를 기다렸다. 둘만 남자 그는 말했다.

"내 잘못이야." 낮은 목소리로 말했다. "용서해 줘……. 아마 졸았던 모양이야……. 내 잘못이지."

그녀는 아득한 시선으로 그를 바라보았다. 금방이라도 무슨 말을 할 듯 입을 열었다. 하지만 한참 있다가 힘겹게 침을 삼키고 다른 곳을 바라보았다.

"일부러 그런 게 아니야, 게르트루드. 사고였어……."

그녀는 그를 바라보았고, 이번에는 그가 힘겹게 침을 삼켰다. 이 여자는 다 알고 있는 것이 분명해. 누구의 시선이 이렇게 무서웠던 적은 없었다. 맙소사. 그녀가 마주치는 첫 번째 사람에게 말도 안 되는 그 어떤 이야기라도 할 여자였다. 그녀가 안다는 사실을 내가 눈치챘다는 것을 이제 그녀도 알기 때문이었다. 내가 누려야 마땅할 행복에 당신이 방해가 되는 것은 원치 않아.

남편이 저를 죽이려고 해요. 아무도 나를 이해하는 사람이 없었다. 오빠에게 누가 좀 말해 주세요. 오스발드 시케메예요, 쿤다에서 교사로 일합니다. 저를 좀 구해 주세요. 제발, 너무 무서워요.

"설마……."

"맞아요."

"다시 말해 봐요." 도라가 말했다.

아가타는 재빨리 메모장을 흘긋 쳐다보았다. 자리를 떠나는 웨이터를 보며 그녀는 남편이 자신을 죽이려 한다고 되풀이해 말했다. 이곳에서는 누구도 저를 이해하지 못해요. 오빠에게 말해 주세요. 오스발드 시케메입니다. 쿤다에서 교사로 일해요. 구해 주세요. 제발. 정말 두려워요. 저는 이 세상에 혼자예요, 이 세상에 혼자라고요. 제 말을 이해할 사람, 제가 이해할 수 있는 사람이 어디 없나요.

"그런데 그녀에게 뭐라고 말한 거예요? 그녀가 대화를 한 건 내가 일을 맡은 뒤로 처음이잖아요, 지금까지는 벽에다가 혼잣말만 했다고요, 불쌍한 여자. 무슨 말을 한 거예요?"

"저기…… 그건 정말 끔찍한……."

"남편이 알고 있어요. 그가 절 죽이려 하는 것을 제가 알고 있다는 사실을요. 병원으로 돌아가고 싶어요. 혼자서 여기에 그와 있는 것은…… 너무 무서워요……. 못 믿으시겠어요?"

"당연히 믿죠. 하지만……."

"믿지 않으시는군요. 절 죽일 거예요."

"무슨 이유로 당신을 죽이려 할까요?"

"글쎄요. 지금까지는 잘 지내 왔어요. 정말 모르겠어요. 사고는……." 아가타는 메모장을 넘기며 서둘러 쓴 자신의 못난 손 글씨를 해독하느라 애썼다. "사고는 제 생각에…… 어째서 그가……." 그녀는 절망적인 심정으로 고개를 들었다. "가엾은 여자, 그렇게 일관성이 없는 이야기를 끊임없이 하더라고요."

"당신은 그녀를 믿나요?" 고민에 빠져 땀을 흘리며 도라가 말했다.

"내가 어떻게 알겠어요!"

그들은 침묵을 지키는 게르트루드를 바라보았다. 마치 그들이 질문을 던지자 그녀가 처음으로 말한 것처럼 말이다.

"나는 그녀를 믿어요. 쿤다는 어디에 있죠?"

"북쪽 해안에요. 핀란드만에 있죠."

"그나저나 당신은 어떻게 해서 에스토니아어를 아는 거예요. 그리고……." 도라는 감탄하며 말했다.

"그러니까……."

그러니까 아두 뮈르라는 자를 알게 되었지요, 190센티미터 정도 되는 키에 아주 건장한 체격으로 음, 상냥한 미소를 가진 청년이었어요. 팔 년 전 그를 처음 만났고, 나는 넋을 잃고 그를 사랑하게 되었지 뭐예요. 나는 시계공 아두 뮈르와 사랑에 빠져 그의 곁에 머물기 위해 탈린으로 갔어요. 아마 세상 끝까지라도 갔을 거예요. 산의 등고선이 끝나고 끔찍하게 가파른 절벽이 시작되는, 조금이라도 발을 헛디디면 금방 지옥으로 떨어져 버릴 것 같은 그런 곳도 말이에요. 지구가 둥글다는 사실을 한 번이라도 곱씹어 본 적 있다면 말이죠. 아두가 원한다면 거기라도 따라갔을 거예요. 탈린에서 나는 미용실에서 일했고, 그다음에는 아이스크림을 팔았어요. 야간에 술을 판매하는 것이 허락된 어느 곳이었어요. 그러자 어느새 에스토니아어를 아주 잘하게 되었고, 사람들이 내 억양을 듣고는 사레마섬 출신인지 궁금해했는데, 내가 카탈루냐 출신이라고 하면 도무지 믿지 못하겠다는 눈치였지요. 에스토니아인들이 얼음처럼 차갑다고 알려져 있지만 사실은 거짓말이에요, 왜냐하면 몸에 보드카가 좀 들어가기 시작하면 아주 따뜻하고 말 많은 사람들로 변하거든요. 그러던 어느 불길한 날 아두는 사라져 버렸고, 그 후로 나는 그에 대해 들은 바가 없답니다. 이런, 그래요, 아픈 기억이지요, 나는 그곳 얼음 동산 한가운데에서 아무것도 할 일이 없었어요, 시계공 아두도 없었고, 술독에 빠지기 직전인 에스토니아인들에게 아이스크림을 파는 것이 전부였죠. 아직도 충격에서 벗어나지 못하고 있을 때 엘레나가 전화를 걸어 어쩌면 당신에게 전화한 게 잘한 일일지도 몰라, 에스토니아어를 할 줄 알지요, 그렇죠? 그래서 나는 그래요, 무슨 일인가요? 그녀가 말하길 도라라는 간호사 친구가 한 명 있는데 좀 문제가……. 친구가 좀 겁을 먹은 상태예요…… 어쩌면 심각한 일일지도 몰라서……. 그래서 우유부단하고 상냥했지만 어느 날 더 이상 우유부단하고 상냥하기를 그만둔 그 영혼, 키 190센티미터의 아두를 잊기 위해서라면 무엇이라도 하려 했던 찰나 나는 그럼요, 에스토니아어라면 하나도 잊어버리지 않았어요. 어디로 가면 되나요, 무엇을 하면 되죠? 한 것이죠.

"아니, 아니…… 그러니까 내 말은……. 어떻게 그걸 그리 잘 알아요? 왜냐하면 그녀가 에스토니아어를 한다는 사실을 알아내기까지 나는 한참이 걸렸어요. 한 번도 들어 본 적이 없는 말이었거든요, 알아요? 잘 기억은 나지 않지만 그녀가 무슨 말을 했는데 내가 노르웨이어, 스웨덴어, 덴마크어, 핀란드어, 아이슬란드어, 그리고 에스토니아어라고 했을 때 눈이 조금 다르게 반짝이는 것 같았어요. 그래서 알아맞혔어요."

"문제는 남편이 연쇄 살인마인지 아니면 그녀가 정신이 나간 건지 알 수 없다는 거예요. 우리가 위험에 처했는지 아닌지. 무슨 말인지 알겠어요?"

"나는 한 번도 그렇게." 엘레나가 두 번째 끼어들었다. "어떤 여자가 그렇게 두려움에 떠는 모습을 본 적이 없어요. 지금부터라도 주의하는 게 좋겠어요."

"그녀에게 질문을 더 해 봐야 해요."

"다시 말을 걸어 볼까요?"

"그래요."

"만일 그가 오면…… 어떻게 하죠?"

새로운 사랑을 찾아 짧지만 열정적이었던 방문을 마친 알렉산드레 로치는 마지막 결심을 굳혔다. 게르트루드, 미안해, 하지만 다른 방법이 없어. 당신이 그렇게 만든 거야. 이제는 내가 살아야겠어. 그는 터벅터벅 기계적으로 지하철역 계단을 오르며 오늘 밤을 넘기지는 않을 거야라고 중얼거렸다.

그러는 동안 게르트루드는 점점 더 많은 것들을 에스토니아어로 말했고, 피 한 방울만 봐도 기절하기 일쑤고 늘 초조해하는 아가타는 간호사복을 입고 도라에게 통역을 해 주었다. 그녀는 어두운 곳에서 그를, 그의 옆모습을 바라보고 있었다고 말했다. 그래요, 왜냐하면 며칠 전부터 행동이 이상했거든요, 몹시 이상했어요, 무슨 일인지 모르지만 이렇게, 이렇게 하더라고요, 자기 턱을 꽉 잡더란 말이지요, 가엾은 게르트루드는 이렇게가 어떻게인지 보여 주기 위해 팔을 움직였지만 생각을 움직이는 것 말고는 몸을 쓸 수 없다는 사실을 깨닫고는 그가 나에게 자신의 영혼을 보여 주는 것 같았다고, 내가 존재한다는 사실 자체를 혐오하는 것 같았다고 이야기했다. 그리고 그가 말했어요. 다 끝났어, 다 망해 버리라지. 그래, 그래. 다 끝났어. 다 망해 버리라고.

"그가 에스토니아어로 말하던가요?"

"네?"

"그가 에스토니아어로 말했냐고요?"

"제가 어떻게 알겠어요……. 제가 그 사람이 안전벨트를 풀려고 낑낑거리는 것을 본 게 그때였어요. 차가 날아가기 시작했고, 저는 사아아안드레에에에, 이 개자식……. 그게 끝이었어요. 깨어 보니 그가 제 앞에 있었고, 내 잘못이 아니야, 게르트루드, 사고였어라고 말했어요."

"당신 남편은 에스토니아어를 몰라요."

"그래요. 하지만 알아는 듣죠. 하는 거나 마찬가지예요."

"당신은 카탈루냐어가 불편한가요?"

"제가 무슨 언어로 이야기하고 있죠?"

그때 출입문 걸쇠가 덜컥이는 소리가 들려 세 여인은 그 자리에서 꽁꽁 얼어붙었다.

"체온계를 꽂아요. 아니, 발을 씻기는 척하죠!"

"어떻게 하는 건가요?"

"이런, 씻기기나 해요. 저 남자가 여기 있으면 안 돼요."

"이런, 손님이 계셨군요?" 그는 놀라움을 감추며 말했다.

"안녕하세요, 로치 씨."

그는 두 명을 동시에 바라보았다. 아니, 세 명이었다. 재빠르고 의심이 가득한 눈빛이었다. 그는 입이 벌어졌다. 만난 적 없는 간호사가 공작용 점토를 가지고 놀 듯 게르트루드의 오른쪽 다리를 만지고 있었다.

"그러니까…… 저를 도와주러 온 거예요."

"상태는 어떻습니까?" 게르트루드에 대해 물었다.

"똑같아요. 차도가 없어요." 그녀가 아가타에 대해 말했다. "이쪽은 동료 간호사……."

로치 교수는 결국 방에 들어오더니 게르트루드를 바라보고 이마에 입을 맞추고는 볼을 만지며 금방 돌아올게, 내 사랑, 가는 파스타를 사는 것을 깜빡했어라고 말했다. 그리고 다른 여인들에게 아무런 설명 없이 그곳을 나갔다. 다시 그녀들만 남았을 때 두 명은 서로를 바라보았다. 아니, 세 명이었다.

사라, 어젯밤 네가 준 쪽지를 찾았어. 마티아스 알패르츠라고 쓰여 있었어. 그런데 그거 알아? 그 정보의 출처를 절대 못 믿겠어. 베렝게 씨와 티토의 분노로 만들어진 썩은 출처라고. 베렝게 씨는 오로지 아버지, 어머니, 나에 대한 복수에만 관심 있는 도둑이야. 그들의 이익을 위해 너를 이용한 것뿐이란 말이야. 좀 더 깊이 생각할 시간을 줘. 더 알아볼 필요가……. 잘 모르겠어. 하지만 최선을 다하겠다고 약속할게, 사라.

산드레, 나를 죽이고 싶어 한다는 사실을 알아. 아무리 내 사랑이라 말하고, 아무리 가느다란 파스타를 사다 준다 해도 말이지. 당신이 무슨 짓을 했는지 알아. 꿈을 꿨거든. 내가 닷새 동안 혼수상태였다더라. 그 닷새 동안 나는 아주 선명하고 느리게 움직이는 사고 장면을 볼 수 있었어. 어둠 속에서 당신을 바라보았지. 며칠 전부터 당신은 아주 이상하고, 꽤 신경질적이고, 긴장이 잦고, 언제나 얼빠진 상태였거든. 남편이 이런 상태를 나타낼 때 여자들이 가장 먼저 하는 생각은 다른 여자가 생겼다는 거지. 다른 여자라는 유령 말이야. 그래, 이게 바로 가장 먼저 드는 생각이야. 하지만 무슨 말을 해야 할지 모르겠더라고. 당신이 바람을 피우다니 상상이 가질 않아. 처음으로 도와 달라는 말을 입 밖에 낸 날 나는 남편이 저를 죽이려고 해요, 도와주세요, 차 안에서 그의 얼굴이 이상하게 변했고, 안전벨트를 풀더니 이제 다 끝났어라고 말했거든요, 저는 사아아안드레에에에에, 이 개자식이라고 말했어요, 이런 계속 반복되는 꿈을 꾸고 나니 닷새가 지나 있었어요. 더 이상 제가 무슨 말을 하고 있는지도 모르겠어요. 그래, 처음으로 당신이 나를 죽이려 한다는 말을 입 밖에 냈을 때 아무도 내 말에 관심을 기울이지 않았어, 믿지 못하겠다는 듯이 말이지. 하지만 그때 그들이 나를 바라보았고, 이 도라라는 사람이 나에게 무슨 말을 하는 거예요, 당신 말을 알아들을 수가 없어요. 내가 남편이 나를 죽이려 한다는 말을 서슴없이 하며 두려움을 넘어 거의 공황 상태에 빠졌을 때였어. 아무도 나를 믿지 않았고 신경 쓰지 않았지. 산 채로 매장된 기분이었어. 정말 끔찍한 경험이야, 산드레. 내가 눈을 들여다보았는데 당신은 시선을 가만히 두지 못했지. 무슨 계산을 하고 있었던 거야? 남들한테는 말하면서 나에게 말하지 않는 그 무엇을 왜 알려 주지 않는 거야? 원하는 게 뭐지? 당신이 날 죽이려 했던 것 같다고, 날 죽이려 한다고 당신 얼굴에 대고 말하는 거? 당신 눈을 똑바로 바라보며 말할게, 당신 삶에 방해가 된다고 촛불을 후욱 불어 꺼 버리듯 나를 당신 가는 길에서 치워 버리는 편이 훨씬 간단하다고 생각했겠지. 나에게 설명도 없이. 산드레, 지금 설명은…… 나한테 필요 없을 것 같아. 다만 내 촛불을 끄지는 마. 죽고 싶지 않아. 난 조용히 이 갑옷 속에 파묻혀 희미한 불씨만 태우고 있을 뿐이야. 나를 치워 버리지 마. 가,

이혼 절차를 밟아, 하지만 내 불씨를 꺼뜨리지는 마.

아가타는 첫 번째 저녁 식사 냄새가 조금씩 층계참에 퍼질 무렵 집에서 나왔다. 다리가 아직도 떨렸다. 거리에서는 버스의 악취가 그녀를 맞이했다. 그녀는 곧장 지하철역으로 갔다. 어떤 살인자의 눈을 바라보았고, 그것은 매우 강렬한 느낌이었다. 만일 로치 씨가 정말 살인자라면 어떨까. 그것은 사실이었다. 계단을 내려가려는데 그 살인자가 송곳 같은 눈빛을 하고 다가왔다. 부인, 부탁이 있습니다. 그녀는 공포에 질려 걸음을 멈추었다. 그는 은근한 미소를 짓더니 머리를 넘기며 말했다.

"아내의 상태를 어떻게 보십니까?"

"좋지 않습니다." 무슨 말을 해 줘야 하지?

"회복할 방법이 없다는 게 사실입니까?"

"안타깝지만…… 음, 저는……."

"하지만 근종의 진행은 치료할 수 있지 않나요, 그렇게 들었습니다만."

"네, 그건 맞아요."

"그러니까 당신도 치료가 가능하다고 생각하시는 거군요."

"네, 그래요. 하지만……."

"당신이 간호사면 나는 로마의 추기경이오."

"무슨 말씀이신지?"

"우리 집에 왜 오신 겁니까?"

"실례지만 좀 바빠서요."

이럴 경우에 어떤 행동을 취하는가? 누군가 자신의 계획을 눈치챘다는 사실을 알게 된 살인자는 무엇을 하는가? 그 사람이 정말 살인자인지 확신할 수 없는 경우에 피해자는 어떤 행동을 하게 되는가? 둘은 제각기 망설이며 생각에 잠겼다. 잠시 그 둘은 진정으로 넋 나간 얼간이 같았다. 그제야 아가타는 안녕히 계세요라고 인사를 해야겠다는 생각이 떠올랐고, 그 즉시 계단을 따라 내려가자 로치 교수는 무엇을 해야 할지 모른 채 계단 가운데에 멀뚱히 서 있었다. 아가타는 플랫폼으로 내려갔다. 곧 열차가 도착했다. 안으로 들어가자마자 문 쪽을 향해 돌아서서 바라보았다. 그 정신병자가 쫓아오지 않았네. 문이 닫힐 때까지 그녀는 가쁜 숨을 몰아쉬었다.

밤이 되어 주위가 어두워지자 그는 그녀의 시선을 더 이상 견디지 않아도 되었다. 밤에 자는 척하던 게르트루드는 비겁한 산드레의 그림자를 보았고, 그녀가 좀 더 생기 있었을 때 편한 자세로 텔레비전을 보기 위해 사용하던 쿠션 냄새를 맡았다. 그녀는 산드레가 쿠션을 집어 들었다는 생각까지 할 여유가 있었다. 티베리우스가 아우구스투스를 살해할 때처럼 말이다. 나는 이미 반쯤 죽었으니 그렇게 힘들지 않겠지만 당신은 나쁜 놈이라기보다 비겁한 놈이라는 것을 알아야 해. 작별 인사를 위해 내 눈을 볼 엄두도 못 내더군. 게르트루드는 생각이 마비되는 것을 느꼈다. 그녀는 인생 최대의 질식을 경험하며 발작을 일으켰고, 그것은 곧 죽음으로 변했다.

도라가 어깨 위에 손을 올리더니 아르데볼 씨, 이제 그만 가서 쉬세요라고 말했다. 이건 명령입니다.

정신이 번쩍 든 아드리아는 놀라서 돌아보았다. 방 안의 불빛은 아늑했고, 미농의 치자꽃이 신비롭게 빛났다. 사라는 자고, 자고, 또 잤다. 도라와 어떤 낯선 사람이 그를 병원에서 쫓아냈다. 잠을 잘 수 있도록 도라가 알약 하나를 손에 쥐여 주었다. 그는 기계적으로 거리로 나와 클리니크역에서 전철에 올랐다. 그사이 알렉산드레 로치 교수는 베르다게르 전철역 입구에서 딸뻘 되어 보이는 여자를 만났다. 그의 학생이 틀림없었다. 세상에서 가장 훌륭한 탐정이자 용감한 세 여인에게 고용된 엘름 곤사가는 라우라가 가진 것과 비슷한 디지털인가 뭔가 하는 카메라로 그들이 입 맞추는 장면을 찍은 후 조심스럽게 뒤를 밟기 시작했다. 플랫폼에서 이들 세 명이 다 함께 지하철이 오기를 기다리다 행복에 겨운 커플은 탐정과 함께 열차에 올랐다. 사그라다 파밀리아 성당에서는 수도사 니콜라우 에이메리크와 아리베르트 보이트가 그들의 머릿속을 맴도는 위대한 사상들에 대한 이야기를 활기차게 나누며 올라탔고, 한쪽에서 뮈스 박사인지 부덴 박사인지가 켐피스[34]를 읽으며 창밖 터널의 어둠을 응시했고, 열차의 다른 칸에는 베네딕트 수도사복을 입은 성 페레 델 부르갈의 줄리아 형제가 꾸벅꾸벅 졸고 있었다. 그 옆에 서서 파르다크의 자키암 무레다는 눈을 크게 뜨고 주변에 펼쳐진 새로운 세계를 바라보았

34) 토마스 아 켐피스(Thomas à Kempis, 1380~1471). 독일의 신비사상가. 공동생활 형제회를 창설하여 청빈하고 경건한 생활의 종교 공동체를 꿈꾸었다.

다. 분명히 무레다 집안 사람들과 작고 눈먼 가엾은 베티나를 생각하고 있을 것이다. 옆에는 알 수 없는 앞일에 겁먹은 로렌초 스토리오니가 열차간 가운데의 지지대를 붙잡고서 넘어지지 않으려 애쓰고 있었으며, 열차가 산파우역에 멈추었을 때 승객들 몇 명이 내렸고, 그곳에서 좀먹은 가발을 쓴 기욤프랑수아와 이야기를 나누고 있던 드라고 그라드니크는 상상 이상으로 몸집이 불어서 열차에 오를 때 고개를 숙여야 했는데 그의 미소는 하임 삼촌의 심각한 표정을 연상시켰다. 비록 사라가 그린 초상화에서는 웃고 있지 않았지만 말이다. 열차가 다시 움직이기 시작했다. 그때 나는 마티아스, 용감한 베르타, 숲속 나무 같은 흑갈색 머리의 트루우, 흑옥처럼 새까만 머리색을 가진 아멜리아, 해처럼 반짝이는 금발을 한 막내 율리아, 용감한 네트예 데 부크, 기침하는 장모가 열차간 끝에서 베르나트와 함께 이야기를 나누고 있다는 사실을 알아차렸다. 베르나트라고? 그렇다. 그리고 열차에 타고 있던 나도 함께였다. 그들은 문 잠긴 열차에 올라서 마지막으로 함께한 기차 여행에 대해 서로 이야기를 나누었고, 아멜리아는 루돌프 회스에게 개머리판으로 맞은 찢어진 뒷덜미를 보여 주며 이것 보세요, 보여요? 했고, 그는 홀로 앉아 플랫폼을 바라보며 어린아이의 부어오른 뒷덜미를 애써 바라보지 않으려 하고 있었다. 아이의 입술에 이미 죽음의 먹색이 번지고 있었지만 부모는 개의치 않는 듯했다. 모두 젊고 활기에 넘쳤다. 우수 가득한 눈에 행동이 굼뜬 늙은이 마티아스를 제외하고 말이다. 아이들은 아버지의 세월을 받아들이거나 용서하기 힘든 듯 그를 의심스러운 눈초리로 바라보았다. 특히 게르트루드의 시선과 많이 닮은 용감한 베르타의 눈빛이 그랬다. 아니다, 조금 달랐던가. 그들이 캄프 데 라르파에 도착했을 때 펠릭스 모를린은 아버지와 신나게 떠들며 열차에 오르는 중이었다. 못 본 지 수년이 지나 얼굴이 정확히 기억나지 않았지만 아버지를 단번에 알아보았다. 그의 뒤로 카슨 보안관이 충실한 벗 검은 독수리와 함께 모습을 나타냈는데 둘은 아무 말도 없이 애써 나를 외면하고 있었다. 나는 카슨이 열차 바닥에 침을 뱉으려는 순간 용감한 검은 독수리가 냉정한 손짓으로 막는 것을 보았다. 알지 못할 이유로 열차는 모든 문을 열어 놓고 멈추어 서 있었다. 내가 생각하기에 베렝게 씨와 티토는 팔짱을 끼고 열차에 오를 충분한 시간이 있었다. 열차에 타기를 주저하던 로타르 그뤼베를 보자 뒤따라오던 어머니와 작은 롤라가 그의 결심을 도와주었다. 그리고 문이 닫힐 무렵 알리 바흐르는 불명예를 안게 된 아마니 없이 혼자 뛰어와 억지로 문을 열고 열차에 올랐다. 마침내 문이 완전히 닫히고 열차가 출발하여 사그레라 방향으로 가는 터널에 진입한 지 삼십 초가 지났을 즈음 알리 바흐르가 열차 가운데에 자리 잡고 서서 정신 나간 사람처럼 외치기 시작했다. 자비로운 신이시여, 이 썩은 고기들을 모조리 치워 버리시오! 그가 젤라바를 젖히고 알라후 아크바! 하고 외치며 옷에 달린 줄을 잡아당기자 모든 것이 번쩍이며 흰색으로 바뀌더니 우리 중 누구도 거대한 덩어리의…….

누군가가 흔들어 깨우고 있었다. 그는 눈을 떴다. 카테리나가 그에게 몸을 숙이고 있었다.

"아드리아! 내 말 들려요?"

아주 깊은 잠에 빠져 있던 그가 정신을 차리는 데는 몇 초의 시간이 더 필요했다.

"내 말 들려요, 아드리아?"

"네, 무슨 일이죠?"

병원에서 방금 전화가 왔다거나 당신을 찾는다거나, 아니면 전화가 왔어요, 응급 상황이래요라거나 아니, 어쩌면 더할 나위 없이 좋은 핑계인 전화 왔어요라고 말한 뒤 다림질을 하러 가는 대신에 항상 첫 줄에 서고 싶어 하는 카테리나는 아드리아, 내 말 들려요라고 다시 말했고, 내가 네, 무슨 일이죠 대답하자 사가가 깨어났대요 했다.

나는 잠이 완전히 달아났다. 그녀가 깨어났대, 그녀가 깨어났대라는 생각보다 내가 거기 없었네, 내가 거기 없었네라고 생각했다. 발가벗은 상태인 것도 잊고서 아드리아가 침대를 박차며 일어나자 카테리나는 흘긋 보고 당장에 그의 불뚝 나온 배를 두고 잔소리를 했으나 더 이상의 비난은 다른 때를 위해 아껴 두기로 했다.

"어디에서요?" 몽롱한 상태로 물었다.

"전화받아요."

아드리아는 서재의 수화기를 집어 들었다. 레알 박사로부터 직접 걸려 온 전화였다. 사라가 눈을 떴고 말을 하기 시작했다는 것이었다.

"무슨 언어로요?"

"네?"

"이해 가능한 언어인가요?" 대답을 기다리지 않고 그가 말했다. "빨리 가겠습니다."

"보시기 전에 먼저 상의할 것이 있습니다."

"알겠습니다. 얼른 가죠."

층계참으로 나가는 문 앞에 버티고 선 카테리나가 아니었다면 나는 옷도 안 걸치고 병원으로 갈 뻔했다. 넘치는 기쁨에 하찮은 것들까지 신경 쓸 겨를이 없었다. 아드리아가 울며 샤워를 하고, 울다가 웃다가 하며 옷을 입고, 웃으며 길을 나서자 카테리나는 빨래를 끝내고 집의 문을 닫으면서 이 남자는 울어야 할 때 울고, 울어야 할 때 웃기도 하는군이라고 말했다.

비썩 마른 몸에 주름진 얼굴을 한 의사는 사무실 비슷한 곳으로 그를 안내했다.

"이봐요, 얼른 인사하고 싶다고요."

"잠깐만요, 아르데볼 씨."

그를 앉힌 후 그녀는 자리에 앉아 조용히 바라보았다.

"무슨 일입니까?" 아드리아는 걱정스럽게 물었다. "괜찮은 거죠, 그렇죠?"

그러자 의사는 그가 그토록 우려하던 것을 이야기하기 시작했다. 종교가 있으신지 모르겠지만 기적이 일어났습니다. 주님이 당신의 기도를 들은 것이지요.

"저는 종교가 없습니다." 내가 말했다. "기도도 하지 않지요." 거짓말이었다.

"당신 부인은 죽지 않을 겁니다. 그렇지만 손상이……."

"이런."

"네."

"일단 뇌졸중의 영향을 살펴봐야 합니다."

"네."

"문제는 다른 후유증들이 있어요."

"어떤 것들이죠?"

"지난 며칠 동안 이완 마비 증상을 보였어요. 제 말 이해하시겠어요?"

"아니요."

"신경과 전문의가 CT 촬영을 권하더군요. 그 결과 경추 6번의 골절이 발견되었습니다."

"그게 무슨 말입니까?"

레알 박사는 그를 향해 살짝 몸을 기울이고서 어조를 바꾸어 말했다.

"척수에 심각한 부상을 입었다는 거죠."

"마비가 온다는 말인가요?"

"그렇습니다." 짧은 침묵 후 그녀는 낮은 목소리로 말했다. "사지 마비[35]입니다."

박사는 '4'를 의미하는 그리스어 접두어 'tetra-'와 단어 'plēgē'에서 유래해 '상해' 혹은 '불운'을 의미하는 접미어 '-plègia'를 사용하여 사라의 현재 상태를 설명했다. 나의 사라

35) Tetraplègia.(카탈루냐어)

가 네 번이나 불운을 입었다는군. 그리스어가 없었으면 어쩔 뻔했을까? 인류의 대비극을 인지하지도 이해하지도 못했을 것이다.

나는 신을 믿지 않았기 때문에 신에게서 등을 돌릴 수 없었다. 레알 박사의 얼굴에 주먹을 날릴 수도 없었다. 그녀의 잘못이 아니었다. 나는 그저 하늘을 바라보며 내가 그곳에 없었고, 그녀를 구할 수도 있었다고 자책할 뿐이었다. 내가 그곳에 있었다면 그녀는 층계참으로 가지 않았을 테고, 그냥 바닥으로 쓰러져 머리에 가벼운 부상만 입었을 것이다. 그러나 나는 라우라와 잠자리를 하고 있었다.

그들이 사라를 보게 해 주었다. 진정제를 맞는 사라는 겨우 눈을 뜰 수 있었다. 아드리아는 그녀가 자신을 향해 웃고 있는 것 같았다. 그는 매우, 매우, 매우 많이 사랑한다고 말했는데 그녀는 입을 반쯤 벌렸지만 아무 말도 하지 않았다. 그렇게 나흘, 닷새가 지났다. 미농의 치자꽃은 천천히 그녀를 깨우며 그녀의 충실한 동반자가 되어 주었다. 어느 금요일, 심리학자와 신경과 전문의와 레알 박사는 내가 함께 사라의 방에 들어가는 것을 허락하지 않고 그곳에서 꽤 긴 시간을 보냈다. 도라가 마치 케르베로스처럼 그곳을 지키고 있었다. 나는 대기실 같은 곳에서 울며 기다렸다. 그들이 나왔을 때 그들은 내 얼굴에서 눈물의 흔적이 사라질 때까지 사라를 만나 입을 맞추는 것을 허락해 주지 않았다. 그리고 사라는 나를 만나자마자 커피나 한잔하자고 하는 대신에 아드리아, 그만 죽고 싶어라고 말했다. 흰색 장미 다발을 들고 얼어붙은 미소를 짓는 나 자신이 바보같이 느껴졌다.

"나의 사라." 내가 말했다.

그녀는 진지한 표정으로 말없이 나를 바라보았다.

"미안해."

역시 대답이 없었다. 겨우 침을 삼키는 것 같았다. 그러나 여전히 말은 없었다. 게르트루드 같았다.

"바이올린을 돌려줄 거야. 이름을 알아냈거든."

"움직일 수가 없어."

"아니, 기다려 봐. 지금은 그래. 하지만……."

"설명 들었어. 다시는 움직일 수 없대."

"그 사람들이 뭘 안다고?"

그 모든 것에도 불구하고 내 대답에 그녀는 포기한 듯한 미소를 지었다.

"더 이상 그림을 그리지 못할 거야."

"하지만 손가락을 움직일 수 있잖아?"

"응, 이것만. 이게 다야."

"좋은 신호잖아, 안 그래?"

그녀는 대답을 생략하며 내 질문에 큰 의미를 두지 않았다. 침묵의 어색한 기운을 누그러뜨리기 위해 아드리아는 명랑한 척 말했다.

"우선 모든 의사들과 얘기를 해 봐야지. 그렇죠, 선생님?"

아드리아는 방금 병실로 들어온 레알 박사를 향해 고개를 돌리며 말했다. 그는 그녀에게 줄 선물인 것처럼 여전히 장미

다발을 손에 쥐고 있었다.

"네, 그럼요." 의사가 말했다.

그리고 그녀는 마치 자신을 위한 것인 양 꽃다발을 가져갔다. 사라는 완전히 지친 듯 눈을 감았다.

54

베르나트와 테클라가 사라를 가장 먼저 방문했다. 당황한 그들은 말을 잇지 못했다. 사라는 웃을 기분도 농담할 기분도 아니었다. 와 줘서 고맙다는 인사를 하고 더 이상 입을 열지 않았다. 나는 가능해지는 대로 집에 돌아가 그녀가 편히 지낼 수 있도록 준비를 할 거라고 계속 말했다. 하지만 그녀는 반듯이 누워서 웃음을 잃은 채 천장만 바라보았다. 베르나트는 분위기를 과장하며 사라, 그거 알아요? 얼마 전 사중주단과 함께 파리에 다녀왔거든요, 살 플레옐에서 연주했죠, 그 중간 크기의 홀 있잖아요, 아드리아가 오래전에 연주했던 곳 말이에요.

"아, 그랬나?" 아드리아가 놀라며 말했다.

"응."

"내가 거기에서 연주한 건 어떻게 알아?"

"네가 말해 줬잖아."

당신과 내가 처음 만난 장소가 그곳이었다는 사실도 알려줘야 했을까? 카스텔스 선생과 이름이 잘 기억나지 않지만 당신 아주머니가 함께 작전을 짰는데. 당신 아주머니 이름이 뭐였더라? 아니면 그냥 우리끼리만 알고 있을까?

"아마 사라와 내가 처음 만난 곳이지."

"아, 그래? 이건 정말 아름다운데." 미농의 치자꽃을 가리키며 말했다.

테클라는 사라에게 다가가 볼에 손을 올리더니 한참을 조용히 쓰다듬었다. 한편 베르나트와 나는 애써 모든 상황이 아주 무탈하다는 듯 행동했다. 멍청한 아드리아는 아직도 몰랐다. 만일 그녀가, 사라가 그를 느낄 수 있도록 하려면 죽은 손이 아니라 얼굴을 만져야 한다는 사실을 말이다. 죽은 것은 아니지만. 그러니까 손은 잠들어 있었다.

나중에 그들만 남았을 때 아드리아가 볼에 손을 올리자 그녀는 침묵으로 가득 찬 아주 냉정한 몸짓으로 그를 거부했다.

"나한테 화났구나."

"너한테 화를 내는 것보다 더 심각한 문제들이 있어."

"미안."

둘은 조용해졌다. 우리 삶이 산산조각 난 유리처럼 흩어져, 우리는 다치게 될지도 몰랐다.

그날 밤 집에 돌아온 아드리아는 더위에 발코니를 열어 두었다. 무엇을 해야 할지 몰라서, 그리고 스스로에게 화가 나서 유령처럼 집을 돌아다녔다. 크나큰 슬픔이 지나가자 마음 깊은 곳에는 자신이 피해자라는 생각이 들었기 때문이다. 그 상황에서 피해자는 오직 당신뿐이라는 사실을 깨닫기까지 꽤 오랜 시간이 걸렸다. 그래서 이틀인가 사흘 후 나는 당신 옆에 앉았고, 당신 손을 잡았고, 그것이 무감각하다는 사실을 알고 선 손을 조심스럽게 제자리에 내려놓았고, 손가락 끝으로 볼을 쓰다듬으며 사라, 주인에게 바이올린을 반환하는 순서를 밟고 있어라고 말했다. 그녀는 절반만 진실인 내 말에 아무런 대답을 하지 않았지만 내 손가락을 물리치지는 않았다. 영원과 같이 느껴지던 오 분간의 침묵이 끝나고 마음속 아주 깊이에서 진심을 담아 그녀가 가느다란 목소리로 고맙다고 말해서 나는 금방이라도 눈물이 쏟아질 것 같았지만 참았는데, 왜냐하면 그 병실에서 나는 울음을 터뜨릴 권리가 없다는 사실을 잘 알고 있었기 때문이다.

"'아니면 나 스스로가 생각하기에 분명히 나의 존엄을 지킬 수 없는 상황.' 이렇게 쓰면 되겠다."

"쉬운 말이라고 함부로 하지 마."

"아니야. 정말 그래. 이 문구를 생각해 내는 데 정말 힘들었지만 내 삶의 선언과도 같아. 그것을 입증할 만큼 나는 정신도 또렷하다고."

"넌 정신이 또렷한 게 아니야. 사기가 꺾였어."

"네가 뭔가 헷갈리는 모양인데."

"뭐라고."

"난 정신이 멀쩡해."

"넌 살아 있어. 계속 살아갈 거고. 내가 항상 네 곁에 있을 거야."

"내 옆에 있을 필요 없어. 내가 간절히 부탁한 걸 네가 용감하게 해내길 바랄 뿐이야."

"못하겠어."

"넌 겁쟁이야."

"맞아."

54호실이라고 하는 소리가 들렸다. 여기네, 맞아. 문이 열렸고, 나는 들어오는 사람들에게 웃음을 지어 보였다. 우리의 대화는 잠시 끊어졌다. 카다케스에서 온 친구들이었다. 그들도 장미에 대해 알고 있었다.

"정말 예쁘지, 사라." 여자가 말했다.

"정말 예쁘네."

사라는 창백하게 미소를 지었는데 매우 정중한 태도였다. 자기는 괜찮으니 걱정 말라고 그들을 안심시켰다. 카다케스의 친구들은 삼십 분이 지나서야 좀 더 마음을 놓으며 그곳을 떠날 수 있었다. 무슨 말을 해야 할지 모른 채 방문했기 때문이었다. 가엾은 사라.

수많은 날들이 지나는 동안 수많은 방문들로 인해 우리의 대화는 중단되었다. 대화 내용은 언제나 똑같았지만 말이다. 사라가 깨어난 지 보름 아니면 이십 일쯤 되던 어느 날 집에 가려는데 사라가 미농의 그림을 자기 앞에 걸어 달라고 했다. 몇 분 동안 사라는 눈을 깜빡이지 않고 열정적으로 그림을 바라보았다. 그리고 갑자기 눈물을 흘리기 시작했다. 나를 다시 용감해지게 만든 것은 분명히 그 눈물이었다.

55

당신이 참석하지 못한 전시회는 그렇게 시작되었다. 갤러리 사람들은 앞으로 이 년간 일정이 꽉 찼기 때문에 연기할 수 없었고, 사라 볼테스엡스타인은 절대 방문이 불가능할 테니 그냥 계획대로 진행하고 네가 이야기나 해 줘, 정말이야. 비디오로 녹화할 수 있잖아, 그렇지?

전시회 며칠 전에 사라는 나와 막스를 침대 옆에 불러들이더니 그림을 두 점 더 추가하고 싶다고 했다.

"어떤 그림들인데?"

"풍경화 두 점이야."

"하지만……." 어리둥절해진 막스가 말했다. "초상화 전시회잖아."

"풍경화 두 점을 더 추가할 거야." 그녀는 포기하지 않았다. "어떤 영혼에 대한 초상화나 마찬가지거든."

막스와 아드리아는 갸우뚱하며 서로를 바라보았다.

"어떤 건데?" 내가 물었다.

"토나의 풍경하고 성 페레 델 부르갈의 애프스."

당신의 평정심은 나를 아연실색하게 만들었다. 당신은 계속 지시를 내렸다. 두 그림 모두 카다케스에 두고 온 검은색 파일에 있어. 토나를 그린 그림은 '아드리아의 아르카디아에서', 다른 그림은 '성 페레 델 부르갈: 꿈'이라고 제목을 붙여 줘.

"누구의 영혼을 그린 초상화인데?" 막스에게는 설명이 필요했다.

"그걸 알아야 할 사람은 이미 알고 있어."

"아드리아의 영혼." 나는 거의 울 뻔하며 말을 이었다. 사실 기쁨이 터져 나오기 직전이었던 것 같다. 여전히 그때의 느낌이 확실치 않지만 말이다.

"하지만 갤러리 사람들이……."

"두 점만 더 추가하는 거야, 정말, 막스! 예산이 부족하면 표구를 하지 말라고 해."

"아니야, 그런 게 아니야. 나는 초상화의 개념 때문에 이야기를 하는 거지……."

"막스, 나를 봐."

당신이 눈을 찌르던 머리카락을 후후 불어서 나는 손으로 그것을 넘겨 주었어. 당신은 고맙다고 했지. 그리고 막스에게 말했어. 전시회는 내가 원하는 대로 구성될 거야. 내 말을 들어야 해. 초상화 서른 점과 내가 사랑하는 사람을 위해 그린 풍경화 두 점으로 말이야.

"아니, 아니, 만일 나는……."

"잠깐만. 하나는 아드리아가 잃어버린 낙원에 대한 자유로운 해석이야. 다른 하나는 몰락한 수도원의 흔적을 그렸는데, 이유는 모르겠지만 아드리아가 언제나 머릿속에 넣어 다니는 곳이지. 실제로 본 지는 얼마 되지 않았어도 말이야. 그렇게 해 줘. 나를 위해서. 비록 내가 전시회에 직접 갈 수는 없지만."

"데려가 줄게."

"응급차에 간이침대에…… 생각만 해도 소름 끼쳐. 그럴 필요 없으니까 녹화나 해 줘."

그렇게 해서 작가 없이 개막식을 치렀다. 막스는 강인한 남자의 역할을 수행하며 내 동생은 이 자리에 없지만 있는 것이나 마찬가지입니다라고 말했다. 오늘 저녁에 지금 찍고 있는 사진과 비디오를 보여 줄 겁니다, 그리고 사라는 푹신한 쿠션에 등을 기댄 채 처음으로 모든 초상화와 두 점의 풍경화가 한데 모인 것을 볼 수 있었다. 54호실의 2차 개막식에서 막스, 도라, 베르나트, 달마우 박사, 나, 그리고 누군지 모르는 몇몇 사람과 함께한 카메라가 하임 삼촌을 비추었을 때 사라는 잠깐만 멈춰 봐라고 말했다. 그녀는 멈춰진 화면을 몇 초간 바라보며 알 수 없는 생각에 잠겼다. 잠시 후 필름은 다시 돌아갔다. 고개를 숙이고 책을 읽는 내 초상화가 나왔을 때는 사라가 영상을 멈추지 않았다. 수수께끼 같은 시선을 하고 있는 그녀의 자화상을 비추었을 때도 그것을 보고 싶어 하지 않았다. 오히려 사라는 막스가 참석자들에게 설명하는 모습을 주의 깊게 보았고, 많은 사람들이 참석한 것을 확인하자 다른 장면들이 나오는 동안 고마워, 오빠, 정말 아름다운 인사말이었어라고 말했다. 그리고 무르트라, 호세, 찬탈 카세스, 안도라의 리에라 가족도 왔네 하며, 아니 저건 요렌스 아니야, 정말 많이 컸구나라고 덧붙였다.

"테클라도 왔어, 보이지?" 내가 말했다.

"베르나트도 왔구나. 정말 잘됐다."

"어머, 저 잘생긴 분은 누군가요?" 도라가 끼어들며 말했다.

"제 친구 놈이에요." 막스가 말했다. "지오르지오라고."

침묵이 흘렀다. 어색함을 누그러뜨리기 위해 막스가 다시 말했다.

"모든 작품이 팔렸어. 내 말 들었어?"

"저 사람은 누구야? 멈춰, 멈춰 봐!" 사라는 기적적으로 거의 자리에서 일어났다. "빌라데칸스잖아! 하임 삼촌을 잡아먹을 듯이 바라보네."

"응, 응, 맞아. 거기 있었어. 작품 하나하나를 그렇게 오랫동안 바라보더라고."

"이런……."

반짝이는 눈을 보며 나는 그녀에게 희망이 다시 찾아드는 중이라고 여겼다. 우선순위를 바꾸고, 생활양식을 바꾸고, 모든 것들의 가치를 바꿈으로써 새로운 삶이 가능하리라는 생각을 했다. 그렇지 않은가? 마치 내 말을 들은 듯 사라는 다시 심각해졌다. 그리고 조금 있다가

"자화상은 판매용이 아니야."

"뭐라고?" 막스가 놀라며 말했다.

"팔지 않는다고."

"제일 먼저 팔렸어."

"누가 샀는데?"

"모르겠어. 물어볼게."

"말했잖아……." 정신이 혼미한 듯 사라는 조용해졌다.

우리에게 아무 말도 한 적이 없어. 하지만 당신 세상은 당신이 말한 것, 생각한 것, 희망한 것, 지금 같지 않다면 달랐을 것들이 섞이기 시작했지.

"여기서 전화를 걸 수 있을까?" 막스가 절망적으로 말했다.

"간호사실 앞에 전화가 한 대 있어."

"전화할 필요 없어." 마치 범죄 현장에서 바로 잡힌 것처럼 아드리아가 끼어들었다.

막스, 사라, 달마우 박사, 베르나트의 나를 향한 시선이 느껴졌다. 가끔 나에게 있는 일이다. 내가 초대장 없이 인생에 뛰어들었는데 사람들이 갑자기 내가 사기꾼이라도 되는 양 송곳 같은 비난하는 눈빛으로 나를 바라보는 것이다.

"왜?" 누군가가 말했다.

"내가 샀거든."

침묵이 흘렀다. 사라는 얼굴을 찡그렸다.

"바보같이." 그녀가 말했다.

아드리아는 눈을 크게 뜨고 바라보았다.

"너에게 선물하고 싶었거든." 즉흥적으로 지어낸 말이었다.

"나도 너한테 선물하려고 했단 말이야." 그녀는 수줍게 웃음을 터뜨렸다. 아프기 전에는 들어 본 적 없는 새로운 웃음소리였다.

병원에서 열린 개막식은 참석자들의 건배로 끝났다. 모두가 슬픈 플라스틱 잔에 물을 채웠다. 사라는 그곳에 있었으면 좋았을 거라는 말을 한 번도 하지 않았다. 하지만 당신은 나를 바라보며 웃음 지었지. 바이올린에 관한 절반의 진실 덕에 당신은 화가 조금 풀렸던 게 분명해. 나는 그것이 거짓이라고 결국 말하지 못했지만.

내 도움을 받아 형식적으로 물을 한 모금 들이켰을 때 그녀는 고개를 이리저리 돌리면서 갑자기 말했다. 머리를 아주 짧게 자를래, 뒷덜미가 간지러워.

알가르베에서 돌아온 라우라는 햇볕에 많이 그을린 모습이었다. 이것저것 복잡한 일들과 9월 시험으로 급한 불을 끄는 와중에 우리는 연구실에서 마주쳤다. 그녀는 사라가 어떤지 물었고, 내가 음, 그게 말이에요 하자 더 이상 묻지 않았다. 연구실에 함께 있던 몇 시간 동안 우리는 더 이상 아무 말도 하지 않고 서로 보이지 않는 척 굴었다. 며칠 후 나는 막스와 점심을 같이 먹었다. 전시회의 모든 초상화를 22×32센티미터 크기로 담은 책을 내면 어떨까 하는 생각이 들었기 때문이다. 전시회 제목 그대로 책 제목을 붙이면 될 것 같아요, 어떻게 생각해요? 아주 훌륭한 생각이야. 아드리아는 두 점의 풍경화도 넣고요. 좋아, 풍경화 두 점도 넣기로 하지. 서두르지 않고 아주 잘 만든 비싼 책이 될 거예요. 좋아, 아주 잘 만든 책이라. 비용을 어떻게 마련할지를 두고 티격태격하던 우리는 절반씩

부담하기로 했고, 나는 아르티펠라크와 바우사의 도움을 받아 작업을 시작했다. 어쩌면 우리가 또 다른 삶을 시작할 수 있다는 생각에 나는 기대에 부풀어 있었다. 너는 집에서 정성껏 보살핌을 받고, 그러니까 만일 네가 아직도 나와 함께 살고 싶다면 말이야. 아직 확실치는 않지만. 네가 원하고, 그 이상한 생각들을 관둔다면 말이지. 나는 모든 의사들과 상의했다. 달마우 박사는 그가 진찰한 바에 의하면 사라가 여전히 좋지 않은 상태이고, 집에 데려가는 것을 서두르지 않는 편이 좋겠으며, 레알 박사의 말이 맞다고 경고했다. 모두의 정신 건강을 위해 아직은 아무런 계획을 짜지 않는 게 좋다고도 말했다. 하루하루를 천천히 보내는 방법을 터득해야 해요, 정말입니다. 어느 날 라우라는 교실 복도로 나를 불러내더니 웁살라로 돌아간다고 말했다. 언어사 연구소에서 일해 보지 않겠냐는 제의가 왔어요, 그리고…….

"잘됐군요."

"글쎄요. 난 떠나요. 변호사를 구하려거든 나는 웁살라에 있다고요."

"라우라, 난 아무것도 원하지 않아요."

"당신은 언제나 자신이 무엇을 원하는지 몰라요."

"좋아요. 하지만 당신을 만나러 웁살라에 갈 일이 없다는 사실은 알지요."

"내가 할 말은 다 했어요."

"다른 사람들이 당신 뜻대로 하기를 바라며 살 수는……."

"이봐요."

"말해 봐요."

"이건 내 인생이에요, 당신 인생이 아니라고요. 내 인생의 지침서를 쓰는 사람은 나라고요."

까치발을 한 그녀는 내 볼에 입을 맞추었고, 내 기억에는 그것이 우리의 마지막 대화였다. 그녀가 웁살라에 산다는 것을 안다. 예닐곱 편의 꽤 괜찮은 논문을 발표한 사실도 안다. 가끔 그녀가 생각나지만 나보다 좀 더 진실한 사람을 만났기를 바란다. 그러는 동안 막스와 나는 초상화를 담은 책을 비밀에 부치기로 했다. 작업을 그만두도록 그녀가 우리를 만류하는 것을 막기 위해서라는 게 가장 큰 이유였다. 우리의 희망이 그녀에게 작은 흥분을 일으켜 그것이 확산되기를 바랐다. 그래서 조안 페레 빌라데칸스에게 짧은 서문을 부탁했고, 그는 흔쾌히 승낙했다. 몇 줄 안 되는 짧은 글에 사라의 예술에 대한 너무나 많은 이야기가 담겨 있어서 나는 강렬하고 충동적인 질투를 느꼈다. 사라의 그림에 내가 발견하지 못한 관점들과 세부 사항들이 어찌나 많던지! 내가 역시 알아채지 못했던 당신 삶의 수많은 면들이 있듯이 말이다.

조금씩 조금씩, 병원에 있는 당신을 가만히 살피며 나는 손가락 하나도 움직이지 않고 오로지 말로, 명령으로, 제안으로, 부탁으로, 간청으로, 그리고 지금 생각해도 나를 꿰뚫고 사랑으로 상처 입히고 정확히 집어낼 수는 없지만 그 무엇을 가능하게 하는 그 눈빛으로 세상을 항해하는 여성을 발견할 수 있었다. 사실대로 말하자면 나는 양심의 가책으로 매우 괴로워하는 중이었다. 어떤 이름 하나가 맴돌고 있기는 했다. 알패르츠였다. 하지만 그가 바이올린의 진짜 주인인지 확실치 않았다. 아버지가 아람어로 작성한 유언장 형식의 글에 등장하는 이름과 일치하지 않는다는 사실은 알았다. 사라, 당신에게 말하지 않았지만 그 문제를 해결하기 위해 나는 아무것도 하지 않고 있었어. 고백합니다.(라틴어)

창백하고 느슨한 그날 오후에는 찾아온 사람이 없었다. 사람들은 저마다 일을 해야 했고, 일상은 제자리를 찾기 시작했다. 당신은 나에게 조금만 더 있다가 가라고 했다.

"도라가 허락하면 가능해."

"허락할 거야. 내가 얘기해 뒀거든. 너한테 할 말이 있어."

도라와 당신이 서로 말이 필요 없이 처음부터 잘 통했다는 사실은 이미 알고 있었다.

"사라, 내 생각에는……."

"이봐. 나를 봐."

나는 슬픈 표정으로 그녀를 바라보았다. 여전히 아름다운 긴 머리를 하고 있었다. 그리고 당신은 나에게 말했지. 내 손을 잡아 봐. 그렇게. 좀 더 위쪽으로, 내가 볼 수 있게. 그렇게.

"무슨 말을 하고 싶은데?" 나는 다시 그 주제가 나올까 봐 겁을 집어먹은 상태였다.

"나한테 딸이 하나 있었어."

"음, 뭐라고?"

"파리에서. 이름이 클라우딘이야. 두 달 만에 죽었어. 태어난 지 오십구 일째 되던 날에 말이야. 난 좋은 엄마가 되어 주지 못했어. 아이가 아픈 사실을 알아채지 못했거든. 석탄처럼 짙은 눈동자를 가진 클라우딘은 연약하고 울음이 많은 아이였어. 언제 무슨 병에 걸렸는지. 병원에 데려가던 길에 내 품에서 죽어 버렸어."

"사라……."

"자식의 죽음. 한 사람이 겪을 수 있는 가장 깊은 고통일 거야. 그래서 더 이상 아이를 갖고 싶지 않았어. 클라우딘에게 옳지 못한 일을 하는 것 같았거든."

"왜 이야기하지 않았어?"

"내 잘못이었잖아. 그런 아픔을 너에게까지 전해선 안 된다고 생각했어. 이제 아이를 다시 만날 거야."

"사라."

"응."

"네 잘못이 아니었어. 그리고 너는 죽지 않아도 돼."

"죽고 싶어, 이미 너도 알잖아."

"네가 죽도록 두지 않을 거야."

"나도 택시를 타고 클라우딘에게 똑같은 말을 했었지. 죽으면 안 돼, 죽지 마라, 죽지 마, 죽지 마, 죽으면 안 돼 클라우딘, 내 말 들리니, 아가야?"

병원에 들어온 후 처음으로 당신은 눈물을 흘렸어. 강인한 여인인 당신을 위한 눈물이 아닌 딸을 위한 것이었어. 한동안 눈물이 흐르도록 둔 채 말이 없었지. 나는 손수건으로, 조용히 방해되지 않게 당신의 눈물을 부드럽게 닦아 냈어. 당신은 힘들게 계속 말을 이었어.

"하지만 죽음이 우리보다 더 강했고, 작은 클라우딘은 죽고 말았어." 그녀가 지쳐 조용해졌다. 눈물이 두 방울 떨어지더니 그녀는 계속 말을 이었다. "그게 바로 내가 아이를 다시 만날 거라고 생각하는 이유야. 나는 아이를 내 작은 클라우딘이라고 불렀어."

"왜 아이를 다시 만날 거라고 그러는 거야?"

"그게 사실이니까."

"사라…… 넌 종교가 없잖아." 가끔 나는 말을 아낄 줄 모른다, 그게 나의 문제다.

"네 말이 맞아. 하지만 어머니는 죽은 딸을 만나게 되어 있다는 것을 알아. 그렇지 않다면 삶이란 정말 견디기 힘든 걸 거야."

나는 입을 다물었다. 거의 언제나 그렇듯 당신 말이 옳았기 때문이다. 아드리아는 입을 다물었다. 왜냐하면 그것이 불가능하다는 사실 또한 알고 있었기 때문이다. 그리고 그는 악이란 전지전능하다고 말해 줄 수 없었다. 그것은 마티아스 알패르츠의 삶에 대해, 용감한 베르타와 병약한 장모, 흑옥색 머리카락을 가진 아멜리아, 멋진 나무 같은 머리색의 트루우, 금발의 막내 율리아에에 얽힌 이야기를 알기도 전에 일어났다.

8번 구역에 있는 집에 돌아왔을 때 사라는 고양이를 찾아 집 구석구석을 뒤졌다. 어디에 숨었니, 어디에 숨었니, 어디에 숨었니, 어디에 숨었니.

고양이는 침대 아래에 있었다. 마치 나쁜 일이 닥치리라는 사실을 예견한 듯했다. 사라는 고양이를 속이며 거짓으로 이리 오렴, 예쁘지, 이리 와 하면서 고양이가 주인의 목소리를 믿고 침대 밖으로 나왔을 때 붙잡아 창을 통해 안쪽 정원으로 던져 버리리라 마음을 단단히 먹었었다. 집 안에 더 이상 살아 있는 생명체를 두고 싶지 않았기 때문이다. 하지만 당황한 울음소리가 고양이의 목숨을 살려 주인이 마음을 고쳐먹도록 했다. 그녀는 고양이를 동물 보호소에 데려갔다. 불쌍한 짐승에게 공정하지 못한 처우라고 생각했지만 말이다. 사라 볼테스엡스타인은 몇 달 동안 슬픔에 잠겨 검은색만으로 추상화를 그리고 오랫동안 입을 굳게 다문 채 어머니들이 활기차고 웃음 많은 딸들에게 읽어 줄 법한 이야기들을 그리는 데 정신을 쏟았다. 그녀는 작은 클라우딘이 영원히 볼 수 없는 그림들을 그리고 있다고 생각하며 고통이 마음을 갉아먹지 않도록 애썼다. 그로부터 일 년 후에 어떤 백과사전 판매상의 방문을 받았다. 너와 함께 바로 돌아올 수 없었던 이유를 알겠어? 나를 위해 죽을 수도 있다는 사람과 함께 살고 싶지 않았던 이유를 이해하겠어? 내가 제정신이 아니었다는 사실을 알겠어?

그녀가 입을 다물었다. 우리는 조용히 있었다. 손을 가슴 위에 올려 주고 나는 그녀의 볼을 쓰다듬었다. 거부하지 않았다. 나는 너를 사랑한다고 말했고, 그녀가 한층 더 안정되어 보인다고 믿고 싶었다. 그녀가 말하는 동안 나는 클라우딘의 아버지가 누구였는지, 아이가 죽었을 때 함께 살고 있었는지 감히 물어볼 엄두가 나지 않았다. 당신 삶의 몇 조각에 불과한 설명을 가지고 마치 목탄화를 그릴 때 한쪽 그림자를 강조하고 다른 쪽 터치는 생략하듯 당신은 그렇게 당신의 비밀을 간직할 권리를 주장하고 있었다. 푸른 수염의 닫힌 방에 비밀을 가둬

두둣이 말이다. 도라는 내가 이래도 되나 싶은 시간까지 머물도록 허락해 주었다.

56

우리가 그 주제에 대해 다시 이야기를 시작하던 날, 당신이 혼자서는 못 하니 죽을 수 있게 도와 달라고 다시 말하던 날 내 몸에는 소름이 돋았다. 당신이 잊어버렸다고 믿고 싶었기 때문이다. 그때 아드리아는 당신에게 줄 깜짝 선물이 있는데 왜 죽으려고 해라고 말했다. 그게 뭔데. 네 책이야. 내 책, 내 책이라고? 그래, 모든 초상화가 담겨 있는 책이야. 막스와 내가 만들었지.

사라는 미소를 짓더니 잠시 생각에 잠겼다. 그리고 고맙다고 하고는, 하지만 이제 그만하고 싶어. 나도 죽고 싶지 않지만 짐이 되기 싫고, 항상 이 엿 같은 천장의 같은 부분만을 바라봐야 하는 이 인생을 더 이상 받아들이지 못하겠어. 아마 내가 처음이자 마지막으로 들은 당신의 욕설이었던 것 같아. 아니 어쩌면 두 번째인가.

하지만. 그래, 이해해 그 하지만이라는 거. 내가 뭘 할 수 있다는 건지 모르겠어. 나는 알아, 도라가 설명해 줬거든, 다만 누군가의 도움이 필요해. 나한테 부탁하지 마. 그럼 다른 사람이 도와주는 것은 괜찮단 말이야? 아니, 내 말은. 누구에게도 부탁하지 말라고. 내 마음이야. 내 인생이라고, 네 인생이 아니야. 지침서는 내가 써.

나는 깜짝 놀랐다. 마치 라우라와 사라 사이에 무언가가 있는 듯……. 나는 안타깝게도 사라의 침대 앞에서 엉엉 울고 말았다. 그나저나 짧은 머리를 한 사라는 너무 예뻤다. 짧은 머리를 한 당신을 본 적이 없었어, 사라. 그녀는 손을 뻗어 내 머리를 만지며 위로할 수 없었기 때문에 그저 엿 같은 천장을 바라보면서 내가 울음을 그치기를 기다리는 수밖에 없었다. 아마 그때 도라가 약을 가지고 병실에 들어왔던 것 같다. 하지만 눈앞에 펼쳐진 광경을 보고 다시 조심스럽게 나갔다.

"아드리아."

"응……."

"나를 누구보다도 사랑하지?"

"그래, 사라. 널 사랑하는 걸 누구보다 잘 알잖아."

"그럼 내 말대로 해." 잠시 후 다시 말했다. "아드리아."

"응."

"나를 누구보다도 사랑한다고 했지?"

"그래, 사라. 널 사랑하는 걸 너도 잘 알고 있잖아."

"그럼 내 부탁을 들어줘." 잠시 후 세 번째로 말했다. "사랑하는 아드리아."

"말해."

"날 사랑하지?"

그 질문을 세 번이나 하는 그녀의 모습에 아드리아는 슬픔에 잠겼다. 왜냐하면 당신을 위해서라면 나는 목숨도 아깝지 않고, 당신이 그 질문을 할 때마다 드는 생각은…….

"날 사랑하는 거야 아니야?"

"너는 이미 다 알고 있잖아, 내가 널 사랑하는 걸."

"그럼 내가 죽게 도와줘."

병원을 떠나자 무거운 죄책감이 들었다. 내 집의 창조 우주를 가로질러 걸어가며 건성으로 책등을 바라보았다. 다른 때처럼 로망어 산문 사이를 거닐면서 즐거웠던 독서의 기억이 떠올랐다. 운문 구역에 들어서는 것은 별수 없이 책 한 권을 꺼내어 몰래 숨어 순서 없이 제멋대로 시를 몇 편 읽다는 의미였다. 나의 창조 우주는 시와 사과가 한 번도 금지된 적이 없는 지상 낙원 같았다. 에세이 구역으로 들어서자 생각을 정리하기 위해 노력하던 사상가들과 한 몸이 되는 느낌이었다. 하지만 지금 나는 제목은 보지도 않은 채 책등을 건성으로 흘깃거렸고, 낙담하여 머릿속은 오직 사라의 고통으로 가득 찼다. 작업은 불가능했다. 잔뜩 쌓인 원고 앞에 앉아 글을 멈춘 자리에서부터 다시 원고를 읽어 보려 했지만 그때마다 당신이 다시 등장해 나를 사랑한다면 죽여 줘라고 말하거나, 수년 동안 말없이 끈기 있게 반듯이 누워 있는 당신 곁에서 내가 오 분마다 한 번씩 방을 나와 분노에 가득한 함성을 지르는 모습이 어른거렸다. 나는 도라에게 혹시 사라의 머리카락을 보관하고 있는지 물어보았다.

"아니요."

"이런……!"

"사라가 버려 달라고 했어요."

"저런, 하지만……."

"그러게요, 아쉬운 노릇이죠. 저도 생각했거든요."

"정말 사라의 말대로 한 거예요?"

"그 말을 거부하기란 쉽지 않아요, 당신 아내 말이죠."

밤에 나는 기나긴 불면증에 시달렸다. 잠들기 위해서는 이상한 짓들까지 해야 했는데, 예를 들면 히브리어 문서를 읽는다든가 하는 것들이었다. 히브리어 같은 경우 특별한 이유가 있었던 것은 아니고 그것을 제대로 공부해 볼 기회가 없어서 오래전에 그만두었다. 그리고 15세기부터 16세기와 현대의 문서를 뒤지자 존경하는 아숨타 브로톤스가 코안경을 쓰고 어색한 웃음을 짓는 모습이 떠올랐다. 하지만 연민이 담겼다고 생각했던 그 미소는 내가 잘못 안 게 아니라면 억지웃음의 한 종류였다. 그녀도 참고 있는 게 분명했다. 나만큼 말이다.

"아하트."

"아이샤트."

"아하트."

"아아트."

"훌륭해요. 이해하시겠어요?"

"네."

"슈타임."

"슈타임."

"훌륭해요. 이해하시겠어요?"

"네."

"샬로쉬."

"샬로시."

"훌륭해요. 이해하시겠어요?"

"네."

"아르바."

"아르바."

"하메쉬."

"아메시."

"그래요, 그거예요. 아주 훌륭하군요!"[36]

글자들이 내 앞에서 제멋대로 춤을 추었다. 나에게 전혀 중요하지 않았기 때문이다. 그리고 내 모든 열정은 당신을 향하고 있었기 때문이다. 새벽이 되어서야 잠자리에 들어 여전히 뜬눈으로 아침 6시를 맞이했다. 나는 자는 둥 마는 둥 잠깐 눈을 붙이고는 작은 롤라가 오기 전에 일어나 면도와 샤워를 하고 병원으로 갈 채비를 마쳤는데, 수업이 없다면 신의 사랑이 만들어 낸 어떤 기적이라도 목격하고 싶은 마음이 컸기 때문이다.

어느 날 밤 나는 스스로가 몹시 부끄럽게 느껴져 진심으로

36) 히브리어로 1부터 5까지를 세고 있는 모습이다.

사라의 입장이 되어 이해해 보기로 했다. 다음 날 아드리아는 일부러 도라와 마주쳤다. 그녀는 나만큼 놀란 것 같지 않았는데 꽤 말을 아꼈다. 사라의 병은 증상을 되돌릴 수 없는 진행성이 아니라서 특정 시일 내에 죽음을 맞이할 가능성이 없다는 거였다. 그녀는 지금 상태로 수년을 보낼 수도 있었다. 그래서…… 나는 사라의 주장을 옹호할 만한 내 논리에 귀를 기울여야 했다. 사라의 주장이란 '나를 사랑한다면 해 줘.'라고 요약할 수 있었다. 다시 혼자가 되었다. 당신의 부탁, 당신의 간청을 혼자 마주했다. 하지만 그 일을 해낼 자신이 없었다. 그러던 어느 날 밤 내가 그래, 그렇게 해 줄게라고 말하자 사라는 웃음 지으며 날 움직여 주면 일어나 앉을게, 그리고 너에게 진한 입맞춤을 할 거야라고 했다. 나는 사실 거짓말을 한 거였고, 그 사실을 알고 있었다. 그 일을 실행할 의도는 추호도 없었기 때문이다. 결국 사라, 나는 언제나 당신에게 거짓말을 했어. 이 일에 관해서, 그리고 바이올린을 돌려주는 일에 관해서도 말이야. 물론 내 식으로 해석하자면 계속 방법을 알아보는 중이었고, 곧 연락을 취해 보려 하고 있었지만……. 시간을 벌기 위해 내가 쌓아 올린 거짓의 탑은 정말 한심했다. 누구에 대해 시간을 번다는 말인가? 그것은 두려움에 대해 시간을 버는 거였다. 하루하루 이렇게 견디다 보면 언젠가는 일이 해결되어 있겠지 생각하면서 말이다. 나는 달마우 박사와 이야기를 나누었고, 그는 레알 박사를 끌어들이지 않는 편이 좋겠다고 말했다.

"이봐, 마치 범죄라도 되는 듯 얘기하는군."

"범죄야. 여기 현행법상 말이지."

"그런데 왜 나를 도와주는 거야?"

"법도 법이지만 법이 감히 다룰 수 없는 것들도 있지."

"그러니까 내 의견에 동의한다는 거군."

"아니 무슨 대답을 바라는 거야? 무슨 선언서에 서명이라도 할까?"

"아니야. 미안해. 나는……. 이런."

그는 나를 붙잡아 자리에 앉혔다. 그의 진료실, 즉 그의 집이고 아무도 없는 상황이었지만 그는 말이 없으나 충격이 컸던 노란색 모딜리아니를 목격자로 두고 목소리를 낮추어 사랑을 위한 조력 자살에 대해 간략한 교습을 해 주었다. 나는 그 지식을 쓸 일이 없을 거라는 사실을 이미 알고 있었다. 어느 날 사라가 내 눈을 바라보며 물을 때까지 나는 꽤 평안한 상태로 몇 주를 보냈다. 아드리아, 언제야? 나는 입을 벌렸다. 그 엿 같은 천장을 바라보며 무슨 말을 해야 할지 모른 채 사라에게로 시선을 옮겼다. 그리고 말했다. 내가 그와 얘기했다고…… 내가…… 음?

다음 날 당신은 스스로 죽음을 택했다. 아니, 나는 언제나 당신이 스스로 죽음을 택했다고 믿을 것이다. 왜냐하면 당신은 죽음을 간절히 원했고, 당신 인생의 마지막 순간을 함께하며 그 무게를 덜어 주기에는 내가 용기가 부족한 겁쟁이라는 사실을 잘 알고 있었기 때문이다. 레알 박사의 버전에 따르면 치료에도 불구하고 당신에게 사고를 불러일으킨 뇌졸중이 다시 발병했다고 했다. 병원에 있었는데도 더 이상 할 수 있는 것이 없었다고 했다. 당신의 초상화 전시회가 아직 열리던 중에 당신은 떠나 버렸다. 지오르지오와 함께 도착한 막스는 울면서 나에게 말했다. 이런 안타까울 때가, 우리가 책을 준비하고 있다는 사실도 몰랐을 텐데, 그녀에게 말해 줬어야 했어.

일은 이렇게 된 거야, 사라. 내가 당신을 도와줄 능력이 없어서 당신은 혼자 떠나 버렸지. 급하게, 몰래, 뒤돌아보지 않고, 작별 인사도 없이. 내 비참한 마음을 이해하겠어?

57

"아드리아?" 목소리만 듣고도 막스가 화가 난 것을 알 수 있었다.

"네, 무슨 일이에요."

"팩스를 받았어."

"괜찮은가요?"

"아니. 전혀 그렇지 않아."

"그러니까, 그 팩스는……. 어쩌면 단추를 잘못 눌러서……."

"아드리아."

"네."

"팩스는 문제없이 잘 받았어. 정확한 단추를 눌렀고, 나에게 잘 도착했지."

"잘됐네요. 아무 문제 없는 거죠?"

"문제가 없다고? 나한테 무슨 문서를 보낸 줄 알기나 해?"

그의 목소리는 사장조 아르페지오를 시켰는데 내가 라장조를 켰을 때의 트루욜스와 비슷했다.

"젠장, 사라의 일대기잖아요."

"그렇지.첫마디를 뭘로 시작해?" 트루욜스가 계속 말했다.

"이봐요, 무슨 일이에요?"

"이걸 어디에 집어넣으라고?" 막스가 다시 말했다.

"책 마지막에요. 이제 됐나요?"

"아니. 자네가 나한테 보낸 걸 읽어 주지."

그것은 질문이 아니었다. 경고였다. 그리고 곧 사라 볼테스 엡스타인은 1950년 파리에서 태어났으며, 아주 어릴 때 그녀를 사랑하게 된 아주 멍청한 남자를 만났고, 그의 의도와 상관없이 그녀를 행복하게 해 주지 못했다 하는 소리가 들렸다.

"저기요, 저는……."

"계속할까?"

"그럴 필요 없어요."

하지만 막스는 그 팩스를 모두 읽었다. 그는 화가 잔뜩 나 있었고, 그가 글을 다 읽자 아주 이상한 침묵이 흘렀다. 나는 억지로 침을 삼키며 막스, 제가 그걸 보냈어요? 하고 물었다.

더한 침묵이 흘렀다. 나는 책상 위의 종이들을 살펴보았다. 미학 수업 시험지들이 채점을 기다리고 있었다. 작은 롤라가 뒤적인 게 틀림없었다. 더 많은 종이들이 쏟아져 나왔고……. 잠시만. 팩스로 보냈던 서류 하나를 집어 들었다. 올리베티 타자기로 작성한 거였다. 나는 재빨리 훑어보았다.

"이런." 말이 없었다. "정말 제가 이걸 보냈습니까?"

"그렇다니까."

"죄송합니다."

막스의 목소리는 한층 누그러져 있었다.

"자네만 괜찮다면 내가 전기 비슷한 글을 하나 쓰지. 전시회에 관한 정보는 이미 있으니 됐고."

"고마워요."

"아니야, 내가 미안하네……. 내 성격이 말이지……. 인쇄소에서 지금 당장 원고를 가져오라더군. 전시회가 끝나기 전에 출판을 원한다면 말이야."

"원하신다면 제가……."

"아니야. 내가 알아서 하겠네."

"고마워요, 막스. 지오르지오에게도 안부 전해 주시고요."

"자네를 대신해 전하도록 하지. 아, 그런데 말이야. 왜 '엿먹을'이라고 쓸 때 '여어'라고 늘여 쓰나?"

나는 전화를 끊었다. 이것이 첫 번째 경고였지만 그때까지는 몰랐다. 책상 위를 다시 뒤졌다. 이 원고뿐이었다. 걱정스럽게 그것을 다시 읽었다. 나는 사라 볼테스엡스타인은 1950년 파리에서 태어났으며, 아주 어릴 때 그녀를 사랑하게 된 아주 멍청한 남자를 만났고, 그의 의도와 상관없이 그녀를 행복하게 해 주지 못했다고 적었다. 고통스러운 줄다리기 끝에, 오고감 끝에, 그녀는 앞에서 말한 그 멍청한 놈과 수년 동안(너무 짧았지만) 삶을 함께했고, 그것은 내 인생에서 가장 중요한 부분이 되었다. 가장 핵심이었다. 사라 볼테스엡스타인은 1996년 가을 바르셀로나에서 사망했다. 이 여어엇 같은 인생이라니, 쉰 살을 살지 못했다. 사라 볼테스엡스타인은 다른 아이들을 위해 그림을 그리며 일생을 바쳤고, 그녀는 아주 가끔 억지로 자신의 연필과 목탄 스케치를 세상에 내놓았다. 마치 가장 중요한 핵심에만 신경 쓰는 듯 말이다. 그 핵심이란 연필 혹은 목탄 한 자루의 터치를 매개로 삼은 흰 종이와의 관계였다. 그녀는 그림을 굉장히 잘 그렸다. 그녀는 굉장히 재주가 좋았다. 그녀는 그랬다.

삶은 계속되었다. 더욱 슬픈 삶이었지만 그렇게 흘러갔다. 사라 볼테스엡스타인 초상화 선집의 출간은 나를 깊고 끝없는 아련함으로 이끌었다. 막스가 작성한 사라의 일대기는 짧았지만 막스가 하는 모든 일이 그랬듯이 흠잡을 데 없었다. 그리고 일들은 빠르게 전개되었다. 라우라는 자신이 협박한 대로 웁살라에서 돌아오지 않았고, 나는 방문을 걸어 잠그고 들어앉아 악에 대한 원고를 마무리했다. 머릿속에서 수많은 생각들이 제멋대로 춤을 추었다. 하지만 아드리아는 사활을 건 듯 글을 써 내려가고 종이를 채울수록 진전이 없다는 사실을 깨달았다. 도무지 진도가 나가지 않았다. 전화벨 소리가 계속 들렸기 때문이다. 레 샤프의 매우 거슬리는 소리였다.

"스르스르스르스르." 문이었다.

"많이 바빠?"

아드리아는 결국 문을 열었다. 이번에는 베르나트가 곧장 본론으로 들어갔다. 바이올린과 그의 인생 절반을 담은 듯 뚱뚱한 가방을 메고 있었다.

"또 싸웠나?"

베르나트는 분명한 대답을 미룬 채 안으로 들어섰다. 내가 아무런 소득 없이 전화벨 소리에 저항해 가며 원고와 씨름하는 동안 베르나트는 첫 오 일을 아무 말 없이 보냈다.

이처럼 모범적인 태도를 보이던 베르나트는 육 일째 되는 날부터 저녁 식사 때마다 컴퓨터를 내 삶의 일부로 받아들이라며 설득하기 시작했고, 요렌스가 가르쳐 준 것을 복습하게 했다. 나는 컴퓨터를 한참 사용하지 않아 잊어버리고 있던 참이었다.

"아니, 방법은 대충 알겠어. 하지만 정말 사용하려면…… 정말 그걸 써야 하는데 시간이 없단 말이지."

"자네는 정말 답이 없군."

"타자기도 아직 익숙하지 않은데 어떻게 컴퓨터를 쓰라는 거야?"

"하지만 쓰기는 쓰잖아."

"그걸 깨끗하게 타이핑해 줄 비서가 없는데 어떻게 해."

"시간이 얼마나 절약되는지 자네가 아직 모르는군."

"나는 코덱스[37] 세대지 파피루스나 양피지 두루마리 세대는 아니라고."

"무슨 말인지 모르겠어……."

"나는 코덱스 세대지 두루마리 세대까지는 아니라는 말이야."

---

37) 낱장을 묶어 현재의 책과 같은 형태로 표지를 감싸는 기술이다. 로마 시기에 이 기술이 발명되어 이전까지 쓰이던 파피루스 혹은 양피지 두루마리 기술을 대체해 나갔다.

"무슨 말인지 모르겠다고. 난 다만 컴퓨터로 네 시간을 벌어 주고 싶을 뿐이야."

베르나트는 결국 나를 설득하지 못했고, 나도 그에게 요렌스 이야기를, 왜 내 아버지 같은 아버지가 되어서는 안 되는지에 대한 이야기를 꺼내지 못했다. 그리고 어느 날 그가 가방을 꾸리는 모습을 보았다. 우리 집에 머물러도 되는지 물은 게 겨우 몇 주 전이었다. 집으로 돌아간다고 했다. 떠나기 전에 더 이상 이렇게는 못 산다고 했는데 그게 정확히 무슨 뜻인지 모르겠다. 그는 테클라와 반쯤 화해하며 내 집을 떠났고, 나는 다시 혼자 남겨졌다. 나는 영원히 혼자였다.

어느 날 막스에게 전화를 걸어 그를 만나러 가도 되는지 물어보기 전까지 머릿속에서 잡생각이 떠나지 않았다. 그리고 나는 만반의 준비를 하고 카다케스로 떠났다.

볼테스엡스타인네 집은 크고 넓었다. 특별히 아름답지는 않았지만 작은 만과 호메로스가 찬양한 지중해의 푸른빛을 마음껏 즐길 수 있도록 지은 집이었다. 내가 처음 가 본 지상 낙원이었다. 집 안에 첫발을 내딛자마자 막스가 나를 반갑게 포옹했을 때 매우 기뻤다. 나는 그것이 정식으로 그의 가족이 되는 방식이라고 생각했다. 비록 많이 늦기는 했지만 말이다. 집의 가장 좋은 방은 볼테스 씨가 돌아가신 뒤 막스의 서재가 되어 있었다. 굉장한 장서였다. 와인에 관해서라면 유럽에서 가장 큰 규모라고 알려져 있었다. 해가 드는 언덕, 포도밭, 포도나무, 포도덩굴, 병충해, 포도, 카베르네, 템프라니요, 샤르도네, 리슬링, 시라즈에 대한 연구서가 있었다. 그리고 그것을 취급하는 회사에 대한 책들이 있었다. 역사, 지정학적 분포, 역사적 위기, 질병, 포도나무 뿌리 진딧물, 변종의 탄생, 포도밭, 이상적인 위도와 고도를 다루었다. 안개와 포도밭의 관계도 나와 있었다. 추운 지방에서 나는 와인의 종류. 건포도. 산에서 나는 와인, 고지대에서 나는 와인. 바다 근처의 청포도. 와인 저장고, 동굴, 배럴, 버지니아와 포르투갈산 오크, 아황산염, 숙성 기간, 습도, 진하기, 코르크용 오크, 뚜껑, 오크 생산을 전문으로 하는 가문, 와인 수출 회사, 포도, 코르크, 배럴용 목재, 저명한 와인 양조자의 전기, 와인 양조 가문의 전기, 포도밭의 다양한 색깔을 담은 사진집이 있었다. 토양의 종류. DO. DOC. DOQ. DOP. 관련 법규에 관한 서적, 목록, 지도, 경계 및 역사를 열람할 수 있었다. 역사에 길이 남은 탁월한 빈티지에 관한 서적. 와인을 생산하는 지역, 지방, 구역에 대한 서적. 와인 양조자와 경영인들을 대상으로 한 인터뷰. 포장의 세계. 샴페인. 카바. 스파클링 와인. 미식과 와인. 화이트 와인, 레드 와인, 로제, 어린 와인, 숙성 와인. 달고 부드러운 와인. 그리고 달거나 달지 않은 리큐어에 관한 책만을 모아 놓은 구역이 따로 있었다. 수도원과 리큐어, 샤르트뢰즈, 코냑과 아르마냑, 브랜디, 전 세계의 위스키, 버번, 칼바도스, 그라파, 화주, 오루호, 압생트, 보드카. 개념으로서의 증류. 럼의 세계. 온도. 와인 온도계. 역사를 새로 쓴 소믈리에들……. 서재에 들어갔을 때 아드리아는 마티아스 알패르츠가 그의 서재에 들어갔을 때와 마찬가지로 놀라움과 경이의 표정을 지었다.

"놀랍군요." 그가 요약해서 말했다. "오빠가 와인에 관해 대단한 전문가인 반면, 여동생은 와인을 탄산수에 섞어 디캔터에 직접 입을 대고 마시곤 했지요."

"모두 취향이지. 하지만 차이는 있다네. 디캔터는 그 자체로 그리 나쁜 것은 아니야. 반면 탄산수는 굉장히 좋지 않지."

"저녁을 들고 가게." 그가 덧붙였다. "지오르지오는 아주 훌륭한 요리사야."

와인의 세계와 무언의 질문에 둘러싸여 자리에 앉았다. 무엇을 원하지, 무슨 이야기를 하고 싶은 거야, 왜? 막스는 이 질문을 입 밖에 내지 않았다. 우리는 또한 바다 공기가 섞인 침묵에 둘러싸여 있었다. 그 공기는 아무것도 하고 싶지 않도록 사람의 마음을 너그럽게 만들었고, 우리 삶을 복잡하게 만들 대화를 시작하지 않고 평온한 하루를 보내도록 했다. 아무도 대화의 본론으로 들어가지 않고 있었다.

"아드리아, 무엇을 알고 싶은 건가?"

그 말을 꺼내기는 쉽지 않았다. 아드리아가 알고 싶었던 것은 도대체 그들이 사라에게 무슨 말을 했는지에 관한 거였기 때문이다. 음, 그러니까 대체 어떤 말을 들어서 사라가 나에게 아무런 말도 없이 어느 날 훌쩍 떠나 버렸는가 말입니다.

소금기 섞인 연약한 산들바람만 그들의 침묵을 방해할 뿐이었다.

"사라가 말해 주지 않았나?"

"아니요."

"물어봤나?"

"다시는 묻지 마, 아드리아. 네가 모르는 게 좋을……."

"그게 대답이었다면 나도……."

"막스, 제 눈을 봐요. 그녀는 죽었어요. 사라는 죽었다고요! 그러니까 대체 무슨 일이 있었던 건지 알고 싶다고요."

"어쩌면 더 이상 그럴 필요가 없을지도 모르겠네."

"저는 필요해요. 그리고 당신 부모님과 내 부모님도 돌아가셨어요. 저는 제가 무슨 잘못을 했는지 알 권리가 있다고요."

막스는 일어나서 한 점 그림과 같은 프레임 속 바다 풍경의 세세한 모습을 확인해야 하는 것처럼 창으로 다가갔다. 잠시 그곳에 서서 풍경의 구석구석을 살피는 듯했다. 혹은 무슨 생각을 하고 있거나.

"그러니까 자네는 아무것도 모른단 말이지." 그는 나를 향해 돌아서지 않은 채 말했다.

"제가 무엇을 알아야 하는지 아닌지조차 모릅니다."

그의 망설임이 나를 긴장하게 만들었다. 나는 겨우 마음을 진정시켰다. 그리고 더 정확히 말해야겠다고 생각했다.

"그녀를 보러 파리에 갔을 때 사라가 유일하게 해 준 말은 제가 그녀는 더러운 유대인이고, 빗자루라도 삼키고 아직 똥을 싸지 않았는지 꼿꼿하게 거만하기만 한 그녀 가족을 통째로 박제해 버리겠다는 편지를 썼다는 겁니다."

"이런. 그건 몰랐네."

"대충 그런 이야기를 해 줬습니다. 하지만 저는 그 편지를 쓴 적이 없어요!"

막스가 알지 못할 몸짓을 하며 서재를 나갔다. 잠시 후 그는 시원한 화이트 와인 한 병과 유리잔 두 개를 들고 돌아왔다.

"어떤지 맛이나 보지."

아드리아는 조바심을 억누르며 생테밀리옹을 맛보고 막스가 그에게 설명하는 맛을 구별하려 애써야 했다. 그들은 그렇게 천천히 처음 두 잔을 비웠고, 조금씩 맛을 보며 두 집안 어머니들이 사라에게 무슨 말을 전했는지 이야기하는 대신 와인의 향에 대해 이야기를 나누었다.

"막스."

"알아."

그는 유리잔의 절반을 채우더니 와인 연구자가 아닌 술꾼처럼 와인을 들이켰다. 그리고 잔을 비운 후 혀를 쩝쩝 다시고는 한 잔 들게 하고 권하면서 펠릭스 아르데볼은 고객의 생김새를 보고 놀라는 눈치였지라고 운을 뗐다. 이제 내가 설명해 줄게, 내 사랑, 왜냐하면 막스가 이야기해 준 바에 따르면 당신은 그 이야기를 어렴풋이 아는 데 지나지 않거든. 당신도 자세한 이야기를 알 필요가 있어. 그러니까 내가 설명을 하자면 펠릭스 아르데볼의 눈에 고객의 생김새가 수상해 보였다는 거야. 남자는 너무나 비썩 말라서 모자를 쓴 모습이 아테네우의 낭만적인 정원 한가운데에 우산 하나를 펼친 것과 비슷했지.

"로렌초 씨?"

"그렇습니다." 펠릭스 아르데볼이 말했다. "당신이 아벨라르도 씨군요."

남자는 조용히 자리에 앉았다. 그는 모자를 벗어 탁자 위에 조심스럽게 올려놓았다. 검은지빠귀 한 마리가 지저귀며 두 남자 사이를 가로질러 수풀이 무성한 쪽으로 날아갔다. 비썩 마른 남자는 굵은 목소리의 아주 부자연스러운 카스티야어로 제 고객이 오늘 바로 이곳으로 당신에게 소포 하나를 보낼 겁니다. 제가 떠나고 삼십 분쯤 후면 도착하겠군요.

"좋습니다. 시간이 있어요."

"언제 떠나십니까?"

"내일 아침입니다."

다음 날 아침 펠릭스 아르데볼은 늘 그랬듯이 비행기에 올랐고, 리옹에 도착하자마자 늘 그랬듯이 스트롬베르크 한 대를 빌렸고, 얼마 후 제네바에 도착했다. 전날 만난 비썩 마른 굵은 목소리의 불가리아 남자가 뒤락 호텔에서 기다리고 있었다. 그는 아르데볼을 방으로 안내했다. 아르데볼이 소포를 전달하자 남자는 모자를 조심스레 벗어 의자에 올려 두고는 아주 절제된 동작으로 소포를 뜯고 봉인을 열었다. 그가 천천히 지폐 다섯 뭉치를 세어 보았다. 그들은 그곳에 넉넉잡아 십 분은 있었을 것이다. 그는 빈 종이에 무엇을 적더니 계산을 했고, 그 결과를 메모장에 꼼꼼히 옮겨 적었다. 심지어 지폐의 일련번호까지 일일이 확인했다.

"참 더러운 신뢰 관계군요." 참지 못한 아르데볼이 중얼거렸다. 남자는 자기 일을 마무리할 때까지 꿈쩍도 하지 않았다.

"뭐라 하셨소?" 작은 서류 가방에 지폐를 집어넣으며 그가 물었다. 그리고 노트를 숨기더니 메모한 종이를 찢어 그 조각들을 모아 주머니에 넣었다.

"참 더러운 신뢰 관계라고 했습니다."

"잘 아시는군요." 그는 일어나 자신의 가방에서 꺼낸 소포를 아드리아에게 건넸다.

"이건 당신 겁니다."

"이제는 제가 세어 볼 차례군요?"

남자는 시체 같은 웃음을 짓더니 의자에서 우산을 끌어내 모자처럼 썼다. 그리고 만일 쉬고 싶으시면 내일까지 방값이 지불되어 있습니다라고 말했다. 그는 뒤돌아보거나 작별 인사도 하지 않고 그곳을 떠났다. 펠릭스 아르데볼은 신중하게 지폐를 세고 자기 삶에 더할 나위 없는 만족을 느꼈다.

그는 이러한 작전을 조금씩 변형된 방식으로 반복했다. 곧 새로운 중개인들과 거래를 텄으며, 주고받는 소포의 크기는 점점 커졌다. 그리고 수익이 점점 늘었다. 더 나아가 여행을 기회 삼아 숨은 곳을 뒤지고 도서관의 책장들, 기록 보관소들, 창고들의 냄새를 맡고 다녔다. 그러던 어느 날 아벨라르도로 알려진 비쩍 마르고 마치 자기 말소리가 마음에 드는 듯 천둥 같은 목소리와 부자연스러운 카스티야어를 구사하던 그 남자는 그만 실수를 저지르고 말았다. 계산을 적은 종잇조각을 주머니에 넣는 대신 뒤락 호텔의 탁자 위에 그대로 둔 것이다. 그날 밤 유리 덮개 위에 놓여 있던 수수께끼를 끈기 있게 풀던 펠릭스 아르데볼은 반대편에 쓰인 글씨를 읽을 수 있었다. 두 단어였다. 안셀모 타보아다. 그리고 알아볼 수 없는 낙서들이 더 적혀 있었다. 안셀모 타보아다. 안셀모 타보아다.

펠릭스 아르데볼이 그 이름과 어떤 얼굴을 연결하는 데 두 달이 걸렸다. 비가 오던 어느 화요일, 그는 정부의 군사 본부에 등장해 누군가가 그를 맞아 주기를 끈기 있게 기다렸다. 한참을 기다린 후 모든 계급의 군인이 앞을 지나가고 알지 못하는 대화들의 파편을 수없이 듣고서야 그들은 그의 서재보다 두 배 정도 더 컸지만 책이라고는 한 권도 없는 사무실로 그를 안내했다. 책상 뒤에는 안셀모 타보아다 이스키에르도 중령이 꽤 호기심 많아 보이는 얼굴을 하고 앉아 있었다. 프랑코 만세. 만세. 더 이상의 소란 없이 그들은 예의를 갖춘 유익한 대화를 나누었다.

"장군, 제 계산에 의하면 말입니다. 이것이 스위스에서 당신에게 전달되었어야 할 금액입니다." 아벨라르도라는 이름으로 활동하는 자가 돈 봉투를 미는 것을 유심히 봐 두었던 펠릭스는 책상 위의 종이를 한 손으로 밀며 말했다.

"무슨 이야기를 하시는지 모르겠구려."

"제가 로렌초입니다."

"사람을 잘못 보신 듯하오." 그는 걱정스러운 표정으로 자리에서 일어섰다.

"잘못 본 게 아닙니다." 아르데볼은 앉은 채 차분히 말했다. "사실 제가 본부에 들른 것은 지나는 길이었기 때문입니다. 친한 친구를 보러 가던 참이었지요. 바르셀로나의 지역 감찰관이거든요. 아주 절친한 친구이자 바로 옆에 집무실이 있는 총사령관이기도 합니다."

"당신이 벤세슬라오 씨의 친구란 말이오?"

"아주 친한 친구입니다."

중령이 갸우뚱하며 다시 자리에 앉는 동안 아르데볼은 지역 감찰관의 개인 명함을 책상 위에 올리며 그에게 전화해 보세요, 아마 당장 달려올 겁니다라고 말했다.

"괜찮습니다. 당신이 설명해 주시오."

설명은 거의 필요 없었어, 내 사랑, 아버지는 사람들을 자기 편으로 끌어들이는 데 천부적인 재능을 가진 사람이었거든.

"오!"

마음속으로 저주를 퍼부으며 펠릭스 아르데볼은 아첨하는 눈길을 보냈다. 지역 감찰관은 세 조각 난 테라코타를 주섬주섬 주웠다.

"값나가는 물건이오?" 그가 말했다.

"수백만은 할 겁니다, 각하."

펠릭스 아르데볼은 그 얼간이 앞에서 신경이 곤두서지 않은 척하기 위해 애썼다. 벤세슬라오 곤살레스 올리베로스는 세 개의 조각을 책상 위에 놓더니 놀랍게도 바람 빠진 투우사 같은 목소리로 유려한 카스티야어를 구사하면서 질 좋은 본드로 붙여 놓겠소, 반역자들에게 상처 입고 훼손당한 스페인을 다시 붙여 놓은 것처럼 말이오라고 말했다.

"무슨 말씀을요!" 지나친 열정을 담은 아르데볼의 말이 툭 튀어나왔다. "이틀만 기다려 주십시오. 제가 복원하여 이곳 집무실에 다시 선물을 대령하겠습니다."

벤세슬라오 곤살레스 올리베로스는 아드리아의 어깨에 손을 올리더니 큰 소리로 친애하는 아르데볼 씨, 이 이교도 성상은 공산주의, 카탈루냐주의, 유대주의, 프리메이슨에 의해 상처 입은 스페인을 상징하오, 이것은 악에 대항하는 전쟁의 불가피함을 의미합니다라고 말했다.

아르데볼은 깊이 생각하는 몸짓을 했고, 지역 감찰관은 이것이 마음에 들었다. 그는 과감하게 가장 작은 조각인 성상의 부러진 팔을 들어 하수인에게 보여 주면서 그곳에는 두 개의 카탈루냐가 존재한다고 말했다. 그중 하나는 거짓되고, 신실함이 없고, 비관적인 기회주의자이자…….

"저는 특별한 부탁을 드리러 찾아왔습니다."

"……물질주의에 물들었고, 따라서 종교적이고 도덕적인 측면에서 아주 회의적이며 근본적으로 무정부주의입니다."

"당신에게 봉사하는 대가로 말입니다. 당신에게는 아주 간단한 것이지요. 통행의 자유를 허가해 주십시오."

"또 다른 카탈루냐는 친근하고, 존경을 불러일으키고, 건강하고, 살아 있으며, 스스로에 대한 확신을 가졌고, 이 성상처럼 놀라울 정도로 세심합니다."

"이 카르타고의 테라코타는 매우 값비싼 것입니다. 제가 모은 돈으로 직접 급전이 필요한 유대인 의사에게 사들였지요."

"배신의 종족 유대인, 성경이 우리에게 가르친 것입니다."

"아닙니다, 각하. 그것은 가톨릭교회가 우리에게 가르친 것입니다. 성경은 유대인들에 의해 쓰였습니다."

"좋은 지적입니다, 아르데볼 씨. 교양이 높으신 분 같군요, 저처럼 말입니다. 하지만 그게 유대인이 믿을 만하다는 소리는 아닙니다."

"물론 아니지요, 각하."

"그리고 더 이상 말대꾸하지 마시오." 만약을 대비해 그는 손가락을 세우며 말했다.

"주의하겠습니다, 각하." 테라코타 조각을 가리키며 말했다. "카르타고의 성상으로 매우 값지고, 비싸고, 독특하고, 오래되었지요. 카르타고인과 로마인이 살던 시대를 말하는 겁니다.

"그래요. 지혜에서 동력을 얻는 고귀하고 특출하며 역사가 풍부한 카탈루냐 말입니다……."

"완전히 새것처럼 만들어 놓겠다고 약속하겠습니다. 여기 보시는 이것은 2000년도 넘은 역사를 간직하고 있습니다. 매우 값비싼 물건입니다."

"모험이 가득하며 기사도와 감정, 행동, 직감이 풍부한 사람들로 두드러지는 곳입니다."

"제가 유일하게 원하는 것은 출입국이 자유로운 여권입니다, 각하."

"스페인의 마지막 운명에 관해서라면…… 성모께서 우리 모두를 보호할 겁니다. 그 매력적인 방언을 적절히, 조심스럽게, 사적인 공간에서, 즉 누구도 모욕하지 않기 위해 집에서만 사용할 줄 아는 카탈루냐가 되는 것이지요."

"스페인 같은 위대한 국가의 출입을 자유롭게 어려움 없이 하고 싶습니다. 비록 유럽은 전쟁에 휩싸였지만 바로 이 이유 때문에 제가 물건을 사고파는 작은 사업을 할 수 있지요."

"썩은 고기를 찾는 맹금류처럼 말이오?"

"그렇습니다, 각하. 각하에 대한 무한한 감사의 마음을 물건으로, 이 카르타고의 테라코타보다 더욱 값진 것으로 보답

하고자 합니다. 제 이름이 들어간 통행증을 발급해 주신다면 말입니다."

"영성, 활기, 기업가 정신으로 가득한 카탈루냐, 고로 다른 스페인 지역의 모범이 되는 그런 카탈루냐."

"저는 그저 평범한 상인에 불과합니다. 하지만 기쁨을 나눌 줄 알지요. 네, 맞습니다. 장소의 제한을 없애는 것이지요. 외교관처럼요. 아니요, 위험이 두렵지는 않습니다. 항상 어디에 전화해야 하는지 알고 있거든요."

"이렇게 말할 수 있겠군요. 큰 배를 타고 그 뱃머리에서 새로운 지평선을 이리저리 열어 가는 것."

"감사합니다, 각하."

"프랑코, 우리의 친애하는 카우디요[38]와 함께 한때 어둡고 사악했던 지평선은 이제 눈부신 새벽을 맞이했고, 우리의 손이 닿는 곳에 있습니다."

"프랑코 만세, 각하."

"조각상보다는 현금이 좋소, 아르데볼."

"좋습니다. 스페인 만세." 그리고 몇 주가 지나 책 한 권 없는 그의 집무실에서 안셀모 타보아다 이스키에르도 중령에게 말했다. "지역 감찰관에게 제가 전화를 걸까요?"

안셀모 타보아다 중령은 잠시 망설였다. 그러자 펠릭스 아르데볼은 총사령관과도 친분이 아주 두텁다는 사실을 상기시

---

38) 카스티야어권의 군부 독재자를 일컫는 호칭. 스페인 내전이 파시스트 진영의 승리로 끝나며 프란시스코 프랑코는 스페인의 카우디요(Caudillo)로 취임하게 된다.

켜 주었다. 이제 로렌초라는 이름이 기억나십니까?

아주 짧았다. 길어 봐야 일 초도 되지 않아서 중령은 미소를 지으며 로렌초라고 하셨소? 이런, 이 사람, 어서 앉으시오!

"벌써 앉았습니다."

대화는 십오 분 동안 이어졌다. 얼마간의 협상 끝에 미소는 사라지며 중령 안셀모 타보아다 이스키에르도는 포기할 수밖에 없었다. 펠릭스 아르데볼은 다가올 세 차례에 걸친 작전의 대가로 자기 몫을 두 배 더 확보하고 연말에는 이 정도 금액의 보너스를…….

"알겠소." 안셀모 타보아다는 급히 말했다. "알겠습니다."

"프랑코 만세."

"만세."

"이 일은 무덤까지 가져갈 겁니다, 중령."

"그러는 편이 좋을 겁니다. 내 말은, 당신 건강을 위해서 말이오."

그 후로 우산을 모자처럼 쓰고 다니는 아벨라르도라 불리는 비쩍 마른 남자를 보지 못했다. 분명히 직무상 무능으로 감옥에 보내졌을 것이다. 반면 아르데볼은 새 친구의 동료들, 그러니까 사령관, 대장, 행정 공무원 몇 명과 관계를 맺는 데 성공했고, 게다가 판사 한 명, 사업가 세 명이 모아 둔 돈을 그에게 맡기면서 자신들을 안전지대로 데려다주는 대신 더 큰 이익을 보장토록 하는 데 성공했다. 다 합해서 사오 년 동안, 그러니까 유럽이 전쟁에 휘말렸을 때, 그리고 전쟁이 끝난 후에 이러한 활동을 했던 것으로 보이네, 막스가 나에게 말했다. 그리고 정권의 군부와 금전을 융통할 수 있었던 정치인들 사이에서 꽤 많은 적을 만들었던 모양이야. 그에 대한 일종의 광적인 보상 심리로 인해 교수 네다섯 명을 고발한 게 아닌가 하는 생각도 들어.

굉장한 이야기지, 내 사랑. 모두로부터 돈을 받았고, 가게나 자신을 위한 고문서들을 사들이는 데 그 돈을 썼어……. 간절히 무엇을 팔고 싶어 하는 사람이나 비밀과 걱정이 많은 사람들을 찾아내는 육감이 발달했던 것 같아. 아버지는 결과를 두려워하지 않고 압력을 가할 수 있었지. 막스는 이 사실을 당신 가족이 익히 알고 있었다고 했어. 당신 삼촌들 중 한 명인 밀라노의 어떤 엡스타인 씨도 아버지의 희생자였기 때문이지. 그리고 그는 아버지의 계략에 극심한 영향을 받아 자살을 선택하고 말았대. 우리 아버지가 이 모든 일을 저지른 거야, 사라. 내 아버지가, 내 아버지가, 사라. 어머니는 아무것도 몰랐던 것 같아. 가엾은 막스, 모든 것을 나에게 설명하기가 쉽지 않았지만 그는 훌훌 털어 내기 위해 하고야 말았어. 그리고 지금 나 또한 이 모든 것을 토해 냈어. 당신이 일부분만 알고 있었거든. 그리고 막스가 결국 말하길 이것 때문에 자네 아버지의 죽음은…….

"말해 봐요, 막스?"

"우리 집 사람들은 누구라도 무슨 이유에서건 그를 망치고자 했을 때 프랑코 경찰이 눈을 감아 주었을 거라고 이야기하곤 했지."

그들은 와인을 홀짝이며 오랫동안 말이 없었다. 멍한 표정으로, 이 대화를 시작하지 않았으면 좋았을 거라고 생각했다.

"하지만 저는……." 한참 지나서 아드리아가 먼저 말문을 열었다.

"그래, 알겠네. 자네가 무슨 관련이 있겠나. 문제는 우리 부모의 사촌과 그의 가족을 파멸시켜 버린 걸세. 파멸과 죽음을 안겨 줬지."

"무슨 말을 해야 할지 모르겠군요."

"아무 말도 할 필요 없어."

"이제 당신 어머니를 이해하겠어요. 그렇지만 저는 사라를 사랑했어요."

"카풀레티와 몬테키[39]지, 아드리아."

"그리고 아버지에 의해 저질러진 악을 제가 바로잡을 수는 없겠지요?"

"자네가 할 수 있는 일은 이 포도주를 끝내는 거지. 무엇을 바로잡고 싶은데?"

"당신은 제게 아무런 반감이 없나요."

"내 동생의 자네를 향한 사랑 때문에 많이 누그러졌지."

"하지만 그녀는 파리로 도망가 버렸잖아요."

"아주 어릴 때였어. 부모님이 파리로 가도록 강요했지. 스무 살이면 스스로 판단할 능력이……. 그 아이를 세뇌시킨 거야. 그렇게 된 거지."

---

39) 벨리니의 오페라 「카풀레티와 몬테키」의 주인공. 원수 집안에서 태어난 남녀 주인공의 이루어질 수 없는 사랑 이야기다.

침묵이 찾아왔고 바다, 부서지는 파도 소리, 갈매기 울음소리, 공기의 소금기가 방으로 전해졌다. 한참 있다가

"그리고 우리가 다투었을 때 그녀는 다시 도망쳤어요. 여기 카다케스로요."

"울지 않은 날이 없었어."

"나에게 그 얘기는 하지 않았잖아요!"

"절대 하지 말라고 했기 때문이야."

잔을 비우고 나서 아드리아는 점심 식사 때 와인을 더 마시게 될 것 같다는 생각을 했다. 어렴풋이 19세기 우편선을 연상시키는 종소리가 들리자 막스는 정확히 자리에서 일어났다.

"베란다에서 식사를 할 걸세. 지오르지오는 다 된 음식을 두고 기다리는 걸 질색하지."

"막스." 그는 유리잔이 놓인 쟁반을 들고 멈춰 섰다. "사라가 이곳에 머무르는 동안 저에 대한 이야기를 한 번이라도 한 적이 있나요?"

"사라는 우리가 얘기한 것을 절대 자네에게 전하지 말라고 신신당부했어."

"알겠습니다."

막스는 베란다로 향했다. 하지만 서재를 떠나기 전에 몸을 돌려 말했다. 내 동생은 자네를 미친 듯이 사랑했다네. 그는 지오르지오에게 들리지 않도록 목소리를 낮추었다. 그래서 자네가 훔친 바이올린을 돌려주지 않으려 한 사실을 받아들이지 못했던 거야. 사라가 이해할 수 없다고 했던 부분이지. 이제 나갈까?

이런, 내 사랑.

"아드리아?"

"어?"

"지금 정신이 어디에 가 있는 거야?"

아드리아 아르데볼은 달마우 박사를 보며 눈을 깜빡였다. 그는 앞에 놓인 모딜리아니의 노란색 가득한 그림을 한참 동안 뚫어져라 바라보았다.

"뭐라고 했지?" 그는 다소 어리둥절한 표정으로 정말 어디에 있는지 살펴보는 듯한 모습이었다.

"자네 단기 기억 상실인가?"

"내가?"

"한동안 자네는…… 정신이 다른 데 가 있는 사람 같았어."

"무슨 생각을 좀 하느라." 그는 핑계를 댔다.

달마우 박사가 심각하게 바라보자 아드리아는 미소 지으며 응, 딴생각을 하는 게 내 주특기라네라고 말했다. 모두가 나를 산만한 현자라고 부르는걸. 그는 비난하는 듯한 손가락으로 그를 가리키며 말했다. 자네도 마찬가지 아닌가.

달마우 박사는 미소를 지었고, 아드리아는 말을 이어 갔다.

"현자라니 말도 안 돼. 하지만 산만함은 날이 갈수록 더하는 것 같아."

우리는 달마우의 아들에 대해 이야기했다. 그가 언제나 이야기하고 싶어 하는 주제였다. 작은아들 세르지는 아주 착해, 그런데 알리시아는……. 나는 친구의 진료실에 수개월 동안 머문 느낌이었다. 그곳을 떠날 무렵 가방에서 『율, 비코, 벌린』을 한 권 꺼내 그를 위해 서명을 해 주었다. 해부학 II를 통과한 이래 나를 돌보아 준 조안 달마우에게. 깊은 감사의 마음을 담아.

"해부학 II를 통과한 이래 나를 돌보아 준 조안 달마우에게. 깊은 감사의 마음을 담아. 바르셀로나, 1998년 봄." 그는 기쁜 표정으로 책을 바라보았다. "고맙네, 친구. 자네를 높이 사는 거, 자네도 이미 잘 알 테지."

나는 달마우가 내 책을 읽지 않는다는 사실을 알고 있었다. 내 책들은 진료실 선반 꼭대기에 아주 정갈한 상태로 진열되어 있었다. 모딜리아니의 왼쪽이었다. 하지만 그에게 읽기를 권하기 위해 내 책을 선물한 것은 아니었다.

"고마워, 아드리아." 그는 책을 이리저리 살펴보며 말했다. 우리는 자리에서 일어났다.

"급할 건 없어." 그가 덧붙였다. "다만 좀 더 정밀한 검사를 해 봐야 할 것 같아."

"아, 그래? 그 사실을 미리 알았더라면 자네에게 책을 가져다주지 않았을 거야."

두 친구는 크게 웃음을 터뜨렸다. 믿기 힘들겠지만 십 대인 달마우의 딸은 아직도 통화 중이었다. 그렇다니까, 완전히 싸가지가 없어, 내가 몇 번이나 말했잖아, 야!

거리로 나가자 발카르크카의 습한 어둠이 나를 맞이했다. 거리의 몇 안 되는 차들은 무심히 사방으로 흙탕물을 튀기고 있었다. 내 공포를 친구들에게 설명할 수 없다면 더 이상 구제 방법이 없는 것이다. 당신이 나와 이야기를 나누러 찾아왔을 때 당신은 이미 죽은 지 한참이 지난 때였는데 나는 그 사실을 여전히 받아들이지 못하고 있었다. 나는 난파선에서 떨어져 나온 썩은 나뭇조각에 매달린 채 어느 목적지로도 향하지 못하고 있다. 여전히 당신을 생각하며, 왜 우리 일이 다른 방향으로 풀리지 못했을까를 생각하며, 당신을 더욱 다정하게 사랑할 수 있었지만 놓쳐 버린 그 수천 번의 기회를 생각하며 그저 정처 없이 부는 해풍에 내 몸을 맡긴다.

발카르카의 그 화요일 밤, 우산 없이 세차게 내리는 비를 맞으며 나는 나 자신이 완전한 거품임을 깨달았다. 아니면 그보다 더 나빴다. 나 자신이 오류 그 자체라는 것이다. 잘못된 집안에 태어난 것부터가 시작이었다. 그리고 나는 내가 품은 생각의 무게와 내 행동에 대한 책임을 신에게도, 친구에게도, 내가 읽은 책에도 전가할 수 없음을 안다. 하지만 막스 덕분에 아버지에 대해 조금 더 자세히 알게 되었을 뿐 아니라 내 삶을 지탱해 주는 사실 또한 알게 되었다. 바로 당신이 나를 미치도록 사랑했다는 사실이었다. 내 잘못이야, 사라. 고백합니다.(라틴어)

7부

……발끝까지

눈을 뜨고 죽음 속으로 들어가 보자.

— 마르그리트 유르스나르*

* Marguerite Yourcenar(1903~1987). 벨기에 태생이며 프랑스어로 활동한 문학가.

58

이 집에 시체가 너무 많아지기 시작하는군. 아드리아는 아버지가 중얼거리던 말을 곱씹었다. 그는 책등을 건성으로 바라보며 창조 우주 사이를 어슬렁거렸다. 일터에서 아드리아의 수업에는 더 이상 활기가 느껴지지 않았다. 왜냐하면 그의 열정은 서재에 걸린 사라의 자화상 앞에 앉아 당신의 신비로움을 생각하는 데 쏠려 있었으니까, 내 사랑. 아니면 거실에 걸린 우르젤의 그림을 조용히 바라보거나. 마치 트레스푸이 쪽을 향한 태양의 불가능한 도주를 목격하고 싶기라도 한 듯 말이다. 그리고 아주 가끔 그는 맥없이 원고 더미를 바라보았고, 어떤 날은 그것을 집어 들고 한숨을 쉬고는 몇 줄을 덧붙이거나 다시 읽을 때면 회의적이 되어 그날 혹은 지난주에 한 작업이 고통스럽게도 무의미하게 느껴졌다. 문제는 어떻게 그 상황을 해결할지 모른다는 것이었다. 그는 더 이상 허기조차 느껴지지 않았다.

"아드리아, 이봐요."

"네?"

"이틀째 아무것도 먹지 않고 있잖아요."

"걱정 말아요. 배고프지 않아요."

"음, 왜 걱정이 안 되겠어요."

카테리나는 결국 서재로 들어오더니 아드리아의 팔을 잡고 끌어냈다.

"뭐 하는 거예요?" 당황한 아드리아가 목소리를 높이며 말했다.

"소리 질러도 소용없어요. 당장 저하고 부엌으로 가요."

"아니! 나를 좀 가만히 내버려 둬요, 이 사람이!" 아드리아 아르데볼은 성을 냈다.

"안 돼요. 미안하지만, 안 되겠어요." 그녀는 아드리아보다 더 화내며 소리를 질렀다. "거울을 보기나 했어요?"

"필요 없어요."

"나와요, 앞으로 가요." 퉁명스럽고 위압적인 목소리였다.

그는 하임 엡스타인이었고, 작은 롤라는 대위로서 소령 바버의 명령을 어기고 그를 26번 막사에 데려가는 중이었다. 누군가가 토끼 사냥이라는 아주 흥미진진한 게임을 생각해 냈기 때문이다. 카타리네 대위는 그를 강제로 부엌에 밀어 넣었고, 겁에 질린 헝가리 여자들 여섯 명 대신 쌀로 만든 수프와 국수, 토마토 두 조각을 곁들인 소고기 스테이크가 그곳에 있었다. 카타리네 대위는 그를 작은 식탁 앞에 앉혔고, 하임 아르데볼은 며칠 만에 처음으로 허기를 느끼며 마치 대위의 비난이 두렵기라도 한 듯 고개를 숙이고 음식을 먹기 시작했다.

"끝내주는군요." 수프를 먹어 본 그가 말했다.

"더 줄까요?"

"네. 고마워요."

저녁 식사를 하는 동안 카타리네는 모자챙 뒤에 시선을 숨기고 서서 지팡이로 자신의 빛나는 부츠를 위협적으로 툭툭 치며 죄수가 부엌을 떠나지 못하도록 감시했다. 심지어 후식으로 요구르트를 먹이는 데 성공했다. 식사를 끝냈을 때 죄수는 고마워요, 작은 롤라라고 말한 후 부엌을 떠났다.

"카테리나예요."

"카테리나. 지금쯤 벌써 집에 갔어야 할 시간 아니에요?"

"맞아요. 하지만 내일 출근했을 때 귀퉁이에 걸린 마른 생선처럼 빳빳해진 당신을 발견하고 싶지는 않아서요."

"너무 과장하는 거 아닌가요."

"아니에요. 마른 생선처럼 빳빳해질 수도 있다고요. 사해보다 더 죽어 있는 상태 말이죠."

아드리아는 서재로 돌아갔다. 그의 문제가 자신이 전혀 믿지 않는 것을 적은 몇몇 쪽이라고 생각했기 때문이다. 혼자 해결해야 할 게 너무 많았다. 매일이 그렇게 흘러갔다. 수개월이 역시 그렇게 천천히 끝없이 지나갔다. 그러던 어느 날 퉁명스럽게 바닥에 침을 뱉는 소리가 들렸다. 무슨 일이야, 카슨?

"이제 할 만큼 했다고 생각하지 않아?"

"네가 그렇게 느끼지 않는다면 할 만큼이라는 기준이……."

"네가 어떻게 느끼는데?"

"내가 어떻게 알겠어."

"하우."

"응, 말해."

"내가 좀 끼어들어도 된다면 말이야……."

"말해, 어서, 검은 독수리 네가."

"탁 트인 평원의 바람이 네 아픈 마음에 도움이 될 수 있다고 생각해."

"응. 이미 여행을 생각해 두긴 했어. 그런데 어디로 갈지, 무엇을 할지 모르겠어."

"그냥 옥스퍼드나 렌이나 튀빙겐이나, 또 다른 어디에서 받은 초청을 수락만 해도 될 텐데."

"콘스탄츠."

"그래 거기."

"너희 말이 맞아."

"고귀한 전사가 자신의 용기를 사냥과 전쟁이라는 새로운 도전에 바친다면 그 결과는 유익하리니."

"무슨 말인지 알겠어, 고마워. 너희 둘 모두 고마워."

참모들의 말을 듣기로 하고 나는 새로운 도전을 찾아 유럽의 평원을 떠돌았다. 글쓰기에 대한 걱정은 아주 수줍게 머뭇거리며 그를 다시 찾았다. 그것은 어쩌면 여행, 아니면 다음 책은 언제 나오나요, 아르데볼? 하고 물어 준 사람들에게서 얻은 용기 덕택인지도 모르겠다.

결국 한쪽 면을 가득 채운 원고 더미는 전혀 설득력이 없어 보였다. 나는 완전히 기운을 소진했다. 악이 어디에 있는지 알 수 없었고, 나의 불가지론적 혼란스러움을 어떻게 설명해야 할지 몰랐다. 이 여정을 계속하기 위한 철학적 도구가 부족했다. 악이 머무는 곳을 찾고 싶었으며, 그것은 어느 한 사람의 내면에 존재하지 않는다는 사실을 또한 알고 있었다. 그렇다면 여러 사람의 마음속에 있을까? 악이란 왜곡된 인간 의지의 결과물일까? 그게 아니라면 악마에게서 비롯되어 악마가 생각하기에 유용하다고 생각하는 인간에게 침투시키는 걸까. 우수에 가득 찬 눈을 가진 마티아스 알패르츠 같은 사람에게 말이다. 악이란 악마가 존재하지 않는다는 것이다. 그리고 신이시여, 어디에 계시나이까? 아브라함의 엄격한 신, 예수의 설명할 수 없는 신, 잔인하지만 사랑이 넘치기도 하는 알라……. 어떠한 형태든 잘못된 행위에 의해 희생당한 자들에게 물어야 한다. 신이 존재한다면 악으로 인해 빚어진 결과 앞에서 냉담한 그의 태도는 논란이 될 만하다. 신학자들은 어떠한 의견을 가지고 있는가? 그것을 더욱 아름다운 말로 치장할수록 본질적으로 한계에 부딪치고 만다. 절대 악, 상대 악, 물리적 악, 도덕적 악. 죄책감이라는 악, 연민이라는 악……. 신이여. 악과 함께 고통이 등장하지 않았더라면 이것은 웃을 일이 분명하다. 그렇다면 자연재해 또한 악인가? 다른 형태의 악인가? 그리고 그것이 유발하는 고통이 또 다른 형태의 고통인가?

"하우."

"무슨 일이야."

"무슨 말인지 모르겠어."

"나도 마찬가지야, 검은 독수리." 아드리아가 중얼거렸다. 이해하기 힘들지만 정갈한 글씨로 쓰인 원고 더미가 앞에 잔뜩 놓여 있었다. 그는 복잡한 생각을 정리할 겸 일어나서 서재를 이리저리 돌아다녔다. 내게 무슨 일이 있었는지 알아, 사라? 논리적인 생각 대신에 소리를 지르고 말았어. 생각하는 대신에 울거나 웃었어. 어떠한 연구도 할 수 없는 상태였지. 그때 칠, 이, 팔, 영, 육, 오가 생각나더군.

오 년 동안 한 번도 열지 않았던 아버지의 금고를 열었다. 칠, 이, 팔, 영, 육, 오. 그곳에 무엇을 보관했었는지 기억나지 않아 호기심이 일었다. 다양한 문서가 담긴 두꺼운 봉투 몇 개를 발견했다. 분명히 아버지와 어머니가 쓸데없이 보관하던 문서들일 것이다. 수신 날짜는 아주 오래전이었고, 급하게 쓰인 내용들은 오십 년이 지난 지금 전혀 급하지 않은 것이 되어 버렸다. 몇몇 주식 증권 비슷한 것들은 따로 분류되어 있었다. 내가 회계사에게 따로 검토를 부탁해 어떻게 처분하면 좋을지 물어보려던 것들이었다. 그리고 파란색 파일에는 외롭고 우울한 아람어 문서가 들어 있었다. 너무나도 오래전 아버지가 나에게 남긴 글이었다. 세월이 지나며 천천히 나에게 영향을 미친 메시지였다. 만일 내가 비알을 없애 버렸다는 사실을 지금 아버지가 안다면 분명히 소리를 지르며 목덜미를 힘차게 한 대 갈겼을 것이다. 같은 파일에 또 다른, 하지만 마찬가지로 외로운 부적이 한 장 있었다. 베르나트의 작전으로 얻게 된 이사야 벌린의 편지였다. 고마워, 베르나트, 나의 친구,

모든 일이 계획대로 된다면 누구보다도 이 글을 먼저 읽게 될 사람, 그리고 이 마지막에 추가된 장들을 없애 버릴 수도 있는 사람.

한쪽 구석에 또 다른 무언가가 놓여 있었다. 코닥 봉투였다. 나는 호기심이 발동해 그것을 열어 보았다. 마티아스 알패르츠에게 나의 스토리오니를 돌려주던 날 악기를 촬영한 거였다. 사진을 현상한 후 금고에 꼭꼭 숨겨 두었다는 사실을 완전히 잊고 있었다. 나는 거짓이라고 하기엔 지나치게 극적인 이야기에 완전히 말려들어 세상에서 가장 어리석은 짓을 저질렀고, 여전히 나 스스로를 믿지 못하게 만드는 이유가 되었다. 나는 사진을 한 장 한 장 살펴보았다. 앞판, 뒤판, 옆판, 사랑스러운 스크롤, 에프 홀들, 그리고 그중 하나의 에프 홀을 통해 악기 내부를 살펴보았다. 라우렌티우스 스토리오니 크레모넨시스 메 페킷 1764. 라는 글씨를 겨우 알아볼 수 있었다. 아. 다음 사진을 보았을 때 나는 놀라서 입이 벌어졌다. 당신이 옷장 속 거울을 통해 찍은 당신 사진이었다. 일종의 자화상 같았다. 어쩌면 자화상을 그리기 전에 찍은 것일까. 다른 사진보다 이 년 전쯤 찍었다. 당신은 이 사진을 잊었던 걸까? 아니면 카메라에 새 필름을 넣고는 나중에 현상하겠다고 생각했던 걸까? 당신이 찍은 다른 사진 몇 장이 더 들어 있었다. 아드리아는 눈앞이 흐려졌고, 나는 애써 마음을 진정해야 했다. 책상에서 고개를 숙인 채 글을 쓰고 있는 그의 모습이었다. 우리가 더 이상 대화를 하지 않았을 때 당신이 몰래 찍어 둔 사진이었다. 나에게 짜증 나고 화가 나 있던 당신이었지만 내 사진을 몰래 찍었던 것이다. 지금에 와서야 나는 그 시절의 일을 충분히 곱씹어 보지 않았다는 사실을 깨달았다. 우리의 다툼은 어쩌면 나보다 당신에게 더 큰 고통을 안겨 주지 않았을까. 왜냐하면 다툼을 시작한 것은 당신이었으니까. 혹시 뇌졸중은 이로 인해 당신이 견뎌야 했던 심한 압박감이 원인이 아니었을까?

세 번째 사진은 그녀의 작업실 이젤 위에 놓인 어떤 스케치였다. 그 그림을 본 적도, 사라가 그에 대해 하는 말을 들은 적도 없었던 것 같다. 어쩌면 그림을 수천 조각으로 찢어 버리기 전에 사진으로 찍어 두었는지 모른다. 가엾은 것. 나는 간신히 눈물을 참으며 만일 내일 네거티브 필름을 찾는다면 크게 뽑아야겠다고 생각했다. 책상 위의 돋보기로 필름을 살폈다. 어떤 얼굴이 완성되어 가는 과정의 스케치 여섯 점을 근접 촬영했다. 여섯 점의 그림은 갈수록 완성도가 높아졌고, 네 번째 스케치에서 아이의 얼굴이 보이기 시작했다. 아이를 앞에 놓고 그렸는지, 기억에 남은 클라우딘의 얼굴을 떠올려 보기 위한 습작이었는지 확실히 알 수 없었다. 아니면 죽은 딸을 그려 볼 만큼 사라가 대담했었는지도 모를 일이다. 그 사진은 모든 나날 동안 다른 사진과 함께 금고에 보관되어 있었다. 당신의 고통이 담긴 사진이었다. 모든 사연을 겪고도 당신은 그것을 그림으로 그려 낼 수 있었기 때문이다. 어쩌면 그것은 저항이 불가능하다는 사실을 당신이 몰랐을 수도 있다. 첼란을 떠올려 보라. 프리모 레비를 떠올려 보라. 그림을 그리는 것은 글을 쓰는 것과 마찬가지로 경험을 되살리는 것이다. 마치 환호로 이 사실을 확인해 주는 것처럼 저주받을 전화벨이 울리기 시작했고, 나는 이전보다 상태가 더 나빠졌는지 몸을 떨기 시작했다. 달마우의 지시에 따라 나는 끔찍한 일을 해내기 위해 억지로 수화기를 들었다.

"여보세요."

"이봐, 아드리아. 막스야."

"안녕하세요."

"어찌 지내나?"

"잘 지내요." 오 초가 지나 "당신은요?"

"좋아. 이봐. 프리오라트를 시음하는 행사가 있는데 한번 오는 게 어때?"

"이런……."

"책을 한 권 써 보기로 결심했다네……. 사진을 많이 넣을 거야, 음, 자네 책과는 완전히 딴판이지."

"내용은요?"

"시음 과정에 대한 건데……."

"그런 섬세한 감각을 글로 옮기는 일은 쉽지 않을 텐데요."

"시인들이 하는 일이지."

이제 클라우딘과 사라의 고통에 대해 무얼 아는지 물어봐야겠어.

"막스 볼테스엡스타인. 와인의 시인."

"올 거지?"

"잠깐만요. 질문이 하나 있어요……." 그는 벗어진 머리를 한 손으로 쓰다듬으며 스스로를 억제할 수 있었다. "물론이지요. 안 갈 이유가 있나요. 언제입니까?"

"이번 주말이야. 킴 솔레르 센터야."

"데리러 오실래요?"

"그러지."

막스는 전화를 끊었다. 막스 같은 선한 사람의 삶을 캐고 다닐 권리가 내게는 없었다. 그리고 어쩌면 그 일에 대해 아는 게 없을지도 모른다. 어쩌면 사라의 비밀은 모두에 대한 비밀일지도 모른다. 정말 안타까운 일이다. 나는 당신의 고통을 나누어 짊어질 수도 있었을 것이다. 내가 허세를 부리는 걸까. 하지만 당신 고통의 일부분이라도 말이다. 나는 당신의 안식처가 기꺼이 되어 주었을 테지만 그러지 못했고, 그 고통을 충분히 알지도 못했다. 어쩌면 작은 이슬비로부터 당신을 지켰지만 폭풍우로부터는 감싸 주지 못했다.

나는 달마우에게 진행 속도가 어느 정도인지 물었다. 얼마나 빨리 진행되는 거야, 어느 정도로 급하게 말이야, 무슨 말인지 알겠어? 그는 입술을 꽉 깨물며 생각에 잠겼다.

"케이스마다 달라."

"그렇겠지, 내가 궁금한 건 내 케이스 아니겠어."

"좀 더 검사해 봐야 해. 지금 우리가 갖고 있는 건 아직 징후일 뿐이거든."

"역행은 안 되나?"

"현재까지의 의학 기술로는 어려워."

"젠장."

"그러게 말이야."

둘은 말이 없었다. 달마우 박사는 진료실 한쪽 구석에 앉은 친구를 바라보았다. 어깨 사이에 고개를 떨어뜨리기를 거부하며 급한 마음을 안고 모딜리아니의 노란색을 애써 피하고 있었다.

"나는 아직 한창 작업 중이야. 읽는 것도 문제없고."

"자네 스스로 일시적인 기억 상실을 보인다지 않았나. 갑자기 방전되듯이 말이야. 그건……."

"그래, 그래, 사실이야……. 하지만 나이 든 사람들 모두에게 일어나는 일 아닌가."

"예순두 살을 노인이라고 하는 시대는 지났지. 많은 증상이 이미 나타났어. 그중 많은 것을 그냥 지나쳐 버렸겠지만."

"그럼 이번이 세 번째 경고라고 치지." 조용해졌다. "그랬을 때 완전히 기억을 잃는 날짜가 언제쯤 될까?"

"모르지. 정확한 날짜는 없어. 개인마다 다른 속도로 진행되는 병이야. 추적 검사를 할 거야. 하지만 자네가……." 그는 말을 멈추었다.

"내가 무엇을 해야 하는데?"

"자네 나름의 준비가 필요해."

"무슨 말이야?"

"주변 정리 말이지……."

"유언장이라도 남기라는 건가?"

"글쎄…… 어떤 방법이 좋을지 모르겠는데……. 주변에 아무도 없지, 그렇지?"

"아니, 친구들이야 있지."

"아무도 없잖아, 아드리아. 모든 걸 다 정리해 둬야 해."

"정말 잔인하군, 이 사람."

"그래. 누군가를 고용해서라도 혼자 있는 시간을 최소화해야 해."

"때가 되면 생각하겠네."

"좋아. 하지만 보름마다 이곳에 들르게."

"그러지." 막스를 흉내 내며 대답했다.

발카르카의 비 내리는 밤을 깊이 생각해 보기로 결심한 것은 그때였다. 밤을 세워 가며 악에 대해 300쪽가량을 치열하게 써 내려갔다. 이미 악이란 믿음과 마찬가지로 손에 잡히지 않으며 불가사의한 것이라는 사실을 알고 있었다. 그리고 아무것도 쓰지 않은 뒷면에는 마치 팔림프세스투스처럼 지금 여기까지 완성했으며 곧 마무리를 앞두고 있는 편지를 쓰기 시작했다. 요렌스의 노력에도 불구하고 나는 컴퓨터를 사용하지 않았고, 그것은 원고를 작성하는 책상 위에 얌전히 앉아 있을 뿐이다. 이 원고들은 약간의 잉크와 수많은 눈물이 섞여 아주 혼란스럽게 작성된 매일매일의 기록이다.

최근 몇 달간 나는 당신의 자화상과 당신이 선물로 준 풍경화 두 점을 앞에 두고 미친 듯이 글을 썼다. 나의 아르카디아에 대한 당신의 주관적인 해석, 성 페레 델 부르갈의 작은 잎사귀 모양을 한 애프스. 나는 광적으로 두 그림을 관찰했고, 이제는 모든 섬세한 붓놀림, 세밀한 선, 그림자를 훤히 꿰게 되었다. 그것들에서 비롯된 모든 이야기들도 말이다. 이렇게 당신의 그림으로 이루어진 일종의 제단 앞에서 나는 마치 기억과 망각 사이를 경주하는 기분으로 열심히 글을 써 나갔다. 망각이 찾아오는 순간 그것은 내 첫 번째 죽음이 될 것이다. 나는 아무런 생각도 하지 않고 이야기로 서술될 수 있는 모든 것들을 빈 종이에 퍼부었다. 그리고 고생물학자 같은 소명 의식을 가진 누군가가, 만일 베르나트가 작업하게 된다면 그가 이 문서를 내가 모르는 누군가에게 전달하기 위해 해독할 수 있을 거라고 믿었다. 아주 무질서하지만 유언이라면 유언이라고 할 수 있는 이 글을 말이다.

나는 다음과 같은 말로 글을 시작했다. "어젯밤 발카르카의 비에 젖은 거리를 걸으며 비로소 나는 내 가족 중 한 사람으로 태어난 것이 결코 용서할 수 없는 실수라는 사실을 알게 되었다." 이 글이 작성된 지금에야 도입부부터 글을 써야 한다는 사실을 이해했다. 글의 처음은 언제나 선언과도 같다. 이것이 내가 글의 처음으로 돌아가 도입부를 다시 읽어 보는 이유다. "어젯밤 발카르카의 비에 젖은 거리를 걸으며 비로소 나는 내 가족 중 한 사람으로 태어난 것이 결코 용서할 수 없는 실수라는 사실을 알게 되었다." 이미 오래전에 있었던 일이다. 그리고 이것을 글로 옮긴 이래 꽤 많은 시간이 흘렀다. 현재는 이미 다르다. 현재는 이미 내일과 같다.

공증인과 변호사들을 통한 수많은 절차를 마친 이후 아드리아에 대한 관심과 노력들에 어떻게 감사를 표할지 모르겠다고 하던 토나의 사촌들에게 서너 차례 상황을 보고한 베르나트는 웁살라의 라우라 바일리나라는 사람을 만나러 갔다.

"정말 안타깝게 됐군요, 가엾은 아드리아."

"그렇습니다."

"미안합니다, 하지만 정말 울고 싶은 심정입니다."

"울어도 괜찮습니다."

"아닙니다. 아드리아의 부탁이 무엇인가요?"

델 정도로 뜨거운 차를 불어 가며 베르나트는 그녀에게 해당되는 유언장의 세부 사항을 설명해 나갔다.

우르젤이요? 거실에 걸린 것 말씀이신가요?

"아, 알고 계시는군요?"

"네. 그의 집에 몇 번 갔었거든요."

대체 얼마나 많은 것을 그리도 숨겼는가, 아드리아. 오늘날까지도 그를 진정으로 모른다는 생각이 들었다. 친구들 사이에도 그렇게 많은 비밀이 있을 수 있다니. 베르나트는 생각에 잠겼다.

라우라 바일리나는 아름다웠으며, 금발에 키가 작고 상냥했다. 그녀는 유언을 받아들일지 생각해 보겠다고 했다. 베르나트는 아드리아의 선물이라고, 어떤 속임수도 아니라고 말했다.

"세금이 문제예요. 이 그림을 받으면서 발생하는 세금을 낼 수 있을지 모르겠어요. 상속에 따른 비용 같은 게 있지 않나요. 왠지 이곳 스웨덴에서 대출을 신청하고, 상속받고, 세금을 내면 대출을 갚기 위해 그림을 팔게 될 것 같네요."

여전히 차에서 김이 모락모락 오르는 가운데 베르나트는 바일리나의 결정을 곱씹으며 만남을 마무리했다. 베르나트 플렌사는 아주 중대한 집안일에 따른 두 번의 리허설 불참을 행정실에 요청하고는 매니저의 일그러진 얼굴에 담대히 맞서며 브뤼셀행 비행기에 올랐다. 최근 두 달 사이에 벌써 두 번째 여행이었다.

그가 찾은 곳은 안트베르펜의 노인 요양원이었다. 안내 데스크에 도착한 그는 전화와 컴퓨터를 동시에 다루고 있는 뚱뚱한 여인에게 미소를 지어 보인 후 통화가 끝나기를 기다렸다. 그녀가 수화기를 내려놓았을 때 베르나트는 더 과장된 미소를 지으며 영어가 편하십니까, 프랑스어가 편하십니까 하고는 여자가 영어요라고 대답하자 마티아스 알패르츠라는 사람에 대해 물어보았다. 그녀는 흥미로운 듯 그를 바라보았다. 아니 관찰했다고 하는 편이 맞을 것이다. 아니면 최소한 베르나트는 주의 깊게 관찰당했다고 느꼈다.

"찾는 분이 누구라고 하셨지요?"

"마티아스 알패르츠 씨입니다."

여자는 잠시 생각하더니 컴퓨터를 두드렸다. 그리고 한참 동안 컴퓨터를 바라보다 전화를 두 번 정도 돌리며 컴퓨터를 계속 만졌다. 그 동작은 네 맞아요, 알패르츠! 하고 외칠 때까지 계속되었다. 그녀는 다시 자판을 두드리며 화면을 보고 베르나트를 바라보았다.

"알패르츠 씨는 1997년 사망한 것으로 나오는데요."

"이런…… 저는……."

그곳을 떠날 채비를 하던 찰나 그는 아주 기묘한 생각이 떠올랐다.

"그의 기록부를 좀 볼 수 있을까요?"

"가족이 아니시죠?"

"아닙니다, 부인."

"열람하려는 이유를 알 수……."

"그에게 바이올린을 구입하려고 했습니다."

"아, 이제 당신이 누군지 알겠어요!" 무거운 짐이라도 덜어낸 사람처럼 그녀가 흥분하여 외쳤다.

"저를 말입니까?"

"안티고나 사중주단의 제2바이올린 아니신가요."

잠시 베르나트 플렌사는 영예의 순간을 떠올렸다. 그는 우쭐해져서 미소를 지었다.

"대단한 기억력이십니다." 그가 인사치레로 말을 건넸다.

"제가 얼굴을 잘 기억하는 편이지요." 그녀가 대답했다. "게다가 그렇게 키가 큰 남성분이라면……." 그녀가 수줍게 덧붙였다. "하지만 성함은 잘 기억나지 않네요."

"베르나트 플렌사라고 합니다."

"베르나트 플렌사……." 그녀는 악수를 청하며 손을 내밀었다. "릴리아나 무르예요. 두 달 전 헨트에서 열린 공연에 갔었어요. 멘델스존, 슈베르트, 쇼스타코비치를 연주하셨죠."

"이런…… 저는……."

"첫 번째 줄에 앉는 걸 좋아해요, 연주자들 바로 앞에요."

"음악을 하시는 분인지?"

"아니에요. 음악을 좋아하는 것뿐이지요. 알패르츠 씨에 관한 정보는 왜 필요하신 거죠?"

"바이올린 때문에요……." 그는 몇 초 동안 망설였다. "사진 속 얼굴만 확인하면 됩니다." 그는 미소 지었다. "부탁해요…… 릴리아나."

무르 씨는 잠시 생각하더니 안티고나 사중주단에 대한 경의의 표시로 베르나트를 향해 모니터를 돌렸다. 화면에는 아드리아의 서재에 컴퓨터를 들고 갔던 날 삼십 초의 정적 속에서 잠깐 마주했던 그 강렬한 존재감의 비쩍 마르고 우수에 찬 눈을 가진 흰머리가 풍성하고 귀가 넙적한 노인 대신에 몇 번째 딸인지 기억조차 나지 않는 그의 아이처럼 흑옥 같은 눈을 가진 슬픈 표정의 뚱뚱한 대머리가 있었다. 이런 염병할, 개자식.

데스크 직원은 모니터를 다시 원래대로 돌렸고, 베르나트는 근심 어린 표정으로 땀을 흘리기 시작했다. 혹시나 하는 마음에 베르나트는 그의 바이올린을 샀으면 해서요라고 다시 말했다.

"알패르츠 씨가 바이올린을 갖고 있는 것을 본 적이 없는데요."

"이곳에 몇 년이나 계셨죠?"

"오륙 년쯤이요." 그녀는 화면을 보더니 대답을 수정했다. "칠 년이군요."

"사진 속 남자가 마티아스 알패르츠인 것이 확실합니까?"

"그럼요. 벌써 여기서 일한 지 이십 년째인걸요." 그녀는 자랑스러운 듯 말했다. "모든 분들의 얼굴을 기억한답니다. 이름을 기억하는 것은 또 다른 문제이지만……."

"혹시 다른 가족이 있었는지……."

"알패르츠 씨는 혼자였어요."

"네, 하지만 혹시 먼 친척이라도……."

"혼자였습니다. 전쟁 통에 가족들이 죽었다고 들었어요. 유대인이었다지요. 그가 유일한 생존자예요."

"친척이 정말 하나도 없었습니까?"

"항상 자신의 극적인 이야기를 하고 있었지요, 불쌍한 사람. 제 생각에는 결국 미쳐 버린 것 같아요. 언제나 같은 이야기였어요, 무엇 때문인지……."

"죄책감 때문이겠지요."

"그래요. 항상. 모두에게요. 그의 이야기는 그가 살아가는 이유가 되었고요. 두 딸이 있었다는 사실을 설명하기 위해 삶을 이어……."

"세 명입니다."

"세 명인가요? 그렇다면 그 아무개, 아무개, 아무개라는 세 딸이 그러니까……."

"흑옥색 머리카락을 가진 아멜리아, 숲속의 나무와 같은 머리색의 트루우, 태양빛 같은 금발의 막내 율리아."

"그를 아세요?" 그녀는 놀란 눈을 하고 감탄하며 그를 바라보았다.

"그럭저럭요. 이 이야기를 아는 사람이 많은가요?"

"요양원의 꽤 많은 사람들이 알고 있지요. 살아 계시는 분들이라면 다 기억할 겁니다. 벌써 몇 년 전 일이네요."

"그렇겠죠."

"바브가 그분을 참 잘 따라 했어요."

"누군가요?"

"알패르츠와 방을 같이 썼던 사람이에요."

"살아 있나요?"

"아주 정정하지요. 언제나 우리를 긴장하게 만드는 분이에요." 그녀는 안티고나 사중주단의 제2바이올린 연주자를 성바울 모시듯 하며 목소리를 낮추어 말했다. "요양원 환자들 사이에서 도미노 비밀 경기를 열기도 하는 분이거든요."

"그를 만날 수……."

"그럼요. 저는 지금 완전히 모든 규정을……."
"음악을 위해서 아니겠습니까."
"그럼요! 음악을 위해서죠."

대기실에는 네덜란드어 잡지 다섯 권과 프랑스어 잡지 한 권이 비치되어 있었다. 그리고 페르메이르의 싸구려 복제품 하나가 덩그러니 놓여 있었다. 창문 옆에 선 여인은 마치 베르나트가 그림 속 방으로 들어오기라도 하듯 놀란 표정으로 바라보았다.

오 분쯤 지나 남자가 도착했다. 우수에 찬 눈와 풍성한 흰 머리를 가진 비쩍 마른 남자였다. 낌새를 보니 베르나트를 알아보지 못하는 모양이었다.

"영어로 할까요, 아니면 프랑스어로 할까요?" 베르나트가 웃으며 말했다.

"영어로 하죠."

"안녕하십니까."

베르나트는 그날 오후 아드리아를 설득한 남자를 앞에 마주하고 있었다……. 내가 뭐라고 했나, 아드리아, 그는 생각했다. 그를 한눈에 알아볼 수 있었다. 곧장 그의 목을 조르는 대신에 베르나트는 웃음을 띠며 비알이라는 스토리오니 바이올린에 대해 들어 보셨습니까? 하고 말했다.

남자는 자리에 앉기도 전에 출입문 쪽으로 발걸음을 돌렸다. 베르나트는 그와 문 사이에 서서 몸 전체로 출입문을 막으며 그가 방을 빠져나가지 못하게 했다.

"당신은 그의 바이올린을 훔쳤습니다."

"당신은 누굽니까?"

"경찰입니다."

그는 바르셀로나 심포니 오케스트라와 카탈루냐 국립 오케스트라 단원증을 꺼내 보이며 덧붙였다.

"인터폴이오."

"맙소사." 남자가 말했다. 그는 절망한 듯 자리에 앉았다. 그리고 돈 때문에 그 일을 한 것이 아니라고 말했다.

"얼마를 주던가요?"

"5만 프랑이요."

"상당하군요."

"돈 때문에 그 일을 한 것은 아닙니다. 그리고 벨기에 프랑이었어요."

"그럼 왜 하셨습니까?"

"마티아스 알패르츠는 방을 함께 썼던 오 년 동안 내내 그 이야기를 했어요. 매일 어쩌고저쩌고한 딸들과 아픈 장모에 대해 얘기했지요. 매일 그 얘기를 했어요. 내 얼굴은 보지 않고 창문만 바라보면서요. 매일매일 말입니다. 그러더니 병이 났어요. 그때 그 남자들이 등장한 겁니다."

"그들이 누구였습니까?"

"모르겠어요. 바르셀로나에서 왔다고 했습니다. 한 명은 말랐고, 다른 한 명은 꽤 젊었었어요. 저더러 그 사람 흉내를 잘 낸다더군요라고 했습니다."

"저는 배우입니다. 은퇴는 했지만 배우이지요. 아코디언과

색소폰을 연주하고요. 피아노도 약간 칩니다."

"얼마나 흉내를 잘 내는지 한번 봅시다."

그들은 그를 식당에 데려가 음식을 사 주고 화이트 와인과 레드 와인을 맛보여 주었다. 왜 알패르츠와 직접 이야기하지 않으십니까? 그는 그들을 수상한 듯 바라보며 물었다.

"그는 시간이 다 됐어요. 얼마 못 살 겁니다."

"아픈 장모 이야기를 더 듣지 않아도 되겠네요."

"연민이 느껴지지 않나 보군요?"

"마티아스가 죽고 싶다고 한 지 벌써 육십 년이나 되었습니다. 그런데 어떻게 그의 죽음에 대해 안타까운 마음이 들겠습니까?"

"자 그럼, 바브. 한번 재능을 보여 주시죠."

그리하여 바브 모르텔만스는 말하기 시작했다. 집에서 당신의 베르타, 아픈 장모, 당신 삶의 빛 같은 존재 셋과 점심을 들고 있다고 상상해 보세요, 큰딸 아멜리아가 일곱 살이 되는 날이었지요. 둘째 트루데는 머리색이 흑옥 같았고, 막내 율리아는 해처럼 금색을 띠었죠. 그런데 난데없이 군인들이 문을 부수고는 라우스, 라우스 외치며 한꺼번에 들이닥치자 아멜리아가 아빠, 라우스가 뭐야? 저는 그들을 막을 수 없었고 아이들을 지키기 위해 아무것도 하지 않았습니다.

"훌륭합니다. 그만하면 됐어요."

"아니, 저기, 잠깐! 저는 이것보다 더 잘……."

"훌륭하다고 하지 않았습니까. 어디 목돈을 좀 만져 보시렵니까?"

"제가 그러겠노라 대답하니까 비행기에 태우더군요. 바르셀로나에서 우리는 몇 번 연습을 했습니다. 몇 가지 다른 버전을 준비해서 말이죠. 하지만 언제나 그 짜증 나는 마티아스의 진짜 이야기가 기본이 됐습니다."

"그러는 동안 당신 친구는 몸져누워 있었고요."

"제 친구가 아니었습니다. 그는 손상된 기억일 뿐이었습니다. 제가 안트베르펜에 다시 돌아왔을 때는 이미 죽은 뒤였지요." 그는 키 큰 경찰 앞에서 기지개를 켜며 말했다. "마치 저를 그리워하기라도 한 듯이 말입니다, 아시겠습니까?"

베르나트는 아무 말도 하지 않았다. 바브 모르텔만스는 출입문을 향해 다시 발걸음을 옮겼다. 베르나트는 의자에 그대로 앉아 꿈쩍하지 않은 채 한 발자국이라도 도망치려 들면 당신의 척추를 부러뜨려 주겠소, 아시겠소? 하고 말했다.

"네. 물론입니다."

"당신은 사기꾼이오. 그에게서 바이올린을 훔쳤소."

"하지만 그는 악기를 가진 사람이……."

"당신은 사기꾼이오. 10만 프랑에 그걸 팔아 버렸지."

"돈 때문에 그런 게 아닙니다! 그리고 5만이었소. 그것도 벨기에 프랑으로."

"그리고 가엾은 아드리아 아르데볼로부터 악기를 훔쳤지."

"그게 누굽니까?"

"당신이 속인 바르셀로나의 그 사람 아니오."

"돈 때문에 한 게 절대 아니라고 맹세할 수 있습니다."

베르나트는 궁금하여 그를 바라보았다. 그리고 계속 말해 보라는 듯 고갯짓을 해 보였다. 하지만 상대는 말이 없었다.

"그럼 무엇 때문에 그랬던 거요?"

"그것은…… 제게 큰 기회였어요……. 그것은…… 제 인생의 배역이었죠. 그래서 하겠다고 했습니다."

"그리고 가장 보상이 큰 배역이었을 테지요."

"맞습니다. 하지만 그것은 제가 연기를 화려하게 해냈기 때문입니다. 게다가 그 남자가 새로운 대화를 시작하는 바람에 즉흥 연기가 필요했습니다. 독백뿐 아니라 대화도 즉석에서 지어내야 했어요."

"그래서요?"

"그게 되더란 말입니다." 자랑스럽게 말했다. "제가 연기하는 인물에 완전히 몰입할 수 있었어요."

베르나트는 이제 그의 목을 졸라 버려야겠다고 생각했다. 그는 주변에 목격자가 있는지 둘러보았다. 그사이 바브 모르텔만스는 경찰관의 경외 섞인 침묵에 기운을 얻어 자신이 좋아하는 역할로 돌아갔다. 그는 연기를 시작했다. 약간의 과장이 섞여 있었다.

"제가 지금까지 목숨이 붙어 있고 이 모든 것을 당신에게 털어놓을 수 있게 된 것은 어쩌면 제가 아멜리아의 생일에 겁쟁이였기 때문일지도 모릅니다. 아니면 비가 쏟아지던 그 토요일 막사에서 곰팡이 핀 빵 한 조각을 빌뉴스로부터 도착한 유대인들한테 훔쳤기 때문일지도 모릅니다. 아니면 수용소 감시대원이 한 수 가르쳐 주겠다며 총을 발사하기 시작했을 때 몰래 도망쳤기 때문일지도 모릅니다. 나를 겨냥하던 총알은 어떤 젊은 청년을 죽이고 말았……."

"그만하시오!"

베르나트는 자리에서 일어났다. 바브 모르텔만스는 금방이라도 그가 자신을 한 대 치려 한다고 생각했다. 그는 의자에 쭈그리고 앉아 몸을 숙인 채 그 인터폴 요원이 묻는 어떤 질문에라도 대답할 준비를 완벽하게 하고 있었다.

베르나트는 입을 벌리라고 말했다. 아드리아는 요렌스가 한 살일 때 그랬던 것처럼 입을 벌렸다. 그에게 작은 숟가락으로 음식을 떠먹여 주며 정말 맛있지, 세몰리나 수프, 그렇지? 아드리아는 베르나트를 빤히 바라보고 아무 말도 하지 않았다.

"무슨 생각을 하는 거야?"

"저요?"

"그래 자네."

"모르겠어."

"내가 누구야?"

"그 사람."

"여기 한 숟가락 더 들게. 어서, 입을 벌려 봐, 마지막이야. 어서, 좋아."

그는 두 번째 요리가 담긴 통을 열더니 맛있겠군, 삶은 닭

이야, 좋아하는 건가? 하고 물었다.

아드리아는 무심하게 벽을 바라보았다.

"자넬 사랑해, 아드리아. 바이올린 이야기는 하지 않을게."

그는 게르트루드의 시선으로, 혹은 게르트루드의 시선으로 그를 바라보던 사라를 보던 아드리아의 시선으로 그를 바라보았다. 혹은 사라가 게르트루드의 시선으로 아드리아를 바라보는 것을 생각하는 베르나트의 시선으로 바라보았다.

"자넬 사랑해." 베르나트가 다시 말했다. 그리고 꽤 슬퍼 보이는 창백한 닭다리를 하나 들더니 오우 정말 좋아, 정말 좋아라고 말했다. 어서, 자 입을 벌려 봐, 요렌스.

저녁 식사를 끝냈을 때 조나단이 식판을 찾으러 왔다. 그리고 잠자리에 드시겠어요? 했다.

"괜찮다면 제가 알아서 하죠."

"좋아요. 도움이 필요하면 불러 주세요."

둘만 남자 아드리아는 머리를 긁고 한숨을 내쉬었다. 초점 없는 시선은 벽을 향해 고정되어 있었다. 베르나트는 가방을 뒤져 책 한 권을 꺼냈다.

"악의 문제." 베르나트는 책 표지를 읽었다. "아드리아 아르데볼."

아드리아는 그의 눈을 바라보고 책 표지로 시선을 옮겼다. 그는 하품을 했다.

"이게 뭔지 아나?"

"저요?"

"그래. 자네가 쓴 거야. 자네는 나더러 출판하지 말라고 했지만 학교에서는 출판할 가치가 매우 높은 책이라고 확신하더군. 기억나나?"

침묵이 흘렀다. 아드리아는 마음이 불편했다. 베르나트는 그의 손을 잡고 친구가 진정되는지 보았다. 그러고 나서 아드리아에게 파레라 교수의 책임 아래 출판이 이루어졌다고 설명했다.

"굉장한 작업을 해낸 것 같아. 요하네스 카메네크가 자문을 해 주었고. 내가 본 바로는 시계들보다 더 긴 시간을 일하는 사람 같더군. 자네를 매우 아끼는 것은 물론이고."

베르나트가 손을 쓰다듬자 아드리아가 미소 지었다. 그들은 마치 연인인 듯 한참을 조용히 그렇게 있었다. 아드리아는 무심한 표정으로 책 표지를 바라보며 계속 하품을 했다.

"토나의 사촌들에게도 책을 보내 줬어. 아주 감명을 받은 모양이야. 연말 전에 자네를 한번 보러 올 거야."

"잘됐네. 그들이 누구야?"

"셰비, 로사, 그리고 다른 한 명은 이름이 기억이 안 나네."

"아."

"기억나?"

매번 이 질문을 할 때면 아드리아는 화가 나거나 기분이 상한 듯 혀를 끌끌 찼다.

"모르겠어." 불편한 기색으로 인정했다.

"내가 누구지?" 그날 오후, 베르나트는 벌써 같은 질문을 세 번째 하고 있었다.

"자네지."

"그럼 내 이름이 뭐지."

"자네. 그 사람. 윌슨. 너무 피곤해."

"알았어. 그럼 잠을 좀 자. 이미 많이 늦었어. 침대 옆 탁자에 책을 두겠네."

"좋아."

베르나트는 의자 하나를 들어 책상 옆에 가져다 두었다. 아드리아는 반쯤 몸을 돌린 채 다소 놀란 표정이었다. 조심스럽게 그가 말했다.

"지금 사실 잘 모르겠어…… 의자에서 자야 하는지 침대에서 자야 하는지. 아니면 창가에서 자야 하는지."

"침대지, 이 사람아. 그래야 더 편할 거야."

"아니, 아니, 아니. 창가인 것 같아."

"자네가 원하는 대로 하게, 사랑하는 친구." 베르나트는 의자를 침대 쪽으로 가져다 놓으며 말했다. 그리고 덧붙였다. "미안, 미안하네, 미안해."

창문 틈새로 들어오는 강한 바람에 그는 정신이 번쩍 들었다. 아직 어두웠다. 그는 양초 심지에 불이 붙을 때까지 열심히 부싯돌을 두드렸다. 그는 사제복을 입고 여행용 망토를 걸친 후 좁은 복도로 나갔다. 망설이는 듯 희미한 불빛이 방에서 새어 나오며 성 바르바라의 둔덕을 비추고 있었다. 그는 추위와 슬픔으로 몸을 떨며 교회로 발걸음을 옮겼다. 조제프 데 산 바르토메우 수사가 잠들어 있는 관을 비추던 양초는 거의 다 닳아 있었다. 그는 자신의 양초를 촛대에 새로 꽂았다. 새벽이 다가오는 것을 알아챈 새들은 추운 날씨에도 지저귀기 시작했다. 그는 훌륭했던 수도원장의 영혼이 구제받기를 온 힘을 다해 기원하며 「주기도문」을 외웠다. 깜빡거리는 촛불은 그림 속 애프스에 신비스러운 효과를 불러왔다. 성 베드로, 성 바울…… 그리고…… 그리고 다른 사도들, 그리고 마리아상과 성스러운 만물의 주 그리스도는 벽을 따라 느긋하고 조용한 춤을 추는 것 같았다.

되새, 방울새, 오색방울새, 찌르레기, 참새는 수사들이 수세기 동안 주를 찬양한 것같이 새로운 날의 도래를 노래하고 있었다. 되새, 방울새, 오색방울새, 찌르레기, 참새는 성 페레델 부르갈 수도원장의 죽음을 알리는 소식에 매우 기뻐하는 것 같았다. 아니면 그가 낙원에 도달했다는 소식에 기뻐하는지도 모른다. 선한 사람이었기 때문이다. 아니면 신의 작은 새들은 그러한 사연들과 상관없이 그저 자신들이 할 수 있는 유일한 일을 할 뿐일지도 모른다. 안개에 파묻혀 지낸 다섯 달 동안 드물게 내리쬐는 희미한 빛만이 당신의 존재를 상기시켜 주었을 뿐이다.

"아드리아 수사." 뒤쪽에서 들려오는 소리였다. 그는 고개를 들었다. 줄리아 형제가 흔들리는 촛불을 들고 다가왔다.

"아침 예배가 끝난 후에 그를 즉시 매장해야 할 거예요." 그가 말했다.

"네, 그래야죠. 에스칼로에서 사람들이 왔습니까?"

"아직입니다."

그는 일어나 제단을 바라보며 줄리아 수사 옆에 섰다. 나는 어디에 있는 것인가. 그는 동상 걸린 손을 사제복의 넓은 소매

속으로 집어넣었다. 그곳에는 되새도, 방울새도, 오색방울새도, 찌르레기도, 참새도 없었다. 오랫동안 자리를 지켜 온 수도원에서 수사로서의 마지막 날을 슬퍼하는 두 명의 비통한 수도사가 서 있을 뿐이었다. 그곳에서 찬양이 끊긴 지는 이미 오래되었다. 기도 낭송만 이어졌고, 찬양은 새들과 그들의 순수한 기쁨에 맡긴 지 이미 오래였다. 아드리아 형제는 눈을 감고 수 세기 동안 밤의 무거운 침묵을 깨뜨려 온 기도를 외우기 시작했다.

"주여, 제 입술을 열어 주소서."(라틴어)

"제 입이 당신에 대한 찬양을 널리 전하오리다."(라틴어) 줄리아 수사도 중얼거리며 낭송을 시작했다.

처음으로 야간 미사가 열리지 않았던 그 성탄절 밤에 두 수사는 아침 예배를 드리는 데 만족해야 했다. 주님, 어서 저를 도우소서.(라틴어) 그것은 수 세기를 이어 온 성 페레 델 부르갈의 수도원 생활 중 가장 슬픈 낭송이었다. 주님, 어서 저를 도우소서.(라틴어)

티토 카르보넬과 나눈 대화는 뜻밖에 편안했다. 음식을 주문하는 동안 티토는 자신이 겁쟁이라고 털어놓았으며, 아드리아노 삼촌(이탈리아어)의 요양원을 찾아간 지 벌써 일 년이 넘었다고 말했다.

"한번 가 봐요."

"문제는 너무 슬픈 일이라는 거예요. 저는 당신과 같은 기개가 없거든요." 그는 메뉴를 들고 웨이터에게 손짓했다. "어쨌든 삼촌을 위한 노력과 수고에 감사드립니다."

"친구로서 마땅히 할 일이라고 생각합니다."

티토 카르보넬은 능숙하게 메뉴를 살피더니 주문을 했고, 거의 말없이 첫 번째 요리를 끝냈다. 접시가 비었을 때 다소 어색한 침묵이 이어졌다. 티토가 먼저 말문을 열었다.

"그래서 정확히 무엇을 원한다고 하셨죠?"

“비알에 대해 이야기를 나누었으면 합니다.”

“비알이요? 아드리아노 삼촌(이탈리아어)의 바이올린 말입니까?”

“그래요. 몇 달 전 바브 모르텔만스 씨를 만나러 안트베르펜에 다녀왔습니다.”

이 말에 티토는 크게 웃음을 터뜨렸다.

“그 이야기를 꺼내실 줄은 몰랐어요!” 그가 말했다. “저한테 궁금한 게 뭐죠?”

웨이터가 두 번째 요리를 그들 앞에 놓을 때까지 기다렸다. 여전히 말이 없는 베르나트의 모습을 본 티토가 눈을 바라보며 말했다.

“그래요, 그래, 그건 제 생각이었어요. 아주 훌륭했죠, 그럼요. 아드리아노 삼촌(이탈리아어)을 잘 아는 사람으로서 모르텔만스의 손을 빌린다면 모든 게 쉬워지리라고 생각했어요.” 그는 나이프로 자신을 가리키며 말했다. “그리고 그게 맞아떨어졌던 거예요!”

베르나트는 그를 바라보며 아무 말 없이 음식을 먹었다. 티토 카르보넬이 계속했다.

“네, 그래요, 베렝게 씨가 스토리오니 바이올린을 최고가를 제시한 사람에게 팔았지요. 아주 대단한 건이었어요. 이 대구가 입에 맞으십니까? 드셔 보신 것 중 최고의 요리라고 해도 손색이 없지요? 그렇게 좋은 바이올린을 썩히고만 있다니 정말 안타까운 일이지요. 누가 샀는지 아십니까?”

“누구죠?” 마치 함성을 터뜨리듯 마음속 깊은 곳에서 질문이 튀어나온 흔적이 역력했다.

"조슈아 맥입니다." 티토는 자신을 억제하느라 갖은 애를 쓰는 베르나트로부터 어떤 반응이라도 나오기를 기다리는 듯했다. "이제 아시겠어요? 결국 유대인에게 그 악기가 돌아갔지 않습니까?" 그는 크게 웃으며 말했다. "정의란 이런 것 아니겠습니까, 그렇죠?"

베르나트는 어떤 성급한 말이라도 할까 숫자를 10까지 세었다. 치밀어 오르는 분노로 당신은 정말 역겹군요라고 말할 뻔했다. 티토 카르보넬은 눈 하나 깜빡하지 않았다.

"맥이 그것으로 무엇을 하든 저는 개의치 않습니다. 그리고 이 모든 것을 돈 때문에 했다고 당당하게 말할 수 있습니다."

"하지만 나는 이제 당신을 고발할 수밖에 없군요." 베르나트는 분노에 가득 차 그의 눈을 바라보며 말했다. "내 입막음을 할 수 있으리라는 기대는 하지 않는 편이 좋을 겁니다."

티토 카르보넬은 음식을 주의 깊게 바라보며 곰곰이 생각에 잠겼다. 그는 냅킨으로 입술을 닦더니 포도주를 약간 들이켠 후 웃음 지으며 말했다.

"제가 입을 막는다고요? 당신의?" 그는 불쾌한 듯 입술을 깨물었다. "당신이 침묵하는 데 대해 1원의 대가도 지불할 생각이 없습니다."

"돈을 받지도 않을 겁니다. 친구의 기억을 위해서 하는 일일 뿐이니까요."

"어디다 떠들고 다니지 않는 게 좋을 겁니다, 플렌사 씨."

"내가 원칙대로 사는 것이 불편한 모양이군요?"

"아닙니다, 그럴 리가요. 아주 아름다운 일이지요. 하지만 제가 무얼 아는지 알고 계시는 편이 낫겠네요."

베르나트는 그의 눈을 바라보았다. 티토 카르보넬은 다시 미소를 지으며 저도 손을 좀 써 두었지요라고 말했다.

"무슨 말인지 모르겠군요."

"당신 출판사가 당신 책과 관련해 작업을 시작한 지 한 달이 넘지 않았습니까."

"당신하고는 전혀 상관없는 일입니다."

"무슨 말씀을 그리 섭섭하게! 심지어 제가 작품에 나오는데도 말입니다! 다른 이름으로, 중요 인물은 아니지만 나오더군요."

"당신이 어떻게……."

티토 카르보넬은 베르나트에게 더 가까이 다가앉았다. 그것은 소설입니까, 아니면 자서전입니까? 만일 아드리아노 삼촌(이탈리아어)이 썼다면 자서전이겠지요. 당신이 썼다면 소설이겠고요. 내용상 고친 부분은 거의 없어 보이더군요……. 모든 이름을 바꾼 것이 조금 안타깝지만……. 누가 누구인지 알기 어렵겠다는 생각이 들었습니다. 유일하게 보존된 이름은 아드리아인 것 같던데. 신기한 일입니다. 하지만 당신이 감히 글 전체를 자기가 쓴 것처럼 행동하는 대담함을 발휘했으니 이것은 소설이라고 해야겠지요." 그는 걱정스러운 듯 혀를 끌끌 찼다. "그렇다면 모두가 허구라는 말이겠지요. 나를 포함해서!" 그는 고개를 절레절레 흔들며 몸을 만졌다. "제가 무슨 말을 덧붙일 수 있겠습니까? 그저 화가 날……."

책상 위에 냅킨을 내려놓으며 그는 갑자기 심각한 목소리로 말했다.

"그러니 원칙 따위를 운운하지 마시죠."

대구를 맛보고 있던 베르나트 플렌사는 갑자기 입이 바싹 마르는 느낌이었다. 바이올린 판매 금액의 절반을 내 몫으로 챙겼지요. 그런데 당신은 책 전체를 자기 것으로 만들었던데요. 아드리아노 삼촌의 인생 전체를 말입니다.

티토 카르보넬은 의자를 뒤로 물리고 베르나트를 자세히 쳐다보았다. 그리고 말을 이었다.

"책을 출판하려면 아직 몇 달 남은 것으로 압니다. 그사이에 기자 회견을 열거나 그냥 덮어 두거나 이제 당신이 선택할 차례입니다."

그는 두 팔을 벌리며 얼마든지 그의 선택을 환영한다는 몸짓을 했다. 베르나트가 아무런 반응을 보이지 않자 그는 계속했다.

"디저트를 드시겠습니까?" 손가락을 튕기며 웨이터를 불렀다. "여기는 푸딩이 끝내줍니다."

베르나트가 54호실에 들어설 때 윌슨은 휠체어에 앉아 있던 아드리아에게 새 운동화를 신기던 참이었다.

"정말 잘 어울리는데요." 간호사가 말했다.

"정말 좋네요. 고맙습니다, 윌슨. 안녕, 아드리아."

아드리아는 자기 이름을 알아듣지 못했다. 그는 미소를 짓는 듯했다. 방문한 지 꽤 오래되었는데도 방은 그대로였다.

"이걸 가져왔어." 그가 말했다.

그는 아주 두꺼운 책을 건넸다. 아드리아는 약간 겁먹은 표정으로 그것을 집어 들었다. 어쩔 줄 몰라 하며 베르나트를 바라보았다.

"내가 쓴 책이야." 그에게 말했다. "아직 잉크도 마르지 않은 따끈따끈한 책이지."

"아, 잘됐네." 아드리아가 말했다.

"자네에게 한 권 주려고. 그리고 미안하네, 미안해, 정말 미안하네."

아드리아는 낯선 사람이 슬픈 표정으로 훌쩍이는 모습을 보자 눈물을 흘리기 시작했다.

"내 잘못인가요?"

"아니, 절대 아니야. 내가 우는 이유는…… 글쎄, 이걸 좀 보게."

"미안합니다." 아드리아는 걱정스러운 얼굴로 그를 바라보며 말했다. "괜찮습니다, 울지 마세요, 선생님."

베르나트는 주머니에서 시디 케이스를 꺼내더니 시디를 꺼내 아드리아의 플레이어에 집어넣었다. 베르나트는 그의 손을 잡고 아드리아, 이걸 들어 보게, 자네 바이올린이야. 프로코피예프지. 협주곡 2번이야. 곧 조슈아 맥이 아드리아의 스토리오니로부터 끌어낸 비가를 들을 수 있었다. 그들은 이십칠 분 동안을 그렇게 있었다. 손을 잡고, 박수 소리를 들으며. 실황 녹음이었다.

"자네에게 이 시디를 선물로 주겠네. 윌손에게 자네 것이라고 해."

"윌손!"

"지금 이야기할 필요는 없고. 내가 말해 두지."

"이봐아아!" 아드리아는 계속 그를 불렀다.

마치 그 순간을 기다렸다는 듯, 그들을 엿보기라도 한 듯 윌손이 병실로 고개를 내밀었다.

"무슨 일입니까? 괜찮아요?"

"아, 별일 아닙니다……. 아드리아에게 이 시디와 책을 줬어요. 괜찮죠?"

"졸려."

"방금 옷을 입혀 드렸잖아요."

"똥이 마려운데."

"이런, 이 성가신 사람 같으니." 그는 베르나트에게 말했다. "잠깐 실례해도 될까요? 오 분이면 됩니다."

베르나트는 책을 들고 복도로 나왔다. 발코니로 가서 책을 훑어보았다. 옆으로 그림자 하나가 다가왔다.

"대단해요, 네?" 발스 박사가 책을 가리키며 말했다. "당신 책이지요, 그렇죠?"

"당신에게……."

"이런!" 의사가 말을 끊었다. "책을 읽을 시간이 없어요." 이 말이 협박처럼 들렸다. "하지만 언젠가는 읽을 겁니다. 약속하죠." 그는 농담 삼아 말했다. "문학이라면 문외한입니다만 가차 없는 리뷰를 해 드리죠."

얼마든지요, 베르나트는 멀어지는 의사를 바라보며 생각했다. 그리고 휴대폰이 울렸다. 발코니 구석으로 가서 전화를 받았다. 병원에서는 휴대폰 사용이 금지되어 있었다.

"여보세요."

"어디예요?"

"병원이죠."

"내가 갈까요?"

"아니, 아니, 괜찮아요." 꽤 서두르는 말투로 대답했다.

"2시면 당신 집에 도착할 거예요."

"정말 내가 안 가도 되겠어요?"

"아니, 아니, 아니에요…… 그럴 필요 없어, 정말이에요."

"베르나트."

"네."

"당신이 정말 자랑스러워요."

"내가…… 왜요?"

"방금 막 책을 다 읽었어요. 잘 알지는 못하지만 정말 당신 친구를 잘 그려 냈더군요."

"아…… 정말 고마워요." 그가 다시 말했다. "2시면 당신 집에 도착할 거예요."

"당신이 올 때까지 밥을 불에 올리지 않죠, 뭐."

"좋아요, 셰니아. 이제 가 봐야겠어요."

"나 대신 안부 좀 전해 줘요."

전화를 끊고 클라인 병의 불가사의한 모양을 바라보며 복잡한 생각에 잠겨 있는 동안 윌손이 휠체어에 앉은 아드리아를 데리고 발코니로 나왔다. 아드리아는 햇빛이 거슬리는 듯 손으로 챙을 만들어 얼굴을 가렸다.

"안녕." 베르나트가 말했다. 그리고 윌손에게 "등나무 쪽으로 갈게요."

윌손이 어깨를 으쓱하자 베르나트는 아드리아를 등나무 쪽으로 데려갔다. 바다를 배경으로 바르셀로나 시내의 상당 부분이 눈에 들어왔다. 작아.(독일어) 그는 자리에 앉아 책의 마지막 부분을 펼쳤다. 그리고 읽기 시작했다. 이미 오래전에 있었던 일이다. 그리고 이것을 글로 옮긴 이래 꽤 많은 시간이 흘렀다. 현재는 이미 다르다. 현재는 이미 내일과 같다.

그럼 왜 이 모든 것을 설명하는가? 왜냐하면 만일 미켈 수사가 종교 재판장의 잔인함 앞에서 죄책감을 느끼지 않았다면 도망치지 않았을 것이고, 주머니에 단풍나무 씨앗을 넣어 둔 줄리아 수사가 되지 않았을 것이고, 그렇다면 기욤프랑수아 비알은 자신의 스토리오니를 천문학적인 가격을 받고 아르칸 가문에 팔지 않았을 것이기 때문이다.

"스토리오니입니다."

"그 이름은 들어 본 적이 없군요."

"로렌초 스토리오니를 들어 본 적이 없단 말입니까!"

"없어요."

"바이에른과 바이에른 궁정의 조달업자입니다." 즉흥적으로 지어내 말했다.

"나는 전혀 들어 본 바가 없는 사람입니다. 체루티나 프레센다의 물건은 없습니까?"

"이런 세상에!" 비알은 지나치게 호들갑을 떨며 말했다. "프레센다는 스토리오니의 제자였습니다!"

"슈타이너는요?"

"지금은 가진 물건이 없습니다." 탁자 위에 놓인 바이올린을 가리키며 말했다. "한번 켜 보세요. 원하시는 만큼요, 아르칸 씨.(네덜란드어)"

니콜라스 아르칸은 가발을 벗더니 살짝 찡그린 얼굴로 어쩌면 약간의 멸시를 담아, 하지만 소리를 들어 보고 싶어 안달이 나서 바이올린을 집어 들었다. 그는 항상 사용하던 활로 현을 긋기 시작했고, 능숙한 손놀림과 괴상하기 짝이 없는 자세가 나왔다. 그러나 첫 음부터 악기의 소리는 굉장했다. 기욤프랑수아 비알은 이 플란데런 출신의 바이올린 연주자가 역겨운 르클레르 삼촌의 소나타 중 하나를 암보하여 켜는 것을 보고 굴욕감을 느껴야 했다. 거래가 달렸으므로 감정을 드러내지는 않았다. 한 시간 후 텅 빈 정수리와 이마에 땀을 흘리며 니콜라스 아르칸은 바이올린을 기욤프랑수아 비알에게 돌려주었다. 그는 이 바이올린 연주자를 설득했다고 확신했다.

"별로예요. 마음에 안 드는군요." 바이올린 연주자가 말했다.

"1만 5000플로린이오."

"살 생각이 없습니다."

비알 선생은 자리에서 일어나 악기를 챙겼다. 그리고 그것을 조심스레 케이스에 넣었다. 여전히 기원을 알 수 없는 짙은 얼룩이 묻은 채였다.

"한 시간 삼십 분 후에 안트베르펜에서 고객을 만나기로 했습니다. 부인께 작별 인사를 드리지 못하고 떠나야 할 것 같군요, 괜찮을까요?"

"1만 플로린."

"1만 5000입니다."

"1만 3000."

"1만 4000."

"그렇게 합시다, 비알 선생." 가격이 정해지자 아르칸 씨는 낮은 목소리로 인정했다. "훌륭한 음색이에요."

비알은 책상에 케이스를 내려놓더니 다시 열었다. 아르칸 씨의 눈이 번득이고 있었다. 그는 혼잣말로 중얼거렸다.

"내가 확신하는 게 있다면 이 악기는 많은 기쁨을 선사하리라는 것입니다."

니콜라스 아르칸은 바이올린과 함께 세월을 보냈다. 그리고 그것을 하프시코드를 연주하는 딸에게 물려주었고, 그녀는 유명한 판화 제작자인 조카 네스토르에게, 네스토르는 아들에게, 그 아들은 조카에게 악기를 대물림했고, 그렇게 수 세대가 지나는 동안 율스 아르칸은 주식에서 연달아 실패하는 바람에 가보를 헐값에 처분해야 했다. 기침하는 장모는 아르칸처럼 안트베르펜에 거주하고 있었다. 완벽한 소리, 비율, 촉감, 모양……. 진정한 크레모나산 바이올린이었다. 만일 아버지가 양심적이었고, 보이트가 고결한 인간으로서 바이올린에 눈독을 들이지 않았다면, 그렇다…… 내가 지금 이 모든 이야기를 하고 있지 않을 것이다. 내가 스토리오니를 가지고 있지 않았다면 베르나트와 친구가 되지 않았을 것이다. 파리의 연주회장에서 당신을 만나지 못했을 것이다. 나는 다른 누군가가 되었을 것이고, 지금 당신에게 말을 건네고 있지도 않을 것이다. 나는 잘 안다. 이 모든 이야기를 어수선하게 설명하고 있지만 내 머릿속에 배치되어 있던 가구들이 다 치워진 것 또한 사실이다. 앞에 쓴 이야기들을 퇴고할 틈도 없이 나는 여기까지 왔다. 사실 뒤를 돌아볼 용기가 나지 않는다. 어떤 내용들은 쓰면서 눈물을 흘렸기 때문이다. 한편으로는 내 머릿속의 의자라든지 장식물들이 날마다 사라지는 것을 절실히 느끼고 있기 때문이다. 나는 호퍼의 작품 속 인물로 점차 변해 버렸다. 초점 없는 시선과 수많은 담배, 위스키로 생겨난 백태 낀 혀를 하고 창밖 혹은 인생을 그저 담담하게 바라본다.

베르나트는 아드리아를 바라보았다. 머리 옆으로 늘어진 등나무 잎을 만지며 즐거운 시간을 보내는 것 같았다. 조금 망설이던 그는 대담하게 물었다.

"지금 내가 읽는 이 글 어디서 들어 본 적이 있지 않아?"

아드리아는 잠시 망설이더니 죄책감이 묻어 나는 목소리로 대답했다.

"들어 본 적이 있어야 합니까, 선생님?"

"부탁이야, 선생님이라고 부르지 마. 베르나트야."

"베르나트."

하지만 그의 관심을 끄는 것은 등나무 잎이었다. 베르나트는 멈추었던 부분을 계속 읽기 시작했고, 그때 아드리아는 내 사랑, 내 머릿속에서 떠나지 않는 것이 있어. 인류의 문화사에 대해 고찰하고, 연주되기를 거부하는 악기를 잘 연주해 보려 노력하며 인생을 살아온 뒤 내린 결론은 우리, 우리 모두는, 우리 전부는, 우리 모두의 감정은, 여어엇 같은 우연일 뿐이라는 거야. 행동과 사건을 엮는 사실들, 우리가 만나는 사람, 우연히 마주치는 사람, 서로 지나치는 사람, 무시하는 사람이 모두 우연의 결과일 뿐이야. 우연은 모든 것을 지배해. 아니면 그 무엇도 우연이 아니라 이미 계획된 것일 수도 있지. 어떤 선언에 손을 들어 줘야 할지 모르겠어. 왜냐하면 둘 다 사실이니까. 그리고 내가 신을 믿지 않는다면 이미 그려 놓은 계획 혹은 운명 혹은 뭐가 됐든 그것을 믿는다고도 할 수 없어.

내 사랑. 이미 밤이 늦었네. 나는 당신의 자화상 앞에 있어. 당신의 정수들을 담고 있지. 당신은 그것을 포착하는 데 재능이 있으니까 말이야. 그리고 내 인생의 두 가지 풍경 앞에 있어. 3층에 사는 이웃 카레레스는 내가 생각하기에, 아, 그 키 큰 금발 기억하지? 이 시간치고는 승강기 문을 너무 세게 닫는군. 잘 가시오, 카레레스. 나는 최근 몇 달간을 원고 뒷면에 글을 쓰면서 보냈어. 잘되지는 않았지만 악에 대해 성찰해 보려고 했지. 이를 위해 헌신한 시간은 다 헛된 것이었지만 말이야. 양면에 낙서된 종이만 남았을 뿐이야. 한쪽에는 실패한 성찰이 담겼고, 다른 한쪽에는 내 인생의 사실과 공포를 서술해 두었지. 당신에게 내 인생에 얽힌 여러 가지를 이야기했어. 정확하지는 않더라도 모두 진실된 이야기야. 그리고 내 부모님의 인생에 대해 이야기하고, 추측하거나, 아니면 지어낼 수 있지. 내가 미워하고, 단정하고, 경멸한, 그리고 이제 조금은 그리운 내 부모님 말이야.

이 이야기는 당신을 위한 거야. 어떻게든 당신이 어딘가에 살아 있었으면 하는 바람 때문이지. 비록 내 이야기 속이라도 말이야. 내일을 기약할 수 없는 나를 위한 것이 아니야. 나는 마치 아니키우스 만리우스 토르콰투스 세베리누스 보이티우스[40]가 된 기분이야. 그는 475년 무렵 로마에서 태어나 고전

---

40) Anicius Manlius Torquatus Severinus Boethius(475~524). 로마의 저술가이자 철학자. 동고트 왕국의 초대 국왕 테오도리쿠스의 신임을 받았으나 반역죄로 감옥에서 죽는다. 대표작은 감옥에서 완성한 『철학의 위안』이다.

철학에 대한 헌신으로 평생 많은 존경을 받았지. 나는 1976년 튀빙겐 대학에서 박사 학위를 받았고, 집으로부터 걸어서 십오 분 떨어진 바르셀로나 대학교에서 학생들을 가르쳤어. 저서 몇 권이 있고, 이들은 모두 수업 시간에 크게 소리 내어 성찰한 것들의 결과물이야. 정치직에 임명된 적이 있지만 그것은 명예와 불명예를 동시에 가져다주었고, 파비아의 아게르 칼벤티아누스에 수감되었어. 그곳이 파비아라고 불리기 전의 일이지. 나는 판사의 판결을 기다리는 중이고, 그것이 내 죽음에 대한 선언이라는 것을 이미 알고 있어. 그것이 바로 『철학의 위안』을 쓰며 시간을 멈추고자 하는 이유야. 최후의 순간이 다가오기를 기다리며 나는 당신에게 이 기록을, 다른 어떤 이름으로 불리는 것이 좋을지 확실치 않은 이 기록을 남기고 있지. 내 죽음은 보이티우스의 경우와 달리 아주 천천히 일어날 거야. 나를 살해하는 황제의 이름은 테오도리쿠스가 아니라 위대한 왕 알츠하이머라고 불리지.

내 잘못이라고, 내 잘못이라고, 내 아주 끔찍한 잘못 때문이라고 학교에서 가르쳐 주었어. 세례도 받은 적 없는 것 같은데 말이야. 그리고 그들은 그것을 원죄에 관한 놀라운 이야기로 가공했지. 내가 모든 것에 책임이 있다고 하더군. 여차하면 역사 속 모든 지진, 화재, 홍수에 대한 책임도 나에게 있다고 했어. 신은 도대체 어디에 있는지 모르겠더라. 나의 신도, 당신의 신도, 그리고 엡스타인가의 신도 말이야. 고독이라는 감각은 매우 극심한 고통을 가져다주었어, 내 사랑, 나의 진정한 사랑.

죄인에게 구원이란 없어. 기껏해야 희생자의 용서가 주어지지. 하지만 보통 그 용서로는 살아갈 수가 없어. 뮈스는 악을 바로잡으려고 시도했었지. 누구에게도, 심지어 신에게도 용서를 기대하지 않고 말이야. 나는 수많은 것에 대해 책임을 느꼈고, 계속 삶을 지속하려 노력했어. 고백합니다.(라틴어) 나는 아주 힘들게, 피로에 지쳐, 갈피를 못 잡는 가운데 이 글을 쓰고 있어. 왜냐하면 꽤 걱정스러운 단기 기억 상실이 나타나기 시작했거든. 의사가 말하길 이 원고가 인쇄되었을 때쯤에는 내 사랑, 나는 누구에게도, 사랑 때문이 아니라 연민 때문이라도 내 삶을 중단하도록 도와 달라고 요청할 수 없는 식물인간이 될 거래.

베르나트는 말 없는 시선으로 답하는 친구를 바라보았다. 흡사 게르트루드를 연상시키는 시선에 그는 잠시 겁에 질렸다. 그 모든 것에도 불구하고 그는 계속 책을 읽었고 나는 당신을 붙잡아 두고자 하는 간절한 마음으로 이 모든 것을 썼어. 나는 기억의 지옥으로 내려갔고 신들은 절대 불가능한 조건을 전제로 당신을 구하도록 허락했지. 이제야 현명하지 못한 순간에 뒤를 돌아본 롯의 아내[41]를 이해하게 되었어. 나는 당신이 울퉁불퉁한 계단에 걸려 넘어지지 않도록 뒤를 돌아본

---

41) 「창세기」 19장의 이야기다. 롯의 가족은 비옥한 땅을 찾아 소돔에 정착하지만 하느님은 천사를 보내 그곳이 타락한 곳임을 알리고 떠나도록 하면서 절대 뒤를 돌아보지 말라고 한다. 롯이 아내와 두 딸을 데리고 소돔을 떠나던 중 아내는 신의 말에 불복종하여 소돔을 돌아보게 되고, 그 결과 그 자리에서 소금 기둥으로 변해 굳어 버린다.

거였어. 하데스의 잔혹한 신들은 당신을 죽음의 지옥으로 돌려보내더군. 당신을 다시 살려 낼 방법은 없었어, 사랑하는 에우리디케.

"에우리이디케."

"응?"

"아니, 아니, 미안해요."

베르나트는 몇 분간 말이 없었다. 식은땀이 흘러내렸다. 그는 놀라서 물었다.

"내 말을 알아듣는 거야?"

"네?"

"지금 내가 읽고 있는 게 무엇인지 아나?"

"아니."

"정말?"

"이봐아아!"

"잠시만." 베르나트가 마음먹은 듯 말했다. "금방 돌아올게." 어떤 비꼬는 투도 아니었다. "자네는 움직이지 마. 윌슨도 부르지 말고, 곧 돌아올 테니."

"윌손!"

깜짝 놀라 튀어나올 것 같은 심장으로 베르나트는 허락을 구하지 않은 채 진료실로 뛰어 들어가 불쑥 바이스 박사에게 말했다. 아드리아가 틀린 발음을 고쳐 줬어요.

박사는 읽던 서류를 덮고 자리에서 일어났다. 환자들의 더딘 반응에 전염이라도 된 듯 말을 이해하는 데 조금 시간이 걸렸다.

"일종의 반사 행동입니다." 그는 서류를 들여다보더니 베르나트를 보며 말했다. "아르데볼 씨는 아무것도 기억하지 못해요. 더 이상 불가능한 일입니다. 우연일 뿐이지요. 우리 모두에게 안타까운 일입니다."

"하지만 제가 에우리디케라고 하자 에우리이디케라고 고쳐 줬습니다."

"우연입니다. 정말 우연일 뿐입니다."

베르나트는 등나무 옆에 앉아 있는 친구 옆으로 돌아왔다. 미안해, 아드리아. 내가 너무 긴장했지, 그러니까…….

아드리아는 곁눈질하듯 그를 바라보았다.

"그건 좋은 거야, 나쁜 거야?" 그가 살짝 겁을 먹으며 대답했다.

베르나트는 불쌍한 내 친구, 일생 동안 논증하며 성찰하던 그가 이제는 옳고 그름을 묻는 질문만을 겨우 하다니라고 생각했다. 좋은 것인지 나쁜 것인지. 마치 인생이 악을 저지르거나 그러지 않는 것으로 이등분되는 것처럼 말이다. 어쩌면 그의 말이 맞을지도 모른다. 알 수 없는 일이다.

그들은 그렇게 한참을 말없이 있었고, 베르나트가 또렷한 목소리로 다시 책을 읽기 시작했을 때 나는 이렇게 거의 결말까지 왔어. 몇 달간 나는 치열하게 글을 썼어. 인생을 되돌아보는 작업이었지. 나는 글을 마무리하는 지점까지 이르는 데 성공했지만 정통 서적들이 강조하듯이 이것을 정갈히 다듬을 여력이 더 이상 없어. 의사 선생이 그러는데 나의 불빛은 조금씩 조금씩 꺼져 갈 거라는군. 그 속도는 환자마다 다르기 때문에 예견이 안 된다고 하네. 내가 아직 나로 지낼 수 있는 동안, 그러니까 그녀 이름이 뭐였더라…… 내 상태를 돌보기 위해 그녀가 아침부터 저녁까지 일하기로 했어. 하지만 곧 있으면 스물네 시간 나를 관찰할 수 있도록 두 명을 고용해야 할 거야. 가게를 처분한 돈을 어떻게 쓰는지 알겠지? 아직 즐길 수 있을 때 나는 항상 나의 책과 함께하리라고 결심했지. 그런데 그것이 더 이상 불가능할 때 이 모든 것이 내게 무슨 의미가 있을까라는 생각 때문에 걱정스럽기도 해. 당신이 나를 돌보기 위해 이곳에 있지 않으니까, 작은 롤라는 수년 전 황급히 나를 떠나 버렸으니까……. 모든 준비를 나 스스로 해야 했어. 내가 사랑하는 바르셀로나 근처의 코이세롤라 요양원은 내가 어둠이 가득한 곳인지 아닌지 알 수 없는 다른 세계로 떠났을 때 내 육신을 처리해 줄 거야. 그들은 책 읽는 것이 더 이상 그립지 않을 거라더군. 항상 내가 밟아 온 인생의 걸음을 자각하려고 애써 온 나로서는 참으로 역설적인 일이지. 사는 동안 나의 잘못, 그러니까 셀 수 없이 많은 나의 잘못, 그리고 전 인류의 잘못을 항상 지고 다녔는데 결국 내가 떠난다는 것도 자각하지 못한 채 이곳을 등지게 된다니 말이야. 안녕, 아드리아. 만일을 대비해 지금 말해 두네. 내 주변을, 내가 수많은 시간을 보낸 서재를 둘러보고 있어. "하지만 잠깐이라도 이 친숙한 공간을 함께 바라보자고, 절대 다시 보지 못할 이 물건들을……. 가능하다면 눈을 뜨고서 죽음 속으로 한번 들어가 보자고……." 죽기 전 아드리아 황제는 말했다. 작은 영혼. 유연하고 부드럽고 방황하는 영혼, 사라, 내 육신의 동반자. 창백하고, 얼음처럼 차갑고, 벌거벗은 그곳으로 당신이 먼저 떠났지. 젠장. 나는 수화기를 들고 글쓰기를 멈춘다. 내 친구의 전화번호를 누른다. 방에서 나오지 않고 당신에게 글을 쓰느라 그의 소식을 알지 못한 지 수개월이 지났다.

"이봐! 나 아드리아야. 어떻게 지내? 이런, 벌써 자는 거야? 아니. 몇 시지? 뭐라고? 새벽 네……? 이런, 미안하네! ……저런…… 이봐, 부탁이 있어. 몇 가지 이야기하고 싶은 게 있는데. 그래. 그래. 내일 오면 돼. 음, 오늘. 그럼, 자네가 오는 게 낫지. 좋은 시간에 와, 당연하지. 내가 어딜 가겠나. 그래, 그러지. 고마워."

내가 어떻게 살고 있는지 현재까지의 상황을 설명했다. 마지막 부분을 쓰는 지금 너무 고통스럽다. 나는 내 글의 거의 마지막 부분에 와 있다. 새벽의 붉은 손은 여전히 어두운 하늘을 색칠한다. 내 손은 추위로 뻣뻣하게 굳었다. 내가 쓴 원고, 잉크병, 필기구를 옮기며 창밖을 바라본다. 춥디춥고, 외롭디외롭다. 제리 수도원의 형제들은 새벽이 밤과의 전투에서 이기는 순간 내가 관조할 숲길을 오르고 있을 것이다. 성물함을 바라보며 신에 대한 찬양을 멈추지 않던 수도원이 사라지는 것만큼 슬픈 일은 없다고 생각한다. 나는 이 엄청난 불행에 계속해서 책임을 느낀다. 그렇다, 잘 알고 있다. 모든 것은 결국 죽기 마련이다……. 그러나 나는 그 오랜 기간 내 친구로 지내 준 인내심 가득한 친구의 자비로움으로 누군가가 이 글을 읽을 때마다 내 삶은 한 줄 한 줄 계속해서 이어질 것이다. 그리고 어느 날 내 육신 또한 부패하기 시작하리라고 그들은 말할 것이다. 미안해, 하지만 오르페우스처럼 더 이상은 갈 수가 없었어. 부활이란 오로지 신에게만 허락된 특권이더군. 고백합니다.(라틴어) 내 사랑. 내년에는 예루살렘에서.(히브리어) 현재는 이미 내일과 같다.

당신에게 쓰는 이 길고도 긴 편지가 마침내 끝나 가네. 글을 더 줄일 시간이 없어 이렇게 긴 글을 남길 수밖에 없겠군.(프랑스어) 치열했던 수많은 날들을 보낸 후 드디어 휴식이 찾아왔지. 가을의 시작이야. 균형의 종착점인 아침이 밝아 오고 있어. 현재는 영원히 내일이지. 나는 텔레비전을 켰어. 졸린 얼굴의 기상캐스터가 앞으로 몇 시간 동안 극심한 기온 강하와 불규칙한 집중 호우가 예상된다는군. 심보르스카가 떠올랐어. 비록 대부분 지역에서 해를 볼 수 있겠지만 살아 있는 자들에게는 우산이 여전히 유용할 거라고 했지. 나에게는 물론 필요 없지만.

59

54호실 옆방에서 몇몇 아이들이 힘없는 목소리로 부르는 크리스마스 캐럴이 들리더니 곧 힘찬 박수 소리와 여자 목소리가 들려왔다.

"메리 크리스마스, 아버지." 침묵이 흘렀다. "얘들아, 할아버지께 크리스마스 인사 드리렴."

그리고 방 안을 뛰어다니는 소리가 들리기 시작했다. 누군가가, 어쩌면 조나단이 54호실에서 깜짝 놀라며 뛰어나왔다.

"윌손!"

"네."

"아르데볼 씨가 어디 간 거예요?"

"여기 없다니까요."

"이런 맙소사! 그럼 어디에 있다는 거예요?"

윌손은 걱정 가득한 표정으로 병실 문을 열며 귀염둥이, 왕자님을 불렀다. 침대에도, 의자에도, 나를 가렵게 하는 벽에도 없었다. 월손, 조나단, 올가, 라모스, 마이테, 발스 박사, 로우레 박사, 그리고 얼마 후 달마우 박사, 베르나트 플렌사, 당직이 아니었던 요양원 직원까지 위아래로, 발코니로, 모든 방의 화장실, 직원용 화장실, 사무실, 모든 방, 모든 방의 옷장을 뒤지며 신이시여, 신이시여, 신이시여, 불쌍한 노인은 거의 걷지도 못하는데 어떻게 된 겁니까? 어디 계세요?(갈리시아어) 심지어 혹시나 하는 마음에 카테리나 파르게스까지 불렀다. 그들은 요양원 주변까지 수색 범위를 넓혔고, 사건이 경찰의 손에 넘어갔을 때 코이세롤라 공원을 뒤지기 시작해 나무 뒤, 분수대 근처, 멧돼지가 출몰하는 정처 없는 깊은 숲 한가운데까지, 아, 신이 금지한 영역까지, 호수 끝까지, 신이시여 우리를 도와주소서. 베르나트는 되뇌었다. 살아 있으나 보이지 않는 그 무엇에 나는 두려움을 느낀다. 나를 찾아오고 있지만 어디로 오는지 알 수 없는, 나의 허를 찌를 그 불명예가 두렵다. 아드리아, 대체 어디에 있는 거야.(갈리시아어) 왜냐하면 베르나트가 유일하게 진실을 아는 자였기 때문이다.

그날 수도원장의 장례를 치른 후 그들은 숲속의 쥐들 손에 수도원을 완전히 버려 두고 떠나야 했다. 비록 수도사들이 머물렀지만 베네딕트회 수사복을 입지 않은 쥐들은 이미 수 세기 동안 그 신성한 장소의 주인이었다. 박쥐들이 공작들의 무덤 위쪽 성 미켈의 뒤쪽 작은 애프스에 집을 짓고 사는 것처럼 말이다. 하지만 얼마 지나지 않아 그곳도 산짐승들이 점령해 그들이 더 이상 손쓸 수 없게 될 것이다.

"아드리아 수사."

"네.

"안색이 좋지 않군요."

그는 주위를 둘러보았다. 교회에 그들뿐이었다. 입구는 열려 있었다. 밤이었고, 에스칼로에서 온 사람들이 수도원장을 묻은 지 얼마 지나지 않은 때였다. 그는 자신의 손바닥을 바라보았는데, 곧 그것이 지나치게 일부러 꾸민 몸짓이라는 생각이 들었다. 줄리아 수사를 힐끗 바라보며 낮은 목소리로 말했다. 내가 여기서 무얼 하고 있죠?

"저와 같은 일을 하고 계시잖습니까. 부르갈을 닫을 준비 말입니다."

"아니, 아니요 저는…… 저는 여기에 살지 않습니다."

"무슨 말인지 모르겠군요."

"네? 뭐라고요?"

"앉아요, 아드리아 형제. 안타깝지만 그리 서두를 필요는 없습니다." 그가 팔을 잡더니 긴 의자에 앉혔다. "앉으세요." 이미 자리에 앉아 있었지만 그가 다시 말했다.

바깥에서는 새벽의 붉은 손이 여전히 어두운 하늘을 색칠했고 새들이 힘차게 지저귀고 있었다. 심지어 저 멀리 에스칼로의 수탉도 축제에 합류했다.

"왕자님, 아드리아! 어떻게 그렇게 잘 숨어 버린 거예요?" 낮은 목소리로 말했다. "납치라도 된 건가?"

"그런 말도 안 되는 소리 하지 말아요."

"이제 어떻게 하죠?"

줄리아 수사는 당혹스러워하며 다른 수사를 바라보았다. 그는 걱정스러운 얼굴로 침묵을 지켰다. 아드리아는 끈질기게 다시 물었다. 네?

"그러니까…… 성물함을 준비하고, 수도원을 닫은 다음, 열쇠를 보관하고, 신이 우리를 용서하시길 기도해야죠." 한참 있다가 "그리고 성 마리아 데 제리에서 형제들이 도착하기를 기다리는 겁니다." 이상하다는 듯 그를 바라보았다. "왜 물어보는 겁니까?"

"도망쳐요."

"뭐라고 하셨습니까?"

"도망치라고요."

"저 말입니까?"

"당신 말입니다. 당신을 죽이러 오고 있어요."

"아드리아 형제……."

"제가 어디에 있는 거죠?"

"물을 좀 가져다 드리죠."

줄리아 수사는 작은 회랑으로 이어지는 문을 통해 사라졌다. 바깥에는 새와 죽음이, 안에는 죽음과 꺼진 촛불이 있었다. 새벽빛이 그가 절대 다다르지 못하는 신비한 한계를 지닌 이 다시 평평해진 지구를 점령할 때까지 아드리아 수사는 경건하게 기도에 몰두했다.

"주변 사람들을 하나하나 모두 조사해 봐요. 모두라고 했습니다, 모두!"

"네, 알겠습니다."

"수색 작업을 멈추지 말고요. 범위를 산 전체로 넓히도록 하세요. 티비다보. 그리고 놀이공원도 포함해서요."

"이분은 거동이 불편했던 것으로 압니다."

"상관없습니다. 산 전체를 조사하세요."

"네, 그러겠습니다."

그제야 그는 깊은 잠에서 깨어난 듯 고개를 움직였다. 자리에서 일어난 그는 성물함과 열쇠를 찾으러 지하실로 향했다. 날이 저문 후 수도원을 닫기 위해 삼십 년간 사용하던 것이었다. 삼십 년 동안 부르갈의 문지기 수사 역할을 해 온 그였다. 모든 빈방과 식당, 부엌을 한 바퀴 돌았다. 성당에도 들어갔다가 작은 예배당도 둘러보았다. 그는 자신이 성 페레 델 부르갈이 문을 닫게 된 데 책임이 있는 유일한 사람이라는 생각이 들었다. 그는 손으로 가슴을 치며 고백합니다, 주님(라틴어) 하고 외쳤다. 고백합니다, 제 탓이옵니다.(라틴어) 처음으로 야간 미사도 아침 기도도 없는 성탄이었다.

그는 솔방울과 전나무, 단풍나무 씨앗이 든 작은 상자를 챙겼다. 그것은 자살이라는 혐오스러운 행위로 잃어버린 신에 대한 희망에 기대어 용서를 구해 보려던 불명예스러운 여인의 처절한 선물이었다. 그는 불명예를 안게 된 살트의 그 가엾은 사팔뜨기 아내를 떠올리며 잠시 상자를 바라보았다. 그 절망적이었던 영혼의 구원이 가능할지 아직도 확신할 수 없었지만 그의 영혼을 위해 짧은 기도를 중얼거렸다. 그리고 수도복 깊숙한 주머니에 상자를 집어넣었다. 그는 성물함과 열쇠를 들고 좁은 복도로 나왔다. 혼자서 마지막으로 수도원을 돌아보고 싶은 마음을 참기 힘들었다. 그의 발걸음 소리는 지하실 복도, 예배실, 회랑을 통해 퍼져 나갔다……. 작은 식당을 둘러보는 것으로 여정을 마무리했다. 바짝 붙은 긴 의자 때문에 지저분한 벽의 칠이 벗겨지고 있었다. 그는 늘 하던 대로 의자를 옮겼다. 제멋대로 눈물이 흘러내렸다. 그는 손으로 눈물을 닦고 밖으로 나왔다. 수도원으로 들어가는 문을 닫고 열쇠를 두 번 돌리자 그 울림이 영혼까지 전해졌다. 성물함에 열쇠를 보관하고 자리에 앉아 새로운 사람들이 올라오기를 기다렸다. 그들은 솔레에서 하룻밤 묵었더라도 피곤할 터였다. 주님, 제가 여기서 무엇을 하고 있는 것입니까, 만일…….

베르나트는 생각했다. 불가능한 일이야, 하지만 다른 설명은 말이 안 되는걸. 미안하네, 아드리아. 내 잘못이야, 알아, 그렇지만 책을 무를 수는 없어. 고백합니다, 제 탓이옵니다.(라틴어)

그림자가 길을 덮기 전 아드리아 수사는 일어나서 옷의 먼지를 털더니 성물함을 꼭 껴안고 길을 따라 몇 걸음 내려갔다. 수도사 세 명이 올라오고 있었다. 그는 수도원을 향한 마지막 작별 인사를 위해 마음속 깊은 곳에서 눈물을 흘리며 몸을 돌렸고, 형제들이 오르는 가파른 고개의 마지막 걸음을 조금이라도 덜어 주기 위해 길을 내려가기 시작했다. 그의 걸음과 함께 수많은 기억은 죽음을 맞이했다. 나는 어디에 있는가? 풍경들이여, 잘 있어라. 골짜기도, 한껏 뽐내며 노래하던 개울물 소리도 잘 있어라. 수도원 형제들이여, 수 세기 동안의 찬양과 기도여, 이제 그만 안녕.

"형제들이여, 주님이 태어나신 날의 평화가 함께하기를."

"주님의 평화가 당신에게 함께하기를."

세 명의 낯선 사람들. 가장 키가 큰 수도사가 두건을 뒤로 젖히자 고귀한 이마가 드러났다.

"누가 죽었습니까?"

"조제프 데 산바르토메우, 수도원장입니다."

"주님을 찬미합니다. 그러니까 당신이 아드리아 아르데볼이군요."

"음, 저는……." 고개를 숙이며 말했다. "그렇습니다."

"당신은 이제 죽습니다."

"저는 죽은 지 꽤 됐습니다."

"아니요. 이제 죽을 겁니다."

그의 영혼에 꽂히던 찰나 단검이 희미하게 빛났다. 그의 촛불은 꺼졌고, 그는 더 이상 무언가를 보지도 느끼지도 못했다. 그것이 끝이었다. 그는 자신이 어디에 있는지 더 이상 말할 수 없었다. 이미 존재하지 않았기 때문이다.

마타데페라, 2003~2011.

나는 이 소설을 완성하지 않고 아우슈비츠 석방 기념일인 2011년 1월 27일부로 더 이상의 집필을 완전히 그만두었다.

소설이 점점 자라나던 내 인생의 몇 해 동안 나는 수많은 사람들에게 의견을 구하고 도움을 받았다. 그분들의 수가 너무 많고, 몇 년에 걸쳐 긴 시간 동안 귀찮게 군지라 혹여 누군가의 이름을 잊고 적지 않을까 걱정부터 앞선다. 그리하여 다시 한번 당신들의 자비로움에 기대어 포괄적인 감사 인사만 남기려고 한다. 바라건대 당신들이 이 감사 인사를 보았을 때 모두에게 그 울림이 하나하나 전해졌으면 한다.

진심으로 감사드린다.

등장인물

아드리아 아르데볼 이 보스크

사라 볼테스엡스타인

베르나트 플렌사 이 푼소다

검은 독수리 용감한 아라파호 추장.

카슨 보안관 로클랜드 출신.

펠릭스 아르데볼 이 기테레스 아드리아 아르데볼의 아버지.

카르메 보스크 아드리아 아르데볼의 어머니.

아드리아 보스크 아드리아 아르데볼의 외할아버지.

비센타 팔라우 아드리아 아르데볼의 외할머니.

작은 롤라 혹은 돌로르스 카리오 이 솔레지베르트 카르메 보스크가 믿고 의지하는 여자.

큰 롤라 작은 롤라의 어머니.

카테리나

안젤레타 아르데볼 이 보스크 집안의 침모.

세실리아 펠릭스 아르데볼 밑에서 일하는 직원.

베렝게 씨 펠릭스 아르데볼 밑에서 일하는 직원.

팔레그나미 씨/짐머만 씨 정의평화평의회 경비.

프루네스 박사와 프루네스 부인 아르데볼네 방문객들.

테클라 베르나트 플렌사의 아내.

요렌스 플렌사 베르나트 플렌사의 아들.

셰니아 베르나트 플렌사의 기자 친구.

트루욜스 아드리아 아르데볼과 베르나트 플렌사의 바이올린 선생.

조안 만예우 선생 아드리아 아르데볼의 바이올린 선생.

카잘스 씨, 올리베레스 씨, 로메우 씨, 프라츠 선생, 시모네 씨, 곰브레니 박사 아드리아 아르데볼의 언어 선생들.

앙글라다 신부, 바르트리나 신부, 바디아 선생, 클리멘트 형제 카스프가 예수회 학교의 선생들.

에스테반, 셰비, 키코, 률, 페드로, 마사나, 리에라, 토레스, 에스카이올라, 푸졸, 보렐 카스프가 예수회 학교에 다니던 시절 아드리아 아르데볼의 동급생들.

카스텔스 선생과 안토니아 마리 피아노 반주자.

토나의 신토 숙부 펠릭스 아르데볼의 형.

레오 숙모 신토 아르데볼의 아내.

로사, 셰비, 키코 아드리아 아르데볼의 사촌.

에우젠 코셰리우 언어학자, 튀빙겐 대학교 교수.

요하네스 카메네크 튀빙겐 대학교 교수.

쇼트 박사 튀빙겐 대학교 교수.

코르넬리아 브렌델 튀빙겐 시절 아드리아 아르데볼의 연인.

사그레라 변호사.

칼라프 공증인.

모랄 산안토니 시장의 서적상.

카테리나 파르게스 작은 롤라 다음으로 아드리아의 집에 들어온 가정부.

젠사나 대학 시절 아드리아 아르데볼의 동급생.

라우라 바일리나 바르셀로나 대학교 교수이자 아드리아 아르데볼의 동료.

에우랄리아 파레라, 토도, 바사스 박사, 카잘스 박사, 오메데스 바르셀로나 대학교 교수들.

에리베르트 바우사 출판사 편집장.

미레이아 그라시아 베르나트 플렌사의 출판 기념회 사회자.

사베리오 아무개 로마의 현악기 장인.

다니엘라 아마토 카롤리나 아마토의 딸.

알베르트 카르보넬 다니엘라 아마토의 남편.

티토 카르보넬 아마토 다니엘라 아마토와 알베르트 카르보넬의 아들.

야샤 하이페츠 국제적 명성을 지닌 바이올린 연주자.

에두아르트 톨드라 작곡가이자 바르셀로나 시립 오케스트라 지휘자.

라헬 엡스타인 사라 볼테스엡스타인의 어머니.

파우 볼테스 사라와 막스 볼테스엡스타인의 아버지.

막스 볼테스엡스타인 사라 볼테스엡스타인의 오빠.

지오르지오 막스 볼테스엡스타인의 친구.

프란츠파울 데커 국립 카탈루냐 바르셀로나 심포니 오케스트라(OBC) 음악 감독.

로맹 귄즈부르 OBC의 호른 주자.

이사야 벌린 철학자이자 관념사학자.

알린 드 귄즈부르 이사야 벌린의 아내.

파우 우아스트레스 바르셀로나의 현악기 장인.

달마우 박사 의사이자 아드리아 아르데볼의 친구.

발스 박사

레알 박사

조나단, 월손, 도라 간호사들.

플라시다 아드리아 아르데볼의 가정부.

에두아르트 바디아 아르티펠라크 갤러리 대표.

바브 모르텔만스 마티아스 알패르츠의 요양원 동료.

게르트루드 사고당한 여인.

알렉산드레 로치 게르트루드의 남편.

엘레나와 아가타 도라의 친구.

오스발드 시케메 게르트루드의 오빠.

아두 뮈르 아가타의 옛 애인.

오이겐 뮈스 베벤벨레케의 의사.

투루 음불라카 부족장.

엘름 곤사가 탐정.

비크와 로마, 1914~1918년

조제프 토라스 이 바제스 비크를 관할하는 주교.

펠릭스 모를린 리에주 출신. 펠릭스 아르데볼의 동기.

드라고 그라드니크 류블랴나 출신. 펠릭스 아르데볼의 동기.

팔루바, 피에르 블랑, 레빈스키, 다니엘레 단젤로, S. J. 그리고리오 대학 시절 펠릭스 아르데볼의 스승들.

카롤리나 아마토

사베리오 아마토 카롤리나 아마토의 아버지.

산드로 카롤리나 아마토의 삼촌.

무뇨스 비크를 관할하는 주교.

아야츠 신부 주교의 비서관.

바르셀로나, 1940~1950년대

플라센시아 경감

오카냐 조사관

라미스 세계 최고의 탐정.

펠리페 아세도 콜룽가 지역 감찰관.

아벨라르도 펠릭스 아르데볼의 고객.

안셀모 타보아다 중령.

벤세슬라오 곤살레스 올리베로스 지역 감찰관.

지로나, 성 마리아 데 제리, 성 페레 델 부르갈, 14~15세기

니콜라우 에이메리크 종교 재판소장.

미켈 데 수스케다 종교 재판소장의 비서관.

라몬 데 노야 종교 재판소장이 고용한 청부 살해업자.

줄리아 데 사우 성 페레 델 부르갈의 수도사.

살트의 사팔뜨기

살트의 사팔뜨기 여인 살트의 사팔뜨기의 아내.

마우르 수사와 마테우 수사 성 마리아 데 제리 수도원의 수도사들.

조제프 샤롬 지로나의 유대인 의사.

에마누엘 메이르 바르나의 귀염둥이 샤롬의 후손.

쌍둥이

파르다크, 크레모나, 파리, 17~18세기

자키암 무레다 나무 감별사.

무레다 무레다 집안의 아버지.

아그노, 옌, 막스, 에르메스, 조세프, 테오도르, 미쿠라, 일세, 에리카, 카타리나, 마틸데, 그레헨, 베티나 자키암 무레다의 형제들.

불사니 브로치아 모에나의 뚱보.

모에나의 브로치아가 파르다크 출신 무레다가의 숙적.

가브리엘 수사 라 그라사 수도원의 수도사.

카질라크의 금발 자키암 무레다를 도와주는 사람.

안토니오 스트라디바리 현악기 장인.

오모보노 스트라디바리 안토니오 스트라디바리의 아들.

조시모 베르곤치 안토니오 스트라디바리의 제자이며 현악기 장인.

로렌초 스토리오니 조시모 베르곤치의 제자이며 현악기 장인.

마리아 베르곤치 조시모 베르곤치의 딸.

라 기테 씨 악기를 취급하는 상인.

장마리 르클레르 일명 첫째. 바이올린 연주자이자 작곡가.

기욤프랑수아 비알 장마리 르클레르의 조카.

유대인 금장이

알-히스위

아마니 알팔라티

아지자데 알팔라티 아마니의 아버지.

아지자데의 아내

알리 바흐르 상인.

존경받는 카디

쌍둥이

나치 집권 및 2차 세계 대전 시기

루돌프 회스 나치 친위대 중령, 아우슈비츠의 총책임자.

헤드비히 회스 루돌프 회스의 아내.

아리베르트 보이트 나치 친위대 소령, 의사.

콘라드 부덴 나치 친위대 중위, 의사.

로베르트 형제 성 베네딕트 수도회 아헬 수도원의 신입 수사.

브루노 뤼브케 나치 친위대 군인.

마태우스 병장.

하임 엡스타인 삼촌 라헬 엡스타인의 삼촌.

가브릴로프 수용소 수감자.

하인리히 힘러 친위대장.

엘리자베타 메이레바 죄수 번호 615428.

헨슈 상병.

바라바스 중사.

마티아스 알패르츠 안트베르펜 사람.

베르타 알패르츠 마티아스 알패르츠의 부인.

네트예 데 부크 마티아스 알패르츠의 감기 걸린 장모.

아멜리아, 트루데, 율리아 알패르츠 마티아스 알패르츠의 딸들.

튀빙겐의 프란츠 그뤼베 다스 라이히 사단의 나치 친위대 중위.

로타르 그뤼베 프란츠 그뤼베의 아버지.

안나 그뤼베 로타르 그뤼베의 아내.

베벤하우젠의 헤르타 란다우 콘라드 부덴과 프란츠 그뤼베의 사촌.

블라도 블라디치 세르비아 게릴라.

다닐로 야니체크 게릴라.

쌍둥이

작품 해설

악과 참회에 대한 어떤 인류사적 고찰

1. 들어가며

스페인 북동부에 위치한 카탈루냐 자치주는 주도인 건축의 도시 바르셀로나와 '바르사(Barça)'라 불리는 축구팀으로 한국인들에게 잘 알려져 있다. 그러나 이 지역은 고유 언어인 카탈루냐어와 이를 기반으로 하는 강력한 민족의식을 토대로 세계 문학계에서 꾸준히 그 입지를 굳혀 왔다. 2007년 세계 최대 규모인 프랑크푸르트 도서전이 '카탈루냐 국가체(Països Catalans)'*를 주빈국으로 초청하게 되면서 카탈루냐 문학에 대한 주목은 한층 높아졌고, 현재 국민 국가의 경계와 반드시

* 스페인의 카탈루냐주를 포함해 카탈루냐어를 사용하는 옛 카탈루냐 공국 지역인 발렌시아, 발레아레스제도, 아라곤주 일부지역, 안도라 공국, 프랑스의 피레네 동부 지방, 그리고 이탈리아 사르데냐 북부의 알게로시를 말한다.

일치하지 않는 민족들의 존재와 문화 활동에 대한 관심을 높이는 계기가 되었다. 이처럼 카탈루냐 문학의 위상이 높아진 가운데 자우메 카브레의 『나는 고백한다』는 소재의 깊이와 서술 기법의 참신성에서 카탈루냐 내부 문단의 호평을 이끌어 냈을 뿐 아니라 한 지역을 넘어서는 홀로코스트에 대한 성찰, 역사적 기억의 구성, 그 가운데 위치하는 예술의 역할과 같은 인간 보편의 문제에 대해 카탈루냐 문학이 기여할 수 있는 바가 무엇인지를 보여 주는 작품으로 평가받고 있다.

2. 악의 보편성과 구체성

독자들이 손에 쥔 『나는 고백한다』라는 소설은 알츠하이머에 걸린 노년의 아드리아 아르데볼이라는 주인공이 바르셀로나에서 보낸 유년 시절, 독일 튀빙겐에서 관념사로 학자적 명성을 떨친 인생의 황금기, 사랑하는 사라와의 이별과 재회를 반복하는 과정에서 자신의 부패한 가족사를 마주하게 되는 장년기를 회상하며 사라에게 고백하는 형식으로 작성한 자전적 기록물이다. 공상에 빠져 지내는 유년의 아드리아, 가보로 전해진 바이올린에 얽힌 역사를 추적하는 주인공을 따라가다 보면 어느새 우리가 마주하는 것은 현시대를 살아가는 인간은 누구나 한 번쯤 해 보았을 법한 '악이란 무엇인가'라는 고민이다.

작가는 소설 내내 자신이 가져왔던 '악'에 대한 생각을 여러 형태로 논의하며, 그중에도 시공을 초월하는 악의 반복을 독창적인 기법으로 보여 준다. 작품에서는 스페인의 종교 재판과 나치의 유대인 홀로코스트가 역사 속 악의 전형으로 논의되는데 사실 유럽의 뿌리 깊은 반유대 정서와 그에 수반된 폭력은 소설에도 언급되는 슈테판 츠바이크, 이사야 벌린, 츠베탕 토도르프 등 수많은 사상가들이 논의해 온 주제다. 그러나 그것을 어떻게 소설이라는 장르에 담아낼 것인가는 또 다른 예술적 차원의 고민이 필요하고, 카브레만의 방식은 특히 24장에서 잘 드러난다. 작가는 600년의 간격을 두고 벌어진 중세 스페인의 종교 재판과 나치 정권의 유대인 학살을 한 장에 함께 묶으면서 14세기 인물인 종교 재판관 니콜라스 에이메리크와 20세기 초 활동한 나치 친위대 루돌프 회스의 출생 연도를 교차시키고 일상을 섞어 서술하거나 그들의 대화를 겹쳐서 배치한다. 이를 읽다 보면 어느새 선명해지는 것은 하나의 믿음 체계가 도그마로 변하고, 그것이 타자에 대한 거대한 폭력으로 표출되는 것이 유럽 역사의 큰 줄기를 이루어 왔다는 사실이다. 중세 스페인에서 기독교만이 절대적으로 옳은 종교라는 믿음, 20세기 독일에서 아리아인이 가장 위대한 인종이라는 믿음이 시대를 초월하는 도그마로 변해 유대인 집단을 유럽의 영원한 타자로 창출해내는 과정은 한 세기의 기록 위에 다른 세기의 기록이 덧씌워지는 '팔림프세스투스'처럼 악의 역사가 축적되어 왔음을 그대로 드러낸다.

카브레가 악을 이해하는 또 다른 방식은 악이 단지 추상적이고 손에 잡히지 않는 관념적인 것이 아니라 매우 구체적인 인간 행위로 존재한다는 것이다. 아드리아는 어린 시절부터 관념사의 대가가 되기를 꿈꾸지만 그가 말하는 관념은 결코 사변적이기만 하거나 인간의 실제적 경험과 분리된 것이 아니다. 작가에게 악이란 '종교 재판' 혹은 '홀로코스트'처럼 특정한 시기와 공간에서 발생한 구체적 사건들이며, 그것들은 소설 속에 묘사되듯 「사도신경」을 한 번 욀 만큼의 시간 동안 고문대를 돌리거나 아우슈비츠에서 리투아니아계 유대 소년의 힘줄을 찢는 것 같은 인간의 실질적인 행위들로 이루어져 있다. 또한 소설 속에서 아드리아는 악은 항상 프랑코, 히틀러, 토르케마다, 아말리크, 이디 아민, 폴 포트, 아드리아 아르데볼같이 이름과 성씨가 있다고 말한다. 이처럼 구체적인 역사를 통해 관념을 이해하고자 하는 작가는 '악이란 무엇인가'라는 질문이 사상가들의 전유물이 아니라 한 시대를 살아가는 모든 인간들의 철저한 경험에서 출발해야 함을 작품 곳곳에서 말하고 있다.

그렇다면 악이란 거대 사건과 거대 이름을 통해서만 존재하는가? 작가는 작품에서 평범한 일상 속에 존재하는 악들을 상기시키며 프랑코, 히틀러 같은 지도자들의 이름을 통해 한 시대의 악을 규정하는 또 다른 영웅주의적 역사관을 경계한다. 오히려 홧김에 살인을 저지르는 자키암, 장물 거래에 방해가 되는 사람들을 공산주의자로 고발하는 펠릭스 아르데볼, 평생을 이어 온 우정을 단번에 배신하는 베르나트, 아버지가 떳떳하지 못한 방법으로 취득한 바이올린을 팔지 못하는 아드리아는 태초에 뿌려진 악이라는 씨앗이 어느 시기, 어느 곳에서나 조금씩 모습을 달리하여 싹을 틔우고 자라나는 모습을 상징한다. 소설 속 인물 드라고 그라드니크가 말하듯 악은 언제나 인간에 의존한다.

그렇다면 그 악은 용서 가능한가? 작품에서 역사상 유명해진 악인이나 일상 속 악인의 공통점은 그것을 항상 신 앞에 고백하며 용서를 구한다는 사실이다. 아우슈비츠 수용소에서 아동에게 생체 실험을 한 의사도 자기 죄를 신 앞에 고백하고, 사라의 과거와 관련된 비밀을 알려고 한 아드리아도 그 죄를 고백하고, 드라고 그라드니크 또한 프란츠 그뤼베를 전장에서 죽였음을 고백하려 하고, 수용소에서 살아남은 하임 삼촌도 살아남은 죄를 고백하다 생을 마감한다. 신 앞에서의 개인적인 고백은 어떠한 의미를 가질까? 그것은 구원을 원하는 자에게 위로를 가져다주는가? 타인의 죄로 인해 희생된 자에게는 어떠한 보상이 주어지는가? 아드리아는 죄인에게 구원이란 없으며, 기껏해야 희생자의 용서가 주어질 뿐이라고 단호하게 말한다. 그리고 그 용서로는 결코 살아갈 수가 없다고 이야기한다. 보편적이고, 구체적이며, 인간이라면 벗어날 수 없고, 결코 용서될 수 없는 존재가 악이라면 인류는 어떻게 지금까지 공동체의 역사를 꾸려 왔는가.

3. 역사적 증언과 예술의 힘

카브레는 이처럼 '악이란 무엇인가'라는 질문에 명확한 답을 주지 않는다. 그렇다고 그의 세계관이 비관적인 것만은 아니다. 악이 인류사 어느 순간, 어느 장소에서도 마주하게 되는 것이라면 인간은 그에 수반되는 어둠, 절망, 아픔을 어떻게든 안고 역사를 이어 왔기 때문이다. 작가는 그 힘을 예술에서 찾는다.

우선 작가에 의하면 예술은 개인의 세계관을 바꾸어 놓을 가능성이 있다. 이러한 작가관은 특히 38장에 잘 드러난다. 아드리아는 그 이유를 모르겠지만 몬테베르디 합창단의 노래를 듣고 난 후의 삶은 이전과 다르고, 페르메이르의 그림을 한번 가까이에서 보거나 프루스트를 읽고 나면 결코 이전의 자신이 될 수 없다고 이야기한다. 그리고 이러한 예술적 경험을 하나의 미적 경험으로 승화시키며 "예술적 아름다움을 맛보고 난 후의 삶은 예전과 달라."라고 선언한다. 그러나 작가의 예술과 역사에 관한 고민은 개인 차원에서 예술의 환기성을 지적하는 데 그치지 않는다. 특히 카브레는 예술 장르 중에서도 운문의 증언적 가능성에 주목한다. 아우슈비츠 이후 시를 쓰기란 불가능하다는 아도르노의 선언에 동의한다는 베르나트의 말에 작가는 아드리아의 목소리를 빌려 의문을 제기한다.

"아니야. 아우슈비츠 이후, 대박해 이후, 카타르인에 대한 대학살 이후, 정말 한 명도 남지 않았던 그 대학살 이후, 언제나 어느 곳에나 있어 왔던 대학살 이후…… 잔인함은 수 세기 동안 도처에 존재해 왔고, 그걸 생각해 본다면 인류 역사는 '무엇무엇 이후 시의 불가능'에 대한 역사가 될 거야. 그렇지만 실제로 역사는 그렇게 흘러오지 않았어. 왜냐하면 아우슈비츠의 경험을 설명할 수 있는 사람들이 누구겠어?"

"그것을 겪은 사람들. 그것을 만들어 낸 사람들. 학자들."

"맞아. 그 모든 것들이 역사를 말해 주겠지. 그 기억들을 위해 박물관도 세워졌고. 다만 한 가지 부족한 것이 있어. 살아 있는 경험의 진실 말이야. 이것은 학술적인 연구로 전해지지 않아."

베르나트는 철해진 서류를 덮고 친구를 바라보았다. 그럼?

"예술만이 그것을 전할 수 있지. 문학 작품을 통해서 말이야. 생체험에 가장 가까운 장르라고나 할까."

"젠장."

"그래. 아우슈비츠 이후 시는 어느 때보다도 필요해."

"아주 좋은 결론이야."

"응, 나도 그렇게 생각해. 아니야, 잘 모르겠어. 하지만 나는 이것이 인류의 미적 의지가 끊임없이 존속하는 이유라고 생각해."

(2권, 343~344쪽)

이처럼 작가가 보는 시의 힘은 악을 멈추거나 고통을 겪은 자들의 아픔을 치유하는 것도 아니다. 이 대화에서 아드리아는 악의 역사에서 살아남은 자들의 의무에 대해 생각하고 있으며, 대학살의 경험은 어떻게든 생생히 계속 말해지고 전해져야 한다고 주장한다. 작가가 보기에 시는 악에서 살아남은 사람들의 경험을 가장 가까이 전달할 수 있는 장르다. 5부를 시작하며 인용한 댄 파기스의 시가 대표적인 예다. 이 시인은 루마니아에서 태어나 유년 시절 우크라이나의 나치 수용소에

끌려가게 되고, 1944년 그곳을 탈출한 이후 이스라엘에 정착한다. 증언 문학의 토대를 세웠다고 평가받는 프리모 레비와 함께 댄 파기스는 수용소의 생생한 경험을 히브리어 구전 전통에 바탕을 둔 운문으로 녹여 내며 역사적 생체험을 기록하는 장르로서 문학의 힘에 주목하게 한다. 시 「밀폐된 열차에서 연필로 씀」이 나치의 박해가 단순히 물리적 고통뿐 아니라 사랑하는 이들과의 이별과 같은 감정적 고통을 함께 수반하고 있음을 드러냈다면 그의 또 다른 대표시 「증언」은 "아니다, 아니다, 그들도 인간이기는 하였다."로 시작하며 자신을 한낱 '연기' 같은 존재로 만들어 버리는 '군화'와 '제복'을 입은 그들에 대한 대단한 분노를 묘사함으로써 인간성 상실의 문제를 드러낸다. 카브레가 보기에 이처럼 살아남은 자들이 말하는 고통의 실질적 경험을 그림으로써 인간성 상실의 문제를 강력히 제기하는 것은 결국 인간 세계 안에서 존재하는 예술의 근본적인 과제다. 곧 고통의 경험을 그려 내고자 하는 미적 의지와 인간성 회복이라는 도덕적 의지는 결코 분리된 것이 아니라는 말이다.

4. 음악가와 문학가 사이에서

『나는 고백한다』에서 두드러지는 또 하나의 예술 장르는 바로 고전 음악이다. 서사의 중심을 이끌어 가는 비알이라 이름 붙여진 스토리오니 바이올린은 그것에 대한 소설 인물들의 태도를 통해 주인공들의 성격을 드러내 줄 뿐 아니라 소설 속 얽히고설킨 주인공들의 관계를 끌고 나가는 매개이기도 하다. 주인공이 바이올린의 거장으로 성장하기를 바라고 강요하는 부모의 욕망은 아드리아가 집을 떠나게 되는 결정적인 계기가 되며, 유대인 주인에게 비알을 돌려주기를 망설이는 아드리아의 태도는 사라를 결국 그에게 등 돌리도록 하는 중요한 이유가 된다. 하지만 비알은 아드리아로 하여금 평생 지기 베르나트와 우정을 맺게 하고, 함께 스케일 연습을 하거나 비브라토를 배우며 그 우정을 한층 깊어지게 만든다. 이처럼 소설 속 인물의 만남과 헤어짐에서 바이올린은 핵심 역할을 하며 주인공의 지위를 차지한다.

소설 곳곳에 등장하는 고전 음악 연주 모습, 이에 대한 감상, 그리고 비유는 독서의 경험을 한층 더 풍요롭고 생동감 있게 해 주는 요소들이다. 브루크너 교향곡 4번 1악장 서주 부분에서 동틀 무렵의 느낌을 살려 연주해야 하는 호른의 고충에 대해 들어 본 독자라면 바르셀로나 심포니의 리허설 중 지휘자가 해당 부분을 수없이 반복시키고 호른 주자가 실수하며 당황해하는 소설 속 장면은 큰 웃음을 자아낼 것이다. 또한 하임 엡스타인이 들뜬 눈빛을 하고 휘파람으로 로자뵐지의 차르다시를 부른다든지, 쉴 새 없이 울어 대는 전화기 소리가 레샤프라든지, 노년의 아드리아를 돌보는 윌손이 빈 잔을 손에 들고 8분의 6박자의 곡을 불며 방을 나갔다 같은 묘사는 소설의 글자를 따라가는 독자의 눈 뒤로 멜로디가 흐르는 듯한 느낌을 줄 것이다.

음악을 연주하고, 음악을 감상하고, 음악에 대해 말하는 장면을 글로 계속 풀어내는 것은 작가의 삶에 고전 음악이 그만큼 밀착되어 있고 그것을 좋아하기 때문이다. 카브레는 평소 글을 쓰다가도 아마추어 작곡가였던 아버지의 곡을 펴 놓고 바이올린을 즐겨 연주하고, 2018년에는 작품에도 언급되는 중세 카탈루냐의 대사상가 라몬 율의 삶을 그린 오페라 「율(Llull)」의 리브레토를 쓰기도 했다. 이처럼 고전 음악을 동경하는 작가이지만 카브레는 자신을 언제나 실패한 음악가로 표현하는데, 이러한 사연은 소설 속 아드리아가 카탈루냐 음악당에서 열린 야샤 하이페츠의 연주를 보고 나오면서 하는 말에 잘 드러난다.

> 완벽한 순간이었다. 나는 수많은 연주회를 다녔지만 이번 연주회는 아름다움을 향한 길을 열어 주었고, 바이올린을 향한 문을 닫도록 했으며, 나의 연주자로서 짧은 경력을 마무리하도록 하는, 내 인생을 완전히 바꾸어 놓은 그런 연주회가 되었다.
>
> (1권, 340~341쪽)

아드리아에게 하이페츠의 연주는 아름다움이란 무엇인가를 일깨워 주는 존재임과 동시에 바이올린을 향한 문을 닫게 한 사건이다. 마찬가지로 훌륭한 연주를 알아볼 수 있는 귀를 가진 작가에게 바이올린 연마를 통해 아름다움에 도달하는 것은 굉장히 고달픈 일이었음이 분명하다. 그렇다고 그가 소설가의 길을 음악가 대신 택했다거나 글을 쓰는 것이 음악을 만들어 내는 것보다 수월하다는 뜻은 아니다. 분명한 것은 작가가 소설과 음악이라는 서로 다른 예술 장르 사이에 존재하는 긴장을 긍정적으로 소화하며, 글을 쓰는 행위를 문학과 고전 음악의 끊임없는 대화 속에서 새로운 예술적 표현을 모색하는 하나의 과정으로 이해하고 있다는 점이다. 작품에서 이는 구체적으로 아드리아가 베르나트의 바이올린 실력을 흠모하고, 베르나트는 아드리아의 글쓰기 능력을 동경하는 것으로 표현된다. 그리고 이들의 지속되는 우정과 부딪힘은 실제로 음악과 문학 사이에서 끊임없이 갈등하며 변증법적 미를 추구하는 작가의 내적 자아의 표현이라 볼 수 있다.

5. 카탈루냐어와 카탈루냐 민족의 정체성

주인공 아드리아는 총 열세 개 언어를 읽고 이해하는 대학자로 성장한다. 펠릭스 아르데볼이 자신의 아들이 수많은 언어를 읽고 쓰기를 바랐던 것은 고문서를 해독하고 감정하는데 필요한 골동품상으로서의 자질을 원했기 때문이지만 아드리아는 그러한 아버지의 의도와 상관없이 언어 익히기를 즐긴다. 유년 시절에 이미 어미변화의 세계, 문장 내 기능에 따라 어미가 굴절하는 언어 세계에 감탄하고, 독일어 선생에게는 통사론 숙제를 내 달라고 채근한다.

아드리아의 언어에 대한 호기심, 언어의 근원을 파고드는 노력에서 엿볼 수 있는 것은 작가의 언어관이다. 펠릭스 아르데볼이 그레고리오 대학에서 공부하던 시절 스승 중 한 명인 팔루바 신부는 인간은 국가에 사는 것이 아니라 언어 안에서 살아간다고 이야기한다. 이는 곧 한 인간이 구사하는 언어란 단순한 음성적 정보가 아닌 그의 마음속에서 우러나오는 진실이며 하나의 세계라고 말하는 카브레의 언어적 태도와 맞닿아 있다. 그리고 아드리아가 현재 사용되는 언어뿐 아니라 더 이상 말해지지 않는 라틴어와 고대 아람어를 익혀 가는 열정의 기원이기도 하다.

하나의 언어는 인간이 살아가는 집과 같다는 작가의 생각은 스페인이라는 국민 국가 성립 이후 카탈루냐어가 겪어 온 부침의 역사를 들여다보면 그 맥락을 좀 더 깊이 파악할 수 있다. 카탈루냐어는 우리가 아는 프랑스어, 이탈리아어, 스페인어와 마찬가지로 속라틴어에서 분리되어 나온 로망어 계열에 속하는 유럽어 중 하나다. 카탈루냐어의 뚜렷한 언어적 독자성은 카탈루냐인이 민족적 정체성을 유지하고자 하는 사회정치적 운동의 기본이 되었고, 그 결과 2차 세계 대전 이후 사십여 년간 지속된 서유럽의 유일한 독재 정권으로 남은 스페인 프란시스코 프랑코 정권에 의해 카탈루냐어는 탄압의 대상이 된다. 특히 독재 정권 초기에는 교육을 포함한 공공 장소 및 상황에서 카탈루냐어 사용이 전적으로 금지되었고, 발각 시 스페인 경찰에 의한 구타와 구금 등 강력한 처벌이 뒤따랐다. 이러한 정책으로 인해 카탈루냐어는 점차 집에서만 쓰거나 가족과 대화할 때만 쓰는 언어로 그 공적인 지위가 지속적으로 하락하게 된다. 지금도 그 시절에 교육받은 많은 카탈루냐인들이 모국어로 말하는 데는 불편이 없으나 글로 써 내려가는 것을 낯설어하거나 스페인어 작문을 더 편하게 느끼는 경우가 많다. 하지만 많은 카탈루냐인이 비밀리에 카탈루냐어를 교육하고 배우기 위해 힘썼고, 카브레 또한 이러한 노력을 기울인 부모님 밑에서 자라며 카탈루냐어 쓰기를 익혔다고 한다. 카브레는 마음에서 우러나오는 글을 쓰려면 카탈루냐어가 아니고서는 힘들다고 이야기하는데, 실제로 많은 카탈루냐인에게 카탈루냐어는 단순히 소통을 위한 장치가 아니라 억압의 역사를 상기시키거나 민족 자부심을 불러일으키는 감정의 기능을 한다. 아드리아의 사촌 세비가 열세 개 언어를 구사하는 주인공의 알츠하이머 진단 소식을 믿지 못하는 장면에서 자신은 언어를 한 개 반밖에 구사하지 못하는데도 멀쩡하다고 항변하는 상황도 이 같은 카탈루냐어 인식과 관련이 있다. 즉 자신에게 카탈루냐어는 하나의 완전한 언어이나 스페인어는 마음의 절반밖에 담지 못하는 반쪽의 언어라는 것이다.

이런 의미에서 소설 원문의 '카스티야어'는 원문의 의도를 살려 '스페인어'가 아닌 '카스티야어' 그대로 번역했다. 우리가 흔히 말하는 '스페인어'는 현재 마드리드 인근의 카스티야 지역에서 기원한 중세 카스티야 왕국의 언어 '카스티야어'를 의미한다. 이 언어가 우리가 아는 '스페인어'가 된 것은 카스티야 왕국을 중심으로 현재 스페인이라는 국민 국가가 탄생하는 과정에서 스페인 한림원이 '카스티야어'를 '스페인어'로 지정했기 때문이다. 그러나 스페인과 중남미 여러 지역에서는 여전히 언어가 기원한 지역을 강조하는 '카스티야어'라는 지칭어가 많이 사용되며 카탈루냐 지역도 예외가 아니다. 또한 '카스티야어'를 가리키기 위해 '스페인어'라는 지칭어를 사용할 경우 갈리시아어, 에우스케라, 카탈루냐어 등 스페인에서 사용되는 다양한 언어의 존재들을 은폐할 수도 있다는 비판, 스페인의 보수 민족주의자들이 스페인의 공식 언어는 오직 하나라는 의미로 '카스티야어'보다 '스페인어'의 사용을 강조하는 경향이 있는 것도 사실이다. 이러한 언어 현실과 카탈루냐어로 작업하는 작가의 배경 및 언어관을 고려해 한국어 번역본에서는 원문에서 사용하는 '카스티야어'를 그대로 쓰기로 했다.

스페인 내 카탈루냐 민족의 소수자 지위와 그에 얽힌 역사를 이해하고 나면 소설 속 사라와 사라의 가족으로 대표되는 유대인의 역사와 카탈루냐인의 역사가 만나는 지점을 발견할 수 있다. 아우로라 숙모가 사는 페르피냥에서는 사람들이 목청에서 우러나오는 굵직한 억양으로 카탈루냐어를 말한다고 아드리아는 적는데, 현재 행정 구역상 프랑스 남서부에 속하는 이 지역은 스페인 내전 이후 많은 카탈루냐인이 정치 박해를 피해 이주하여 정착한 곳이기도 하다. 실제로 많은 카탈루냐인이 페르피냥으로 가는 기차인 줄 알고 열차에 올랐다가 2차 세계 대전 기간 1000여 명이 국경을 넘어 나치 수용소에 보내졌고, 이들 대부분은 사망한다. 아드리아가 카탈루냐인의 이산의 기억이 새겨진 곳을 방문하고 그들의 카탈루냐어 억양이 묻어나는 프랑스어를 배우며 자랑스러워하는 것은 이와 같은 역사를 기억하는 행위이며, 박해받은 이들에 대한 연대의 표시다. 소설 속 사라의 아버지가 카탈루냐인이면서도 유대인이 되기로 결심한 것 또한 "자신들의 땅에서 노예 생활을 한다 느끼고 카탈루냐 사람이라는 이유만으로 이주를 경험해야 했던 많은 카탈루냐 사람들"의 모습을 유대인에게서 보았기 때문이다.

6. 목소리의 섞임과 공상

『나는 고백한다』가 다루는 주제의 무게뿐 아니라 그것을 풀어 나가는 서사적 기법도 이 소설이 독창적이라 평가받는 이유다. 카브레는 여러 시점의 목소리를 한 문단 안에, 심지어 때로는 한 문장 안에 섞는 방법을 자주 쓴다. 주인공 아드리아 아르데볼이 과거를 회상하며 독백하다 사라가 앞에 있는 것처럼 대화를 하기도 하고, 갑자기 전지적 작가가 등장하여 3인칭으로 서술의 종합적 상황을 서술하는 식이다. 튀빙겐 대학에서 아드리아 아르데볼의 학문적 업적을 기리기 위해 축하 행사가 벌어지는 장면을 기억하는 독자라면 작가의 서술이 대체 연단에 선 아르데볼 동료 교수의 연설문인지, 브리태니커 백과사전의 발췌문인지, 아드리아의 공상 세계를 묘사하는지 헛갈리는 경험을 했을 것이다.

이처럼 한 문장 속에서 직접 및 간접 화법을 섞거나 여러 시점을 옮겨 다니는 서술 방식은 소설 속 이야기의 생생함을 전달하는 카브레만의 기법이다. 작가 인터뷰를 위해 만난 자우메 카브레는 일상 대화에서도 표현력이 풍부할 뿐 아니라 다른 사람들에 대한 이야기를 들려줄 때면 그 인물의 목소리와 특징적인 몸짓 등을 곁들여서 실감나게 설명을 해내는 이야기꾼이었다. 특히 소설 속 인물들의 모국어는 작가가 인물의 특성을 설명하는 데 중요한 재료가 되며, 실제로 카탈루냐 소설 원작에서도 많은 인물의 대화가 이들이 구사하는 원어로 표기되어 있다. 작가는 라디오에서 진행자가 여러 청자들의 사연을 실감나게 읽어 나가다가 자신의 해석을 덧붙이는 등의 시점 전환을 통해 이야기가 생생해지듯 자신의 소설 또한 바로 옆에서 누군가 들려주는 생동감 있는 이야기로 읽히기를 바란다고 말했다. 소설가인 동시에 오랫동안 카탈루냐의 여러 대중 매체 프로그램의 대본 작가로 활약한 그의 배경을 생각하면 고개가 끄덕여지는 서사 전략이다. 이러한 작가의 의도에 깊이 빠져들고 싶은 독자라면 묵독보다는 자신이 이야기꾼이 되어 소설 속 장면들을 상상하고, 바깥으로 소리를 내며 글을 읽어 보는 것 역시 독서의 재미를 배가시킬 것이다.

또한 아드리아의 유년 시절 공상 속 대화를 자세히 보여 주는 작가의 서술 방식에 주목하는 것은 소설이 다루는 '기억'의 문제를 이해하는 데 중요하다. 아드리아가 평생지기 베르나트를 만나기 전까지 유년 시절의 유일한 친구는 두 인형 아라파호 추장과 카슨 보안관이다. 아드리아는 끊임없이 공상 속에서 이들과 대화함으로써 존재하지만 존재하지 않는 것과 같은 가족의 빈자리를 채운다. 작가가 아드리아의 공상을 이처럼 자세히 서술하는 것은 주인공을 단순히 고립되고 나약한 어린 시절을 보낸 것으로 묘사하거나 어린 시절의 결핍을 딛고 훗날 지성인이 되는 서사의 극적 효과를 위한 것이 아니다. 어린 아드리아의 혼잣말들을 통해 구체화되는 것은 굉장히 권위적인 아버지의 모습, 그 아버지가 운영하는 골동품 가게와 관련된 수상한 거래들이고, 아드리아는 소설을 적어 나가며 이 시절의 기억들이 단순히 자신의 가정사가 아님을 깨닫게 된다. 곧 가부장적인 아버지는 독재 정권의 폭력이 한창이던 1950년대 스페인에서 탄생한 하나의 권력 모델이며, 아버지의 골동품 장사는 2차 세계 대전 당시 유대인들로부터 불법 탈취한 장물들을 거래하는 세계사의 어두운 현실 속의 단단한 일부였다. 어린 시절 스쳐 지나갔던 기억이 어른이 되어 그 시절의 사회적 맥락 속에서 다시 되새겨지는 경험을 해 본 독자라면 아드리아의 말은 더 이상 어린아이의 혼잣말이 아닌 카탈루냐 사회가 지나온 1950년의 현실로 생생히 다가올 것이다.

7. 나가며

사람들이 더 이상 문학을 읽지 않는다는 걱정은 카탈루냐 사회에도 팽배하다. 바르셀로나에서 가장 오래된 서점 중 하나였던 카탈루냐 광장 근처의 카누다 서점이 2013년 문을 닫고 그 자리에 의류 업체 망고가 들어선 것은 카탈루냐 문학의 앞길을 고민하게 하는 중요한 이정표가 되기도 했다. 실제로 스페인어와 카탈루냐어를 공용어로 구사하는 인구가 대부분인 상황에서 많은 작가가 시장성을 고려하여 스페인어로 작품을 출판하고 외서의 경우 스페인어로 먼저 번역된다. 독서 인구가 전반적으로 감소하는 상황에서 소수어가 아니지만 그 언어를 대표하는 국민 국가의 부재로 '소수화'된 언어인 카탈루냐어 문학은 높아진 위상에도 불구하고 이중고를 겪고 있는 셈이다.

『나는 고백한다』는 카탈루냐에서 많은 사람들이 다시 문학을 찾도록 한 소설이다. 실질적으로 번역자는 번역 과정에서 작가의 도움을 받았지만 이 소설이 한국어로 번역된다는 소식을 기뻐하는 많은 카탈루냐 독자들에게 도움을 받았다. 시대를 넘나드는 복잡한 인물의 관계를 한눈에 이해하기 위해 나름의 계보를 작성한 독자가 그 계보를 보내 주었고, 소설 속 역사적 사실에 대해 혼자 주석을 달아 가며 공부한 노트를 복사하여 보내 준 독자도 있었다. 이들은 공통적으로 기독교의 원죄를 큰 모티브로 삼는 소설이 전혀 다른 한국 문화권에서 반향을 일으킬지 걱정하면서도 재밌기 때문에 한국인들도 재밌게 읽을 것이라고 열성적으로 말했다. 소설은 작가가 오랫동안 천착해 온 악의 문제, 홀로코스트라는 무거운 역사를 치밀하게 엮는 한편으로 비알이라는 스토리오니 바이올린을 두고 살인이 벌어지며, 책장을 넘길 때마다 차츰 악기에 얽힌 어두운 개인사들이 드러나는 긴장 가득한 추리 소설의 면모도 지닌다. 이러한 이야기의 역동은 카탈루냐 독자들이 입을 모아 말했듯이 소설을 정말 재밌게 만든다. 이미 서른한 개 언어로 번역된 사실에서 보듯이 카브레의 소설은 문화권을 초월하여 광범위하게 읽히고, 소설 속 역사와 긴밀하게 엮였다 볼 수 있는 독일에서는 이미 카브레의 이름이 소설의 흥행 보증수표나 마찬가지다. 이렇게 훌륭한 작품이 한국에 소개되는 것은 축하할 만한 일이다. 이 작품을 읽는 방법은 여러 가지겠지만 한국 독자도 그 무엇보다 재미를 느꼈으면 한다.

2020년 겨울
권가람

작가 연보

1947년	스페인 카탈루냐주 바르셀로나에서 출생.
1971년	바르셀로나 대학교 카탈루냐 어문학 전공. 이후 20여 년간 중등학교 교사 생활을 하며 문학 작품 쓰기를 지속.
1974년	1970~1973년에 쓴 단편 모음집 『엉망진창 환상 소설(Faules de mal desar)』을 발표하며 작가로서 본격적인 삶을 시작.
1976년	네 명의 문학인과 함께 카탈루냐 문학 동인 오펠리아 드락스(Ofèlia Dracs) 창단. 『여왕의 비밀(Misteri de reina)』을 포함해 수년 동안 짧은 이야기 모음집들을 함께 출판.
1984년	소설 「거미줄(La teranyina)」 발표. 소설 「주노이 수사 혹은 소리의 고통(Fra

Junoy o l'agonia dels sons)」 발표.

1989~1992년 바르셀로나의 한 동네 바에서 벌어지는 이웃들의 일상생활을 그린 텔레비전 시리즈 「농장(La granja)」의 각본을 씀.

1990년 소설 「거미줄」을 바탕으로 한 안토니 베르다게(Antoni Verdaguer) 감독의 동명 영화 「거미줄」의 시나리오를 씀.

1994~1998년 1990년대 특정되지 않은 바르셀로나의 환승역에서 벌어지는 일상 사건을 소재로 삼은 텔레비전 시리즈 「환승역(Estació d'enllaç)」의 각본을 씀.

1996년 소설 「환관의 그림자(L'ombra de l'eunuc)」 발표. 열네 개 언어로 번역됨.

1999년 청소년 소설 「작은 파랑새의 해(L'any del Blauet)」 발표.

2000년 단편 소설집 『겨울 여행(Viatge d'hivern)』 발표, 다섯 개 언어로 번역.

2004년 소설 『파마노의 목소리(Les veus del Pamano)』 출간. 카탈루냐어로 10만 부 이상, 독일어로 50만 부 이상 판매, 전 세계 스물한 개 이상의 언어로 번역.

2005년 소설 『파마노의 목소리』로 카탈루냐 비평상(Premi de la Crítica) 수상.

2010년 '카탈루냐 국가체' 문화 발전에 기여한 공로

가 있는 카탈루냐 작가에게 수여하는 카탈루냐 문학 명예상(Premi d'Honor de les Lletres Catalanes) 수상.

2011년 『나는 고백한다(Jo confesso)』 발표. 초판 1쇄 1만 8000부가 일주일 만에 완판.

2013년 『나는 고백한다』가 쿠리에 앵테르나쇼날 최우수 외국문학상(Prix Courrier Inter-national du meilleur roman étranger) 수상.

2014년 카탈루냐를 빛낸 인물에게 수여하는 산조르디 십자가상(Creu de Sant Jordi) 수상.

2017년 카탈루냐 도서 주간(Setmana del Llibre en Català)에 소설가, 시나리오 작가 및 카탈루냐 문화 수호자로서 기여한 바를 인정받아 공로상(Premi Trajectòria) 수상.

『나는 고백한다』로 스톡홀름 국제 문학상(Kulturhuset Stadsteaterns International Literature Prize) 수상.

『나는 고백한다』로 아테네 문학상(The Athens Prize for Literature) 수상.

손녀 마리오나를 위해 쓴 어린이 그림동화책 『마리오나와 밤을 먹는 아가씨(La Mariona i la Menjanits)』 발표.

카탈루냐 국회 의원 선거에서 '카탈루냐를 위해 함께(Junts per Catalunya)' 비례 연합의 후

보 명단에 오름.

2018년 프란세스크 카수(Francesc Cassú)가 작곡하고 자우메 카브레가 리브레토를 쓴 오페라 「율(Llull)」 초연.

세계문학전집 371

나는 고백한다 3

1판 1쇄 펴냄 2020년 11월 30일
1판 4쇄 펴냄 2024년 7월 18일

지은이 자우메 카브레
옮긴이 권가람
발행인 박근섭, 박상준
펴낸곳 (주)민음사

출판등록 1966. 5. 19. (제 16-490호)
서울특별시 강남구 도산대로1길 62(신사동) 강남출판문화센터 5층 (우편번호 06027)
대표전화 02-515-2000 팩시밀리 02-515-2007
www.minumsa.com

ISBN 978-89-374-6371-6 04800
ISBN 978-89-374-6000-5 (세트)

민음사 세계문학전집

세계문학전집 목록

1·2 변신 이야기 오비디우스·이윤기 옮김 서울대 권장도서 100선
3 햄릿 셰익스피어·최종철 옮김 서울대 권장도서 100선 | 미국대학위원회 선정 SAT 추천도서
4 변신·시골의사 카프카·전영애 옮김 서울대 권장도서 100선
5 동물농장 오웰·도정일 옮김 미국대학위원회 선정 SAT 추천도서 | 《타임》 선정 현대 100대 영문소설
6 허클베리 핀의 모험 트웨인·김욱동 옮김 《뉴스위크》 선정 100대 명저
7 암흑의 핵심 콘래드·이상옥 옮김 미국대학위원회 선정 SAT 추천도서 | 《뉴스위크》 선정 10대 명저
8 토니오 크뢰거·트리스탄·베네치아에서의 죽음 토마스 만·안삼환 외 옮김 노벨 문학상 수상 작가
9 문학이란 무엇인가 사르트르·정명환 옮김
10 한국단편문학선 1 김동인 외·이남호 엮음 국립중앙도서관 선정 청소년 권장도서
11·12 인간의 굴레에서 서머싯 몸·송무 옮김
13 이반 데니소비치, 수용소의 하루 솔제니친·이영의 옮김 노벨 문학상 수상 작가
14 너새니얼 호손 단편선 호손·천승걸 옮김
15 나의 미카엘 오즈·최창모 옮김
16·17 중국신화전설 위앤커·전인초, 김선자 옮김
18 고리오 영감 발자크·박영근 옮김
19 파리대왕 골딩·유종호 옮김 노벨 문학상 수상 작가 | 《타임》 선정 현대 100대 영문소설
20 한국단편문학선 2 김동리 외·이남호 엮음
21·22 파우스트 괴테·정서웅 옮김 서울대 권장도서 100선 | 미국대학위원회 선정 SAT 추천도서
23·24 빌헬름 마이스터의 수업시대 괴테·안삼환 옮김
25 젊은 베르테르의 슬픔 괴테·박찬기 옮김 논술 및 수능에 출제된 책(1998~2005)
26 이피게니에·스텔라 괴테·박찬기 외 옮김
27 다섯째 아이 레싱·정덕애 옮김 노벨 문학상 수상 작가
28 삶의 한가운데 린저·박찬일 옮김
29 농담 쿤데라·방미경 옮김
30 야성의 부름 런던·권택영 옮김
31 아메리칸 제임스·최경도 옮김
32·33 양철북 그라스·장희창 옮김 노벨 문학상 수상 작가 | 서울대 권장도서 100선
34·35 백년의 고독 마르케스·조구호 옮김 노벨 문학상 수상 작가 | 서울대 권장도서 100선
36 마담 보바리 플로베르·김화영 옮김 서울대 권장도서 100선
37 거미여인의 키스 푸익·송병선 옮김
38 달과 6펜스 서머싯 몸·송무 옮김
39 폴란드의 풍차 지오노·박인철 옮김
40·41 독일어 시간 렌츠·정서웅 옮김
42 말테의 수기 릴케·문현미 옮김
43 고도를 기다리며 베케트·오증자 옮김 노벨 문학상 수상 작가 | 서울대 권장도서 100선
44 데미안 헤세·전영애 옮김 노벨 문학상 수상 작가
45 젊은 예술가의 초상 조이스·이상옥 옮김 서울대 권장도서 100선
46 카탈로니아 찬가 오웰·정영목 옮김
47 호밀밭의 파수꾼 샐린저·정영목 옮김 《타임》 선정 현대 100대 영문소설 | 미국대학위원회 선정 SAT 추천도서 | 《뉴스위크》 선정 100대 명저 | BBC 선정 꼭 읽어야 할 책
48·49 파르마의 수도원 스탕달·원윤수, 임미경 옮김
50 수레바퀴 아래서 헤세·김이섭 옮김 노벨 문학상 수상 작가 | 국립중앙도서관 선정 청소년 권장도서

51·52 **내 이름은 빨강** **파묵·이난아 옮김** 노벨 문학상 수상 작가
53 **오셀로** **셰익스피어·최종철 옮김** 서울대 권장도서 100선
54 **조서** **르 클레지오·김윤진 옮김** 노벨 문학상 수상 작가
55 **모래의 여자** **아베 코보·김난주 옮김**
56·57 **부덴브로크 가의 사람들** **토마스 만·홍성광 옮김** 노벨 문학상 수상 작가
58 **싯다르타** **헤세·박병덕 옮김** 노벨 문학상 수상 작가
59·60 **아들과 연인** **로렌스·정상준 옮김** 《뉴스위크》 선정 100대 명저
61 **설국** **가와바타 야스나리·유숙자 옮김** 노벨 문학상 수상 작가 | 서울대 권장도서 100선
62 **벨킨 이야기·스페이드 여왕** **푸슈킨·최선 옮김**
63·64 **넙치** **그라스·김재혁 옮김** 노벨 문학상 수상 작가
65 **소망 없는 불행** **한트케·윤용호 옮김** 노벨 문학상 수상 작가
66 **나르치스와 골드문트** **헤세·임홍배 옮김** 노벨 문학상 수상 작가
67 **황야의 이리** **헤세·김누리 옮김** 노벨 문학상 수상 작가
68 **페테르부르크 이야기** **고골·조주관 옮김**
69 **밤으로의 긴 여로** **오닐·민승남 옮김** 노벨 문학상 수상 작가 | 미국대학위원회 선정 SAT 추천도서
70 **체호프 단편선** **체호프·박현섭 옮김**
71 **버스 정류장** **가오싱젠·오수경 옮김** 노벨 문학상 수상 작가
72 **구운몽** **김만중·송성욱 옮김** 서울대 권장도서 100선 | 국립중앙도서관 선정 청소년 권장도서
73 **대머리 여가수** **이오네스코·오세곤 옮김**
74 **이솝 우화집** **이솝·유종호 옮김** 논술 및 수능에 출제된 책(1998~2005)
75 **위대한 개츠비** **피츠제럴드·김욱동 옮김** 《타임》 선정 현대 100대 영문소설
76 **푸른 꽃** **노발리스·김재혁 옮김**
77 **1984** **오웰·정회성 옮김** 《타임》 선정 현대 100대 영문소설 | 《뉴스위크》 선정 100대 명저
78·79 **영혼의 집** **아옌데·권미선 옮김**
80 **첫사랑** **투르게네프·이항재 옮김**
81 **내가 죽어 누워 있을 때** **포크너·김명주 옮김** 노벨 문학상 수상 작가
82 **런던 스케치** **레싱·서숙 옮김** 노벨 문학상 수상 작가
83 **팡세** **파스칼·이환 옮김**
84 **질투** **로브그리예·박이문, 박희원 옮김**
85·86 **채털리 부인의 연인** **로렌스·이인규 옮김**
87 **그 후** **나쓰메 소세키·윤상인 옮김**
88 **오만과 편견** **오스틴·윤지관, 전승희 옮김** 미국대학위원회 선정 SAT 추천도서
89·90 **부활** **톨스토이·연진희 옮김** 논술 및 수능에 출제된 책(1998~2005)
91 **방드르디, 태평양의 끝** **투르니에·김화영 옮김**
92 **미겔 스트리트** **나이폴·이상옥 옮김** 노벨 문학상 수상 작가
93 **페드로 파라모** **룰포·정창 옮김**
94 **차라투스트라는 이렇게 말했다** **니체·장희창 옮김** 국립중앙도서관 선정 청소년 권장도서
95·96 **적과 흑** **스탕달·이동렬 옮김** 국립중앙도서관 선정 청소년 권장도서
97·98 **콜레라 시대의 사랑** **마르케스·송병선 옮김** 노벨 문학상 수상 작가 | BBC 선정 꼭 읽어야 할 책
99 **맥베스** **셰익스피어·최종철 옮김** 서울대 권장도서 100선 | 미국대학위원회 선정 SAT 추천도서
100 **춘향전** **작자 미상·송성욱 풀어 옮김** 서울대 권장도서 100선
101 **페르디두르케** **곰브로비치·윤진 옮김**
102 **포르노그라피아** **곰브로비치·임미경 옮김**
103 **인간 실격** **다자이 오사무·김춘미 옮김**
104 **네루다의 우편배달부** **스카르메타·우석균 옮김**

105·106 이탈리아 기행 괴테·박찬기 외 옮김
107 나무 위의 남작 칼비노·이현경 옮김
108 달콤 쌉싸름한 초콜릿 에스키벨·권미선 옮김
109·110 제인 에어 C. 브론테·유종호 옮김 BBC 선정 꼭 읽어야 할 책
111 크눌프 헤세·이노은 옮김 노벨 문학상 수상 작가
112 시계태엽 오렌지 버지스·박시영 옮김《타임》선정 현대 100대 영문소설 |《뉴스위크》선정 100대 명저
113·114 파리의 노트르담 위고·정기수 옮김 미국대학위원회 선정 SAT 추천도서
115 새로운 인생 단테·박우수 옮김
116·117 로드 짐 콘래드·이상옥 옮김《뉴스위크》선정 100대 명저
118 폭풍의 언덕 E. 브론테·김종길 옮김 미국대학위원회 선정 SAT 추천도서
119 텔크테에서의 만남 그라스·안삼환 옮김 노벨 문학상 수상 작가
120 검찰관 고골·조주관 옮김
121 안개 우나무노·조민현 옮김
122 나사의 회전 제임스·최경도 옮김 미국대학위원회 선정 SAT 추천도서
123 피츠제럴드 단편선 1 피츠제럴드·김욱동 옮김
124 목화밭의 고독 속에서 콜테스·임수현 옮김
125 돼지꿈 황석영
126 라셀라스 존슨·이인규 옮김
127 리어 왕 셰익스피어·최종철 옮김 서울대 권장도서 100선 |《뉴스위크》선정 100대 명저
128·129 쿠오 바디스 시엔키에비츠·최성은 옮김 노벨 문학상 수상 작가
130 자기만의 방·3기니 울프·이미애 옮김
131 시르트의 바닷가 그라크·송진석 옮김
132 이성과 감성 오스틴·윤지관 옮김
133 바덴바덴에서의 여름 치프킨·이장욱 옮김
134 새로운 인생 파묵·이난아 옮김 노벨 문학상 수상 작가
135·136 무지개 로렌스·김정매 옮김
137 인생의 베일 서머싯 몸·황소연 옮김
138 보이지 않는 도시들 칼비노·이현경 옮김
139·140·141 연초 도매상 바스·이운경 옮김《타임》선정 현대 100대 영문소설
142·143 플로스 강의 물방앗간 엘리엇·한애경, 이봉지 옮김 미국대학위원회 선정 SAT 추천도서
144 연인 뒤라스·김인환 옮김
145·146 이름 없는 주드 하디·정종화 옮김
147 제49호 품목의 경매 핀천·김성곤 옮김《타임》선정 현대 100대 영문소설
148 성역 포크너·이진준 옮김 노벨 문학상 수상 작가 | 퓰리처상 수상 작가
149 무진기행 김승옥
150·151·152 신곡(지옥편·연옥편·천국편) 단테·박상진 옮김《뉴스위크》선정 100대 명저
153 구덩이 플라토노프·정보라 옮김
154·155·156 카라마조프가의 형제들 도스토옙스키·김연경 옮김
157 지상의 양식 지드·김화영 옮김 노벨 문학상 수상 작가
158 밤의 군대들 메일러·권택영 옮김 퓰리처상 수상 작가
159 주홍 글자 호손·김욱동 옮김 서울대 권장도서 100선 | 미국대학위원회 선정 SAT 추천도서
160 깊은 강 엔도 슈사쿠·유숙자 옮김
161 욕망이라는 이름의 전차 윌리엄스·김소임 옮김
162 마사 퀘스트 레싱·나영균 옮김 노벨 문학상 수상 작가
163·164 운명의 딸 아옌데·권미선 옮김

165 모렐의 발명 비오이 카사레스·송병선 옮김
166 삼국유사 일연·김원중 옮김 서울대 권장도서 100선
167 풀잎은 노래한다 레싱·이태동 옮김 노벨 문학상 수상 작가
168 파리의 우울 보들레르·윤영애 옮김
169 포스트맨은 벨을 두 번 울린다 케인·이만식 옮김
170 썩은 잎 마르케스·송병선 옮김 노벨 문학상 수상 작가
171 모든 것이 산산이 부서지다 아체베·조규형 옮김 《타임》 선정 현대 100대 영문소설
172 한여름 밤의 꿈 셰익스피어·최종철 옮김 미국대학위원회 선정 SAT 추천도서
173 로미오와 줄리엣 셰익스피어·최종철 옮김 미국대학위원회 선정 SAT 추천도서
174·175 분노의 포도 스타인벡·김승욱 옮김 노벨 문학상 수상 작가 | 《타임》 선정 현대 100대 영문소설
176·177 괴테와의 대화 에커만·장희창 옮김
178 그물을 헤치고 머독·유종호 옮김 《타임》 선정 현대 100대 영문소설
179 브람스를 좋아하세요... 사강·김남주 옮김
180 카타리나 블룸의 잃어버린 명예 하인리히 뵐·김연수 옮김 노벨 문학상 수상 작가
181·182 에덴의 동쪽 스타인벡·정회성 옮김 노벨 문학상 수상 작가
183 순수의 시대 워튼·송은주 옮김 《뉴스위크》 선정 100대 명저 | 퓰리처상 수상작
184 도둑 일기 주네·박형섭 옮김
185 나자 브르통·오생근 옮김
186·187 캐치-22 헬러·안정효 옮김 《타임》 선정 현대 100대 영문소설
188 숄로호프 단편선 숄로호프·이항재 옮김 노벨 문학상 수상 작가
189 말 사르트르·정명환 옮김
190·191 보이지 않는 인간 엘리슨·조영환 옮김 《타임》 선정 현대 100대 영문소설
192 왑샷 가문 연대기 치버·김승욱 옮김 퓰리처상 수상 작가
193 왑샷 가문 몰락기 치버·김승욱 옮김 퓰리처상 수상 작가
194 필립과 다른 사람들 노터봄·지명숙 옮김
195·196 하드리아누스 황제의 회상록 유르스나르·곽광수 옮김
197·198 소피의 선택 스타이런·한정아 옮김 퓰리처상 수상 작가
199 피츠제럴드 단편선 2 피츠제럴드·한은경 옮김
200 홍길동전 허균·김탁환 옮김
201 요술 부지깽이 쿠버·양윤희 옮김
202 북호텔 다비·원윤수 옮김
203 톰 소여의 모험 트웨인·김욱동 옮김
204 금오신화 김시습·이지하 옮김
205·206 테스 하디·정종화 옮김 미국대학위원회 선정 SAT 추천도서 | BBC 선정 꼭 읽어야 할 책
207 브루스터플레이스의 여자들 네일러·이소영 옮김
208 더 이상 평안은 없다 아체베·이소영 옮김
209 그레인지 코플랜드의 세 번째 인생 워커·김시현 옮김 퓰리처상 수상 작가
210 어느 시골 신부의 일기 베르나노스·정영란 옮김
211 타라스 불바 고골·조주관 옮김
212·213 위대한 유산 디킨스·이인규 옮김 서울대 권장도서 100선 | BBC 선정 꼭 읽어야 할 책
214 면도날 서머싯 몸·안진환 옮김
215·216 성채 크로닌·이은정 옮김
217 오이디푸스 왕 소포클레스·강대진 옮김 서울대 권장도서 100선
218 세일즈맨의 죽음 밀러·강유나 옮김
219·220·221 안나 카레니나 톨스토이·연진희 옮김 서울대 권장도서 100선

222 오스카 와일드 작품선 와일드 · 정영목 옮김
223 벨아미 모파상 · 송덕호 옮김
224 파스쿠알 두아르테 가족 호세 셀라 · 정동섭 옮김 노벨 문학상 수상 작가
225 시칠리아에서의 대화 비토리니 · 김운찬 옮김
226·227 길 위에서 케루악 · 이만식 옮김 《타임》 선정 현대 100대 영문소설 | 《뉴스위크》 선정 100대 명저
228 우리 시대의 영웅 레르몬토프 · 오정미 옮김
229 아우라 푸엔테스 · 송상기 옮김
230 클링조어의 마지막 여름 헤세 · 황승환 옮김 노벨 문학상 수상 작가
231 리스본의 겨울 무뇨스 몰리나 · 나송주 옮김
232 뻐꾸기 둥지 위로 날아간 새 키지 · 정회성 옮김 《타임》 선정 현대 100대 영문소설
233 페널티킥 앞에 선 골키퍼의 불안 한트케 · 윤용호 옮김 노벨 문학상 수상 작가
234 참을 수 없는 존재의 가벼움 쿤데라 · 이재룡 옮김
235·236 바다여, 바다여 머독 · 최옥영 옮김
237 한 줌의 먼지 에벌린 워 · 안진환 옮김 《타임》 선정 현대 100대 영문소설
238 뜨거운 양철 지붕 위의 고양이 · 유리 동물원 윌리엄스 · 김소임 옮김 퓰리처상 수상작
239 지하로부터의 수기 도스토옙스키 · 김연경 옮김
240 키메라 바스 · 이운경 옮김
241 반쪼가리 자작 칼비노 · 이현경 옮김
242 벌집 호세 셀라 · 남진희 옮김 노벨 문학상 수상 작가
243 불멸 쿤데라 · 김병욱 옮김
244·245 파우스트 박사 토마스 만 · 임홍배, 박병덕 옮김 노벨 문학상 수상 작가
246 사랑할 때와 죽을 때 레마르크 · 장희창 옮김
247 누가 버지니아 울프를 두려워하랴? 올비 · 강유나 옮김
248 인형의 집 입센 · 안미란 옮김
249 위폐범들 지드 · 원윤수 옮김 노벨 문학상 수상 작가
250 무정 이광수 · 정영훈 책임 편집 서울대 권장도서 100선
251·252 의지와 운명 푸엔테스 · 김현철 옮김
253 폭력적인 삶 파솔리니 · 이승수 옮김
254 거장과 마르가리타 불가코프 · 정보라 옮김
255·256 경이로운 도시 멘도사 · 김현철 옮김
257 야콥을 둘러싼 추측들 욘존 · 손대영 옮김
258 왕자와 거지 트웨인 · 김욱동 옮김
259 존재하지 않는 기사 칼비노 · 이현경 옮김
260·261 눈먼 암살자 애트우드 · 차은정 옮김 《타임》 선정 현대 100대 영문소설
262 베니스의 상인 셰익스피어 · 최종철 옮김
263 말리나 바흐만 · 남정애 옮김
264 사볼타 사건의 진실 멘도사 · 권미선 옮김
265 뒤렌마트 희곡선 뒤렌마트 · 김혜숙 옮김
266 이방인 카뮈 · 김화영 옮김 노벨 문학상 수상 작가 | 미국대학위원회 선정 SAT 추천도서
267 페스트 카뮈 · 김화영 옮김 노벨 문학상 수상 작가 | 국립중앙도서관 선정 청소년 권장도서
268 검은 튤립 뒤마 · 송진석 옮김
269·270 베를린 알렉산더 광장 되블린 · 김재혁 옮김
271 하얀 성 파묵 · 이난아 옮김 노벨 문학상 수상 작가
272 푸슈킨 선집 푸슈킨 · 최선 옮김
273·274 유리알 유희 헤세 · 이영임 옮김 노벨 문학상 수상 작가

275 픽션들 보르헤스·송병선 옮김 서울대 권장도서 100선
276 신의 화살 아체베·이소영 옮김
277 빌헬름 텔·간계와 사랑 실러·홍성광 옮김
278 노인과 바다 헤밍웨이·김욱동 옮김 노벨 문학상 수상 작가 | 퓰리처상 수상작
279 무기여 잘 있어라 헤밍웨이·김욱동 옮김 미국대학위원회 선정 SAT 추천도서
280 태양은 다시 떠오른다 헤밍웨이·김욱동 옮김 《타임》 선정 현대 100대 영문 소설
281 알레프 보르헤스·송병선 옮김
282 일곱 박공의 집 호손·정소영 옮김
283 에마 오스틴·윤지관, 김영희 옮김
284·285 죄와 벌 도스토옙스키·김연경 옮김 미국대학위원회 선정 SAT 추천도서
286 시련 밀러·최영 옮김
287 모두가 나의 아들 밀러·최영 옮김
288·289 누구를 위하여 종은 울리나 헤밍웨이·김욱동 옮김 노벨 문학상 수상 작가
290 구르브 연락 없다 멘도사·정창 옮김
291·292·293 데카메론 보카치오·박상진 옮김
294 나누어진 하늘 볼프·전영애 옮김
295·296 제브데트 씨와 아들들 파묵·이난아 옮김 노벨 문학상 수상 작가
297·298 여인의 초상 제임스·최경도 옮김 미국대학위원회 선정 SAT 추천도서
299 압살롬, 압살롬! 포크너·이태동 옮김 노벨 문학상 수상 작가
300 이상 소설 전집 이상·권영민 책임 편집
301·302·303·304·305 레 미제라블 위고·정기수 옮김
306 관객모독 한트케·윤용호 옮김 노벨 문학상 수상 작가
307 더블린 사람들 조이스·이종일 옮김
308 에드거 앨런 포 단편선 앨런 포·전승희 옮김 미국대학위원회 선정 SAT 추천도서
309 보이체크·당통의 죽음 뷔히너·홍성광 옮김
310 노르웨이의 숲 무라카미 하루키·양억관 옮김
311 운명론자 자크와 그의 주인 디드로·김희영 옮김
312·313 헤밍웨이 단편선 헤밍웨이·김욱동 옮김 노벨 문학상 수상 작가
314 피라미드 골딩·안지현 옮김 노벨 문학상 수상 작가
315 닫힌 방·악마와 선한 신 사르트르·지영래 옮김
316 등대로 울프·이미애 옮김 《타임》 선정 현대 100대 영문소설 | 《뉴스위크》 선정 100대 명저
317·318 한국 희곡선 송영 외·양승국 엮음
319 여자의 일생 모파상·이동렬 옮김
320 의식 노터봄·김영중 옮김
321 육체의 악마 라디게·원윤수 옮김
322·323 감정 교육 플로베르·지영화 옮김
324 불타는 평원 룰포·정창 옮김
325 위대한 몬느 알랭푸르니에·박영근 옮김
326 라쇼몬 아쿠타가와 류노스케·서은혜 옮김
327 반바지 당나귀 보스코·정영란 옮김
328 정복자들 말로·최윤주 옮김
329·330 우리 동네 아이들 마흐푸즈·배혜경 옮김 노벨 문학상 수상 작가
331·332 개선문 레마르크·장희창 옮김
333 사바나의 개미 언덕 아체베·이소영 옮김
334 게걸음으로 그라스·장희창 옮김 노벨 문학상 수상 작가

335 코스모스 곰브로비치 · 최성은 옮김
336 좁은 문 · 전원교향곡 · 배덕자 지드 · 동성식 옮김 노벨 문학상 수상 작가
337·338 암 병동 솔제니친 · 이영의 옮김 노벨 문학상 수상 작가
339 피의 꽃잎들 응구기 와 시옹오 · 왕은철 옮김
340 운명 케르테스 · 유진일 옮김 노벨 문학상 수상 작가
341·342 벌거벗은 자와 죽은 자 메일러 · 이운경 옮김 퓰리처상 수상 작가
343 시지프 신화 카뮈 · 김화영 옮김 노벨 문학상 수상 작가
344 뇌우 차오위 · 오수경 옮김
345 모옌 중단편선 모옌 · 심규호, 유소영 옮김 노벨 문학상 수상 작가
346 일야서 한사오궁 · 심규호, 유소영 옮김
347 상속자들 골딩 · 안지현 옮김 노벨 문학상 수상 작가
348 설득 오스틴 · 전승희 옮김
349 히로시마 내 사랑 뒤라스 · 방미경 옮김
350 오 헨리 단편선 오 헨리 · 김희용 옮김
351·352 올리버 트위스트 디킨스 · 이인규 옮김
353·354·355·356 전쟁과 평화 톨스토이 · 연진희 옮김
357 다시 찾은 브라이즈헤드 에벌린 워 · 백지민 옮김
358 아무도 대령에게 편지하지 않다 마르케스 · 송병선 옮김
359 사양 다자이 오사무 · 유숙자 옮김
360 좌절 케르테스 · 한경민 옮김 노벨 문학상 수상 작가
361·362 닥터 지바고 파스테르나크 · 김연경 옮김 노벨 문학상 수상 작가
363 노생거 사원 오스틴 · 윤지관 옮김
364 개구리 모옌 · 심규호, 유소영 옮김 노벨 문학상 수상 작가
365 마왕 투르니에 · 이원복 옮김 공쿠르상 수상 작가
366 맨스필드 파크 오스틴 · 김영희 옮김
367 이선 프롬 이디스 워튼 · 김욱동 옮김 퓰리처상 수상 작가
368 여름 이디스 워튼 · 김욱동 옮김 퓰리처상 수상 작가
369·370·371 나는 고백한다 자우메 카브레 · 권가람 옮김
372·373·374 태엽 감는 새 연대기 무라카미 하루키 · 김난주 옮김
375·376 대사들 제임스 · 정소영 옮김
377 족장의 가을 마르케스 · 송병선 옮김 노벨 문학상 수상 작가
378 핏빛 자오선 매카시 · 김시현 옮김
379 모두 다 예쁜 말들 매카시 · 김시현 옮김
380 국경을 넘어 매카시 · 김시현 옮김
381 평원의 도시들 매카시 · 김시현 옮김
382 만년 다자이 오사무 · 유숙자 옮김
383 반항하는 인간 카뮈 · 김화영 옮김 노벨 문학상 수상 작가
384·385·386 악령 도스토옙스키 · 김연경 옮김
387 태평양을 막는 제방 뒤라스 · 윤진 옮김
388 남아 있는 나날 가즈오 이시구로 · 송은경 옮김
389 앙리 브륄라르의 생애 스탕달 · 원윤수 옮김
390 찻집 라오서 · 오수경 옮김
391 태어나지 않은 아이를 위한 기도 케르테스 · 이상동 옮김 노벨 문학상 수상 작가
392·393 서머싯 몸 단편선 서머싯 몸 · 황소연 옮김
394 케이크와 맥주 서머싯 몸 · 황소연 옮김

395 **월든** 소로 · 정회성 옮김
396 **모래 사나이** E. T. A. 호프만 · 신동화 옮김
397·398 **검은 책** 오르한 파묵 · 이난아 옮김 노벨 문학상 수상 작가
399 **방랑자들** 올가 토카르추크 · 최성은 옮김 노벨 문학상 수상 작가
400 **시여, 침을 뱉어라** 김수영 · 이영준 엮음
401·402 **환락의 집** 이디스 워튼 · 전승희 옮김
403 **달려라 메로스** 다자이 오사무 · 유숙자 옮김
404 **아버지와 자식** 투르게네프 · 연진희 옮김
405 **청부 살인자의 성모** 바예호 · 송병선 옮김
406 **세피아빛 초상** 아옌데 · 조영실 옮김
407·408·409·410 **사기 열전** 사마천 · 김원중 옮김 서울대 권장도서 100선
411 **이상 시 전집** 이상 · 권영민 책임 편집
412 **어둠 속의 사건** 발자크 · 이동렬 옮김
413 **태평천하** 채만식 · 권영민 책임 편집
414·415 **노스트로모** 콘래드 · 이미애 옮김
416·417 **제르미날** 졸라 · 강충권 옮김
418 **명인** 가와바타 야스나리 · 유숙자 옮김 노벨 문학상 수상 작가
419 **핀처 마틴** 골딩 · 백지민 옮김 노벨 문학상 수상 작가
420 **사라진 · 샤베르 대령** 발자크 · 선영아 옮김
421 **빅 서** 케루악 · 김재성 옮김
422 **코뿔소** 이오네스코 · 박형섭 옮김
423 **블랙박스** 오즈 · 윤성덕, 김영화 옮김
424·425 **고양이 눈** 애트우드 · 차은정 옮김
426·427 **도둑 신부** 애트우드 · 이은선 옮김
428 **슈니츨러 작품선** 슈니츨러 · 신동화 옮김
429·430 **세계의 끝과 하드보일드 원더랜드** 무라카미 하루키 · 김난주 옮김
431 **멜랑콜리아 I–II** 욘 포세 · 손화수 옮김 노벨 문학상 수상 작가
432 **도적들** 실러 · 홍성광 옮김
433 **예브게니 오네긴 · 대위의 딸** 푸시킨 · 최선 옮김
434·435 **초대받은 여자** 보부아르 · 강초롱 옮김
436·437 **미들마치** 엘리엇 · 이미애 옮김
438 **이반 일리치의 죽음** 톨스토이 · 김연경 옮김
439·440 **캔터베리 이야기** 초서 · 이동일, 이동춘 옮김
441·442 **아소무아르** 졸라 · 윤진 옮김
443 **가난한 사람들** 도스토옙스키 · 이항재 옮김

세계문학전집은 계속 간행됩니다.